REVIEW

열일곱 살에, 학교 도서관에서 처음 캐드펠 수사 시리즈를 읽었는데
완전히 푹 빠지고 말았다. 어떻게 21세기 한국의 고등학생이 12세기
영국의 수도사에게 친밀감을 느낄 수 있었을까? 책을 펼치면 캐드펠
수사가 가꾸는 허브밭의 싱그러운 향이 미풍에 실려 오는 것만 같았고,
부지불식간에 이웃처럼 정이 든 마을 사람들이 삶의 우여곡절을 겪을 때는
함께 탄식했다. 그 생생한 경험을 통해 역사와 문학을 동시에 사랑하게
되었는지도 모르겠다.

　　서른다섯 살이 되어 캐드펠 시리즈를 다시 읽고 싶어졌는데,
혹시 두 번째로 읽었을 때의 감회가 예전만 못할까 걱정했었다. 기우 중의
기우였다. 열일곱 살에 발견하지 못했던 부분들을 잔뜩 발견하며 읽을 수
있었고, 역사추리소설을 추천하는 자리에서 매번 자신 있게 추천하곤 했다.
소박하고 담백하게 시작해 역사의 큰 톱니바퀴와 힘 있게 맞물려 들어가는
이 놀라운 이야기에 대해 말할 때 한없이 행복했다.

　　엘리스 피터스가 육십대 중반에 이처럼 대단한 시리즈를 시작했다는
것을 떠올리면 마음에 환한 빛이 든다. 먼 길을 다녀와 켜켜이 쌓인 지혜를
품고 유적지를 직접 걸으며 작품을 구상했을 작가를 상상하고 만다.
멋진 일은 언제든 시작될 수 있고, 심혈을 다해 빚은 이야기는
시간과 공간을 뛰어넘는다는 것을 보물 같은 작품들을 통해 믿게 되었다.

정세랑
소설가

REVIEW

엘리스 피터스는
가장 뛰어난 추리소설 작가다.
UMBERTO ECO
움베르토 에코

캐드펠 수사는 한 세기를
완벽하게 구가한 셜록 홈스에
비견되는 창조물이다.
LOS ANGELES TIMES
BOOK REVIEW
LA 타임스 북 리뷰

이보다 더 매력적이고 인상적인 탐정은
찾기 어려울 것이다.
SUNDAY TIMES
선데이 타임스

서스펜스와 역사소설이 혼합된
유쾌하고 독창적인 작품.
LONDON EVENING
STANDARD
런던 이브닝 스탠더드

시리즈가 추가될 때마다 기쁨을 느낀다.
연대기 시리즈가 계속 이어지기를 바란다.
USA TODAY
USA 투데이

캐드펠 수사는 분명 범죄소설의
컬트적 인물이 될 것이다.
FINANCIAL TIMES
파이낸셜 타임스

엘리스 피터스의 미스터리는 역사적 디테일,
마을과 수도원의 중세 생활상, 생생한
캐릭터 묘사, 우아하고 문학적인 문체 등
이야기 그 자체로 즐거움을 선사한다.
THE WASHINGTON POST
워싱턴 포스트

스타일과 격조를 갖춘 미스터리로
멋지게 포장된 뛰어난 역사소설.
THE CINCINNATI POST
신시내티 포스트

엘리스 피터스는 중세인들의 삶을 상세하고
설득력 있게 재현함으로써, 독자들을
강력하게 흡인하여 교묘하게 짜여진
중세의 어두운 미로 속으로 데려간다.
YORKSHIRE POST
요크셔 포스트

고전적인 의미의
선과 악이 격투를 벌이는 역작.
CHICAGO SUN-TIMES
시카고 선 타임스

성소의 참새

THE SANCTUARY SPARROW

성소의 참새

엘리스 피터스 장편소설
김훈 옮김

북하우스

CADFAEL

중세 웨일스

CADFAEL

슈롭셔와 웨일스 국경지대

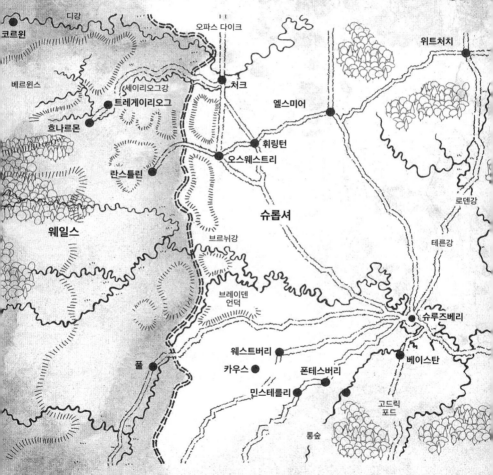

CADFAEL

슈롭셔주 슈루즈베리

프랭크웰

웨일스 다리

성

성모마리아 수로

대십자가상

성모마리아 성당

잉글랜드 다리

수도원

세인트알크문드 교회

세인트채드가

와일가

밭과 정원

슈루즈베리 성벽

세번강

CADFAEL

슈루즈베리
성 베드로 성 바오로 수도원

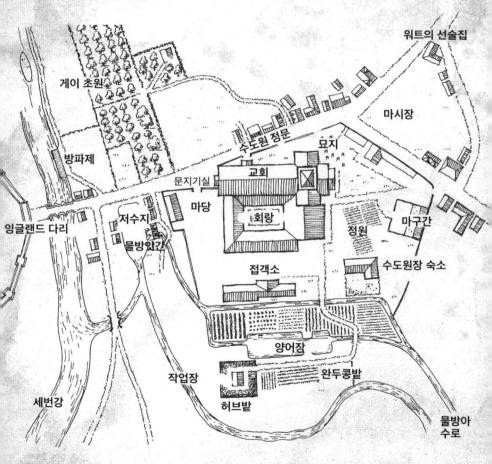

워트의 선술집

게이 초원

마시장

방파제

수도원 정문

묘지

문지기실

교회

마당

저수지

물방아간

회랑

정원

마구간

잉글랜드 다리

접객소

수도원장 숙소

양어장

작업장

완두콩밭

세번강

허브밭

물방아
수로

일러두기. 주석은 모두 한국어판 주다.

1

금요일 밤에서 토요일 오전 사이

엄청난 폭풍의 전조처럼 그 사건은 시작되었다. 대기를 깨우는 가벼운 진동, 저 멀리서부터 희미하게 들려오는 불길한 소리. 캐드펠 수사의 예민한 귀가 이를 놓칠 리 없었다. 그 의미를 파악하기 위해 그는 얼른 다른 소리들을 차단하며 귀를 바짝 곤두세웠다. 마치 산토끼처럼, 그는 온 신경을 집중해 위협의 기척을 포착해내는 재주가 있었다. 마을로 이어지는 세번강 위의 다리 저편에서 울리는 게 분명한 그 소리는, 캐드펠이 온 정신을 쏟고 있는 사이 금세 긴장 어린 정적 속에 파묻혀버렸다.

어쩌면 별 의미 없는 사소한 소리일 수도 있다. 먼 데서 사냥감을 쫓는 올빼미나 한밤중에 제 영역을 배회하는 여우의 울부짖음 같은 자연의 소리일지 모른다. 어쨌든 무언가를 뒤쫓는 어떤 존재의 위협적인 울림이 담겨 있는 것만은 분명했다. 성가대석에서 열심히 찬송을 부르던 선창자 안젤름 수사도 그 불길한 소리에 정신을 빼앗겼는지 한순간 잘못된 음정을 냈다가 이내 마음을 다 잡고 다시 제 가락을 찾아냈다.

부활절 이후 채 닉 주가 지나지 않은 서기 1140년의 평온한 봄날 자정, 이곳 슈루즈베리 성 베드로 성 바오로 수도원[1]에서의 새벽기도를 방해할 만한 일 같은 건 있을 리 없었다. 저 남쪽에서야 스티븐 왕[2]과 모드 황후[3]가 왕권을 둘러싸고 치열한 골육상잔을 벌이고 있지만, 왕의 치하에 들어간 이곳 슈루즈베리와 그 근방의 모든 지역은 안전했다. 견디기 어려울 만큼 혹독했던 겨울도 결국은 시간과 함께 지나가 봄 햇살이 찬란히 빛나는 부활절이 돌아왔고, 그때부터는 간간이 가벼운 비만 흩뿌릴 뿐 대체로 따스한 빛으로 감싸인 날이 계속되었다. 강물이 범람할 정도로 폭우가 쏟아진 웨일스 서부만 제외하면 그해 봄은 순탄한 미래를 약속하고 있었다. 엄격하고 공명정대한 행정 장관은 슈루즈베리를 법에 의해 공정하게 다스리고, 분별 있는 시장과 시의회는 시민들을 제대로 보호해주며, 슈루즈베리시와 슈롭셔주 사람들은 내란이 계속되는 와중에도 그럭저럭 평화롭게 지낼 수 있게 해주신 하느님과 스티븐 왕에게 감사한 마음으로 하루하루를 보냈다. 그러니 갑자기 누군가 이 수도원에서 진행되는 관례적인 새벽기도를 방해할지도 모른다는 두려움을 가질 이유는 없었다. 물론 안젤름 수사가 한순간 딴 데 정신을 판 건 분명하지만 말이다.

성가대석의 일부는 제단에 의해 회중석과 차단되어 있었다. 조명이라곤 높은 제단 위에 놓인 등과 희미한 촛불 빛뿐이라, 거기 앉은 수사들은 젊은이든 늙은이든, 혹은 외모가 번듯하니 잘생겼든 소박하든, 모두 똑같은 모양으로 빚어진 조각상들 같아 보였다. 안젤름 수사의 목소리는 높이 솟아오른 궁륭과 기둥, 벽의 단단한 돌에 반사되어 인간의 체취를 풍기지 않는 신비로운 마법의 소리로 돌아오며 드높이 울려 퍼졌다. 촛불 빛과 그 그림자들이 지배하는 영역 너머에는 온통 어둠이 도사리고 있었다. 실로 은혜롭고 온유하며 고요한 밤이었다.

아니, 사실 아주 고요하지만은 않았다. 대기의 진동은 어느새 희미하면서도 지속적인 웅얼거림 같은 것으로 변해 있었다. 성가대석 입구 오른편의 커다란 십자가상 밑에 앉아 있던 라둘푸스 수도원장[4]이 불안한 듯 몸을 움직거렸다. 그 왼쪽에 앉아 있던 로버트 부수도원장[5]은 불안하다기보다는 못마땅한 기색에 가까운 찌푸린 얼굴로 옷자락 스치는 소리를 냈다. 그러자 다른 수사들 사이에서도 가벼운 동요의 물결이 살며시 일었다가 가라앉았다.

그 소리는 이제 좀 더 가까워졌다. 주목하지 않을 수 없을 정도로 소리가 커지기도 전에, 이미 그 안에 담긴 분노와 위협, 터져 나올 듯한 흥분이 선명히 감지되었다. 흡사 기진맥진한 사냥감의 뒤통수까지 육박한 추격자의 소리 같았다. 소리의 진원지로부터 제법 멀리 떨어진 이곳에서조차 누군가의 목숨이 경각에 이르렀음을 확연히 느낄 수 있었다.

그러한 도전에 응하듯, 선창자는 목소리를 높이고 템포를 빨리하여 의연하게 성가대석의 수사들을 이끌었다. 하지만 소음은 더욱 빠르게 가까워져 무시하고 넘어가기 어려운 지경에 이르러 있었다. 젊은 평수사들과 견습 수사들은 흥분과 공포에 몸을 떨며 낮은 소리로 수군거리기 시작했다. 어느새 소음은 낯선 침입자를 뒤쫓는 거대한 벌의 무리처럼 한층 격렬하고 광포한 울림으로 증폭되었다. 수도원장과 부원장마저 여차하면 자리를 박차고 일어날 자세로 몸을 앞으로 기울인 채 침침한 어둠 속에서 의문 어린 시선을 교환하고 있었다.

안젤름 수사는 헌신적인 태도로 찬가의 첫 음절을 선창했으나, 거기서 더는 나아갈 수 없었다. 본당 서쪽 끝, 고리가 걸리지 않은 거대한 문짝이 돌연 활짝 열린 것이다. 문짝은 요란한 소리와 함께 벽에 부딪쳤고, 동시에 형태를 명확히 파악할 수 없는 시커먼 무언가가 안으로 불쑥 들어왔다. 여기까지 죽을힘을 다해 내달려 온 듯, 그는 헐떡이고 비척거리며 본당 안의 벽과 기둥을 피해 더듬더듬 앞으로 나아왔다.

안에 있던 모든 사람들이 자리에서 벌떡 일어났다. 젊은 수사들은 두렵고 놀라운 마음에 짤막한 외침을 터뜨리고는 대체 어찌

해야 좋을지 몰라 팔꿈치로 서로의 옆구리를 찌르며 머뭇거릴 뿐이었다. 그러나 라둘푸스 수도원장은 달랐다. 이곳을 관장하는 그는 추호의 망설임도 없이 가장 가까이 있는 촛대에서 초를 뽑아 들고는 당당하고 빠른 걸음으로 가운 자락을 휘날리면서 성큼성큼 제단을 돌아 나갔다. 로버트 부원장이 권위 있는 태도를 잃지 않으려 신경을 쓰느라 다소 느린 걸음으로 그 뒤를 따라가자 나머지 수사들도 부원장 뒤로 우르르 몰려갔다. 그러나 그들이 회중석에 이르기도 전에, 몹시 흥분한 수십 명의 사람들이 의기양양하게 승리의 함성을 내지르며 먹잇감의 뒤를 쫓아 서쪽 문으로 몰려들었다.

과거 육지나 바다에서 밤중에 위급한 사태와 종종 맞닥뜨리곤 했던 캐드펠 수사는 수도원장이 움직이자마자 자리를 박차고 일어나 두 개의 촛대를 움켜쥐어 앞을 밝혔다. 하지만 위급한 상황에서도 결코 함부로 몸을 놀리지 않을 만큼 속속들이 귀족적인 부원장이 위엄 있는 자세로 제단 오른편을 가로막고 있었기에, 그는 등불 겸 무기로 삼은 그 두 개의 촛대를 앞으로 내민 채 왼쪽으로 방향을 돌려야 했다.

사냥개들은 여전히 본당 안으로 쏟아져 들어오고 있었다. 형편없는 자들이라곤 할 수 없으나 그렇다고 모범적이라 할 수도 없는 사람들, 마을의 한 구역에 사는 장인과 상인, 늘 말썽거리만 찾아다니는 쓰레기 들이 한데 뒤섞인 무리였다. 다들 술에 취해 잔뜩 흥분한 채 피에 굶주린 짐승들처럼 짖어댔다. 그리고 거기에는 피도 있었다. 본당 타일 바닥에 줄줄이 떨어진 붉은 핏방울이 눈에 들어왔다. 무리는 교구 제단으로 이어지는 세 단짜리 계단에 쓰러진 그 불쌍한 사람을 마구 때리고 발길질했다. 많은 이들이 한꺼번에 뒤엉켜서인지, 다행히 치명적인 부위에 정확한 타격은 가하지 못하는 듯했다. 지금 캐드펠의 시야에 잡히는 거라곤 생사의 기로에서 절망적인 심경으로 제단 천의 끝자락을 움켜쥐고 있는, 아이의 것보다 별로 크지 않은 주먹과 가느다란 팔뿐이었다.

후리후리한 근육질 체구에 갸름하고 여윈 얼굴을 한 라둘푸스 수도원장이 두 눈을 부릅뜨며 위엄 있는 태도를 갖추고는, 연기 자욱한 초를 든 채 맨 앞에 선 공격자들의 얼굴을 채찍처럼 스치듯 지나가 그 길고 여윈 다리로 제단 끝에 엎드린 사람의 등 너머를 디디고 섰다.

"폭도들은 물러서시오! 이 불경스러운 자들 같으니! 영혼이 영원한 저주의 구덩이로 떨어지기 전에 이 성소에서 냉큼 물러나지 못할까!"

목청을 높일 필요도 없었다. 그저 서릿발 같은 나직한 일갈에 본당으로 몰려든 무리들은 순간 주춤하더니 뜨거운 불길에 닿기라도 한 양 얼른 물러섰다. 다들 분노를 이기지 못해 어깨를 들썩이고 시끄럽게 떠들어대면서도 감히 하늘의 뜻을 거스를 용기는 없었는지, 이내 흙과 피로 얼룩져 참혹한 넝마가 되어버린 몸으로 제단 아래 납작 엎드린 사람 주변에는 아무도 남지 않게 되었다. 쓰러진 이의 체구는 열다섯 살짜리 소년만 했다. 몰려든 무리가 사내의 죄상을 고발하기에 앞서 수도원장의 기세에 눌려 잠시 숨을 죽이고 있는 동안, 제단 위에 엎드린 사내에게서 그 작은 몸이 금방이라도 터져 나갈 듯 고통스레 헐떡이는 소리가 유난히도 크게 들려왔다. 먼지와 피로 범벅이 된 연한 황갈색 머리칼을 늘어뜨린 채, 마치 그렇게 하지 않으면 금방이라도 목숨을 잃을 것처럼 사내는 앙상한 손으로 제단 천 자락을 힘껏 붙들고 있었다. 말을 하거나 고개를 들 수 있더라도 감히 그럴 엄두조차 내지 못하는 것 같았다.

"어찌 감히 하느님의 집을 이처럼 함부로 침범할 수 있소?" 수도원장이 이글이글 타오르는 눈으로 무리를 돌아보며 물었다. 그 순간, 살그머니 몸을 움직이는 한 땅딸막한 사내의 손에서 금속성의 빛이 번쩍이는 것을 그는 놓치지 않았다. "그 칼을 당장 거두지 않았다가는 영혼에 저주가 내릴 줄 아시오!"

사냥꾼 무리는 잠시 한숨을 돌리는 듯하더니 일제히 다시 들고 일어났다. 열 명도 넘는 이들이 한꺼번에 입을 열어 저마다 정당성을 주장하고 쫓기는 자의 죄상을 고발하는 통에 그 내용을 한마디도 알아들을 수가 없었다. 라둘푸스 수도원장이 팔을 내젓자 떠들썩한 소음은 즉시 낮은 웅얼거림으로 잦아들었다. 캐드펠은 턱수염이 무성한 땅딸막한 사내가 아직 칼을 집어넣지 않은 것을 확인하고는 그와 수도원장 사이에 딱 버티고 선 채 촛대 두 개를 쑥 내밀었다.

"다들 정숙하고, 할 말이 있거든 한 사람씩 해보시오." 수도원 장이 명령했다. "어디, 제일 먼저 그대의 얘기부터 들어볼까?"

우선권을 얻은 그 청년은 다른 사람들보다 한 걸음 앞에 나와 거만한 자세로 버티고 서 있었다. 자정 무렵 인간 사냥에 나선 사람이라 하기엔 지나치게 멀쩡해 보이는 자였다. 키가 크고 풍채가 좋았으며, 자신의 잘생긴 얼굴을 분명하게 의식하고 있는 듯 아주 자신만만한 태도였다. 그러나 축일에나 입을 법한 우아하고 화려한 그의 옷은 사람을 뒤쫓느라 다소 구겨지고 흐트러진 상태였고, 포도주를 꽤 많이 마셨는지 얼굴도 벌겋게 달아올라 있었다. 아마 술기운이 아니었다면 감히 그런 오만한 자세로 수도원장 앞에 나서지 못했으리라.

"수도원장님, 모두를 대신해서 제가 말씀드리겠습니다. 우리 중 누구에게도 이 수도원이나 수도원장님의 권위를 무시할 의도는 전혀 없습니다. 다만 우린 오늘 밤 벌어진 살인과 도둑질의 범인인 저자를 끌고 가려는 것뿐입니다. 자, 지금 이 자리에서 저자를 고발합니다. 여기 있는 모든 사람들이 제 주장을 뒷받침해줄 겁니다. 저놈은 우리 아버지를 때려눕히고 아버지의 금고 속에 있던 것을 훔쳤습니다. 그래서 제가 저 도둑놈을 잡으러 왔으니, 놈을 데려가게 해주시기 바랍니다."

다들 그의 말에 동의하는 듯했다. 그러나 라둘푸스 원장은 여전히 제자리를 확고히 지켰고, 수사들은 원장을 빙 둘러 인간 장벽을 만들고 있었다.

"나는 그대가 이렇게 무단침입을 해온 것에 대한 사죄의 말부터 하리라 생각했소." 수도원장이 날카롭게 대꾸했다. "이 사람이 무슨 짓을 저질렀는지는 모르나, 이곳 예배당 안에 칼을 들이고, 심지어 제단 계단에 피를 뿌리게 만든 것은 이 사람이 아니오. 밖의 어디에선가는 폭력을 행사했는지 몰라도 분명 여기서는 아니지. 여기서 이 사람은 폭력의 피해자일 뿐, 성역을 침범한 죄는 오히려 그대들에 의해 저질러졌소. 그대들 모두가 우리의 평화를 어지럽혔단 말이오. 그대들은 과연 각자의 영혼이 오염되지 않았는지부터 심각하게 생각해보는 게 좋을 거요. 그리고, 만일 그대들이 이 사람을 고발할 생각이라면 관원은 어디에 있소? 이 무리 중에는 법의 집행을 담당할 관원도, 시장도 없어 보이는데. 적어도 시장이라면 이 도시에서 일어난 사건을 처리할 권한이 있겠지. 하지만 지금 내 눈에 보이는 거라곤 폭도들뿐이오. 도둑과 살인자 못지않은 범법자들만 득시글하다 이 말이오. 당장 이곳을 떠나시오. 이 사람을 고발하고 싶거든 관원에게 하고, 여기선 그대들이 저지른 죄부터 사해달라고 기도하시오."

그들 중 몇몇은 그제야 정신을 차려 자기네가 예배당에 난입했다는 사실을 자각하고는 이제 아무 탈 없이 집으로 달아날 궁리를 하면서 슬그머니 뒤로 물러서고 있었다. 나머지 사람들 가운데 언제고 말썽을 저지를 준비가 되어 있는 건달들은 잔뜩 골이 난 얼굴로 제자리에 버티고 선 채 이리저리 머리를 굴려 흉계를 꾸미는 중이었고, 그나마 품위 있는 이들은 마음속 분노를 애써

억누르며 묵묵히 서 있었다. 캐드펠은 그들 대부분을 잘 알고 있었다. 아마 수도원장 또한—비록 슈루즈베리 출신은 아니나—그들이 생각하는 것보다 그들의 속을 훨씬 더 잘 들여다보고 있을 터였다. 라둘푸스 수도원장은 제자리에 굳건히 버티고 선 채 매서운 눈길로 이들을 노려보았고, 그러는 동안에는 누구도 감히 움직이려 들지 못했다.

이윽고 옷을 잘 차려입은 예의 젊은이가 감연히 앞으로 나섰다. "원장님께서 저자를 데려가도 좋다고 허락해주신다면, 저희가 직접 놈을 관에 넘기겠습니다."

가장 가까이 있는 나무로 데려가겠다는 얘기겠지, 캐드펠은 생각했다. 수도원에서 강에 이르는 곳까지 나무들이야 얼마든지 있으니. 그는 촛불들의 심지 끝을 잘라내 불꽃을 좀 더 환하게 키웠다. 이제 턱수염을 기른 자는 다른 사람들의 뒷전에서 맴돌고 있었다.

"그렇게는 안 되오." 수도원장은 단호하게 대답했다. "설혹 여기 관원이 있다 해도, 성역에서 이 사람을 끌어낼 권한은 없소. 성역으로 피신할 권리에 대해서는 그대들 역시 나만큼이나 잘 알 것이며, 감히 성역을 침범하는 자들의 몸과 영혼에 미칠 파멸의 운명에 대해서도 마찬가지일 거요. 그러니 더 이상의 폭력으로 성소를 더럽히지 말고 그대들은 어서 이곳을 떠나도록 하시오. 우리에겐 여기서 수행해야 할 의무들이 있고, 지금 증오심에 가득 찬 그대들이 이를 훼방하고 있소. 자, 이제 그만 가시오! 어서

들 나가란 말이오!"

성난 젊은이는 수도원장과의 거리를 유지한 채 곱슬머리를 뒤로 젖히며 불평을 늘어놓았다. "하지만 원장님께서는 그 범죄에 대해 아무것도 모르시—"

"그대의 말은 날이 밝은 뒤 듣도록 하겠소." 라둘푸스 수도원장이 그의 말을 가로챘다. "그대가 행정 장관이나 관원을 대동하고 와 조용히, 그리고 적절한 형식을 밟아 이 문제를 의논할 수 있을 때 말이오. 하지만 분명히 경고하겠소. 이 사람은 성역으로 피신했으며, 그러니 관례에 따라 이곳에서 보호받을 권리가 있소. 그대뿐 아니라 그 누구도 이 사람을 수도원 밖으로 끌어낼 수는 없을 것이오."

"그렇다면 저 역시 원장님께 분명히 경고드리지요." 청년이 시뻘겋게 달아오른 얼굴로 으르렁거렸다. "만일 저자가 수도원 밖으로 한 걸음이라도 나서면, 우리는 그 즉시 놈을 끌고 갈 겁니다. 원장님의 권한이 미치지 못하는 곳에서 벌어지는 일은 원장님의 소관이 아니니까요. 물론 교회의 소관도 아니고요."

틀림없이 청년은 술을 과하게 마신 듯했다. 그게 아니고서야 부유한 가정의 평범한 청년이 그 정도까지 과격하게 나설 리가 없었다. 저녁의 취기가 아직 남아 있는 것인지, 그렇게 대담한 짓을 한 뒤 청년은 얼굴을 붉히며 한두 걸음 물러났다.

"그리고 하느님의 소관도 아닐 테지?" 수도원장의 어조는 싸늘하기 그지없었다. "고약한지고. 하느님께서 벼락을 내리시기 전에 썩 물러가시오."

그림자들이 어둠 속으로 물러나듯, 무리는 제단 천 자락을 움켜쥐고 엎드린 넝마 뭉치 같은 사내를 연신 힐끔거리며 활짝 열린 서쪽 문으로 사라져갔다. 그러나 폭력의 광기는 그리 쉽게 가라앉지 않는 법이며, 설혹 그 고발 내용이 사실이 아닐지라도 그들은 이를 지극히 자명하고 실제적인 것으로 여길 터였다. 살인과 절도는 실로 무거운 범죄다. 그들 중 누구도 절대 순순히 물러나지 않을 것이다. 아마도 밧줄을 준비한 채 본당의 서쪽 문과 문지기실에 감시하는 자를 붙여놓으리라.

라둘푸스 수도원장은 멍하니 서 있는 수사들을 죽 훑어보다가 입을 열었다.

"부원장, 그리고 안젤름 수사, 찬양을 다시 시작해주지 않겠소? 어서 예배를 속개해 우리의 일과를 마친 뒤 규정에 따라 수사들을 잠자리에 들게 합시다. 물론 세상의 일들에도 신경을 써야 하지만, 그렇다고 하느님의 일을 소홀히 해서는 안 되겠지." 이어 원장은 사태가 어떻게 흘러가고 있는지도 깨닫지 못한 채 그저 죽은 듯 엎드려 있는 도망자를 내려다보다가, 다시 고개를 들고 근심스러운 표정으로 골똘히 생각에 잠긴 캐드펠의 눈을 응시했다. "이 손님의 고백을 듣고 적절한 치료와 보살핌을 제공하는 일은 우리 두 사람만으로도 충분할 것 같군." 이어 발치에 엎드린 이에게 담담하게 말했다. "그자들은 갔으니 이제 일어나시오."

깡마른 청년은 여전히 한 손으로 제단 천 자락을 움켜쥔 채 가까스로 고개를 들더니, 어디 한 군데 아프지 않은 데가 없는 사람처럼 안간힘을 쓰면서 아주 천천히 움직이기 시작했다. 아마 실제로도 많이 아플 테지만, 다른 한 손으로 바닥을 짚어 무사히 일어서는 걸 보니 최소한 뼈는 부러지지 않은 모양이었다. 그가 피와 땀으로 범벅이 되고 콧물이 줄줄 흐르는, 멍투성이의 수척한 얼굴을 들어 보였다. 수사들 앞에 서자 왠지 더 자그마하고 어린 소년으로 졸아드는 것만 같았다. 방금 목격한 상황, 그리고 그의 온 몸에서 뿜어져 나오는 두려움과 절망감만 아니라면 그저 사소한 잘못으로 변덕스러운 친구들 열댓 명에게 몰매를 맞고 도랑에 처박힌 불운한 개구쟁이 소년으로만 보일 터였다.

하지만 이 불쌍한 소년은 살인죄와 절도죄로 고발당한 이였다. 그의 키는 역시나 꽤 작은 축에 속하는 캐드펠과 엇비슷했지만, 체구는 그의 3분의 1도 채 안 되는 듯했다. 넝마 같은 윗도리와 바지는 진작부터 때가 타고 여기저기 얼룩이 진 데다 몰매를 맞는 과정에서 몇 군데 더 찢겨 나간 터였으나 원래는 밝고 선명한 빨간색과 파란색을 띠었던 듯했다. 그런대로 잘 발달된 어깨를 보아하니, 만일 제대로 먹기만 했다면 꽤 괜찮은 체격을 갖게 되었을 것이다. 하지만 지금 간신히 일어나 고개를 쳐든 그는 살집이라곤 찾아볼 수 없이 깡마른 모습이었고, 그 때문인지 팔꿈치와 무릎만 유난히 더 튀어나온 듯 보였다. 캐드펠은 그가 열일곱이나 열여덟쯤 되었으리라 짐작했다. 절박하게 호소하는 듯한 그

의 퀭한 눈은 두 사람의 시선을 정면으로 받지 못하고 자꾸 이리
저리 미끄러졌다. 눈 하나가 잔뜩 부어올라 반쯤 감겨 있긴 했으
나, 그 너머 눈동자는 일일초 꽃 못지않게 영롱한 푸른빛을 발하
고 있었다.

나이와 성격에 관계없이 온갖 부류의 사람들이 살인자가 될 수
있다는 사실을 라둘푸스 수도원장은 잘 알고 있었다. 그는 냉정
하고 초연한 태도로 입을 열었다. "사람들이 자네를 고발하며 했
던 얘기는 자네도 다 들었겠지. 자네가 몸과 영혼을 교회에 맡겼
으니, 나와 여기 있는 모든 이들은 자넬 지켜주고 도와줘야 할 의
무가 있네. 그 점은 믿어도 좋아. 지금 나는 자네에게 은총에 이
를 수 있는 유일한 길을 제시할 생각이네. 그런 의미에서 딱 한
가지만 묻겠네. 물론 어떤 대답이 나오든 성역으로 피신할 권리
가 지속되는 한 자넨 안전할 걸세. 그건 내 약속하지."

젊은이는 무릎을 굽힌 채 적을 대하는 듯한 눈빛으로 원장을
응시할 뿐 단 한 마디도 꺼내지 않았다.

"자넨 그들의 고발에 대해 어떻게 답하겠는가?" 라둘푸스 수
도원장이 물었다. "오늘 살인과 도둑질을 저질렀다는 말이 사실
인가?"

그는 겁먹은 아이처럼 잔뜩 긴장한 채 뒤틀린 입술을 간신히
벌려 새된 목소리를 내었다. "맹세코 아닙니다, 수도원장님!"

수도원장은 그 대답에 대해 어떤 판단도 내리지 않은 채 계속
말을 이어나갔다. "일어나 이리 가까이 와 손을 제단의 이 관 위

에 얹게. 이 안에 뭐가 들었는지 아는가? 성 위니프리드[6]를 인도해준 성 엘레리우스[7]의 유골이 여기 있네. 이 성스러운 유골 앞에서 잘 생각하고 다시 대답해보게. 하느님께서도 자네 말을 들으실 걸세. 자네는 그들이 고발한 그 죄들을 저질렀는가?"

그는 지체 없이, 완강하고 필사적인 얼굴로 대답했다. "하느님께서 보셨을 겁니다. 저는 절대 그런 짓을 저지르지 않았어요!" 하지만 그의 목소리는 두려움에 떨리고 있었다.

라둘푸스 수도원장은 당혹스러울 정도로 오랫동안 무거운 침묵을 지켰다. 젊은이의 대답을 어떻게 이해해야 할까? 이는 숨길게 아무것도 없고 하느님이 들으신다 해도 전혀 두려워할 게 없는 사람의 대답일 수도, 혹은 하느님을 믿지 않으며 이 세상의 물리적인 폭력 외에는 무엇도 두려워하지 않는 불경스러운 떠돌이가 자신의 죄상을 은폐하려는 대답일 수도 있었다. 원장은 판단을 잠시 미뤄두기로 마음먹었다.

"흠, 자넨 맹세를 했네. 그리고 그 말이 진실이든 아니든 법에 따라 여기서 보호를 받을 걸세. 이제 이곳에 머물며 자신의 영혼에 대해 성찰해볼 시간을 갖도록 하게." 수도원장은 다시 캐드펠에게 시선을 돌렸다. 현 시점에서 가장 시급한 문제들에 대해 생각해야 했다. "사법 담당자들과 이야기를 나눠 타협을 보기 전까지는 저 사람을 예배당 안에 두는 게 좋겠소."

"저도 그렇게 생각합니다." 캐드펠은 말했다.

"하지만 여기 혼자 내버려두어도 괜찮을지 모르겠군." 두 사람 모두 방금 전 이곳에서 쫓겨난 무리에 대해 생각하고 있었다. 일을 저지르지 못해서 안달이 나 있으니 분명 멀리 가지는 않았을 터였다.

로버트 부원장은 이미 불쾌함을 감추지 않은 채 고개를 꼿꼿이 세우고서 그곳을 떠났고, 그를 따라 수사들도 진작에 숙소로 물러난 뒤라 성가대석은 어둠 속에 고요히 잠겨 있었다. 하지만 수사들, 그중에서도 위험한 바깥세상의 냄새를 맡고 흥분으로 들뜬 젊은 수사들이 과연 곱게 잠을 이룰 것인지는 의문이었다.

"일단 저 사람을 치료해야겠습니다." 캐드펠이 간신히 버티고 선 청년의 눈썹과 뺨에 얼룩진 핏자국을 살피며 말했다. 호리호리한 몸매로 보아 청년의 몸놀림은 제법 가볍고 날랠 듯했다. "원장님께서 허락하신다면 제가 여기 머물며 저 사람을 돌보지요. 무슨 일이 생기면 도움을 청하겠습니다."

"허락하고말고. 그렇게 하시오. 저 사람에게 필요한 게 있으면 뭐든 갖다 쓰고." 그즈음 날씨는 온화한 편이었지만, 밤에는 이곳 돌바닥에 냉기가 감돌곤 했다. "심부름을 해줄 조수가 필요하지 않겠소? 우리의 손님을 잠시라도 혼자 내버려둬서는 안 될 것 같은데."

"오스윈 수사의 손을 빌렸으면 좋겠군요. 그 친구는 제 물건들이 어디 있는지 잘 아니까요."

"그를 형제에게 보내겠소. 그리고, 만일 저 젊은이가 오늘 있었던 불행한 사건의 전말을 제 입장에서 이야기하고 싶어 할 경우에는 잘 들어두도록 하시오. 아마 내일이면 고발자들이 행정 장관의 부하와 함께 제대로 절차를 밟아 이리로 올 거요. 양측이 그 앞에서 서로 자기주장을 내세우게 되겠지."

캐드펠은 원장의 말에 담긴 참뜻을 이해했다. 고발당한 젊은이가 오늘 밤 털어놓은 얘기와 내일 오전에 하는 얘기 사이에 일치하지 않는 점이 나타날지도 몰랐다. 또 내일 오전쯤에는 고발자들 역시 어느 정도 흥분이 가라앉아 오늘과 다른 얘기를 할 수도 있었다. 이 마을 주민들의 절반 이상을 알고 있는 캐드펠은 그들이 옷을 잘 차려입고 이 늦은 시간까지 잠들지 않은 채 포도주에 취해 있던 까닭을 이제야 깨달은 참이었다. 축일에나 입는 화려한 의상을 걸친 그 어린 수탉은 살인과 도둑질을 한 사람을 잡겠다고 용감하게 달려오는 대신 지금쯤 자기 신부와 함께 잠자리에 누워 있어야 했다. 오늘은 바로 아우리파버 집안 상속인의 혼인날이니 말이다. 손님들이 포도주에 취해 있던 것도 놀랄 일이 아니었다.

"자, 그럼 이곳 일은 형제에게 맡기고 난 가보겠소." 라둘푸스 수도원장은 그렇게 말한 뒤 처소로 돌아가 오스윈 수사를 불러서 캐드펠을 도우라고 지시했다. 오스윈은 마치 그러한 지시를 기다리고 있었던 양 재빨리 본당에 나타났다. 하기야, 캐드펠 수사를 거들어 야간에 환자를 돌보는 일을 할 만한 사람으로 그 이상 적합한 인물이 또 어디 있겠는가. 오스윈 수사의 얼굴에는 한밤중에 몰래 빠져나온 학생, 혹은 세상을 떠들썩하게 한 극악한 사건 현장을 구경하는 사람에게서 볼 법한 호기심이 가득했다. 그는 살인자를 가까이 대면한다는 사실에서 비롯한 짜릿한 공포와, 막상 잔인한 괴물 대신에 너무나 비참해 보이는 인간을 목격하고 느끼는 강렬한 연민이 뒤섞인 표정으로, 부들부들 떨고 있는 자그마한 청년에게 가만히 다가갔다.

하지만 캐드펠이 그가 이 순간을 느긋하게 음미하도록 내버려두지 않았다. "물과 깨끗한 아마포, 용담초와 갈퀴덩굴 연고, 그리고 넉넉한 양의 포도주가 필요하네. 얼른 뛰어가서 그것들을 가져오게. 어서! 그리고 작업장의 등은 켜두는 게 좋을 거야. 다른 것들도 필요해질 테니까."

캐드펠의 지시가 떨어지자마자 오스윈은 촛대에서 초를 뽑아 번개같이 뛰어나갔다. 그렇게 정신없이 내달리는데도 촛불이 꺼지지 않는 게 신기할 따름이었다. 바람 한 점 없는 고요한 밤, 촛불은 잠시 깜박이다가 이내 되살아나 연기를 피워내면서 넓은 안마당을 가로지르는 그의 앞길을 환히 비추었다.

"화롯불도 피워놓고!" 환자의 이빨이 딱딱 마주치는 소리에 캐드펠이 오스윈의 등에 대고 소리쳤다. 죽음에 바싹 다가간 사람은 잔뜩 부풀어 오른 물집처럼 한꺼번에 무너져 내리기 쉬운 법이며, 이 깡마른 청년은 충격을 이겨낼 만한 체력과 뱃심이 거의 없어 보였다. 캐드펠은 청년이 속 빈 외투처럼 힘없이 접혀 돌바닥에 쓰러지기 직전에 얼른 한 팔로 그의 몸을 감싸안았다.

"자, 정신 차리게…… 우리는 성가대석에 가서 앉도록 하지."

아이만큼이나 가벼운 몸이었다. 캐드펠은 그의 몸을 번쩍 들어 안고서 제단을 돌아 성가대석에서도 비교적 외풍이 덜한 곳으로 가려 했다. 하지만 청년은 줄곧 제단 천을 움켜쥐고 있던 앙상한 주먹을 좀처럼 펴려 하지 않았다. 깡마른 몸이 캐드펠의 두 팔 안에서 가볍게 경련을 일으켰다.

"이걸 놓으면 그 사람들이 절 죽일 거예요……."

"내가 그 꼴을 보고만 있겠나?" 캐드펠이 말했다. "원장님이 자네를 보호하시는 이상 그자들도 오늘 밤에는 아무 짓 못 할 게야. 그러니 그만 천을 놓고 저쪽으로 가세. 저기도 성스러운 유골들이 얼마든지 있으니 염려 말게나."

손톱마다 시커멓게 때가 끼고 갈라진 더러운 손이 마지못해 천을 놓는가 싶더니, 그의 연한 황갈색 머리가 캐드펠의 한쪽 어깨 위에 힘없이 늘어졌다. 캐드펠은 성가대석으로 들어가 가장 가까운, 그러면서도 가장 널찍하고 편한 로버트 부원장의 좌석에 그를 앉혔다. 부원장의 자리를 함부로 침범하고 보니 기분이 썩 괜찮았다. 청년 또한 여전히 온몸을 부들부들 떨긴 했지만, 거기 앉자 다소 안심이 된 듯 깊은 한숨을 내쉬며 정신을 수습했다.

"그자들이 자네를 막다른 골목으로 밀어 넣었구먼." 캐드펠은 말했다. "하지만 그 골목 하나는 제대로 골랐네. 라둘푸스 수도 원장은 절대로 자네를 포기하지 않으실 거야. 여기서 며칠은 한숨 돌리며 편히 쉴 수 있으니 기운을 내라고! 게다가 저 밖으로 쫓겨난 자들도 생각만큼 나쁜 사람들은 아닐세. 술기운이 가시고 나면 차분해질 게야. 내가 잘 알지."

"그 사람들은 저를 죽이려고 했는데요." 젊은이가 떨면서 대꾸했다.

그 점은 부인할 수 없었다. 만일 젊은이를 수도원 밖으로 끌어낼 수만 있었다면 분명히 그렇게 했을 것이다. 캐드펠은 청년의 새된 목소리에서 뭐가 어떻게 돌아가는지 몰라 그저 당혹스럽고 두렵기만 한 사람의 마음을 금세 포착해낼 수 있었다. 기진맥진한 상태이긴 하나 이제 어느 정도 공포에서 벗어난 그 청년은 사람들이 왜 자기 목숨을 노리는지 전혀 알지 못하는 것 같았다. 아마 영문도 모르는 채 사냥개들에 쫓기는 여우와 비슷한 마음이리라.

오스윈 수사가 급한 걸음으로 불쑥 나타났다. 그의 얼굴은 벌겋게 달아올라 있었고, 삭발한 정수리 주위로 이리저리 뻗힌 연갈색 곱슬머리는 흡사 가시나무 울타리 같아 보였다.

오스윈은 포도주 플라스크와 연고 단지, 깨끗한 아마포 한 뭉치가 든 보따리를 한쪽 옆구리에 낀 채 두 손으로 물그릇을 들고 있었다. 현관에 희미한 빛이 가물거리는 것으로 보아 초를 그곳 벤치에다 세워둔 모양이었다. 그가 물그릇을 내려놓고 보따리를 펼친 뒤 캐드펠을 도와 환자의 몸을 손으로 받쳤다.

"약간의 행운에 감사해야 할 것 같군. 뼈가 부러진 곳은 없어 보이니 말이야. 발로 마구 짓밟히고 차였으니 온몸이 멍투성이가 되었겠지만 그 정도는 얼마든지 치료할 수 있을 걸세. 머리를 이쪽으로 기울여보게. 옳지, 그렇게! 관자놀이와 뺨 부위를 호되게 얻어맞았군그래. 이건 몽둥이에 맞은 자국이고…… 자, 이대로 가만히 있게, 옳지!"

그는 캐드펠의 두 손으로 순순히 머리를 기울였다. 부어오른 왼쪽 광대뼈 부근에 살갗이 벗겨져 벌겋게 된 생채기가 머리까지 길게 이어져 그의 금발을 피로 붉게 물들이고 있었다. 캐드펠이 뒤엉킨 머리카락들을 뒤로 쓸어 넘기고 상처를 닦아내자 피부에 경련이 일며 흙 부스러기와 마른 피딱지가 떨어져 나갔다. 보아하니 이번에 생긴 상처는 아닌 듯했다. 캐드펠이 아마포로 그의 눈썹과 뺨과 턱을 문지르자, 바짝 마르긴 했으나 순수하고 젊은 얼굴이 말갛게 드러났다.

"이름이 어떻게 되지, 젊은이?" 캐드펠이 물었다.

"릴리윈." 청년은 여전히 조심스러운 눈초리로 그를 살피며 말했다.

"색슨 사람이군. 눈과 머리를 봐도 그렇고. 어디서 태어났나? 이곳 출신은 아닐 텐데."

"제가 그걸 어떻게 알겠어요? 세상에 나온 즉시 도랑에 버려졌는데." 청년은 귀찮다는 듯 대꾸했다. "기억나는 거라곤 걷기 시작하자마자 재주넘기부터 배웠다는 것뿐이에요."

몹시 방어적인 태도였다. 혹시 거짓말을 하고 있는 걸까? 아니면 타인들에게 제 몸을 내맡길 수밖에 없는 지금 그저 자포자기하여 제 이야기를 있는 그대로 털어놓는 것일까?

"이제까지 그렇게 지냈나? 여기저기 떠돌아다니고, 장터에서 묘기나 마술을 부리고, 노래를 부르고, 그렇게 저녁거리를 얻으면서? 친절한 대접보다는 주먹질이 더 많은 고된 삶이었겠군. 아이 적부터 그랬나?" 장터 사람들이 아이의 가녀린 몸을 유연하게 만들기 위해 어떤 식으로 훈련을 시켰을지, 그는 능히 짐작할 수 있었다. 한창 자라나는 팔다리의 유연성을 손상시키지 않으면서 벌을 주고 고통을 안겨주는 방법은 무수히 많았다. "지금은 혼자인가? 도랑에서 주운 자네를 실컷 이용해먹었던 사람들은 딴 데로 가버렸나 보지?"

"어느 정도 철이 들자마자 도망쳐 나왔어요." 청년은 지친 목소리로 나직하게 말을 이었다. "그러다가 세 광대를 만났는데, 그 사람들 입장에서야 호박이 넝쿨째 굴러온 셈이었죠. 저를 온갖 방식으로 부려먹더군요. 하지만 제가 그 사람들한테서 받은 거라고는 주먹질과 발길질밖에 없었어요. 결국 지금은 저 혼자서 일해요."

"그 재주를 써먹으면서?"

"할 줄 아는 게 그것뿐인걸요. 꽤 잘하기도 하고요." 릴리윈이 자랑스레 고개를 들었다. 살갗이 벗겨진 뺨에 연고를 발라 무척 쓰라릴 텐데도 그는 통증을 태연히 감내하고 있었다.

"그래서 간밤에 월터 아우리파버의 집에 가게 됐구먼." 캐드펠은 칼에 베여 긴 상처가 생긴, 가늘면서도 탄탄한 청년의 팔뚝 위로 찢긴 소매를 걸어 올리며 부드럽게 말했다. "그 사람 아들의 혼인 잔치 자리에서 재주를 부리려고."

청년의 짙푸른 한쪽 눈이 비스듬히 캐드펠을 올려다보았다.
"그 집 사람들을 아세요?"

"이 마을에 내가 모르는 사람은 거의 없을 걸세. 성내 주민들
중 많은 이들을 치료했거든. 아우리파버 노부인도 그중 한 분이
라 그 집 식구들에 대해서는 잘 알지. 그런데 어제 그 금세공인의
아들이 결혼한다는 건 깜박하고 있었네."

캐드펠은 그들을 잘 알았다. 사람들에게 기억에 남을 만한 쇼
를 보여주고 싶어 하면서도, 돈이 아까워 귀족들이 귀빈처럼 반
기는 수준 높은 음악가들을 부를 수는 없었으리라. 그래서 자신
의 신통치 않은 운을 시험해볼 겸 이 도시로 온 가난한 떠돌이 음
유시인을 대신 써먹으려 했던 것이다. 썩 기대할 게 없어 뵈기는
하지만 혹시라도 재수가 좋아 그의 재주나 노래 솜씨가 아주 뛰
어나다면 순수음악 같은 것보다 훨씬 나을 수도 있을 테니까.

"그래, 잔치에 불려 가 손님들을 즐겁게 해주던 중에 대체 무
슨 일이 있었던 건가? 즐거운 잔치가 어쩌다 이 고약한 사태로
끝나게 됐지? 오스윈, 천 조각 하나만 더 건네주게. 촛불도 좀 더
가까이 가져오고."

이제 릴리윈은 두려움과 추위만이 아니라 분노로 몸을 떨고 있
었다. "그 사람들이 대가로 3페니를 주기로 약속해놓고는 저를
속였어요. 전 잘못한 게 없어요! 묘기도 부리고, 노래도 부르고,
제가 가진 모든 재주는 다 보여줬다고요…… 집이 손님들로 꽉

차서 움직일 공간이 별로 없는데도 제대로 해냈어요. 게다가 술에 취한 난폭한 청년들이 어찌나 떠밀어대는지! 묘기를 부리려면 넉넉한 공간이 있어야 하는데 말이에요! 그 사기 주전자가 깨진 건 제 탓이 아니에요. 어떤 청년 하나가 제가 돌리고 있던 공들을 잡겠다고 껑충 뛰다가 제 몸을 세게 밀치는 바람에 전 나가떨어지고 말았어요. 그 통에 주전자가 식탁에서 떨어져 박살이난 거라고요. 그러자 노파는 자기가 제일 아끼는 물건을 망가뜨렸다고 소리치면서…… 들고 있던 지팡이로 절 마구 후려쳤어요."

"노부인이 이렇게 만들었다고?" 캐드펠이 릴리윈의 관자놀이에 줄처럼 길게 난 상처를 어루만지며 물었다.

"네, 그랬다니까요! 호되게 후려치더니, 저더러 그 주전자 값을 물어내라는 거예요. 전 너무한다고 따졌죠. 그러자 1페니를던져주면서 사람들한테 저를 내쫓으로고 했어요!"

그 노파라면 충분히 그러고도 남았다. 소중한 물건이 박살 난것을 보고 제 피가 쏟아진 듯 고통을 느꼈으리라. 그녀는 악착같이 돈을 그러모으는 사람이었다. 하지만 그렇게 인색한 노파도제 영혼을 위해 쓰는 돈만은 아깝지 않은지 수도원 제단에 많은헌금을 내곤 했으며, 그로 인해 로버트 부원장과도 교분을 나누는 사이가 되었다.

"그래서 사람들은 그 노부인이 시키는 대로 하던가?" 그즈음이면 모두들 취해서 들뜨고 흥분해 있었을 테니 절대로 점잖게 내보내지는 않았을 것이다. "그게 몇 시쯤이었지? 밤 11시?"

"그보다 더 전이었어요. 손님들 중 누구도 돌아가지 않은 상태였죠. 사람들은 저를 현관 밖에 내동댕이치고는 다시는 들여보내주지 않았어요." 청년에게 처음 있는 일은 아니었다. 과거에도 그와 비슷한 상황에서 힘없이 돌아선 적이 한두 번이 아니니까. 릴리윈은 처량한 목소리로 맥없이 말을 이었다. "묘기 부릴 때 쓰는 공들도 집어 올 수가 없어 모두 잃어버리고 말았어요."

"그렇게 추운 밤거리로 쫓겨났구먼. 그런데, 대체 어쩌다가 다들 자네 뒤를 쫓아오게 된 건가?" 캐드펠은 이제 릴리윈의 가느다란 팔을 아마포로 조심스럽게 감고 있었다. 그의 두 손에 잡힌 팔이 분노로 움찔거렸다. "팔 좀 가만두게나, 이 사람아. 옳지, 그렇게! 베인 자리가 잘 붙어야 해. 차분히 잘 쉬면 깨끗하게 아물 게야. 자, 그러고 나서는 어떻게 됐지?"

"그곳을 조용히 빠져나갔죠." 쓰디쓴 어조였다. "제가 달리 뭘 할 수 있었겠습니까? 문지기가 성문에 난 쪽문으로 나가게 해줘서, 다음 날 아침에는 이곳을 떠나 리치필드에 갈 생각으로 다리를 건너 숲속에 들어섰어요. 강으로 내려가는 길 저쪽에 있는 자그마한 숲 말이에요. 큰길을 사이에 두고 수도원 건너편에 있는…… 예, 그 숲속의 풀밭에서 하룻밤 보낼 만한 공간을 찾아냈죠."

그 말이 사실이라면 릴리윈은 무척이나 쓰라리고 원통한 심경으로 잠자리에 누웠을 터였다. 부당하고 모욕적인 대우에 이골이

난 그조차 심한 무력감에 사로잡혀 마음이 좀처럼 가라앉지 않았으리라.

"그런데 한 시간쯤 뒤에는 그 사람들이 떼를 이루어 자네의 뒤를 쫓고 있었지. 그것도 자네가 살인과 도둑질을 저질렀다고 소리치면서 말이야."

청년이 부르르 몸을 떨었다. "하늘에 맹세코 저도 그 영문을 모르겠어요! 막 잠이 들려는데 그 사람들이 고함을 지르며 다리를 건너오더라고요. 무리가 수도원 정문 앞에 이를 때까지만 해도 저랑은 아무 상관도 없는 일이라 생각했죠. 그런데 갑자기 살인이니 복수니 하면서 광대가 범인이라고, 그놈을 잡아 죽여야 한다고 외치는 소리가 들리는 거예요. 그들은 사방으로 쫙 흩어져 숲을 뒤지기 시작했고, 전 그들이 날 찾아내면 그땐 정말 죽을지도 모른다는 생각에 그곳에서 달아나기 시작했어요. 그러자 다들 고함을 지르면서 제 뒤를 쫓아오더라고요. 그렇게 쫓기다가 막 머리채를 잡히기 직전에 이 안으로 뛰어 들어온 겁니다. 하지만 제 죄라는 게 도대체 뭔지 전 정말 모르겠어요. 제가 지금 거짓말을 한다면 하느님이 저를 맹인으로 만드셔도, 아니 이 자리에서 죽이셔도 할 말이 없을 겁니다!"

캐드펠은 붕대를 다 감은 뒤 너덜너덜한 소맷자락을 끌어 내렸다. "대니얼에게 듣자니, 누군가 제 아버지를 후려쳐서 쓰러뜨리고 금고까지 털어 갔다는구먼. 경사스러운 혼인 잔치가 완전히 엉망이 되어버린 셈이지! 하지만 자네의 말인즉슨, 그 모든 일이 자네가 받을 돈을 못 받고 쫓겨난 뒤에 일어났다는 거군. 상황을 대충 추측해보건대, 그 사람들은 중한 죄를 저지른 용의자를 찾다가 자네가 불만을 품고 그런 짓을 저질렀으리라 생각했던 모양이야."

"수사님께 맹세할 수도 있습니다." 청년은 격렬하게 항변했다. "그 금세공인은 제가 나올 때까지만 해도 쌩쌩하니 잘 있었어요. 저를 두들겨 팬 걸 빼면 싸움도 소란도 없었고요. 다들 신나게 웃고 떠들고 술 마시고 노래하고 있었다고요. 그다음에 어떤 일이 일어났는지는 저도 수사님만큼이나 모릅니다. 전 그냥 그곳을 떠났어요. 거기 더 있어봐야 무슨 소용이 있었겠어요? 수사님, 제발 저를 믿어주세요! 저는 그 사람도, 그 사람의 돈도 건드리지 않았어요."

"그렇다면 진실은 곧 밝혀질 게야." 캐드펠은 확고하게 말을 이었다. "그동안 자네는 여기서 안전하게 지낼 수 있네. 정의와 라둘푸스 수도원장님을 믿고, 내일 다른 사람들 앞에서 심문을 받을 때도 나한테 얘기했던 그대로 차분히 말하면 돼. 자, 우리에게 시간은 충분하네. 그사이 진실은 밝혀질 거야. 자네도 수도원장님 말씀을 들었겠지. 일단 오늘 밤은 이 예배당 안에서 보내도록 하세. 내일 사람들이 와서 타협이 잘 이루어지면, 그때부턴 수도원 경내에서 보다 자유롭게 지낼 수 있을 걸세." 캐드펠의 손끝에 닿는 릴리윈의 몸은 몹시 차가웠고, 두려움과 충격으로 인한 떨림도 여전히 가라앉지 않은 채였다. 캐드펠은 짐짓 활달한 어조로 말했다. "오스윈, 가서 두꺼운 담요 두 장이랑 화로를 가져오게. 포도주를 데워야 하니 말이야. 아, 포도주에 향신료를 넉넉히 넣는 것도 잊지 말고. 이 사람의 몸을 좀 덥혀줘야겠네."

그때껏 낯선 청년을 지켜보며 용케 입을 다물고 있던 오스윈은 신이 난 듯 말이 떨어지기 무섭게 달려 나갔다. 릴리윈은 그 모습을 가만히 바라보다가 다시 캐드펠에게도 경계 어린 눈길을 돌렸다. 하기야, 지금 같은 상황에서는 누구라도 자신을 믿어준다는 게 오히려 놀라운 일이리라.

"수사님은 여기 계셔줄 거죠? 그 사람들이 다시 저 문으로 들이닥칠까 봐 무서워요."

"자네 곁을 떠나지 않을 테니 마음 놓게."

물론 쉽사리 마음을 놓기 어려울 테지만, 그래도 향신료가 넉넉히 들어간 포도주를 마시면 저절로 잠이 올 것이었다. 오스윈은 화로를 품에 안고 급히 걸어오느라 또다시 얼굴이 빨갛게 달아올라 있었다. 그에게서 두꺼운 담요 두 장을 받아 건네자 릴리윈은 감사히 받아 몸을 감쌌고, 향신료가 들어간 포도주도 얌전히 받아 마셨다. 잠시 후 멍투성이가 된 그의 수척한 얼굴에 희미한 홍조가 감돌기 시작했다.

"자네도 그만 잠자리에 들게나." 캐드펠은 오스윈을 안채로 이어지는 계단 쪽으로 인도하며 말했다. "이제는 괜찮을 거야. 저친구는 내일 아침에야 깨어날 테니, 그때 다시 보세."

담요로 몸을 감싼 채 로버트 부원장의 널찍한 좌석에 푹 파묻

히다시피 한 릴리윈을 의문스럽게 돌아보며 오스윈이 속삭이듯 물었다. "저 사람이 정말로 살인을 저질렀을까요?"

캐드펠은 한숨을 쉬었다. "오늘 밤 월터 아우리파버 집안에서 일어난 일의 전말을 파악하기 전까지는 과연 살인 사건이 일어났는지조차 확신할 수 없네. 다들 술에 취해 자기네끼리 주먹다짐을 벌이다가 몇 사람이 코피를 흘린 것뿐일지도 몰라. 어떤 바보가 그걸 보고 공포에 휩싸여 비명을 지르고, 다른 바보들도 덥석 받아 덩달아 소리치다가 이 난리가 났을 수도…… 어쨌든 자네는 이만 잠자리로 돌아가게. 기다리면 다 알게 될 거야."

순순히 계단을 올라가는 오스윈을 지켜보며, 캐드펠은 자신 또한 기다리면서 상황을 지켜볼 수밖에 없다고 생각했다. 술에 취한 자들이 흥분에 들떠 지껄여댄 얘기를 불신하는 건 당연했다. 하지만 몰려왔던 모두가 술에 취한 상태는 아니었고, 적어도 그 금세공인의 집에서 뜻밖의 사태가 벌어져 젊은 대니얼의 혼인 잔치가 난장판이 된 것만은 분명했다. 만일 월터 아우리파버가 정말로 누군가에게 얻어맞아 죽었다면? 그리고 그 누군가가 그의 재물을 훔쳐 갔다면? 만약 그것이 몸에 담요를 두르고 포도주에 반쯤 취해 졸고 있는, 그러면서도 공포로 인해 여전히 긴장을 풀지 못하는 저 초라한 청년의 소행이라면? 청년의 입장에서야 그들에 대한 원망이 깊을 수밖에 없었을 것이다. 하지만 감히 그런 짓까지 저지를 생각을 했을까? 아니, 생각이야 했다 쳐도, 정말 그런 짓을 저지를 수 있었을까? 한 가지만은 확실했다. 만일 그

가 금고를 털었다면, 지리도 잘 모르는 도시의 어둠 속에서 그 물
건들을 즉각 처리해야만 했으리라. 너덜너덜하게 헤진 그의 광
대 옷에는 금세공인의 금고 속 보화는 고사하고 노부인이 던져준
1페니도 보관할 만한 데가 없어 보이니 말이다.

캐드펠이 릴리윈에게 조용히 다가가자, 멍든 눈꺼풀이 열리면
서 두려움 어린 짙푸른 그의 눈이 캐드펠에게 고정되었다.

"날세. 겁낼 것 없어. 이 밤에 여기 올 사람은 나 말고 아무도
없으니. 내 이름은 캐드펠이네. 자네 이름은 릴리윈이랬지?" 젊
고 가난하고 고독한 처지지만 재주넘기를 하고, 몸을 마음대로
구부리고, 희한한 마술을 보여주고, 노래하고, 춤을 추며 자신의
뛰어난 기술을 자랑스레 여기는 사람, 자신은 하등 즐거울 이유
가 없을 때도 남을 즐겁게 하려 애쓰는 떠돌이 연예인에게 더없
이 잘 어울리는 이름이었다. "올해 몇 살인가, 릴리윈?"

끄덕끄덕 졸면서도 곤한 잠에 빠져들기를 두려워하는 듯 담요
속에 파묻힌 채 눈을 크게 뜨려 애쓰는 그의 모습은 한층 더 작
고 어려 보였다. 몸에서 냉기가 빠진 덕인지 이젠 얼굴에 제법 화
색이 돌았다. 그는 제 나이가 몇 살인지 생각하느라 이맛살을 찌
푸린 채 한참이나 머뭇거리다가 입을 열었다. "스물쯤 되지 않았
나 싶어요. 아니면 더 되었을 수도 있죠. 아마 광대들이 제 나이
를 줄여서 얘기했을 거예요. 구경꾼들은 애들한테 더 후한 편이
니까."

청년은 체구가 작고 무척 여윈 편이니 틀림없이 그랬을 것이다.

캐드펠이 보기에는 많아야 스물두 살쯤 되지 않았을까 싶었다.

"가능하면 잠을 잘 자두게, 릴리원. 그게 몸과 마음에 훨씬 더 좋을 거야. 누가 오지 않나 감시할 필요는 없네. 내가 잘 지키고 있을 테니 걱정 말게나."

캐드펠이 수도원장의 좌석에 앉아 곁에 있는 촛불의 심지 끝을 잘라내자 불꽃이 좀 더 환하게 피어났다. 이제 사위는 고즈넉한 침묵에 싸여 있었다. 바깥의 어둠 속에는 말썽거리들이 도사리고 있을지 모르나, 이곳 성가대석의 아치형 천장은 그들의 위태로운 평화를 감싸주는 깍지 낀 두 손처럼 안온해 보였다. 한동안 침묵이 이어지는 사이, 캐드펠은 릴리원의 감은 눈에서 두 줄기의 눈물이 수척한 광대뼈를 타고 서서히 흘러내렸다가 담요로 떨어지는 것을 보았다.

"왜 그러나? 다른 근심거리라도 있나?"

줄곧 몸을 떨고 흥분해 항변하긴 했지만, 릴리언이 눈물을 보이는 건 이게 처음이었다.

"제 레벡[8] 때문에요. 숲속에 있을 때만 해도 어깨에 메는 아마포 주머니 속에 들어 있었는데…… 그 사람들이 오는 걸 보고 달아날 때 나뭇가지 하나가 현에 걸렸는지 주머니째 벗겨져버렸어요. 저는 도망치기에 급급해서 어둠 속을 더듬을 엄두도 못 냈죠…… 그리고 이젠 밖으로 나갈 수 없으니 그걸 찾기는 글렀어요!"

"다리 이편, 큰길 건너 숲에서 말이지?" 캐드펠은 그의 절망감을 이해할 수 있었다. "물론 자네는 아직 이곳을 나갈 수 없어. 하지만 난 가능하지. 내가 가서 찾아보겠네. 사람들은 일단 자네가 어디 있는지 알았으니 그쪽으로는 가지 않을 걸세. 레벡은 아마 숲속에 얌전히 놓여 있을 거야. 그러니 그만 슬퍼하고 눈을 좀 붙이게나. 절망하기에는 너무 일러." 캐드펠은 힘주어 마지막 말을 반복했다. "그래, 그게 언제든 절망하기에는 늘 이른 법이지. 그 점을 명심하고 기운 내게."

놀란 릴리윈의 푸른 눈이 캐드펠을 응시했고, 캐드펠은 그 눈동자에 어린 환한 빛을 포착할 수 있었다. 이윽고 그의 눈꺼풀이 스르르 감기며 사위는 다시 깊은 침묵 속에 빠져들었다. 캐드펠은 수도원장의 좌석에 기대앉은 채 문 쪽을 지켜보았다. 아침기도 전에는 이 청년을 다른 좌석으로 옮겨 앉혀야 하리라. 그러지 않았다간 로버트 부원장이 가만있지 않을 테니까. 그때까지 평범한 인간이 할 수 있는 일은 아무것도 없을 테니, 잠시 동안은 모든 처분을 신과 성인들에게 맡겨두자고 그는 마음먹었다.

*

청명한 5월 새벽 먼동이 틀 무렵, 밤새 주인의 가게를 지키느라 그 안에서 잠을 잔 자물쇠공 소년은 잠자리에서 일어나 뒷마당의 우물로 향했다. 그리핀은 마당을 함께 쓰는 두 집 식구들 중 늘 제일 먼저 일어나 주인 밑에서 일하는 직공이 두 골목 떨어진 자기 집에서 출근하기 전에 불을 피우고 그날의 작업 준비를 모두 마쳐놓곤 했다. 이날은 다들 평소보다 늦게 올 터였다. 어젯밤 혼인 잔치에 참석해 밤늦게까지 즐기다 술에 취해 잠들었을 테니까. 그는 잔치에 초대받지 못했으나, 수재나 마님이 래닐트를 시켜 고기와 빵, 케이크 한 조각, 맥주잔이 놓인 쟁반을 보내준 덕에 배불리 먹고는 자정에 어떤 난리가 났는지도 모르는 채 깊이 잠을 잤다.

올해 열세 살인 그리핀은 하녀와 그 집에 잠시 들른 땜장이 사이에서 태어난 아이였다. 아이는 인물이 훤하고 성격이 소탈한 데다 손재주도 좋았으나, 웬일인지 머리가 약간 모자랐다. 자물쇠 제조공인 볼드윈 페치는 자기가 사람이 좋아 그런 바보를 거두어주었다고 자랑을 늘어놓곤 했지만, 사실 그리핀은 실용적인 기술을 배우는 능력이 뛰어나 제 밥값을 하고도 남을 만한 아이였다.

오래 사용한 탓에 안팎으로 낡고 닳아빠진 큼지막한 두레박이 막 떠오른 아침 햇살을 받아 반짝이는 물을 그득 담은 채 저 밑바닥에서 올라왔다. 그리핀이 양동이에 물을 가득 채운 뒤 두레박을 제자리에 돌려놓으려는 순간, 두레박 나무판 틈에 끼워진 무언가가 은빛으로 번쩍였다. 아이는 두레박을 우물의 돌난간에 올려놓고 엄지와 검지로 그 빛나는 것을 잡아 뽑았다. 함께 딸려 나온 푸른 천 조각을 털어낸 뒤, 그는 손바닥 위에 그것을 올려놓고 자세히 살펴보았다. 사람의 머리 모양, 그리고 글자를 모르는 그의 눈에는 이상한 표식으로만 보이는 문자가 아름답게 새겨진 아주 작은 원반이었다. 뒷면의 테두리는 장식으로 둘러싸여 있었고, 그 한가운데 짧은 십자가와 신기한 표식들이 더 많이 새겨져 있었다. 그리핀은 금세 그 물건에 매혹되었다. 뜻밖에 얻은 보물을 들고 작업장으로 가자, 마침 잠자리에서 일어난 볼드윈 페치가 침침한 눈을 비비며 비틀대는 걸음으로 나오고 있었다. 그 집 안에서 나온 물건은 주인의 것이라는 생각에, 아이는 자기가 찾아낸 걸 그에게 자랑스럽게 내보였다.

그걸 본 순간 자물쇠 제조공은 눈을 휘둥그레 떴다. 몽롱하던 머리와 침침하던 눈이 대번에 밝아지는 기분이었다. 그는 그걸 연신 뒤집어가며 자세히 살펴보더니 은밀한 미소를 지으며 조심스레 아이에게 물었다.

"너 이거 어디서 났니? 나 말고 다른 사람한테도 보여줬니?"

"아뇨, 주인님한테 곧장 갖고 온 거예요. 우물의 두레박 속에 있었어요." 이어 그리핀은 그것이 나무판 사이에 어떤 식으로 끼어 있었는지 자세히 설명했다.

"그래, 잘했다! 남들한테는 이 물건에 대해 군이 알릴 필요가 없겠어. 나무판 사이에 끼어 있었다고?" 볼드윈 페치는 환한 얼굴로 보물을 살펴보면서 잠시 생각에 잠겼다. "참 착한 녀석이구나. 나한테 곧장 가지고 오다니 정말 잘한 일이야." 그는 더없이 흡족해 벙글벙글 웃었고, 그리핀 또한 주인이 기뻐하는 모습을 보며 뿌듯해했다. "아침 식사 때 간밤의 잔칫상에서 가져온 달콤

한 과자들을 내주마. 내가 착실한 아이한테 얼마나 관대한 사람
인지 잘 알게 될 거다."

2

토요일, 오전에서 정오 사이

캐드펠 수사는 수사들이 내려오기 전에 릴리원을 깨웠다. 어떻게든 그의 모습을 볼썽사납지 않게 매만져주어야 했다. 그는 위험을 무릅쓰고 젊은이를 밖에 데려가 엉망이 된 얼굴을 씻기고 자신도 용변을 본 뒤 다시 예배당으로 돌아와 아침기도에 참석한 신도들 앞에 서글픈 빛이 깃든 엄숙한 표정으로 섰다. 물론 로버트 부원장의 자리는 잠에서 깨자마자 말끔히 정리해둔 뒤였다. 예배당 안에 난입한 폭도들과 달갑잖은 손님 때문에 가뜩이나 불편한 그의 심기를 굳이 자극할 이유가 무엇이겠는가. 그러잖아도 고발당한 이 청년에게는 적들이 차고 넘치는 판이었다.

수사들이 아침기도를 끝내고 나올 즈음 문지기실 앞에는 꽤 많은 시민들이 모여 있었다. 적절한 절차를 밟아 죄인을 고발하기 위해서였다. 행정 장관 프레스코트는 마을에서 일어난 강도 사건보다 훨씬 더 중요한 왕의 업무를 처리해야 하는 입장이라 사건 조사와 교섭 임무는 그의 부하가 진행하게 되었다. 부활절 기간 동안 지역의 수지 현황을 보고하고 세입금을 전달하느라 스티븐 왕의 궁에 갔다가 막 돌아온 프레스코트는 이제 초여름을 맞아 주의 방어 태세를 시찰하려는 참이었고, 그의 보좌관인 휴 베링어 역시 왕의 명을 받들기 위해 북쪽 지역에 나가 있었다. 법을 어겼다는 혐의로 고발당한 불쌍한 사람들이 생길 때마다 휴의 올바른 판단에 크게 의지해온 캐드펠은 그가 어서 슈루즈베리로 돌아와 당사자들의 얘기를 주의 깊게 듣고 사건의 본질을 예리하게 꿰뚫어주기를 간절히 바랐다. 남의 말에 쉽게 넘어가지 않는 건전한 회의주의자가 없으면 고발자들이 유리해지기 마련이었다.

행정 장관을 대신해 그곳에 온 덩치 큰 관원은 경험이 많고 날카로운 판단력을 지닌 사람이었으나 피고발자보다는 고발자들에게 호의적일 터였다. 그의 뒤에는 제프리 코비저 시장을 앞세운 시민들이 잔뜩 몰려 있었다. 시장은 점잖고 강직하며 참을성이 강한 편이라 제대로 된 조사 없이 성급하게 판단을 내릴 사람은 아니었다. 이미 피해를 당한 가족들과 성실한 몇몇 시민들이 그에게 피고발자에 대한 험담을 늘어놓았으나, 이처럼 목격자가 많은 사건의 경우에는 다들 명확한 증거보다 자신의 인상과 느낌을 사실인 양 강변하는 경향이 있으니 그들의 주장은 반쯤 흘려듣는 것이 마땅할 것이었다.

관원과 시장 뒤에는 난리 속에서 첫날밤을 보낸 탓에 얼굴이 다소 까칠해진 대니얼 아우리파버가 작업복 차림으로 나타나 아직도 분을 이기지 못해 씨근거리며 서 있었다. 하기야, 제 아버지가 불의의 변을 당한 상황에서 어떤 아들이 흥분하지 않겠는가? 아침이 되자 약간 계면쩍은 기색도 엿보였으나, 오히려 그 때문에 그의 인상은 한층 험하게 구겨져 있었다.

캐드펠은 시민들과 예배당 사이에 선 수사들의 뒤쪽으로 물러났다. 이 자리에 모인 사람들 중에서 누군가 또다시 이성을 잃고 수도원장을 진노케 할 만한 일을 저지르지나 않을까 싶어, 여차하면 곧바로 예배당 문에 이르는 길목을 가로막을 작정이었다. 관원이 와 있는 데다 다들 주교 신분인 수도원장에게 정중하고 우호적인 자세를 갖춰야 한다는 걸 잘 알고 있으니 그런 일이 일어날 가능성은 극히 희박했지만, 수십 명의 시민들 가운데 구제 불능의 멍청이가 한두 명쯤 섞여 있지 않으리라 장담할 수는 없었다. 그가 힐끗 뒤를 돌아보자 두려움으로 창백하게 질린, 그럼에도 입을 굳게 다문 채 꼿꼿한 자세로 서 있는 릴리윈의 모습이 눈에 들어왔다. 그 의연한 자세가 수도원에서 자신을 지켜주리라는 굳은 믿음에서 비롯한 것인지, 아니면 그저 체념에서 나온 것인지 캐드펠로서는 가늠할 수 없었다.

"안에 들어가 있게." 캐드펠은 어깨 너머로 그를 향해 소리쳤다.

"부르기 전까지 자네는 모습을 보이지 말게나. 모든 걸 원장님께 맡겨두세."

곧 라둘푸스 수도원장이 나서서 차분한 태도로 관원과 시장에게 인사를 건넸다.

"이렇게 오실 줄 알았소. 간밤에 우리의 성역으로 한 청년이 도망쳐 와 보호를 구했고, 우리는 우리에게 주어진 의무에 따라 그를 받아들였소. 여러 사람들이 몰려와 고발을 한다고 주장했지만 그건 행정 장관의 재가를 얻는 등의 적절한 형식을 갖추기 전에는 아무 효력도 없는 발언에 불과하잖소. 어쨌든 잘 오셨소. 이제 내게 사건의 전말을 정확히 알려주길 바라오."

캐드펠이 보아하니 수도원장은 그들을 예배당이나 본관 안으로 불러들일 의향이 없는 듯했다. 오전의 화창한 햇살이 따갑게 내리쬐는 가운데 이처럼 밖에 서서 이야기를 나누다 보면 양측의 타협이 보다 신속하게 이루어질 터였다. 관원은 이미 그 도망자를 예배당 밖으로 끌어낼 권한이 자신에게 없음을 깨닫고, 이젠 수도원 측과 적절히 타협한 뒤 다른 장소로 이동해 증거 수집에 전념할 생각뿐이었다.

관원은 핵심만 짚어 간단히 설명하기 시작했다. "제게 고발이 들어왔습니다. 간밤에 마스터9 월터 아우리파버의 집에서 열린 혼인 잔치 자리에서 손님들을 즐겁게 해주는 일을 맡은 음유시인인 릴리윈이 월터를 폭행했다고 하더군요. 월터가 가게의 금고에 결혼 선물들을 넣고 있는데, 릴리윈이 갑자기 들이닥쳐 그를 때려눕히고 금고 안에 들어 있던 거액의 주화들과 값비싼 금세공품들을 훔쳐 갔답니다. 여기 저와 함께 온 금세공인의 아들과 잔치 자리에 있었던 열 명의 손님들이 그 사실을 증언했습니다."

목을 빳빳이 세우고 서 있던 대니얼이 그렇다는 듯 고개를 끄덕이자, 뒤에 서 있던 이웃 사람들도 낮게 웅얼거리면서 그를 따라 주억거렸다.

"고발 내용의 사실 여부는 확인해봤소?" 라둘푸스 수도원장이 근엄하게 물었다. "범행을 저지른 이가 누구든 간에, 그런 행위가 실제로 일어났다는 것이 확실하긴 하오?"

"가게에 직접 가서 금고 속을 들여다봤는데, 은밀히 옮기기 어려운 무거운 은 제품들만 빼고는 텅 비어 있더군요. 제게 맹세한 목격자들의 증언에 의하면, 원래 거기엔 값비싼 보석들이 박힌 소량의 금세공품들과 거액에 달하는 은화들이 들어 있었답니다. 그것들이 몽땅 사라진 거죠. 그리고 폭행의 흔적으로, 마스터 아우리파버가 쓰러져 있던 금고 근처의 바닥에 핏자국이 떨어져 있었습니다. 여태 정신이 혼미한 그 사람도 직접 만나보았고요."

"죽은 게 아니었소? 어제 밤에는 모두들 살인이 났다고 외쳐댔는데."

"죽어요?" 관원이 놀란 얼굴로 되물었다. "아니, 그렇지 않습니다! 얻어맞아 정신을 잃긴 했지만 목숨을 잃을 정도는 아니었어요. 만취하지만 않았다면 본인이 직접 증언할 수도 있었을 겁니다. 사실 아직 취기가 가시지 않은 듯했거든요. 누군가 그 사람의 머리를 내리치긴 했는데 워낙 머리가 단단해서였는지…….
아무튼 그는 무사합니다. 제 판단이 옳다면 앞으로 천수를 다 누
릴 겁니다."

관원의 뒤에 뚱한 얼굴로 몰려서 있던 목격자들은 슬그머니 고
개를 돌려 딴 곳을 보는 척하다가 예배당 문과 원장 쪽을 힐끔거
렸다. 자신들의 주장이 사실이 아닌 것으로 드러나자 몹시 당혹
스러워하면서도 여전히 불만이 가시지 않아 그 원흉에게서 좀처
럼 시선을 떼지 못하는 듯했다.

"그럼 우리의 성역 안에 있는 사람은 살인 혐의를 벗은 셈이
군." 수도원장은 차분하게 말했다. "부상을 입히고 도둑질을 했
다는 혐의는 남았어도 말이오."

"그렇죠. 그 사람이 묘기를 부리다 주전자를 깨는 바람에 약속
한 돈을 다 못 받은 채로 쫓겨났고, 그러면서 몹시 불평을 했다는
게 그 동기로 간주되었습니다. 그러고서 얼마 후, 손님 대부분이
아직 집 안에 있는 사이 마스터 아우리파버가 피습을 당한 거죠.
그 사실은 많은 사람들이 증언했습니다."

"그런 범죄는 조사하여 마땅히 단죄를 해야겠지. 하지만 그대
도 이곳이 신성불가침의 영역이라는 건 잘 알잖소. 물론 성역이
죄를 저지른 이의 피난처는 아니지. 그보다는 조용한 성찰의 공
간이라 할 수 있을 거요. 죄인은 자기 영혼을 점검하고, 죄 없는
이는 자신의 구원에 확신을 갖는 곳 말이오. 누구도 그 영역을 침
해해서는 안 되오. 적어도 정한 시간이 끝날 때까지 이곳은 성스

러운 공간이며, 그대들이 잡으려는 그 사람은 40일 동안 우리의 사람이오. 아니, 하느님께 속한 사람이지! 그 기간 동안은 아무도 그 사람을 설득하거나 건드릴 수 없소. 그의 의지에 반하여 강제로 이곳에서 끌어낼 수도 없고. 우리는 40일 동안 그를 보살피고 먹을 것과 잠자리를 제공해줄 것이오."

"그 점은 인정하나 몇 가지 조건이 있습니다." 관원이 말했다. "그자는 스스로 원해서 이곳에 왔으니, 이 안에 계시는 분들이 드시는 정도만 먹어야 할 것입니다." 그처럼 거구인 사람에게는 물론 적은 양이겠지만, 릴리원의 경우에는 수도사들을 따라 평소보다 훨씬 더 많은 양의 음식을 먹게 될 터였다. "그리고 40일의 유예기간이 끝나면 더 이상 그는 음식을 제공받지 못하며, 이곳에서 나와 재판을 받아야 한다는 점을 약속해주시기 바랍니다."

관원의 말투는 라둘푸스 수도원장 못지않게 단호했다. 기간 연장은 허용되지 않을 것이고, 수도원 측에서는 유예기간 이후 음식을 일절 제공할 수 없다는 것. 공정한 제안이었다. 40일이면 충분했다.

"좋소." 수도원장이 말했다. "정의 수호에 대한 믿음에 있어서는 나 역시 그대와 의견을 같이하니, 합의한 사항들은 철저히 준수하겠소. 이곳의 누구도 그 사람이 그대의 손이 미치지 않는 곳으로 도망치게끔 거들지 못하게 할 것이요. 다만, 그가 예배당만이 아니라 이 수도원 경내를 자유로이 돌아다닐 수 있다는 점 역시 인정해준 것으로 믿고 싶군. 그 사람도 몸을 씻고, 용변을 보고, 바깥 공기를 쐬면서 운동을 하고, 우리 수도사들처럼 단정한 모습을 갖추고 있어야 할 테니까."

관원은 아무 이의 없이 받아들였다. "수도원 담장 안에서는 자유롭게 지내도 좋습니다. 하지만 그 이상은 안 됩니다. 담장 밖으로 한 발짝만 벗어나도 우리 측 사람들이 지체 없이 끌고 갈 겁니다."

"잘 알겠소. 자, 이제 원한다면 내가 동석한 자리에서 고발당한 그 젊은이와 이야기를 나눠도 좋소. 하지만 저 목격자들은 안 되오. 고발자들이 자유롭게 자기네 이야기를 했으니, 그 청년 역시 자유롭게 얘기하도록 해줘야 공정하지 않겠소? 그런 뒤 유예 기간이 끝난 다음 이 사건을 재판에 회부하면 될 거요."

대니얼이 격렬히 항의하려는 듯 입을 벌렸지만 수도원장의 매서운 시선을 의식하자 생각을 고쳐먹은 듯 금세 입을 다물었다. 그의 뒤에 있던 이들 역시 자기들끼리 수군대고 웅얼거릴 뿐 원장의 귀에 들릴 정도로 분명하게 말을 꺼낼 엄두는 내지 못했다. 시에서 일어나는 모든 일들에 관여할 의무와 권리를 지닌 시장만이 나서서 입을 열었다.

"저는 어제 그 혼인 잔치에 참석하지 않은 터라 사건의 구체적인 전말을 알지 못합니다. 슈루즈베리의 양식 있는 원로들을 대리하는 입장에서 그 청년이 뭐라고 얘기하는지 들어보고 싶으니 허락해주셨으면 합니다, 원장님."

"그럼 같이 예배당으로 들어갑시다." 원장은 기꺼이 허락했다.

"이제 다른 분들은 조용히 해산해주기 바라오."

다들 눈앞의 먹잇감을 잡아채지 못한 것에 분통을 터뜨리면서도 마지못해 조용히 흩어지는 와중에, 대니얼만이 급히 앞으로 나서며 원장의 시선을 붙들었다. 불만스러운 기색은 어느새 말끔히 가시고 원장의 비위를 맞추는 데만 급급한 인상이었다. 이제 그에겐 다른 용무가 있었다.

"원장님, 잠깐만요! 간밤에 제 아버님이 피를 흘리면서 쓰러지시는 걸 보고 우리 모두 지나치게 흥분했던 건 사실입니다. 아버님이 정말로 살해당하셨다 믿고 성급하게 살인이라 소리쳤죠. 하지만 그분이 어느 정도나 다치셨는지는 여전히 정확히 알 수 없는 상황입니다. 그리고 제 할머니는 그 소식을 듣고 전에도 한 번 그랬던 것처럼 졸도를 하셨어요. 지금은 좀 나아지셨지만, 상태가 그다지 좋지 못합니다. 저번에 그런 일이 일어났을 때 할머니는 다른 의사들은 다 제쳐두고 캐드펠 수사님만 찾으셨습니다. 이번에도 저더러 캐드펠 수사님을 모셔 와 당신을 치료하게 해달라고 부탁하시더군요. 숨이 막히고 가슴에 심한 통증이 일 때 어떻게 해야 하는지 캐드펠 수사님은 잘 알고 계시니까요."

원장은 캐드펠 수사를 돌아보았다. 그는 대니얼의 청원을 들으며 회랑으로 둘러싸인 안뜰의 그늘 속에서 한 걸음 나와 있었다. 이는 오히려 자기 쪽에서 부탁하고 싶은 일이었기에 캐드펠의 가슴은 기대감으로 설렜다. 릴리윈 곁에서 하룻밤을 보낸 지금, 대니얼 아우리파버의 혼인 잔치 자리에서 정말로 어떤 일이 일어났는지 확인해보고 싶은 마음이 굴뚝같던 터였다.

"형제는 저 청년과 함께 가서 부인을 돌보도록 하시오, 캐드펠 수사. 필요한 만큼 있다 와도 좋소."

"그렇게 하겠습니다. 원장님." 캐드펠은 기쁜 마음으로 고개를 숙여 보인 뒤 작업장에 있는 물품을 챙기기 위해 채소밭 쪽으로 부지런히 걸어갔다.

*

금세공인의 토지는 세번강의 들목과 날목으로 양쪽이 막혀 병목처럼 좁은 곳에 자리한 성의 아치문과 이어지는 거리에 자리 잡고 있었다. 거리 양편에 늘어선 집들의 뒷마당은 시를 둘러싼 외벽까지 죽 뻗어 있고, 세번강으로 둘러싸인 거대한 원형의 시가지는 남서쪽을 향해 아늑하게 펼쳐져 있었다. 금세공인의 땅은 시내에서 가장 넓은 편에 속해, 주민들은 그를 이곳에서 가장 부유한 사람이라 여겼다. 저택은 거리와 평행으로 뻗은 기역 자 형태를 이루었고, 홀과 식구들의 주거 공간은 그 뒤편에 길게 늘어서 있었다. 늘 부가적인 수입원을 확보하는 일에 신경을 써온 아우리파버는 거리 쪽 공간을 둘로 나눠 그 한쪽은 자물쇠 제조공인 볼드윈 페치의 가게와 살림방으로 세를 내주었다. 자식이 없는 중년의 홀아비인 볼드윈 페치는 그곳이야말로 자기가 살기에 딱 알맞은 공간이라 여겼다. 두 가게 사이에 난 좁은 통로는 뒤편

마당으로 이어졌고, 마당에는 우물 하나와 두 집이 따로 쓰는 주방, 그리고 외양간과 변소 따위가 자리 잡고 있었다. 월터 아우리파버의 집에는 오수를 모아두는 웅덩이조차 가장자리가 돌로 장식되어 있다는 소문이 돌았으니, 사람들은 이를 프티부르주아가 누리는 오만한 특권의 남용이라 여겼다. 지대가 점차 낮아지면서 시를 둘러싼 담벼락까지 이어지는 마당의 넓은 공간에는 채소밭과 양계장이 있었으며, 거기서부터 아치형 통로를 지나 강가에 이르는 비탈진 지형의 매끄러운 풀밭까지 모두 그 집안의 소유지였다.

캐드펠은 노부인의 간청으로 그 집에 몇 번 가본 적이 있었다. 이제 여든 살이 된 줄리아나 부인은 자신이 수도원에 많은 헌금을 했으니 이승에서의 건강과 저승에서의 복락쯤은 당연히 요구할 권리가 있다고 믿었다. 나이가 여든쯤 되면 늘 몸 어딘가가 아프기 마련이고, 더욱이 줄리아나 부인은 다리에 가벼운 부상이나 사소한 찰과상만 입어도 궤양증이 생기곤 했다. 그럴 때마다 그녀는 홀 2층에 있는 자기 방에 틀어박혀 거의 움직이지 않았다. 만일 그녀가 어제저녁 대니얼의 혼인 잔치를 주재했다면—틀림없이 그랬겠지만—늘 가까이 두고 지내는 지팡이를 짚고 내려왔을 텐데, 이는 릴리윈에게는 더없이 불안한 일이었으리라! 소문에 의하면 노부인은 심기가 안 좋을 때마다 그걸 함부로 휘두른다니 말이다.

사람들은 노부인이 사랑하는 사람은 손자 하나뿐이라고, 그러나 그 아이조차 아직 할머니의 돈주머니 끈을 풀 방법을 찾아내지 못했다고들 숙덕거렸다. 노부인의 아들 월터는 그녀를 빼쏜 사람이라 인색하기로는 따라올 자가 없었다. 게다가 제 어머니와 달리 수도원 제단에 헌금을 많이 하지 않는 것으로 보아 그는 구원을 확신할 만큼 스스로의 덕성에 대해 자신감이 넘치거나, 아니면 내세에 대해 염려할 만큼 나이가 들지 않았다고 생각하는 모양이었다. 물론 상속인인 아들의 혼인날만큼은 떡 벌어진 잔칫상을 차렸겠지만, 거기 들어간 비용은 다음 몇 달간의 생활비를 조금씩 줄이는 것으로 메우려 들 터였다. 그를 좋아하지 않는 사람들은 그의 아내가 아들을 낳자마자 굶어 죽은 게 틀림없다고, 그 자린고비가 뭐 하러 입 하나를 더 건사하려 했겠느냐고 가시 돋친 농담을 주고받곤 했다.

캐드펠은 뚱한 얼굴을 하고 별다른 말도 없이 걷는 대니얼을 따라 양쪽 가게 사이의 통로를 지나갔다. 마당으로 난 문은 활짝 열려 있었다. 아직 오전 시간이라 텅 빈 마당은 건물의 긴 그림자에 덮인 채였지만 머리 위로는 푸른 하늘이 말끔히 펼쳐져 있었다. 안으로 들어서자 목재 냄새가 나는 침침한 어둠이 그들을 둘러쌌다. 홀 오른편에 방문이 하나 보였다. 월터의 딸인 수재나의 방이었다. 그 옆에 자리한 광, 딸이 맡아 관리하는 식품 저장고를 지나면 2층으로 올라가는 계단이 나온다. 이곳을 잘 아는 캐드펠은 혼자서 넓은 나무 계단을 올라갔다. 줄리아나 부인의 방은 벽을 따라 이어진 좁은 회랑에서 맨 처음 보이는 문으로 들어가면 되었다. 대니얼은 한 마디도 하지 않고 어깨를 축 늘어뜨린 채 밖으로 나가 가게로 향했다. 이제 며칠 동안은 그가 금세공 가게의 주인 노릇을 해야 했다. 듣기로는 그도 마음이 내킬 때면, 그리고 손윗사람들이 잘 붙들어놓으면, 숙련공으로서 그런대로 제 몫을 해낸다고 했다.

캐드펠이 방문으로 다가가는데 한 여자가 노부인의 방에서 나왔다. 제 남동생처럼 키가 크고 그와 똑같은 갈색 머리를 지닌, 이 집의 딸 수재나였다. 지난 열다섯 해 동안 집안 살림살이를 도맡아온 그녀는 차가운 권위를 지닌 사람으로, 서른을 넘긴 나이에 아직 미혼이었다. 지난밤의 폭력과 범죄로 그녀는 심기가 매우 불편한 상태였다. 어머니를 많이 닮았다는 그녀는 할머니인 줄리아나 부인이 앓아눕고부터 실제로 집안의 어머니 역할을 떠맡았다. 온갖 열쇠들과 광에 쌓인 곡식이며 먹을거리를 혼자 관리하면서 조용히, 그리고 매사에 빈틈없이 이 집안을 꾸려왔다. 사람들은 그녀를 두고 참 좋은 딸아이라고들 했다. 이미 아이 시절을 다 보냈다는 점만 빼면 맞는 얘기였다.

캐드펠 수사를 보자 수재나의 얼굴에 미소가 떠올랐다. 서먹하고 차가운 미소였다. 희고 깨끗한 타원형 얼굴, 엷은 잿빛 눈, 넓은 미간. 눈과 강한 대조를 이루는 숱 많은 적갈색 머리칼은 땋아서 소박하게 틀어 올린 모습이었다. 색깔이 짙고 수수한 모양에 깔끔하게 세탁된 주부용 가운을 걸친 차림으로, 장신구라고는 허리에 매달린 열쇠 뭉치가 유일했다.

오랜 지인 사이. 캐드펠로서는 수재나와의 관계를 그 이상으로도 이하로도 표현할 수 없었다.

"걱정 마세요, 수사님." 수재나가 입을 열었다. "무척 놀라시긴 했지만 어려운 고비는 넘기셨거든요. 지금 상태로는 어떤 충고든 잘 받아들이실 것 같아요. 마저리가 지금 할머니 곁에 붙어 있어요."

마저리? 아, 신부! 이제 막 결혼해 집에 들어온 신부의 공간이 신랑 할머니의 방이라니…… 캐드펠은 그녀가 피륙 상인인 에드러드 벨의 딸이라는 것을 기억해냈다. 남자 형제가 없으니 마저리 벨은 향후 꽤 쏠쏠한 재산을 상속받을 것이고, 이번 결혼식 때도 이미 두둑한 지참금을 갖고 온 터였다. 그 정도면 인색한 집안에서 자기네 상속자의 배우자로 탐내고도 남을 만한 신붓감이리라. 하지만…… 그녀 쪽에서는 이쪽 집안의 혼담을 받아들일 만큼 구혼자가 없었던 것일까? 그게 아니면, 지금쯤 가게에서 잃어버린 보화를 떠올리며 얼굴을 잔뜩 구긴 채 속앓이를 하고 있을 그 버릇없고 잘생긴 곱슬머리 사내를 진작부터 마음에 두고 있었던 것인가?

"이제 수사님과 하느님께 모든 걸 맡기고 저는 물러가야겠어요." 수재나가 말했다. "할머니는 수사님 아닌 누구의 말도 들으려 하시질 않으니까요. 마침 식사를 차릴 시간이기도 하고요."

"아버님은 좀 어떻소?"

"곧 좋아지시겠죠." 수재나는 짧게 대답했다. "사건이 날 때

만취해 계셨는데, 그 상태가 오히려 완충작용을 한 것 같아요. 할머니와 말씀 다 나누시면 가서 만나보세요." 수재나는 씁쓸한 미소를 지으며 조용히 계단을 내려갔다.

*

발음이 다소 불분명하긴 했지만, 줄리아나 부인은 심장 발작을 겪은 사람이라 생각하기 어려울 정도로 놀라운 회복력을 보이고 있었다. 아마 하루 이틀쯤 베개를 베고 가만히 누워 있으면 금세 좋아지리라. 캐드펠이 이마와 맥박을 짚어보고 눈꺼풀을 뒤집어 날카로운 잿빛 눈을 자세히 살피는 동안에도 노부인은 연신 혀를 놀렸다. 캐드펠은 부인의 입에서 나오는 말을 하나도 놓치지 않되, 맞장구는 쳐주지 않고 대꾸도 일절 하지 않았다.

"원장님한테 정말 놀랐다오." 노부인이 가늘고 푸르스름한 입술을 부지런히 움직이며 말을 늘어놓았다. "의무와 헌신을 다하는 정직한 기독교도 장인들이 아니라 떠돌이 강도이자 살인자에 도둑놈인 그 녀석 편을 들어주다니. 그런 불한당을 감싸고 도는 건 댁들 모두의 수치라오."

캐드펠은 보따리를 뒤져 참나무 겨우살이를 말리고 가루를 내어 만든 약이 담긴 작은 플라스크를 꺼내면서 부드럽게 입을 열었다. "간밤에 부인 댁 손님들이 살인이 났다며 외치고 다니긴 했지만, 제가 듣기로 부인의 아드님은 죽지 않았다던데요. 앞으로도 한참은 그런 일이 없을 거라고요."

"얼핏 시체처럼 보여서 그랬겠지!" 노부인이 얼른 말을 받았다. "우리 아들이 죽었든 아니든, 그놈은 교수형을 당해야 마땅해. 그리고, 만일 내가 죽었더라면 어쩔 뻔했소? 그건 누구 책임이지? 하마터면 우리 둘 다 무덤 속 신세가 될 뻔했다니까. 한 집안이 풍비박산할 뻔했다고. 그 저주받을 하찮은 음유시인 녀석 때문에 하룻밤 사이 그 끔찍한 횡액이 모두 들이닥쳤다면······ 아이고! 40일이 됐든 얼마가 됐든, 우린 놈을 기다릴 거요. 절대로 우리 손아귀를 빠져나갈 수 없고말고!"

"그 사람이 여기서 부인 댁 재물을 훔쳐 달아났는지 어쨌는지는 몰라도, 예배당 안에 들어왔을 땐 아무것도 지니고 있지 않았어요." 캐드펠은 플라스크를 기울여 겨우살이 가루를 손바닥에 털어내며 말을 이었다. "아마 가진 거라곤 부인이 줬다는 1페니가 전부일 겁니다." 이어 그는 침대맡에 선 채 걱정스러운 얼굴을 하고 있는 젊은 여자 쪽으로 시선을 돌렸다. "포도주나 우유가 있을까요? 어느 쪽이든 좋으니, 이 약을 함께 넣고 저어주시오."

스무 살쯤 되어 보이는 마저리는 작고 통통한 몸집에 수수한 인상이었다. 얼굴은 발그레하니 홍조를 띠었지만 황금빛 머리칼은 제대로 다듬지 않아 다소 부스스했고, 둥그런 눈에도 피로의 기색이 역력했다. 새로 들어온 집에서 낯설고 어수선한 일을 겪느라 정신을 못 차릴 법도 한데, 그녀는 조용하면서도 날렵하게 몸을 움직여 이내 주전자와 컵을 가져왔다.

"필시 훔친 물건들을 어딘가에 숨겨놓은 게지." 노부인은 퉁명스럽게 말했다. "월터가 30분이 넘도록 돌아오지 않자 수재나가 이상하게 여기고 제 아비를 찾으러 나갔거든. 그사이 놈은 다리를 건너 숲으로 들어갈 수 있었을 거요."

마저리가 가루약을 탄 포도주인지 우유인지를 입에 대주자 노부인은 단번에 들이켰다. 원장과 수도원에 대한 불만이 가득한 와중에도 캐드펠의 치료법은 신뢰하는 모양이었다. 매사 의견이 일치하는 경우가 드물었지만, 두 사람은 늘 존경 어린 마음으로 서로를 대했다. 탐욕스럽고 사납기 그지없어 가족들에게는 폭군이요 하인들한테는 공포의 대상인 이 노부인은, 한편 쉽사리 무시할 수 없는 용기와 기백, 정직성 또한 지니고 있었다.

"하지만 그 사람은 부인의 아드님과 재물에 손을 댄 적이 없다고 맹세하더군요." 캐드펠이 말했다. "물론 그가 거짓말을 했을 수도 있다는 점은 인정합니다. 그러니 부인이나 부인의 식구들이 사태의 진상을 잘못 알고 있을 수 있다는 점 또한 인정해야 공평할 듯싶네요."

노부인은 헛소리 말라는 표정이었다. 땋아 내린 성긴 회색 머리 타래에서 부스스하게 솟아난 머리칼들을 턱 밑의 주름진 피부 옆으로 짜증스레 밀어내며 그녀가 입을 열었다. "그놈 말고 또 누가 그런 짓을 할 수 있단 말이오? 외지 사람은 그놈 하나뿐이었고, 게다가 깨뜨린 물건 값을 변상시켰다는 이유로 이미 원한을 품고 있었으니⋯⋯."

"그 사람 말로는 난폭한 어떤 젊은 친구가 자기를 떠미는 바람에 실수로 깨뜨렸다던데요."

"잔칫집에 고용되면 언제든 그런 자들을 만나기 마련 아닌가? 항시 그런 사태에 대비하고 있어야지. 참, 놈을 내쫓고 보니 그자의 색칠한 장난감들이며 나무 고리며 공 따위가 남아 있더구먼. 우리한테는 그런 물건들이 전혀 필요 없으니 돌려줘야겠소. 수제나가 수사님께 그 물건들을 건네드릴 테니 원한다면 녀석한테 돌려줘요. 그러면 이젠 우리도 자기 물건을 훔쳤다는 주장 같은 건할 수 없을 테지."

노부인은 릴리윈의 물건을 꼼꼼하게 모두 챙겨 돌려준 다음 아주 홀가분한 마음으로 그가 교수형 당하는 꼴을 지켜보고 싶은 모양이었다.

"부인께서 이미 그 사람의 머리를 터뜨려놓았으니 어느 정도는 속이 후련하실 텐데요. 그런 식으로 한 번만 더 후려쳤으면 부인도 살인자가 됐을 겁니다. 그리고 말이죠, 제 말 잘 들으세요, 앞으로 또다시 그렇게 격노했다가는 부인의 목숨이 위험해질 겁니다. 성질을 죽이고 주어진 일을 순순히 받아들이는 법을 배우셔야 해요. 그러지 못하고 또다시 분에 못 이겨 졸도하는 경우에는, 그 길로 인생을 마감하게 된다고요."

이 순간만큼은 노부인의 표정도 자못 진지해졌다. 아마 캐드펠이 경고하기 전부터 이미 같은 말로 스스로를 타이르고 있었으리라. "내가 이런 인간인 걸 어쩌겠소." 노부인의 대답은 허세라기보다 인정에 가까웠다.

"화가 날 만한 일은 이제 젊은 사람들에게 맡겨두세요. 웬만한 일들이야 시간이 지나면 저절로 해결되지 않습니까. 자, 이 플라스크는 여기 두고 가겠습니다. 달구지풀을 달인 즙인데, 심장을 튼튼하게 하는 약으로 이것만큼 좋은 게 없죠. 전에 알려드린 대로 이걸 복용하시고, 오늘은 침대에 가만히 누워 계시죠. 내일 다시 오겠습니다. 이제 아드님의 상태가 어떤지 살펴봐야겠군요."

*

금세공인은 대머리와 의심 많은 길쭉한 얼굴을 붕대로 감싼 채 요란하게 코를 골며 자고 있었다. 그대로 내버려두는 게 최선의 치료법일 터였다. 캐드펠은 생각에 잠긴 채 계단을 내려오다가 집 뒤편 부엌에서 나오던 수재나와 마주쳤다. 부엌 안에서는 깡마른 여자아이 하나가 큼직한 솥을 고리에 걸고 불길이 시원찮은 장작불을 살리느라 애를 먹고 있었다. 캐드펠이 전에도 본 적이 있는 아이였다. 땟국이 진 창백한 얼굴에 유난히 커 보이는 검은 두 눈, 헝클어진 검은 머리. 어느 불쌍한 하녀가 주인이나 주인의 아들, 혹은 그 집에서 하룻밤 묵어간 손님과 관계를 맺고서 낳은 아이이리라. 이 집 사람들이 지독히 인색하긴 하지만, 그렇다고 이곳을 떠났다가는 한층 더 곤란한 처지에 빠질 것이다. 그래도 여기서는 최소한 세끼 모두 챙겨 먹을 수 있고 식구들이 입지 않는 헌 옷이나마 얻어 입을 수 있지 않은가. 게다가 노부인이야 성정이 사납고 무서운 사람이라 해도, 수재나는 워낙 조용하고 과묵한 데다 야단을 치거나 심하게 닦달해대는 일도 없었다.

캐드펠이 환자의 상태에 대해 이야기하는 동안 수재나는 그의 얼굴을 지그시 바라보며 고개만 끄덕일 뿐 아무것도 묻지 않았다.

"곤하게 주무시길래 그대로 내버려뒀지. 그 이상 달리 뭘 어쩌겠소?"

"간밤에 아버지가 쓰러진 걸 발견하고 주치의를 모셔 왔었어요. 할머니야 이제 수사님 말고는 어떤 의사도 상대하려 하지 않으시지만, 아버지는 아널드 선생님을 무척 의지하시거든요. 그분 말씀이, 아버지가 심하게 얻어맞긴 했는데 다행히 생명에는 아무 지장이 없다더라고요. 한동안 깨어나지 못하신 건 아마 술 때문일 거라고……."

"아버지가 사건의 전말에 대해 뭐 하신 말씀은 없었소? 당신을 공격한 사람을 봤다든지."

"전혀요. 정신이 들었을 땐 머리가 너무 아파 아무것도 기억하지 못하셨어요. 아무래도 시간이 좀 지나야 할 것 같아요."

릴리윈에게는 다행일까 불행일까? 시간이 지나면 자연스레 밝혀지리라. 어쨌든 월터 아우리파버는 지독한 자린고비일 뿐 거짓말쟁이는 아니었다. 지금 그에게서 얻어낼 것이 없다면, 다른 식구들한테서 뭔가 도움이 될 말을 들을 수 있을지 몰랐다. 특히 지금 그의 앞에 있는 여자는 이 집 식구들 가운데 가장 진지하고 분별 있는 사람이었다.

"여러 사람들이 그 청년을 고발하긴 했는데, 그 말들이 모두 사실과 일치하는 건 아니더군. 듣자니 혼인 잔치에 참석한 몇몇 청년들이 좀 난폭하게 굴었다고? 그런 잔치에서 흔히 있는 일이지. 그 와중에 주전자가 깨지자 당신네 할머니는 지팡이로 청년을 후려갈긴 다음 수고비로 1페니만 주고 내쫓았다고…… 청년은 더 이상 항의해봤자 소용없을 것 같아 그대로 집을 떠났다고 하더구먼. 많은 사람들이 쫓아오는 바람에 우리 수도원으로 피신하기 전까지만 해도 자기는 그 이후에 어떤 일이 일어났는지 전혀 알지 못했다고 했소."

"그 사람이야 당연히 그렇게 말하겠죠."

"모든 사람들의 말이 다 진실일 수, 다 거짓일 수도 있지." 캐드펠은 경구를 읊듯 말했다. "마스터 아우리파버가 작업장으로 간 건 청년이 그곳을 떠난 뒤 얼마쯤 지나서였소?"

"근 한 시간쯤 지나서였을 거예요. 그즈음 손님들 일부는 자리를 떴지만, 기운 좋은 청년들은 마저리가 침실에 드는 걸 구경하느라 그대로 남아 있었죠. 청년 열댓 명이 계단을 올라 신혼방으로 갔어요. 그날 받은 결혼 선물들이 테이블 위에 놓여 있었는데, 아버지는 밤이 이슥해지자 그걸 금고에다 안전하게 보관해두려고 전부 챙겨 들고 가게로 가셨죠. 잠시 후에 위층에서 장난스러운 청년들이 시끌벅적하게 떠드는 소리가 들렸고요. 그렇게

30분쯤 지났던 것 같아요. 전 그제야 아버지가 돌아오지 않은 걸 깨닫고 불안해지기 시작했어요. 선물들 중에는 마저리의 아버지가 딸에게 준 금 목걸이와 반지, 은고리들이 달린 지갑, 은과 에나멜로 된 코르사주 같은 귀중품들도 있었거든요. 그래서 홀 문으로 나가 가게에 가봤더니 아버지가 금고 곁에 쓰러져 있더라고요. 금고는 열린 채였고, 무거운 은 접시들을 제외한 귀중품들이 전부 사라져 있었어요."

"그러니까 그 청년은 사건이 일어나기 한 시간 전에 사라졌다는 얘기군. 청년이 쫓겨난 뒤 어딘가에 숨어 있는 걸 본 사람이라도 있소?"

수재나는 씁쓸하게 웃으면서 고개를 가로저었다. "사방이 워낙 어두워서 100명이 숨어 있어도 몰랐을걸요. 수사님이 모르시는 것 같은데, 그 사람은 그리 얌전히 물러가지 않았어요. 생전 처음 들어보는 욕설을 퍼부으며 자기가 받은 부당한 대우에 대해서는 반드시 되갚아줄 거라고 소리쳤죠. 뭐, 정말로 그 말을 지킨 셈이고요. 아무튼 그자가 아니면 달리 누가 그런 짓을 저질렀겠어요? 다들 우리와 평생 알고 지내온 사람들, 이 거리에 사는 이웃들이잖아요. 절대 그랬을 리가 없죠. 그 사람은 어두운 마당을 서성거리다가 아버지가 가게로 가는 걸 보고 몰래 따라간 거예요. 그러다 금고 속 보화들을 봤고요. 가난한 사람으로서는 유혹이 일었을 만도 했겠죠. 하지만 가난한 사람들도 유혹에 저항할 줄 알아야 해요."

"그 사람이 범인이라고 굳게 믿는 모양이구먼." 캐드펠이 말했다.

"예, 전 확신해요. 그자는 죄의 대가로 목숨을 바쳐야 할 거예요."

그때 부엌에 있던 조그마한 하녀가 고개를 획 돌리더니 캐드펠을 뚫어지게 바라보며 입술을 움직였다. 그 커다란 두 눈에 슬픔을 가득 담은 채, 아이는 새끼 고양이가 야옹거리듯 아주 낮은 소리로 뭐라고 웅얼댔다.

"래닐트는 그 사람한테 아주 폭 빠졌어요." 수재나가 어리석음에 대한 경멸 섞인 관대함을 담아 말을 이었다. "그 사람이 부엌에서 저 애와 함께 식사를 하면서 묘기를 보여주고 노래도 불러 줬거든. 래닐트는 그 사람이 불쌍한가 봐요. 그래봤자 그가 지은 죄가 어디 가겠어요?"

"당신은 아버지가 쓰러져 있는 걸 발견하고 당연히 도움을 청하러 집 안으로 달려갔겠군." 캐드펠이 화제를 돌렸다.

"저 혼자서는 뭘 어떻게 할 수가 없으니까요. 아버지가 쓰러졌다고 소리치자 그때까지 남아 있던 손님들이 달려왔죠. 우리 가게 직공인 예스틴도 지하실에서 자고 있다가 계단을 달려 올라왔고요. 그 사람은 다음 날 오전에 혼자 가게를 지켜야 할 것 같다면서 사건이 일어나기 한 시간 전쯤 잠자리에 들었거든요." 주인은 이미 만취한 상태였고 그 아들은 신부와 함께 늦잠을 잘 터이니 당연히 그렇게 생각했으리라. "다 같이 아버지를 방 침대로 옮겼는데, 그때 누군가 이건 그 음유시인의 짓이라고, 아직 멀리 도망가지 못했을 거라고 소리쳤어요. 처음에 그 얘기를 한 사람이 누구였는지는 저도 모르겠어요. 아무튼 그런 얘기가 나오자 모두들 같은 말을 외치며 그 사람을 잡겠다고 몰려갔죠. 저는 마저리를 아버지 곁에 붙여두고 아널드 선생님에게 달려갔고요."

캐드펠은 고개를 끄덕였다. "할 수 있는 일은 다 했군그래. 그렇다면 줄리아나 부인이 심장 발작을 일으킨 건 정확히 언제였소?"

"제가 나가 있는 사이였어요. 할머니는 진작 방으로 돌아가 계셨어요. 아마 잠깐 잠이 들기도 했을 텐데 회랑에서 청년들이 장난을 하면서 웃고 떠들고 했으니 금방 깨셨겠죠. 그러다 제가 집을 나서자마자 절뚝거리면서 아버지 방으로 가셨던 모양이에요. 그렇게 아버지가 피투성이가 된 채 의식을 잃고 누워 있는 걸 보신 거죠. 마저리 말에 따르면 할머니는 곧바로 가슴을 움켜쥐면서 쓰러지셨대요. 하지만 이번에는 증세가 그리 심하지 않았어요. 제가 의사와 함께 돌아왔을 땐 이미 깨어나 말을 하실 정도였으니까요."

"두 분 다 최악의 사태는 모면한 셈이오." 캐드펠이 생각에 잠긴 표정으로 말을 이었다. "아버님은 강건하고 정정한 분이니 큰 문제 없이 천수를 누리실 게요. 하지만 할머니는 사정이 다르지. 만일 또다시 그런 증세로 쓰러질 땐 돌아가실 수도 있소. 할머니께도 직접 그렇게 말씀드렸고."

"재물을 잃었잖아요." 수재나는 건조하게 말했다. "할머니에겐 목숨이 위험할 정도로 충격적인 사건이죠. 이 엄청난 일을 무사히 이겨내신다면 앞으로 어떤 충격도 할머니를 쓰러뜨릴 수 없을 거예요. 우리 집안 사람들은 꽤 강해요, 캐드펠 수사님. 아주 강하고 끈질기죠."

*

캐드펠은 거리 쪽으로 난 통로를 나와 옆문을 이용해 월터 아우리파버의 작업장으로 들어갔다. 어젯밤 월터도 금과 은, 에나멜, 보석으로 된 귀중한 물건들을 들고 금고로 향하며 이 문을 이용했을 것이다. 만일 신부 마저리가 부드럽고 조신한 외양으로 강인한 기질을 감추는 성격만 아니라면 그 장신구들을 다시 금고에서 빼내 자신이 차고 다니려고 꽤나 안달을 냈으리라. 인간의 기질이란 겉만 보고 짐작하기 어려운 경우가 많은 법이다.

가게 안으로 들어서자 왼편에 거리 쪽으로 난 문이 보였고, 중앙에는 천으로 덮인 진열대가 놓여 있었다. 방 뒤쪽에는 좁은 선반들과 불을 때지 않은 벽난로, 작업대들이 자리 잡고 있었다. 대니얼은 미간을 잔뜩 찌푸려 우울해 보이는 얼굴로 한 작업대 앞에 앉아 구름무늬의 마노를 박아 넣는 중이었다. 집안에서 일어난 재난에 온 신경이 쏠려 있을 텐데도 여러 도구들을 다루는 솜씨가 제법 날렵했다. 직공인 예스틴은 벽난로 곁의 작업대에 상체를 기울인 채 저울에 조그만 은판들의 무게를 달고 있었다. 체격이 건장하고 다부지며 짧게 깎은 검은 머리에는 올이 굵은 천으로 된 캡을 눌러쓴, 스물일고여덟쯤 되어 보이는 청년이었다. 누군가 들어오는 기척에 예스틴이 고개를 들었다. 펑퍼짐하면서도 여윈 얼굴, 거무스레한 피부, 굵은 눈썹과 깊숙이 들어간 눈. 웨일스인이 틀림없었다. 그리 잘생긴 얼굴은 아니나 주인보다는 성격이 좋아 보이는 인상이었다.

"두 분을 보셨습니까? 좀 어떠시던가요?" 대니얼이 작업 도구들을 한쪽으로 밀어놓으며 물었다.

"두 분 다 곧 좋아지실 게요." 캐드펠은 말했다. "마스터 월터는 그분의 주치의가 돌보고 있는데, 기억력은 아직 좀 혼미하나 크게 걱정할 일은 없을 것 같소. 줄리아나 부인 역시 고비는 넘겼고. 하지만 또다시 큰 충격을 받는다면 생명을 잃을 수도 있소. 그 정도 연세에 이른 분이니 더더욱 조심해야 할 거요."

표정을 보아하니 대니얼 역시 제 할머니가 참 오래도 살았다고 생각하는 듯했다. 하지만 그 모든 것에도 불구하고, 그는 할머니가 자신을 편애하며 그 덕에 자신이 편히 지내올 수 있었다는 사실을 잘 알고 있었다. 그 또한 자신만의 방식으로, 조급한 젊은이가 심술궂은 노인네에게 보일 수 있는 애정을 다해 할머니를 사랑했다. 다소 방종한 면이 있긴 해도 그는 무감각하고 냉정한 인간이 아니었다. 상인 집안의 외아들. 귀족에 버금가는 특권을 누리다 보면 비뚤어진 인간으로 자라날 소지가 충분하지 않겠는가.

약탈당한 월터의 금고, 쇠테를 두른 이 큼직한 나무 궤짝은 가게 한구석의 벽과 바닥에 단단하게 고정되어 있었다. 중죄인을 숨겨준 수도원 사람에게 이 범죄의 심각성을 확실하게 피력할 태세로, 대니얼은 이중 자물쇠를 풀고 뚜껑을 들어 올려 그 안을 보여주었다. 거기에는 너무 커서 몸에 숨길 수 없는 무거운 은 접시 몇 개밖에 남아 있지 않았다. 대니얼의 얘기는 수재나가 말했던 내용과 정확히 일치했다. 아마 들어줄 사람이 눈앞에 있을 때마다 분개한 어조로 같은 말을 거듭 되풀이했으리라. 증언을 해줘야 할 입장인 예스틴 또한 대니얼이 강조하는 대목마다 엄숙한 표정으로 끄덕임으로써 그의 주장을 뒷받침해주었다.

"당신은 그 음유시인이 범인이라 확신하오?" 캐드펠은 말했다. "어쩌면 다른 누군가가 훔쳤을 수도 있다는 생각은 해보지 않았소? 마스터 월터는 부유한 사람으로 널리 알려져 있지만, 외지인이야 그분이 얼마나 부유한지 잘 모를 것 아니오? 게다가 이 도시에는 자기네보다 더 잘사는 장인을 시기하는 사람들이 얼마든지 있을 텐데."

"그건 사실입니다." 대니얼은 자못 침통한 어조로 대답했다. "우리 마당에서 엎드리면 코 닿을 곳에 살고 있는 이웃을 의심할 수도 있었겠죠. 사건이 일어날 때 그 사람이 시종 제 눈앞에 얼씬거리지만 않았다면 말입니다. 그는 줄곧 제 앞을 떠나지 않았으니 얘기는 그걸로 끝입니다. 제가 기억하기로, 그 음유시인이 범인일 거라는 생각을 맨 처음 해낸 이가 바로 그 사람이었을 겁니다."

"이 집에 세 들어 사는 자물쇠 제조공 말이오? 그 사람은 전혀 의심받을 이유가 없을 것 같은데. 그저 집세를 지불하고 가게 돌보는 일에만 신경 쓰는 사람이잖소."

그러자 대니얼이 코웃음을 쳤다. "가게야 그 사람 밑에서 일하는 존 보네스가 다 돌보죠. 또 얼뜨기 아이가 보네스를 돕고요. 페치는 자기 일보다 남의 일에 더 관심이 많아요. 늘 온갖 사건에 쓸데없이 참견하고 술집에서 떠도는 소문을 옮기느라 바쁘죠. 면전에서는 살살 웃어가면서 아첨을 하다가, 당사자가 돌아서기 무섭게 헐뜯고 비난을 늘어놓는 사람입니다. 사소한 좀도둑질이라면 절대 그 사람을 제쳐놓을 수 없을걸요. 하지만 그날은 줄곧 홀에만 있었으니 그의 짓이 아닙니다. 우리가 릴리원이라는 그 악당 뒤를 쫓기로 한 건 제대로 된 판단이었습니다. 틀림없어요. 결국은 녀석이 범인이라는 사실이 밝혀질 겁니다."

모두가 같은 얘기를 하고 있었다. 물론 그 내용이 사실일 수도 있다. 하지만 단 하나, 그 주장의 설득력을 무너뜨리는 의문이 있었다. 이 도시에 처음 와 지리에 서툰 외지 사람이, 캄캄한 밤중에 그런 귀중품들을 살그머니 옮겨 감쪽같이 숨겨놓았다가 나중에 몰래 회수해갈 만한 곳을 대체 어떻게 찾아낸단 말인가? 피해를 입은 가족들은 이러한 의문을 완전히 무시해버렸으니, 바로 그 때문에 캐드펠로서는 이들의 주장을 액면 그대로 받아들이기가 어려웠다.

캐드펠이 들어올 때와 같은 문으로 나가면서 쇠로 된 걸쇠를 당겨 문을 닫으려는 순간, 그 좁은 통로로 비껴 들어온 긴 빛기둥의 새하얀 반사광 속에 하늘거리는 무언가가 눈에 띄었다. 문설주 중간, 그의 눈높이쯤 되는 곳에 연노란색 실이 달라붙어 있었다. 지금은 그의 오른쪽에 있으니 이곳에 들어올 땐 왼쪽에서 하늘거리고 있었을 텐데, 그때는 햇살이 미치는 범위 밖에 있어 눈에 띄지 않은 모양이었다. 아마처럼 노르스름하면서 빛나는 긴 실. 캐드펠이 엄지와 검지로 붙잡아 조심스럽게 떼어내자, 그걸 문설주에 고정해놓았던 검붉은 조그만 딱지도 함께 떨어져 나왔다. 딱지에는 좀 더 짧고 꼬불꼬불한 또 다른 터럭이 붙어 있었다. 캐드펠은 잠시 그걸 관찰하다가 문을 닫기 전에 어깨 너머로 흘끗 뒤를 돌아보았다. 방 한구석에 놓인 금고가 정면으로 보였다. 당연히 금고 쪽으로 허리를 숙이고 있던 사람도 잘 보였으리라.

한 사람이 제 목숨을 구하기 위해 늘어놓은 변명에 커다란 구멍을 만들어놓은 조그만 흔적. 누군가, 키가 캐드펠만 한 사람이 그 문설주에 기대서서 안을 들여다보고 있었던 것이다. 황갈색 머리칼을 지닌 조그마한 사람, 머리 왼쪽이 터져 피를 흘리던 사람이.

3

토요일, 정오에서 밤 사이

캐드펠이 여전히 그 불길한 작은 딱지를 손바닥에 올려 들여다
보고 있을 때, 홀 문 쪽에서 그를 부르는 소리가 들렸다. 그 순간
한줄기 바람이 불어와 딱지를 날려버렸지만 캐드펠은 그냥 내버
려두었다. 굳이 그걸 되찾으려 할 이유가 무엇이겠는가. 이미 모
든 게 적나라하게 밝혀졌으니, 더 이상 보낼 것은 없었다. 캐드펠
은 홀 쪽으로 돌아섰다. 수재나가 서 있으리라 예상했으나 그에
게로 종종걸음을 치며 다가오는 사람은 예의 자그마한 하녀였다.
래닐트는 보자기로 싼 보퉁이를 캐드펠에게 얌전히 내밀었다.

"수재나 마님이 말씀하시기를, 노부인께서 이 물건들을 집 밖

으로 내보내고 싶어 하신대요." 래닐트는 보퉁이를 풀어 조잡하게 색칠된 나무조각들을 슬쩍 보여주었다. 오래 사용한 탓에 조각 여기저기에 긁힌 자국들이 나 있었다. "릴리윈의 물건이에요. 수사님께서 이것들을 그 사람에게 돌려주셨으면 좋겠다고 하시네요." 그렇잖아도 크고 검은 두 눈이 한층 커지며 캐드펠을 응시하는가 싶더니, 그녀가 갑자기 낮은 목소리로 다급하게 물었다. "그 사람은 무사히 예배당 안에 있는 거죠? 수사님이 그 사람을 보호해주실 거고요? 사람들이 끌어가게 내버려두지 않으실 거죠?"

"그는 물론 지금 우리와 함께 있고, 아주 안전하단다." 캐드펠이 대답했다. "아무도 그 사람을 건드리지 못해."

"다치지는 않았나요?" 아주 걱정스러운 말투였다.

"좀 다치긴 했지만 금방 나아질 게야. 얼마 동안은 걱정할 필요가 없지. 40일의 유예기간을 얻었으니까." 광대뼈가 도드라지고 미간이 넓은 이 여자아이의 해쓱한 얼굴을 찬찬히 뜯어보면서 캐드펠은 말을 이었다. "그 청년을 좋아하는 모양이구나."

"그 사람은 아주 아름다운 음악을 만들었어요." 아이가 아쉬움 가득한 목소리로 말했다. "저한테 다정하게 대해줬고요. 저랑 같이 부엌에 있는 동안 정말 즐거워했죠. 제게도 평생 가장 행복한 시간이었어요. 이젠 그 사람 때문에 걱정이 돼 죽겠지만요. 40일이 지나면 그 사람은 어떻게 될까요?"

"글쎄, 40일은 꽤 긴 시간이니 그사이에 많은 변화가 생길 수 있겠지. 하지만 그때까지 상황이 크게 달라지지 않는다 해도, 그 사람은 고발자들이 아니라 법 집행을 맡은 관원들의 손에 들어가게 될 게야. 엄하긴 해도 사건을 공정하게 처리하려고 애쓰는 사람들이지. 게다가 그때쯤이면 그를 고발한 이들도 많이 진정되어 있을 테고. 뭐, 그렇지 않더라도 어차피 그를 건드릴 수는 없을 테지만. 만일 네가 그 사람을 돕고 싶다면 눈과 귀를 활짝 열어두고 지내렴. 뭔가 아는 게 있으면 내게 얘기해주고."

래닐트는 두려운 기색이었다. 자기 얘기를 누가 엿듣기라도 한다면…….

"나한테는 편하게 털어놔도 돼." 캐드펠이 달래듯 말했다. "간밤에 여기서 일어난 일들에 관해 아는 것이 있느냐?"

래닐트는 연신 뒤를 돌아보며 고개를 가로저었다. "수재나 마님이 들어가 자라고 해서 저는 부엌에서 잤어요. 그 바람에 아무 소리도 못 들었고요…… 아주 피곤했거든요." 목조건물들이 밀집되어 있는 도시의 가옥이 흔히 그렇듯, 이 집 부엌 역시 화재의 위험 때문에 본채에서 멀찍이 떨어진 곳에 마련되어 있었다. 게다가 잔칫날의 노동에 지쳐 있었으니 아이는 바깥의 소란에도 불구하고 깊은 잠에 빠져들었으리라. "하지만 한 가지는 확실히 알아요." 래닐트는 대담하게 턱을 치켜들고 말을 이었다. 어리고 심약한 아이였으나 그 턱만큼은 단호한 인상을 주었고, 자세 역시 매우 당당했다. "릴리윈은 누군가를 해칠 사람이 아니에요. 우리 주인이건 누구건 말이죠. 사람들이 하는 얘기는 사실이 아니에요."

"도둑질도 하지 않았고?" 캐드펠이 부드럽게 물었다.

래닐트는 여전히 그를 응시하며 주저 없이 대답했다. "먹을 것 이라면 훔쳤을지도 모르죠. 배가 너무 고파 암탉이 품고 있는 달 걀이나, 남의 땅에 있는 메추라기 같은 걸 슬쩍 할 수도 있었을 거예요. 때론 빵 같은 것도…… 그 사람은 평생 배를 곯으며 지 내왔거든요." 래닐트 역시 비슷한 처지로 지내왔기에 그런 유의 서리에 대해서는 잘 알고 있었다. "하지만 그보다 더한 걸 훔친 다고요? 돈이나 금 같은 걸? 그런 게 그 사람한테 무슨 도움이 되겠어요? 그리고 릴리윈은 그런 짓을 할 사람이 아니에요…… 절대로!"

그때 캐드펠은 문 쪽에서 머리 하나가 불쑥 나오는 걸 알아채 고 낮게 속삭였다. "어서 가봐라! 만일 누가 물으면, 내가 이런저 런 질문을 던졌지만 넌 아는 게 하나도 없어 모른다고만 대답했 다고 하렴."

"래닐트!" 수재나가 짜증스럽게 소리치자, 아이는 캐드펠에게 얼른 고개를 끄덕여 보이곤 재빨리 돌아서서 달려갔다.

캐드펠도 즉시 몸을 돌려 통로를 따라 거리로 나왔다.

*

볼드윈 페치는 맥주잔을 들고 가게 앞 계단에 앉아 있었다. 건물 전면이 북서쪽을 향해 나 있어 좁은 골목은 깊은 그늘에 잠긴 듯 어둑했다. 페치는 그저 한가롭게 노닥거리느라 이 시간에 그 어두운 계단에 앉아 있는 게 아니었다. 아우리파버네 혼인 잔치 하객으로 참석했던 모든 이들은 주연으로 인한 취기가 가시자마 자 그 충격적인 사건을 한시바삐 퍼뜨리고 싶은 마음과 또 다른 놀라운 사실들이 드러났을지도 모른다는 기대감에 아침부터 흥 분해 있을 터였다.

이 자물쇠 제조공은 50대의 남자로, 작고 다부진 체구에 이제 서서히 배가 나오기 시작한 참이었다. 세번강을 즐겨 찾는 소문 난 낚시꾼이지만 수영 솜씨는 젬병이었으니, 강으로 둘러싸인 이 도시에서는 특이한 경우가 아닐 수 없었다. 남의 행운보다 불행 에 더 관심이 많은 그는 추문을 캐는 데 비상한 재주를 지녔으나 성격은 꽤 조심스러운 편이라 자기가 알아낸 비밀을 함부로 내 뱉고 다니지는 않았고, 그것을 통해 개인적인 이득을 취하는 일 도 없었다. 혈색 좋은 둥그런 얼굴과 연푸른 눈에 감도는 엷은 웃 음기의 이면에는 늘 상대의 내면을 파고드는 냉혹한 탐문의 빛이 번뜩였다. 그를 잘 아는 캐드펠은 마치 자신이 일부러 그를 찾아 오기라도 한 양 먼저 인사를 건넸지만, 사실은 페치가 자신을 만 나기 위해 줄곧 거기서 기다리고 있었다는 사실을 훤히 들여다보 고 있었다.

"아, 캐드펠 수사님!" 볼드윈 페치가 활달하게 말을 꺼냈다. "당분간 우리 불운한 이웃을 돌보러 다니시겠군요. 그 집 사람들은 좀 어떻습니까? 재앙을 잘 견뎌내고 있겠죠? 그 집 아들 말로는 두 분 모두 무사히 회복될 거라고 합디다만."

캐드펠은 그의 질문에 하나하나 답해주었으나 정확히는 대답이라기보다 반문에 가까웠고, 그런 다음에는 내내 침묵을 지키며 어젯밤 일어난 일을 처음부터 끝까지 되풀이하는 상대방의 이야기에 주의 깊게 귀를 기울였다. 페치는 타고난 이야기꾼이라, 그의 입에서 나오는 말들은 지금껏 들은 어떤 내용보다 훨씬 선명하고 상세했다. 그때 페치 밑에서 일하는 젊은 직공으로 한두 골목 떨어진 곳에서 홀어머니와 함께 살고 있는 인상 좋은 존 보네스가 가게 밖으로 고개를 내밀어 주인을 보더니 알 만하다는 표정으로 다시 들어가 일에 매달렸다. 다소 게으르긴 해도 일솜씨 하나는 훌륭한 페치가 이미 제 직공에게 모든 기술을 제대로 가르친 터였고, 그래서 이제는 보네스 혼자서도 가게를 잘 꾸려나갈 수 있었다. 아들이 없는 주인은 존에게 모든 일을 맡겼으며, 존 역시 얼마든지 제 시기를 기다릴 자세가 되어 있었다.

"기막힌 한 쌍 아닙니까?" 페치는 빤한 일 아니냐는 듯 손가락으로 캐드펠 수사의 어깨를 쿡쿡 건드리면서 말을 이었다. "특히나 월터가 잃어버렸다는 보화를 되찾지 못할 경우를 생각하면 말입니다. 에드러드 벨의 딸이 최소한 그 보화의 절반은 벌충할 만한 재산을 상속받게 될 테니까요. 월터가 마저리를 자기 아들이랑 맺어주려고 얼마나 애를 썼는지…… 물론 노부인도 자기 나름의 역할을 했을 테고요. 그 사람들, 정말 알아줘야 한다니까요!"그는 뭔가를 암시하듯 엄지와 검지를 문지르다가 팔꿈치로 캐드펠의 옆구리를 쿡 찌르며 한쪽 눈을 찡긋했다. "사실 그리 예쁘지도 않고 매력도 없는 여자잖아요. 노래도 못하지, 춤도 못 추지, 게다가 사람들 앞에서는 말도 제대로 못하고…… 그래도 그렇지, 왜 그런 집 아들이랑 결혼을 했는지 모르겠어요. 아마 재산 때문이겠죠!"

"참 잘생긴 젊은이던데." 캐드펠은 조용히 대꾸했다. "사람들 말로는 기술이 없는 편도 아니라더구먼. 물론 거액의 재산을 물려받기도 할 테고."

"그렇지만 지금은 빈털터리죠!" 페치는 즐거워서 어쩔 줄 모르겠다는 듯 히죽히죽 웃음을 흘리더니 몸을 바싹 기울이면서 다시 검지로 그를 쿡쿡 찔렀다. "기다린다는 건 참으로 견디기 어려운 일이에요. 젊은 사람들은 내일이 아니라 바로 지금, 현재에 사니 말입니다. 게다가 따로 정분이 난 여자도 있고요. 무슨 말인지 수사님도 아시죠? 노부인은 손자를 끔찍이 사랑하지만 돈은 구경도 못 하게 하잖습니까. 돈주머니를 단단히 틀어쥐고 감질나게 찔끔찔끔 내주니 원…… 그 애가 바라는 정도에는 턱없이 모자라는 액수일 테죠."

동네에 떠도는 추문에 귀 기울이는 것이 자기 체질에 맞지 않는 짓이라는 걸 캐드펠은 뒤늦게야 깨달았지만, 일단은 상대를 부추기지 않되 가만히 듣고 있기로 했다. 사실 부추길 필요조차 없었다. 페치는 자기가 알아낸 것들을 모조리 까발리고 싶어 안달이 나 있었다.

"사실 이런 말씀은 안 드리려고 했는데……" 페치는 캐드펠의 귓전에다 대고 소곤대듯 말을 이었다. "제 할머니가 눈에 불을 켜고 있는데도 그 애가 한두 번 그분 지갑에 손을 댄 모양이에요. 청춘사업에는 대가가 따르는 법이잖습니까. 그 여자 남편이 그것들의 불장난을 알아차렸을 때 치러야 할 엄청난 대가는 둘째치고라도 말이죠. 그 애가 신부의 지참금에 손을 댈 수만 있다면, 그건 분명 제 정부의 목을 치장하는 데 다 들어갈 겁니다. 물론 그 애도 이 혼인을 거부하지는 않았어요. 거부는커녕 두 손 들어 반겼죠. 하지만 녀석이 반긴 건 그 아가씨의 돈입니다. 그 애가 진짜로 좋아하는 사람은 따로 있어요. 이름을 밝히지 않으면 앙갚음은 당하지 않겠죠? 아, 수사님도 간밤에 하객으로 온 그 여자를 보셨어야 했는데! 최고급 매춘부처럼 방만하기 그지없었죠. 남편이라는 늙은이가 제일 예쁜 여자를 곁에 둔 게 그저 자랑스러워 잔뜩 뻐기고 앉아 있는 와중에, 여자랑 신랑은 그 늙은 얼간이를 조롱이라도 하듯 연신 눈을 맞추더군요. 방 안에서 두 사람의 눈길이 계속 불꽃을 일으키는 걸 눈치챈 사람은 나 하나뿐이었고요!"

"그랬겠지!" 대니얼이 자기 집에 세든 사람에게 심한 적의를 느끼는 것도 무리는 아니라 생각하며 캐드펠은 건성으로 대꾸했다. 페치가 흘리는 정보의 사실 여부는 의심할 필요가 없었다. 정말로 열성적인 염탐꾼들은 자신이 알아낸 것들의 진위 여부를 몇 번이고 정확히 확인해볼 테니까. 대니얼도 바보는 아니니, 사냥 개처럼 예민한 코를 실룩이며 싸늘하고 교활한 눈빛으로 이죽거리는 페치의 얼굴만 보고도 자기네 간통이 더 이상 비밀이 아니라는 사실을 눈치챘으리라.

그런데 젊고 대담하고 아름다운 아내를 데리고 하객으로 참석해 슈루즈베리의 상인들과 함께 어울렸다는 그 늙은 얼간이는…… 그 여자랑 결혼한 게 두 번째 혼인 아니었나? 슈루즈베리는 그다지 큰 도시가 아니라 캐드펠은 곧 기억을 거슬러 문제의 인물을 떠올릴 수 있었다. 아일윈 코드. 몇 년 전 아내와 사별한 뒤 장성한 아들의 반대를 무릅쓰고 제 손녀뻘밖에 안 되는, 눈에 번쩍 띌 만큼 아름답고 고혹적인 세실리와 재혼한 남자…….

"이 이야기는 비밀로 간직하지." 캐드펠은 슬며시 돌려서 충고를 건넸다. "모직물 상인들의 세력이야 이 도시에서 워낙 막강하잖소. 또 부정한 아내를 둔 남편들의 눈을 뜨게 해준다 해서 그 사람들이 반드시 고마워하란 법은 없으니까."

"제가 분별없이 그런 얘기를 발설할까 봐서요?" 조소 어린 페치의 두 눈이 갑자기 얼음처럼 싸늘한 빛을 발하고, 그의 긴 코가 씰룩이며 경련했다. "나는 그런 짓 안 합니다! 넉넉한 땅과 아담한 가게를 가지고 편히 살아가는 사람이 무엇 하러 평지풍파를 일으키겠습니까? 비밀을 알았다 해도 그저 조용히 혼자 즐길 뿐이에요. 아무 짓도 안 하면 아무 해도 없는 법이죠."

"그야 그렇지." 캐드펠은 고개를 끄덕여 보인 뒤 조용히 그곳을 떠나 구불구불한 와일가의 비탈을 향해 걸어갔다. 어떤 식으로 생각의 가닥을 잡아야 할지 좀처럼 가늠이 되지 않았다. 이제까지 뭘 알아냈지? 대니얼 아우리파버가 세실리 코드와 불장난을 벌이고 있다는 것, 모직물 상인인 그녀의 남편은 잉글랜드와 가까운 웨일스의 변경 지대에서 양털을 수집하는데, 그래서 한번 출장을 떠나면 며칠씩 집을 비운다는 것, 그 사랑스러운 젊은 부인은 값비싼 선물을 받는 데 익숙해 쉽사리 마음을 내주지 않는다는 것, 반면 그 젊은이는 인색한 아버지와 할머니 때문에 마음대로 돈을 쓸 수 없어 이따금씩 소액의 돈에 손을 댄다는 것…… 젊은이 입장에서는 그런 여자의 환심을 사는 것도, 인색한 어른들 틈에서 돈을 짜내는 것도 쉬운 일이 아니겠지! 그리고 그의 아버지는 신부의 지참금 중에서 최소한 절반은 가져다가 금고 속에 넣어버리지 않았는가. 이제는 진짜로 손댈 수 없는 먼 곳으로 날아가버렸고…… 아니, 어쩌면 그 귀중품들은 대니얼이 마음만 먹으면 언제든 손댈 수 있는 곳에 얌전하게 은닉되어 있지 않을까? 한 집안 식구들 사이에서도 얼마든지 일어날 수 있는 일이다.

또 뭐가 있지? 캐드펠은 생각을 이어갔다. 남의 뒤를 캐내 너저분한 도락을 즐기며 여가를 보내는 세입자에게 대니얼이 좋지 않은 감정을 품고 있다는 것. 만일 그 사건이 일어나는 동안 페치가 줄곧 같은 곳에 머물러 있는 걸 목격하지 않았더라면 대니얼은 분명 페치를 첫째가는 용의자로 꼽았을 것이다.

좋아, 시간이 하나씩 밝혀주겠지. 아직 40일이나 남아 있으니까.

*

캐드펠이 다리를 건너 문지기실 앞을 지나서 수도원의 넓은 마당에 들어선 것은 대미사가 이미 끝난 시각이었다. 로버트 부수도원장의 그림자 격인 제롬 수사가 그를 만나기 위해 회랑으로 둘러싸인 안마당에서 서성거리고 있었다.

"원장님이 점심 식사 전에 형제더러 좀 들르라고 하십디다." 제롬은 영 마음에 안 든다는 듯 좁고 빈약한 코를 연신 실룩였다. 그런 행동이 캐드펠의 눈에는 제 나름의 도락에 게걸스레 탐닉하는 볼드윈 페치의 모습보다 한층 더 혐오스럽게 여겨졌다. "나는 캐드펠 형제를 굳게 믿고 있소이다. 시간과 법을 순리대로 흘러가게 할 것이요, 또 우리 수도원을 성역의 합법적인 의무 너머 추잡한 사건에 지나치게 깊숙이 끌어들일 의도가 없으리라는 것도 말이요. 사법 당국이 짊어져야 할 의무들을 형제가 일부러 자청해서 짊어질 이유도 없을 테고."

직접적인 명령이 없었다 해도, 제롬은 부원장의 찡그린 이맛살과 떨리는 콧구멍이 전하는 메시지를 분명히 접수한 터였다. 로버트 부수도원장은 릴리윈처럼 천하고 초라하고 너절한 인간을 이 수도원 안에 두는 게 영 마음에 들지 않는 것이다. 마치 나뭇가지 같은 하찮은 무언가가 자신의 수사복 자락에 걸린 듯, 그래서 그 귀족적인 피부에 상처가 난 듯 그는 이 일을 짜증스럽게만 여겼고, 하루라도 빨리 그 이질적인 자를 내보내야 삶의 균형이 회복되리라 생각했다. 그가 보기엔 바깥 세계로부터 흘러든 저 오염원으로 인해 자신의 생활뿐 아니라 수도원의 일상 전체가 혼탁해지고 어지러워지는 것만 같았다. 공포와 고통이란 그처럼 파괴적인 법이다.

"원장님께서는 아마 내가 만나본 환자들의 상태가 궁금하신 모양입니다." 캐드펠은 로버트 부수도원장과 그를 보좌하는 이의 협량함에 대해 평소답지 않은 관대함을 지니고서 너그럽게 대꾸했다. 자신의 생각은 전혀 달랐으나, 그들이 그런 식으로 반응하는 것도 이해하지 못할 바는 아니었다. 그 사건으로 인해 고요하던 수도원에 큰 동요가 일었고, 담벼락 안에서 조용히 시간을 보내던 수도사들도 무척이나 놀란 눈치이니 말이다. "나 역시 그 정도의 임무만으로도 충분하니, 더 이상의 부담을 짊어질 생각은 없습니다. 그 젊은이는 잘 있습니까? 뭐라도 좀 먹었고요? 내가 그 사람한테 해줄 일은 그게 전부라 하는 말입니다."

"오스윈 수사가 돌봐주고 있을 테죠." 제롬이 대답했다.

"그렇군요! 그럼 원장님을 찾아뵌 다음 저도 식사를 해야겠습니다. 아침을 걸렀거든요. 그 집안 사람들은 경황이 없어서인지 음식을 내놓을 생각도 안 하더군요."

캐드펠은 마당을 가로질러 수도원장의 처소로 향하며 자신이 수집한 정보들 가운데 어느 정도까지 전하는 게 좋을지 생각했다. 간통에 관한 내용에는 별 관심이 없지 않을까? 그리고 아맛빛 머리칼이 달라붙은 마른 피딱지에 대해서도…… 그래, 많은 적들의 표적이 되어 목숨을 빼앗길지도 모르는 처지에 놓인 그 떠돌이 청년이 적어도 자신을 변호할 기회를 가질 때까지는 얘기하지 않는 편이 나을 것이었다.

라둘푸스 수도원장은 혼인 잔치에 참석한 모든 사람들이 하나같이 그 음유시인을 범인으로 지목한다는 얘기를 듣고도 전혀 놀라지 않았다. 그러나 대니얼이나 그 밖의 사람들이 다른 하객들의 거취에 대해 증언한 내용은 그리 신뢰하지 않는 눈치였다.

"하객들이 그렇게 잔뜩 모여 있고 또 모두 술에 취한 상태에서, 누가 그곳을 들어오고 나갔는지에 대해 자신 있게 말할 수 있는 사람이 어디 있겠소? 물론 그 많은 사람들이 하나같이 입을 모아 하는 이야기도 무시할 수는 없겠지만…… 어찌 됐건 우리는 우리가 할 일을 하고, 나머지는 사법 당국에 맡깁시다. 여기온 관원이 그러는데, 행정 장관은 주 동쪽에서 이웃해 사는 두 기사의 분쟁을 조정하러 갔다더군. 그래도 그 보좌관은 날이 어두워지기 전에 시내에 도착할 예정이라고 하오."

캐드펠에게는 반가운 소식이었다. 장관의 보좌관인 휴 베링어는 편의주의에 매몰되지 않고 최선을 다해 진실과 정의를 바로세우려 노력하는 사람이었다. 그러면 모든 것을 철저히 규명할 것이요, 일반적인 추론에 잘 들어맞지 않는다는 이유로 사소한 세목들을 함부로 무시해버리지도 않으리라. 그가 오기 전에 캐드펠은 일단 릴리윈을 만나 곡예 도구들을 돌려주고 다른 세부 사항 하나를 확인해둘 작정이었다. 점심 식사를 마친 뒤 회랑으로 둘러싸인 안마당에 나서자 릴리윈의 모습이 보였다. 그는 빌린 바늘과 실로 윗도리의 터진 곳을 꿰매는 중이었다. 아마포로 감싼 이마 밑 얼굴을 꼼꼼하게 씻어내어, 여위긴 했으나 깨끗한 피부와 반듯하고 섬세해 보이는 이목구비가 제대로 드러나 있었다. 금발에 달라붙은 먼지와 흙은 아직 씻어내지 못했지만 빗으로 잘 다듬은 덕에 머리도 그런대로 단정해 보였다.

우선은 미끼를 던져 안심시킨 다음에 의표를 찌르고 들어가야겠지! 캐드펠은 릴리윈의 곁에 앉아 그의 조그만 무릎 위에 보따리를 떨어뜨렸다. "여기, 자네 재산의 일부가 반환되었네. 끌러보게."

릴리윈은 이미 그 빛바랜 보자기를 알아본 터였다. 그는 믿기지 않는 듯 한동안 멍하니 내려다보고 있다가 마침내 매듭을 풀고는 감격에 겨워 그 조촐한 보물들 사이로 손을 넣었다. 이 세상에 자기 몫의 위안과 친절이 있다는 믿음을 생전 처음 가져본 사람처럼, 그의 얼굴이 환하게 밝아지더니 붉게 상기되어갔다.

"이걸 어떻게…… 다시는 못 볼 거라 생각했는데…… 수사님이 절 위해 부탁해주셨군요. 정말 고맙습니다!"

"부탁할 필요도 없었네. 자네를 때린 그 노부인은 꽤 무섭긴 해도 아주 정직한 사람이거든. 자기 돈은 한 푼도 그냥 내버리는 일이 없지만, 자기 것이 아닌 물건을 손에 쥐려 하는 법도 없지. 그 노부인이 자네에게 돌려주라며 내주었네." 물론 썩 자비로운 태도는 아니었으나 굳이 그런 사실을 밝힐 필요는 없었다. "이걸 좋은 징조로 받아들이게나. 그래, 오늘은 어떻게 지냈나? 먹을 것은 좀 주던가?"

"예, 아주 잘 먹었어요! 아침, 점심, 저녁, 전부 제가 직접 부엌에서 가져다 먹으면 된대요." 그는 무슨 기적을 말하듯 하루 세 끼를 일일이 짚어가며 강조했다. "그리고 여기 현관에 깔 요도 하나 내줬어요. 밤에는 예배당에서 멀리 떨어져 있기가 무서운데, 수사님들은 제가 여기 있는 걸 별로 안 좋아하셔서…… 그분들한테는 제가 목구멍에 걸린 가시나 마찬가지겠죠."

"자네가 이해하게." 캐드펠은 연민 어린 표정으로 그를 바라보았다. "다들 조용한 분위기에 익숙한 분들인데, 자네가 몰고 온 건 그것과 거리가 머니까…… 아마 그분들도 어느 정도는 자네 입장을 이해해주실 걸세. 아, 그리고 적어도 오늘 밤부터는 안심하고 잘 수 있을 거야. 행정 보좌관이 곧 시내로 돌아오거든. 내 분명히 말하는데, 그는 믿어도 될 만한 사람이네."

짧은 생애 내내 험한 일들만 겪어온 릴리윈으로서는 누굴 믿는다는 게 그리 쉽지만은 않을 터였다. 하지만 그는 잠자리 밑에 살그머니 숨겨둔 자신의 곡예 도구들을 하나의 약속으로 삼고, 다시 조용히 고개를 숙여 바느질을 이어가기 시작했다.

"그러니 나한테 들려준 반쪽짜리 얘기에 대해 깊이 생각해보고, 빠뜨린 부분을 솔직하게 털어놓는 게 좋을 걸세." 캐드펠은 쾌활하게 말을 이었다. "자네는 애초에 주장했던 것처럼 고분고 분하게 그곳을 떠나지 않았지. 내 말이 틀렸나? 집에서 나오고 한참 지난 시간에 마스터 월터의 작업장 문설주에 머리를 기댄 채 뭘 하고 있었지? 아마 그때 월터는 금고 쪽으로 몸을 숙이고 있었을 텐데!"

릴리원의 가녀린 손가락들 사이에서 움직이던 바늘이 그의 왼 손을 찔렀다. 릴리원은 자기도 모르게 바늘과 실과 윗도리를 떨 어뜨리고는, 찔린 엄지를 입에 가져가며 놀라 휘둥그레진 눈으로 캐드펠 수사를 바라봤다. 이어 그에게서 떨리는 목소리가 흘러 나왔다. "아니에요…… 저는 거기 없었어요…… 아무것도 모른 다고요……." 목소리가 잦아들고 시선은 내내 아래로 향한 채였 다. 혈통 좋은 암소의 것만큼이나 길고 짙은 속눈썹이 광대뼈에 닿을듯 내려앉았다.

캐드펠은 한숨을 내쉬었다. "자네는 그때 문지방에 서서 작업 장 안을 들여다보고 있었어. 그러다 그곳에 흔적을 남겼지. 자네 만 한 키에 머리가 터진 누군가 문설주에 한동안 기대서 있는 바 람에 그곳에 작은 피딱지가 남았거든. 아맛빛 머리카락 두 오리 도 달라붙어 있더군. 나 말고 그걸 본 사람은 없고, 또 그 피딱지 마저 바람에 날아가버렸지. 하지만 난 분명히 보았고 모든 걸 알 게 되었네. 자, 이제 진실을 말해주게나. 자네와 그 사람 사이에 무슨 일이 있었던 건가?"

캐드펠은 왜 그 부분을 빠뜨린 채 거짓말을 했느냐 묻지 않았다. 그럴 필요가 없었다. 이미 쓰러진 사람에게 군이 타격을 가할 필요가 무엇이겠는가. 무고한 사람도 죄지은 사람 못지않게 필사적으로 사실을 감추려 할 수 있는 법이다.

릴리윈은 거센 바람에 요동하는 나뭇잎처럼 부들부들 떨었다. 월터의 작업장 문설주에 남아 있던 그의 머리카락을 날려버린 바람이 이곳에 다시금 휘몰아치고 있었다. 안마당의 공기가 꽤나 차가운데 릴리윈이 몸에 걸친 거라곤 여기저기 기우고 덧댄 셔츠와 바지뿐이었다. 반쯤 꿰매다 만 윗도리는 그의 무릎 위에 그대로 놓여 있었다. 그는 힘겹게 침을 삼키고 한숨을 내쉬었다.

"그건…… 예, 그래요. 저는 밖에서 기다리고 있었어요…… 그건 공정한 처사가 아니었으니까요!" 릴리윈은 몸을 부르르 떨며 낮게 부르짖었다. "그래서 전 쫓겨난 뒤에도 어둠 속에 그대로 서 있었죠. 그 집 식구들이 전부 그 노파만큼 사납지는 않을 거라고, 다른 사람에게 사정을 해봐야겠다고 생각했어요…… 그러고 있자니 그 사람이 불을 들고 나오더라고요. 가게로 가길래 저도 따라갔죠. 주전자가 깨졌을 때도 그 사람은 화를 내는 대신 오히려 노파를 달래려고 애썼거든요. 그래서 감히 뒤따라갈 생각을 했던 거예요. 전 가게 안으로 들어가 애초에 약속한 수고비를 달라고 사정했어요. 그랬더니 그 사람이 1페니를 주더군요. 그래서 그걸 받아 들고 그냥 떠났죠. 이건 맹세코 진실이에요."

릴리윈은 그와 다른 얘기를 하면서도 맹세를 했었다. 하지만 그건 두려움 때문이었다. 평생 끊이지 않는 구박과 구타 속에서 자라난 두려움은 그런 짓을 하기도 한다.

"그런 다음 그곳을 떠났단 말이지? 이후에는 그 사람을 보지 못했고? 혹시 자네처럼 어둠 속에 숨어 있던 다른 사람은? 그런 사람도 못 봤나? 자네가 떠난 뒤에 그 가게로 들어갈 만한 사람 말일세."

"아뇨, 못 봤어요. 저는 그저 다행이다 싶은 마음으로 그곳을 떠났죠. 그걸로 끝이에요. 그 사람이 살아 있다면 나한테 1페니를 줬다는 얘길 했겠죠."

"그 사람은 살아 있네." 캐드펠은 말했다. "무사히 회복할 거야. 그리 치명적인 타격을 입은 건 아니니까. 하지만 아직은 아무 말도 하지 않았네."

"하지만 나중에라도 얘기하겠죠? 제가 거기 있었고, 자기한테 사정을 했다고요. 자긴 안된 마음에 제게 돈을 줬다고요." 릴리윈은 부들부들 떨며 말을 이었다. "전 너무 무서웠어요! 제가 그때 거기 있었다는 얘기를 하면 모든 죄를 뒤집어쓸 것 같아서⋯⋯."

"하지만 잘 생각해보게. 자네가 그런 얘기를 전혀 하지 않은 상황에서 월터가 다시 정신을 차리고 그 얘기를 끄집어내면 사람들이 어떻게 생각하겠나?" 캐드펠은 조리 있게 타일렀다. "게다가 그 사람이 그때 일어난 일을 죄다 기억해내고 자기를 공격한 사람의 이름을 밝힐 경우 자네는 모든 혐의를 벗게 되는 거야."

캐드펠은 이야기를 이어가며 릴리윈의 얼굴을 유심히 살폈다.

죄지은 사람이 듣기에는 무척이나 공포스러운 이야기일 테지만, 무고한 이에게는 큰 위안이 될 것이다. 과연, 방금 전까지만 해도 두려움과 불안에 휩싸여 있던 릴리윈의 얼굴이 자그마한 희망으로 점차 밝아지기 시작했다. 그의 말에 어느 정도의 진실이 담겨 있는지를 드러내는 중요한 조짐이었다.

"그런 생각은 미처 못 했어요. 다들 살인이 났다고 소리쳤거든요. 죽은 사람은 말을 할 수가 없잖아요. 범인이 누군지 밝혀줄 수도 없고. 만일 그 사람이 무사하다는 걸 알았더라면 모든 걸 그대로 얘기했을 거예요. 전 이제 어떻게 해야 하죠? 제가 거짓말을 했다고 실토하면 더 불리해질 것 같은데요."

캐드펠은 잠시 생각한 뒤 입을 열었다. "지금 제일 좋은 방법은, 내가 이 말을 원장님께 전해드리는 거야. 내가 알아냈다는 식으로 말씀드리는 게 아니라 자네가 고백했다는 식으로 말이지. 어차피 그 증거는 바람에 날아가버렸으니까. 그리고 오늘 밤 휴 베링어가 이곳에 도착해 자네를 만나러 올 텐데, 그땐 자네가 직접 모든 얘기를 다 하게. 그다음에는 일이 어떻게 진행되든 자네는 그저 40일의 유예기간 동안 이곳에서 아주 홀가분한 마음으로 휴식을 취하는 거지. 그사이에 진실은 밝혀질 걸세."

*

슈롭셔주 행정 보좌관인 메이즈버리의 휴 베링어는 사라진 보화에 관해 담당 관원과 긴 대화를 나눈 뒤 저녁기도 시간 무렵 수도원에 도착했다. 관원은 이미 금세공인의 집과 릴리윈이 자정에 잠자리를 마련하고 누워 있다가 쫓겨난 숲 사이의 모든 곳을 샅샅이 수색하며 보화를 찾아본 뒤였다. 그러나 아무 소득도 없었다. 시내의 주민들은 다들 그 음유시인이 범인이라고, 사람들에게 쫓기기 전에 어딘가에 감쪽같이 보화를 숨겨놨을 거라고 입을 모았다.

"하지만 수사님은 그들과 다른 의견을 갖고 계시는 듯하군요." 캐드펠과 나란히 문지기실 쪽으로 돌아 나오던 베링어가 검고 가느다란 눈썹을 꿈틀대며 입을 열었다. "이곳으로 쫓겨 들어온 손님이 어리고 굶주린 데다 수사님의 보호를 절실히 필요로 하는 사람이라 그런 것만은 아닌 것 같고요. 무슨 근거로 그렇게 생각하시는 겁니까? 제가 보기에 수사님은 그 사람이 부당한 혐의를 뒤집어썼다고 믿는 것 같거든요."

"자네도 릴리윈의 얘기를 직접 들었을 테지?" 캐드펠은 말했다. "하지만 내가 그 금세공인이 기억을 되찾아 그날 밤에 일어난 일을 상세히 얘기하고 자기를 공격한 사람의 이름을 대거나 인상착의를 말할 수도 있으리라는 말을 했을 때 그 친구가 어떤 표정을 지었는지는 못 봤지. 릴리윈은 그 얘기를 축복 어린 약속처럼 받아들인 양 환한 표정을 지었네. 죄를 지은 사람은 그런 식으로 반응하지 않지."

휴는 심각한 표정으로 생각해보더니, 일리가 있다는 듯 고개를 끄덕였다. "하지만 그 친구는 연기를 직업으로 삼은 사람이에요. 어떤 상황에서도 제 표정을 통제하는 법을 열심히 연마해왔겠죠. 게다가 그에겐 다른 방어 수단이 없잖습니까. 현재로서는 범죄와 아무 상관도 없는 사람처럼 보이려고 무진 애를 쓸 수밖에요."

"내가 그렇게 쉽게 속아 넘어갈 사람 같나?" 캐드펠이 퉁명스럽게 물었다.

"수사님이야 그런 분이 아니죠. 하지만 그럴 수도 있다는 점을 염두에 두는 게 좋지 않겠습니까!" 옳은 말이었다. 휴는 그 점을 새삼 강조하려는 듯 고개를 돌리며 비죽이 웃어 보였다. "물론 모든 이들이 동조하는 의견에 수사님 혼자 맞서는 경우가 적지 않았고, 그때마다 수사님이 이겼다는 점은 인정하지만 말입니다."

"그렇게 생각하는 사람이 나 혼자만은 아니네." 캐드펠은 꼬마 요정처럼 가녀린 래닐트의 얼굴을 떠올리며 조용히 대꾸했다. "나보다 더 강한 확신을 갖고 있는 사람이 한 명 더 있지." 두 사람은 문지기실이 딸린 아치형 정문 앞에 이르렀다. 문 너머 넓은 큰길이 보였다. 날이 저무는 참이라 황혼 녘의 어둠이 주위에 내려앉고 있었다. "그 청년이 사건 당일 밤 잠자리로 삼았던 곳을 찾아냈다고 했지? 그리로 함께 가서 좀 둘러보지 않겠나?"

예순 줄에 들어선 나이에 떡 벌어진 어깨와 건장한 체구를 지니고 뱃사람처럼 걸음을 옮기는 땅딸막한 수도사와, 그보다 서른 살 이상 젊고 좀처럼 속내를 알기 어려운 거무스레한 얼굴에 수도사보다 머리 반쯤 더 크지만 또래에 비하면 여전히 작은 편에 속하는 키로 우아하게 걸음을 옮기는 행정 보좌관. 그 기묘한 한 쌍은 어깨를 나란히 하고 사이좋게 아치문을 지났다. 캐드펠은 자기 옆에 선 이 젊은이가 정당하게 자신의 지위와 아내를 얻는 과정을 목격했고, 또 몇 달 전에는 그들의 첫아들 세례식에도 참석했다. 그들은 세상의 어떤 친구들보다도 서로를 더 잘 이해했지만, 스티븐 왕의 정당성 여부와 관련해서는 언제 정반대의 자리에 서게 될지 알 수 없는 노릇이었다.

그들은 시내로 이어지는 다리를 향해 가다가 강가에 이르기 직전 오른쪽으로 꺾어 덤불숲 한가운데 난 길에 접어들었다. 그 숲 너머, 지대는 저녁 어스름 속에 번쩍이는 세번강 쪽으로 조금씩 낮아지다가 게이 초원을 따라 평탄하게 펼쳐진 수도원 소유의 초록빛 밭들로 이어졌다. 두 사람은 릴리윈이 인심 사나운 도시를 떠나기 전 하룻밤 잠자리로 삼았던 곳에 이르렀다. 정말로 둥지처럼 생긴 곳이었다. 움푹하니 들어간 자리에 잔풀이 두툼히 깔린, 들쥐들의 서식처만큼이나 작은 둥지.

"여기서 자다가 몰이꾼들에게 쫓긴 산토끼처럼 놀라서 후다닥 튀어나온 모양입니다." 휴는 담담하게 말했다. "이 부러진 어린 나뭇가지들 보이시죠? 급히 헤치고 뛰어나온 자취예요. 여기가 분명합니다." 이어 그는 무성하게 자란 덤불을 이리저리 살피며 돌아다니는 캐드펠을 호기심 어린 눈길로 바라보았다. "뭘 찾으십니까?"

"그 친구는 헝겊 주머니 속에 레벡을 넣어 어깨에 메고 다녔지. 그런데 어둠 속에서 급하게 달아나던 중 레벡 현이 나뭇가지에 걸리면서 주머니째 벗겨지고 말았다는군. 워낙 다급한 판국이고 또 캄캄하기도 해서 되돌아가 그걸 찾을 엄두를 내지 못했다고…… 마치 가족이라도 잃은 사람처럼 슬퍼하더구먼. 그런데 그게 대체 어디로 갔을까?"

*

바로 그날 저녁 캐드펠은 그 해답을 찾아냈다. 휴와 헤어지고 혼자서 문지기실 쪽으로 되돌아올 때였다. 아직 날은 완전히 어두워지기 전이었고, 마지막 기도 때까지는 한참 남아 있었기에 굳이 서두를 필요는 없었다. 캐드펠은 잠시 서서 한가롭게 큰길을 지나가는 사람들과 노는 데 정신이 팔려 자기처럼 집에 돌아가기 싫어하는 홀리 크로스 교구의 개구쟁이들을 지켜보았다. 열서너 명의 아이들이 찌르레기처럼 요란한 비명을 내지르고 웃고 떠들면서 이리저리 내달리고 있었다. 그중 몇몇은 강에서 수영을 하다 왔는지 반쯤 벌거벗은 채였지만, 아직 서둘러 집으로 달려갈 만큼 기온이 떨어지지는 않은 상태였다. 아이들은 헝겊으로 엉성하게 만든 공을 차고 있었다. 몇몇은 막대기로 그걸 후려치기도 했는데, 한 아이가 다른 아이들의 것보다 훨씬 넓적하고 길이는 짧은 막대기를 들고 있었다. 그때 갑자기 속 빈 나무가 땅바닥에 부딪치며 현이 울리는 소리가 들렸다. 아무런 기대 없이 도움을 청하는 듯한, 너무도 구슬픈 소리였다.

개구쟁이는 막대기를 흙바닥에 질질 끌며 느릿느릿 걸었다. 캐드펠은 재빨리 그 아이를 쫓아갔지만, 해적이 남의 배로 뛰어들 듯 갑작스럽게 아이를 낚아채는 대신 그저 곁에 슬그머니 따라붙어 나란히 항해하는 이웃 배처럼 함께 걸었다. 아이가 캐드펠을 알아보고는 싱긋 웃음을 지었다. 이제 노는 것도 지쳤는지 아이는 그곳에서 얼마 떨어지지 않은 집으로 걸음을 옮기고 있었다.

"네가 갖고 있는 그게 대체 뭐지?" 캐드펠이 다정하게 물었다. "그 이상한 걸 어디서 찾아냈느냐?"

아이는 게이 초원 앞에 자리한 숲을 가리켰다. "저기 있었어요. 헝겊 주머니 속에. 그 주머니는 물속에서 잃어버렸지만요. 이게 뭔지는 저도 모르겠어요. 생전 처음 보는 건데, 별 쓸모는 없는 물건 같아요."

캐드펠은 망가진 물건을 눈여겨보면서 다시 물었다. "긴 줄들이 걸린 다른 막대기는 못 봤고? 이 이상한 물건이랑 같이 있었을 텐데."

아이는 걸음을 멈추고 하품을 하더니 장난감을 흙바닥에 툭 떨어뜨렸다. "물속에서 데이비가 마구 떠밀길래 제가 그 막대기로 데이비를 때렸거든요. 그때 부러져서 그냥 버렸어요." 이어 아이는 그 쓸모없음을 증명이라도 하듯 장난감을 흙바닥에 그대로 버려둔 채 더러운 주먹으로 졸린 눈을 비비며 가버렸다.

캐드펠은 안타까운 마음으로 그 초라한 물건을 집어 자세히 살폈다. 현이 이리저리 뒤엉킨 데다 통과 목 부분은 금이 가고 찌그러져 그로서는 어떻게 손을 쓸 여지가 없었다. 캐드펠은 불쌍한 주인에게 비통한 슬픔을 안겨주리라는 사실을 잘 알면서도 그 망가진 악기를 가슴에 품고 돌아섰다. 만일 지금 처한 곤경에서 무사히 벗어난다 해도 릴리원은 생계수단을 잃은 채 빈손으로 수도원을 떠나야 할 터였다. 하지만 이 초라한 물건에는 그 이상의 의미가 깃들어 있었다. 망가진 악기를 공포에 질린 릴리원의 두 손에 얹어주기 전부터 캐드펠은 이미 그 사실을 알 수 있었다. 그는 릴리원의 얼굴이 처연한 고통과 절망의 어둠으로 뒤덮이는 것을 조용히 지켜봤다. 젊은이는 두 손으로 그걸 조심스럽게 받아 들어 애무하듯 여기저기 어루만지고 두 팔로 안아 어르다가 망가진 통에 머리를 기댄 채 기어코 눈물을 터뜨렸다. 릴리원에게 이는 소유물의 상실이 아니라 연인의 죽음을 의미하리라.

캐드펠은 수도원 문서실의 열람석에 앉아 있는 릴리원과 얼마쯤 거리를 둔 채 그 폭풍이 지나갈 때까지 잠자코 침묵을 지켰다. 젊은이는 세상에 등을 돌리기라도 한 듯 빈약한 어깨를 잔뜩 웅크려 상처투성이의 연인을 끌어안은 채 꼼짝하지 않고 눈물만 흘렸다.

"세상에는 악기들을 수리하는 기술자들도 있다네." 곧 캐드펠이 부드럽게 입을 열었다. "우리 수도원의 선창자인 안젤름 수사 같은 사람 말이야. 자, 나랑 같이 그 사람한테 가서 그 악기를 손

봐달라고 부탁해보세. 그것이 다시 노래하게 하려면 어떻게 해야 하는지 알아보자고."

"이 꼴이 됐는데요?" 릴리윈은 고개를 홱 돌리더니 참혹하게 망가진 악기를 내밀어 보였다. "보세요, 이제 땔감으로밖에 못 쓸 거예요. 이걸 무슨 수로 고치겠어요?"

"그걸 자네가 알겠나, 내가 알겠나? 혹시 고칠지도 모를 사람에게 물어본다고 해서 손해가 될 건 없어. 그리고, 끝내 이걸 살려내지 못한다 해도 안젤름 수사가 새것으로 하나 만들어줄 수 있을 거야."

릴리윈은 불신이 가득한 눈초리로 캐드펠을 빤히 응시했다. 나처럼 비천하고 무익한 인간에게 대가 없는 친절을 베푸는 사람이 있을 리 없어. 내가 왜 이 사람의 말을 믿어야 하지? 물론 여기 수도원 사람들은 내게 음식과 잠자리를 제공해야 할 책임을 지고 있지. 하지만 그들이 베풀어줄 수 있는 건 딱 거기까지고, 그조차 그저 의무감에서 마지못해 할 뿐이야. 세상 그 어떤 사람도 내게 빵 껍질 이상의 은혜를 베푼 적이 없잖아.

"제게 새것을 살 만한 돈이 있는 것처럼 말씀하시네요! 설마 절 놀리시는 건가요?"

"자네, 모르는 게 있군. 우리는 물건을 사지도 팔지도 않는다네. 우리한테는 돈이 소용없지. 어쨌든 안젤름 수사에게 망가진 악기를 보여주면 그 사람은 그걸 몹시 고치고 싶어 할 걸세. 그리고 그 사람에게 악기가 없어 어찌할 바를 모르는 훌륭한 음악가를 보여주면 어떻게 할까? 그는 아마 그 음악가에게 새 목소리를 주려고 안달을 할 걸세. 자네는 훌륭한 음악가 아닌가!"

"그거야 그렇죠!" 릴리윈은 자부심이 넘치는 목소리로 대답했다. 그 점에 대해서만큼은 자신의 가치를 잘 아는 터였다.

"자, 가서 안젤름 수사에게 자네가 어떤 사람인지 보여주세. 그러면 그 친구는 틀림없이 자네에게 걸맞은 대우를 해줄 거야."

"그게 정말이에요?" 희망과 의심 사이에서 오락가락하며 그가 물었다. "정말로 그분께 부탁해주실 거예요? 만일 그분이 저를 가르쳐주시기만 하면, 저 또한 열심히 그런 기술을 익히고 싶어요." 릴리윈의 얼굴이 잠시 기쁨으로 빛나는가 싶더니 갑자기 다시 어두워졌다. 미래에 대해 희망을 품을 때마다 그는 이내 자신에겐 어떤 미래도 없다는 가차 없는 깨달음에 잠식되곤 했다. 이 젊은이의 내면에서 거듭 되살아나는 절망감을 몰아내고자, 캐드펠은 새로운 화젯거리를 급히 찾아냈다.

"지금 친구 하나 없는 고독한 처지라 생각해선 안 되네. 자네는 40일의 유예기간을 얻었고, 휴 베링어처럼 공정한 사람이 이 사건을 조사하는 마당에 그런 생각을 한다는 건 배은망덕한 짓이야. 그리고 누구보다 완강하게 자네 편을 들며, 자네를 비난하는 말은 아예 들으려 하지 않는 사람이 적어도 하나 더 있다는 사실 또한 알려줘야겠군." 이에 릴리윈의 얼굴이 약간 밝아졌다. 의심이 완전히 가신 건 아니지만 적어도 잠시 동안은 교수대와 올가미의 영상이 마음속에서 사라지는 듯했다. "래닐트라는 소녀 기억나나?"

순간 릴리원의 낯빛이 더욱 환하게 피어났다. 캐드펠이 아는
한 그가 그렇게 미소 짓는 건 처음이었다. 하지만 그에겐 여전히
두려움과 망설임과 자기 비하의 감정이 남아 있었다. 그는 간절
히 바라는 어떤 것에도 손을 뻗을 엄두를 내지 못했으니, 자신이
움켜쥐려는 순간 그것이 이내 눈처럼 녹아서 흘러내리리라 생각
하는 듯했다.

"래닐트를 만나셨어요? 대화도 나눠보셨고요? 정말 그녀는 사
람들이 저에 관해 하는 이야기를 믿지 않던가요?"

"전혀! 그 친구는 자네가 사람을 때려서 쓰러뜨리지도, 도둑질
도 하지 않았다고 지극히 단호한 태도로 이야기하더군. 슈루즈베
리의 모든 사람들이 자네를 범인으로 몰아댄다 해도 래닐트만큼
은 확신을 굽히지 않고 자네를 옹호할 거야."

릴리원은 다시금 진짜 연인을 안듯, 수줍은 얼굴로 망가진 레
벡을 살포시 끌어안았다. 안마당에 감도는 어스름 속에서 그의
얼굴에 두려움 어린 미소가 희미하게 피어났다.

"그토록 따스한 눈길로 절 바라봐준 여자는 그녀가 처음이었
어요. 수사님은 래닐트의 노래를 못 들어보셨죠? 정말이지 갈대
처럼 가늘고 감미로운 목소리예요. 우리는 그 집 부엌에서 함께
식사를 했죠. 제 평생 가장 행복한 시간이었어요. 하지만 그녀가
그렇게 생각해줄 줄은 미처 몰랐는데…… 정말 그게 사실인가
요? 래닐트가 저를 믿어준다는 게?"

4

일요일

릴리윈은 수도원의 질서 정연한 일과에 최대한 혼란을 일으키지 않기로 마음먹었다. 그는 안식일 아침기도 시간 전에 일어나 담요들을 잘 개켜 치운 뒤 말끔히 세수를 했다. 이제까지 늘 떠돌이 생활만 해온 터라 안식일 의식에 친숙해질 기회가 거의 없었고 라틴어는 아예 알아듣지도 못했으나, 자신에 대한 수도원 사람들의 인식을 조금이라도 바꿔놓을 수만 있다면 기꺼이 그 의식에 참석해 경의를 표할 생각이었다.

아침 식사를 마친 뒤 캐드펠은 젊은이의 팔에 감긴 붕대를 갈아주고 머리가 터진 자리의 붕대는 풀어버렸다. "머리의 상처는 잘 아물어가는군. 이젠 공기가 통하도록 이대로 놔두는 게 좋겠네. 새살이 돋아나고 있거든. 그러고 보니 다리도 절지 않는구먼. 멍든 자리는 좀 어떤가?"

어제까지만 해도 결리고 쓰리던 곳들이 이제 말끔히 나았음을 깨닫고 릴리윈 자신도 깜짝 놀라는 듯했다. 그는 몸이 멀쩡하다고 대답하더니 신기한 곡예로 이를 증명해 보였다. 예전의 솜씨 그대로였다. 보따리로 싸매 잠자리 밑에 안전하게 숨겨놓은 알록달록한 고리들과 공들도 꺼내 시험해보고 싶은 마음이 굴뚝같았지만, 수사들이 보고 이맛살을 찌푸릴지 몰라 그는 금세 마음을 접었다. 망가진 레벡은 안마당 바로 곁에 있는 현관 한구석에 얌전히 모셔두었는데, 이제 안젤름 수사가 그 악기를 이리저리 살피며 가장 심하게 파손된 부분을 손가락으로 조심스럽게 더듬고 있었다.

여위고 흐리터분해 보이는 인상에 근시인 50대의 안젤름 수사는 얼룩덜룩한 갈색 정수리를 숙이고 굵고 빳빳한 눈썹을 찌푸린 채 악기를 들여다보다가, 그 물건의 주인을 향해 격려하듯 따뜻한 미소를 머금어 보였다.

"자네가 이 악기의 주인인가? 이 녀석이 어떤 수모를 당했는지는 캐드펠 수사한테 들었네. 참 좋은 악기 같은데…… 혹시 자네가 직접 만들었나?"

"제게 그걸 연주하는 법을 가르쳐준 노인께서 돌아가시기 전에 물려주셨어요. 그걸 만드는 법은 저도 모릅니다."

한밤중에 일어난 사건 이후 처음으로 청년의 목소리를 들은 안 젤름 수사는 재빠른 시선으로 그를 살피며 주의 깊게 귀를 기울 였다. "아주 맑고 깨끗하고 높은 음성을 갖고 있군. 자네를 잘 써 먹을 수 있겠는데? 만일 자네가 노래를 한다면…… 아, 물론 노 래야 당연히 하겠지! 혹시 여기서 우리와 함께 수사복을 입고 지 낼 생각 같은 건 안 해봤나?" 이어 그는 현재 이 청년이 처한 상 황을 떠올렸는지 아쉬운 한숨을 내쉰 뒤 말을 이었다. "그나저 나, 이 물건은 아주 고약한 취급을 당했어. 그래도 가망이 없는 건 아니네. 시도해볼 만해. 참, 활은 잃어버렸다고?" 그런 얘기를 한 적이 없는 그는 가만히 침묵을 지켰다. 아마도 캐드펠 수사가 기억력 좋고 열성적인 그 사람에게 정확한 정보를 전해줬으리라. "활은 악기보다 만들기가 더 어려워. 하지만 몇 차례 성공한 적 이 있지. 다른 악기들도 다룰 줄 아나?"

"대부분 연주할 수 있습니다." 악기 얘기가 나오자 릴리윈이 열의를 띠고 대답했다.

"가세." 안젤름 수사가 릴리윈의 팔을 잡아끌었다. "자네한테 내 작업장을 보여주지. 대미사가 끝나면 우리 둘이서 이 레벡을 수리해보세. 마침 내 곁에서 나무 진액이랑 풀을 다뤄줄 사람이 하나 필요하던 참이거든. 하지만 명심하게. 수리 작업은 아주 천 천히, 조심스럽게 이루어져야 해. 기도하는 마음으로 하나하나 해나가야 하지. 무슨 이유에서건 절대 서둘러서는 안 되네. 음악 이라는 게 그래. 기나긴 한평생에 걸쳐 천천히 연마해야 하는 법이야."

　따사로운 바람처럼 자신을 이끄는 그의 손길에, 릴리윈은 어떤 사람의 한평생은 대단히 짧을 수도 있다는 사실을 망각한 채 꿈을 꾸듯 몽롱한 기분으로 걸음을 옮겼다.

　　　　　　　　　　　*

　그날 아침 월터 아우리파버는 지끈거리는 두통 속에 잠에서 깨어났다. 사지가 뻐근하고 마음이 불안했지만 그는 자리에서 일어나 기지개를 켜고는 몽롱한 기분이 사라질 때까지 온몸을 부지런히 움직이다가, 참을성 많고 과묵한 딸에게 짜증을 내며 직공을 찾아오라고 했다. 하지만 그의 직공은 안식일을 맞아 가게와 시내에서 모습을 감춘 채 모처럼의 휴일을 마음껏 즐기고 있었다. 월터는 자리에 앉아 아침을 잔뜩 먹은 뒤 자신이 겪은 불운한 사건을 곰곰이 반추해보기 시작했다.

　모든 일들이 꿈처럼 몽롱하기만 했다. 어머니에게만은 절대로 알리고 싶지 않은 한 가지 기억 또한 마찬가지였다. 물론 돈과 관련된 문제이니 그의 어머니도 알 권리는 있었다. 아니, 아들을 결혼시키는 일이, 그것도 아주 좋은 가문 출신에 두둑한 지참금까지 챙겨 오는 규수와 결혼시키는 일이 매일같이 벌어지는 사건은 아니지 않은가! 그런 날 딱한 처지에 빠진 비천한 녀석에게 약간의 은전을 베풀어준 건 당연히 눈감아줄 만한 일이다. 하지만 과연 어머니도 그렇게 생각할까? 어쩌다 충동에 휘말려 인심을 썼는지…… 그 일이 몰고 온 엄청난 재앙에 대해 생각하며 그는 자신을 혹독하게 나무랐다. 이 얘기가 어머니 귀에 들어가서는 절대로 안 되었다!

월터는 정신을 차리려 애썼다. 아들과 새 며느리가 좋은 옷을 차려입고 점잖게 팔짱을 낀 채 세인트메리 교회[10]로 향하는 모습을 보자 조금이나마 위안이 되었다. 마저리가 이미 가져온 돈과 앞으로 가져올 돈은 이제 금고에서 없어진 보화를 되찾을 때까지 그 무엇보다 중요한 역할을 하리라. 돈에 대해 생각하자 머리가 다시 지끈거렸다. 아우리파버 집안에 그런 재앙을 몰고 온 자는 교수형에 처해야 마땅할 것이었다. 이 세상에 조금이라도 정의가 살아 있다면 말이다!

휴 베링어가 피해자 진술을 듣기 위해 관원 하나를 대동하고 왔을 때, 월터는 이미 마음의 준비를 마치고 사건의 전말에 대해 줄줄이 늘어놓기 시작했다. 그러던 중 달갑잖게도 갑자기 줄리아나 부인이 지팡이를 짚고 계단을 내려왔다. 곧 캐드펠 수사가 도착할 터였다. 자신을 방에서 나오지 못하게 하려는 수재나에게 잔소리를 해대면 수사는 다시금 성질과 행동을 죽이라는 둥 훈계를 늘어놓을 것이고, 그러니 그가 오기 전에 미리 아래층에 가 있는 것이 상책이라고 이 노부인은 생각한 것이다. 그리하여 캐드펠이 도착했을 때 줄리아나 부인은 이미 홀 구석에 있는 장의자에 의연하게 앉아 할 테면 해보라는 듯 도전적인 눈초리로 그를 노려보고 있었다. 쓸데없는 훈계 따위는 아예 꺼내지도 않는 편이 나을 듯했다. 캐드펠은 그저 가져온 연고를 건네고 그녀의 호흡과 맥박을 점검한 뒤 모두 정상이라고 말하고서, 갑자기 말수가 적어진 월터에게로 고개를 돌렸다.

"무사히 회복하신 걸 보니 기쁘구먼. 사람들이 괜한 소리로 당신 수명을 스무 해나 단축시킬 뻔했소." 그가 말을 이었다. "하지만 큰 손실을 입으셨다니 그건 참 유감스럽소. 잃어버린 물건들을 조만간 되찾길 바라오."

"저도 그렇게 되길 바랍니다, 수사님." 월터는 시큰둥하게 대꾸했다. "듣자니 수사님네 성소에 숨어 있는 그 악당 놈한테서는 아무것도 안 나왔다면서요? 어쨌든 놈이 거기 있는 동안에는 숨겨둔 보물을 파내 다른 곳으로 내뺄 수 없을 테니, 나리들께서 어딘가에 감춰져 있을 그 장물들을 찾아내주시길 바랄 뿐입니다."

"그렇다면 당신도 그 사람이 범인이라 확신하는 겁니까?" 휴가 물었다. 그날 밤 보화를 거두어 가게로 간 시점으로 자연스레 이야기를 유도하려는 생각이었다. "하지만 내가 알기로 그 사람은 이미 그 전에 쫓겨났고, 이후로는 그가 이 근처에서 어정거리는 걸 봤다는 사람이 없던데요."

월터는 자기 어머니를 힐끗 바라보았다. 줄리아나 부인은 시력도 청력도 그리 좋지 않지만 여전히 날카로운 눈을 빛내며 귀를 쫑긋 세우고 있었다.

"가지 않고 계속 숨어 있었던 게 분명해요. 밤의 어둠 속에서는 얼마든지 그럴 수 있지 않겠습니까?"

"그거야 그렇죠." 휴는 마지못해 동의했다. "하지만 아직까지는 그를 봤다는 사람이 나오지 않았어요. 남들이 알지 못하는 어떤 사실을 당신이 기억해낸다면 또 모를까. 그 사람을 쫓아낸 다음 다시 본 일이 있습니까?"

월터는 모든 사정을 다 털어놓기로 결심한 듯 비장한 표정으로 고개를 홱 돌렸지만, 줄리아나가 귀를 바짝 세우고 있는 것을 보고는 이내 생각을 고쳐먹은 모양이었다. 참으로 안쓰럽기 그지없는 모습이었다.

"강도 사건이 일어난 곳을 한번 둘러보는 게 좋을 것 같소." 캐드펠은 아무것도 모르는 사람처럼 천연덕스럽게 제안했다. "우리한테 가게 작업장을 보여주시겠소?"

월터는 감사한 마음으로 제안을 받아들여 재빨리 그들을 밖으로 끌고 나갔다. 일요일에는 거리 쪽 문을 잠가두는 터라, 그는 가게들 사이에 난 통로의 문을 이용해 그들을 작업장으로 안내했다. 모두 가게에 들어서자 월터는 조심스럽게 문을 닫고는 안도의 한숨을 내쉬었다.

"저로서는 나리들께 아무것도 숨길 게 없습니다만, 그렇잖아도 몸이 좋지 않은 우리 어머니가 또다시 신경을 쓸까 봐 얘기하지 못한 사실이 하나 있습니다." 그는 어머니에 대한 두려움을 그런 식으로 둘러대며 말을 이었다. "사건이 일어난 곳이 바로 여기예요. 저 문에서 보면 반대편 구석에 있는 금고가 아주 잘 보일 겁니다. 그때 전 저 금고 곁에 서 있었습니다. 자물쇠에 열쇠를 꽂아둔 채 뚜껑을 활짝 열어 벽에 기대어놓고, 곁에 있는 이 선반에다가는 초를 세워뒀죠. 그 불빛 덕에 금고 안이 훤히 들여다보였습니다. 어떤 상황인지 아시겠죠? 그때 갑자기 뒤에서 무슨 소리가 들려 돌아보니 릴리원이라는 그 음유시인 녀석이 문으로 살그머니 들어오고 있더군요."

"험악한 분위기였나요?" 휴가 짐짓 놀란 듯 눈썹을 올려 보였지만, 캐드펠은 그가 살짝 윙크하는 걸 놓치지 않았다. "몽둥이 같은 거라도 들고 있었습니까?"

"아뇨, 아주 비굴한 표정이었습니다. 하지만 제가 돌아봤을 때 녀석은 막 문 안에 발을 들여놓는 참이었어요. 제가 눈치챘다는 걸 안 순간 밖에다 무기를 살그머니 떨어뜨렸을 수도 있지 않겠습니까?"

"뭔가 떨어지는 소리를 들었습니까? 아니면 무기를 소지했다는 증거 같은 거라도 봤다거나……."

"아뇨."

"그러면 그 사람이 뭐라고 하던가요?"

"그게…… 애초에 약속한 수고비의 3분의 1밖에 못 받았다면서 자기 사정 좀 봐달라고 간청하더군요. 가난한 자를 그렇게 마구 때린 것으로 모자라 수고비까지 후려치는 건 너무 가혹한 처사 아니냐, 애초에 약속한 대로 돈을 달라, 뭐 그렇게 애걸했어요."

"그래서 어떻게 했습니까?"

"솔직히 그 주전자의 가치를 생각하면 참 심한 대접을 받았다고 할 수는 없습니다. 하지만 참 불쌍하고 가련하긴 하더군요. 어찌 됐든 그놈도 먹고살아야 할 테니까요. 그래서 이 시에서 주조된 질 좋은 은화로 1페니를 줬죠. 부탁드리는데, 좋은 일 하는 셈치고 이런 얘기는 우리 어머니한테 하지 말아주십시오. 물론 제 기억이 돌아온 이상 녀석이 감히 가게 안으로 들어와 돈을 달라고 사정했다는 사실은 알려야겠지만, 제가 녀석에게 뭔가를 줬다는 말까지 할 필요는 없잖습니까. 당신 뜻을 거역했다는 걸 알면 어머니는 모욕을 느끼실 겁니다."

"그토록 어머니를 생각하시다니, 참으로 훌륭하십니다." 휴는 자못 엄숙하게 대답했다. "그래서, 그다음에는 어떻게 됐죠? 그 은화를 받아 들고 그 사람이 순순히 나가던가요?"

"예. 하지만 내 장담하는데, 그놈은 자기가 나를 찾아와 사정했다는 얘기를 댁들한테 털어놓지 않았을걸요. 기껏 베풀어주고 이따위 보답을 받다니!" 월터는 여전히 분이 풀리지 않는 듯 씩씩거렸다.

"잘못 아셨습니다. 그 사람은 이미 전부 얘기했어요. 댁이 지금 말한 것과 거의 비슷한 내용을 털어놓더군요. 자기 수중에 있는 거라곤 그 2페니가 전부라고요. 그나저나, 그 사람이 가게 안을 들여다보는 걸 알아채자마자 금고 뚜껑은 바로 닫혔습니까?"

"그럼요! 재빨리 닫았죠! 하지만 녀석이 이미 다 본 다음이었어요. 당시 저는 녀석을 전혀 의심하지 않았습니다만, 그다음에 어떤 결과가 나왔는지는 아시는 바와 같습니다! 저는 녀석이 가자마자, 아니 녀석이 갔다는 생각이 들자마자 다시 금고 뚜껑을 열고 마저리가 가져온 물건들을 집어넣고 있었는데, 그러다 느닷없이 뒤통수를 호되게 얻어맞은 겁니다. 제가 알고 있는 건 그게 전부예요. 눈을 떠보니 침대였죠. 그 일은 녀석이 문 밖으로 나가고 채 2분도 안 지나서 일어났습니다. 그러니 그런 짓을 한 자가 그 녀석 말고 또 누구겠습니까?"

"실제로 누가 당신을 공격했는지 보지는 못했고요?" 휴가 다그쳐 물었다. "얼핏이라도, 그자의 모습이나 크기를 짐작할 만한 그림자 같은 것도요? 뒤에서 달려들 때의 느낌으로 덩치가 어느 정도였는지 감이 오지 않았나요?"

"그런 걸 느낄 틈도 없이 당했다니까요." 복수심에 불타고 있을지언정, 월터는 천성이 정직한 사람이었다. "몸을 숙이고 있는데, 순간적으로 벽이 제 몸을 덮치는 것 같더라고요. 그대로 금고를 향해 엎어지면서 의식을 잃고 말았죠. 저는 아무 소리도 듣지 못했고, 아무것도 보지 못했습니다. 그림자조차 못 봤다고요. 마지막으로 기억나는 건 촛불이 일렁거리는 모습 정도예요. 하지만 그걸로 뭘 짐작할 수 있겠습니까? 그 악당 놈은 제가 뚜껑을 덮기 전에 분명 금고 안을 봤어요. 거기 그렇게 많은 돈이 들어 있는 걸 보고도 순순히 1페니만 받아 갔을까요? 천만에! 그날 밤 이곳에서 전 다른 사람이라고는 그림자도 못 봤습니다. 나리께서도 이제 확신이 들지 않습니까? 그 음유시인 녀석이 범인입니다."

*

"가능성이 있긴 합니다." 20분 뒤, 휴는 다리 근처에서 캐드펠과 헤어지며 말했다. "그런 엄청난 보물이라면 수중에 동전 두 닢밖에 없는 불쌍한 사람에겐 충분히 유혹적이었겠죠. 그 청년이 촛불을 받아 번쩍이는 우리 친구의 황금을 보기 전부터 그런 생각을 품었는지 어땠는지는 알 수 없지만 말입니다. 하지만 그때 청년이 자기 코앞에 있는 걸 미처 보지 못했을 수도 있다는 점 역시 인정합니다. 금세공인이 사나운 노부인보다는 조금이라도 관대하게 나올 가능성이 높으니, 어떻게 해서든 그에게서 떼인 돈을 받아내보자는 의지 외에는 아무 생각이 없었을 수도 있죠. 그렇게 1페니를 받아 들고 하느님께 감사드리며, 나쁜 짓을 할 생각 같은 건 추호도 없이 조용히 사라졌을지도요. 아니면 반대로 돌이나 몽둥이를 들고 돌아섰을 수도 있고 말입니다."

*

그즈음 세인트메리 교회 앞 거리에서는 대니얼 아우리파버와 마저리 아우리파버가 신혼부부답게 점잖게 팔짱을 낀 채 걷고 있었다. 화창한 일요일 오전 대미사가 끝나면 주민들은 으레 그곳에서 아는 사람들끼리 인사를 나누거나 성장한 이들의 옷차림을 구경하곤 했다. 이 사람 저 사람이 연달아 이 신혼부부를 붙잡고 말을 걸어왔다. 주로 결혼을 축하한다느니, 재난을 당해서 안됐다느니 하는 얘기들이었다. 결혼식과 강도 사건이야말로 지금 슈루즈베리 최고의 화젯거리이니 당연한 일이었다. 그러던 중 신혼부부는 모직물 상인인 마스터 아일윈 코드와 그의 아내 세실리를 마주치게 되었다. 물론 그런 곳에서 서로 인사를 나눌 만한 친구이자 이웃 사이였기에 그들은 자연스럽게 걸음을 멈추었다.

세실리 부인은 그 상인의 아내라기보다 막내딸, 심지어 손녀딸처럼 보였다. 예순 살 먹은 남편 곁에 선 스물세 살의 그녀는 키가 작고 가냘팠으나, 발그레하니 화색이 도는 얼굴에 풍만한 가슴과 잘록한 허리를 지니고 있었다. 걸음걸이를 비롯한 모든 것이 화사하고 풍염해 보여 어딜 가든 눈부신 광채를 흩뿌리는 여신처럼 주위를 압도하는 사람이었다. 워낙 보석같이 빛나는 터라 수수한 아마포를 둘러도 눈에 확 띄는 여자인데, 그녀의 늙은 남편은 아내가 값비싼 천을 재단해 만든 화려한 옷들로 눈부시게 차려입는 걸 유독 좋아했다. 윤기 흐르는 풍성한 황갈색 머리에 금사로 된 망을 쓰고, 그러잖아도 풍만한 가슴에 보석들과 에나멜로 이루어진 커다란 장식을 단 그녀의 모습은 단번에 모든 사람들의 시선을 끌었다.

세실리 부인의 화려함 앞에 서자 마저리는 그만 빛을 잃고 말왔다. 마저리는 가면처럼 굳어버린 가짜 미소를 머금었다. 목소리는 음정이 맞지 않는 노래를 억지로 부르는 가수처럼 날카롭고 갈라져 나왔다. 그녀는 대니얼의 팔을 단단히 잡았다. 흡사 손가락 사이로 자꾸만 미끄러져 빠져나가려는 물고기를 필사적으로 움켜쥔 꼴이었다.

마스터 코드는 월터가 큰 문제 없이 회복되어가는 중이라는 얘기를 듣고 안도의 숨을 내쉬었지만, 누군가가 강탈해간 보화들의 행방이 여전히 오리무중이라는 것을 알고는 안타까운 표정을 지어 보였다. 재물을 잃어버린 건 안된 일이나 그래도 무사히 목숨을 건지게 되어 정말 다행이라고 그는 말했다. 그의 아내 또한 조신하게 눈을 내리깐 채, 멀리서 산비둘기가 구구거리는 듯한 목소리로 남편이 한 말을 그대로 반복했다.

자기만족에 가득 찬 이 늙은이의 축 늘어진 얼굴보다는 세실리의 발그레한 얼굴로 더 자주 시선을 돌리며, 대니얼은 최대한 빠른 시일 안에 아내분과 함께 자기 집에 와 식사를 함께해줬으면 좋겠다고 청했다. 그러면 아버지에게 적지 않은 위로가 될 거라는 말도 잊지 않고 덧붙였다. 모직물 상인은 초대에 감사를 표하고는, 자신도 기꺼이 가고 싶지만 사정이 있어 그 기쁨은 일주일쯤 미뤄야겠다고, 그사이 아버지의 상태가 더 좋아지기를 바랄 뿐이라고 대답했다.

"새댁은 집에만 박혀서 일하는 남편을 둔 게 얼마나 다행스러운 일인지 잘 모를 거예요." 세실리 부인이 조그마한 손을 뻗어 마저리의 팔을 살짝 잡고서 말했다. "이이는 양털과 옷감 다루는 일을 하느라 늘 하인들과 함께 노새들이 끄는 마차를 타고 서쪽의 웨일스나 동쪽의 잉글랜드로 가곤 한답니다. 그럴 때마다 난 며칠씩 혼자가 되죠. 내일도 아침 일찍 집을 떠나 옥스퍼드까지 간다니, 난 또다시 사나흘 동안 혼자 지내게 생겼어요."

그렇게 불평을 늘어놓으며 세실리는 크림빛 눈꺼풀을 두 차례 치올렸는데, 한 번은 그 눈길이 슬픈 듯 남편을 향했으나 또 한 번은 번개같이 대니얼을 훑고 지나가며 순간적으로 날카로운 빛을 발했다. 운 나쁘게도 마저리 또한 그 순간을 포착했다.

"이런, 내가 한시바삐 당신 곁으로 돌아오려고 서두를 거라는 거 잘 알면서 그러네." 마스터 코드가 달래듯이 말했다.

"그래도 내게는 얼마나 긴 시간인데요." 세실리는 뾰로통한 얼굴로 말을 이었다. "사나흘씩이나 독수공방한다고 생각해봐요. 돌아올 땐 나를 즐겁게 해줄 근사한 물건을 챙겨 오는 게 좋을 거예요."

물론 마스터 코드는 틀림없이 그렇게 할 것이다. 어디를 가든 그는 늘 그녀를 즐겁게 해줄 선물을 갖고 돌아왔으니까. 마스터 코드는 돈으로 그녀의 마음을 산 터였고 이 분별없는 사랑의 이면에는 냉철한 계산이 이루어지고 있었으니, 세실리를 붙잡아두려면 거듭거듭 그녀의 마음을 새롭게 사야 한다는 사실을 그는 잘 알았다. 마스터 코드가 그처럼 현실이고 거래에 확실한 사람인 이상, 또한 그처럼 오만하고 소유욕이 강한 사내인 이상, 자칫 실수를 했다간 세실리는 그 가녀린 목을 잃을 각오를 해야 할 것이었다.

"정말 옳은 말씀이세요 부인!" 마저리는 굳은 입술을 간신히 열어 말했다. "정말이지 전 얼마나 운이 좋은 사람인지……."

실로 안타까운 광경이었다. 그러나 약간의 생각과 끈기, 인내, 그리고 교묘한 꾀로 인해 그 모든 남자와 여자의 운명이 하루아침에 뒤바뀔 수도 있는 법이다.

*

릴리윈은 뜻하지 않게 너무나 즐거운 하루를 보내느라 저만큼 앞에 온 죽음의 위협마저 잊어버릴 지경이었다. 대미사가 끝나자마자 안젤름 수사는 그의 등을 떠밀다시피 하여 이미 외과 의사와도 같이 정교하면서도 무자비한 손길로 레벡의 갈라지고 부서진 조각들을 해체하는 작업을 시작한 안마당 한구석으로 데려갔다. 악기의 부활을 염원하는 이 새로운 제자에게 이는 혼신을 다하지 않으면 안 될 정도로 정성스럽고 더딘 작업이자, 죽음에 대한 생각 자체를 말끔히 잊게 해주는 탁월한 치유법이기도 했다.

"이미 이야기했듯이 우린 이제 부서진 이 조각들을 다시 맞춰야 하네." 안젤름 수사는 열에 들뜬 목소리로 말했다. "완성된 물건에 흠이 좀 생겨도 전혀 상관없어. 다시 제 소리를 내기만 한다면 성공이지. 그리고 만일 그 소리가 신통치 않으면 우린 또 다른 악기를 만들어낼 것이고, 그것은 한 세대가 전 세대를 따르듯 먼 첫번 악기와 다름없는 소리를 낼 걸세. 절대적인 상실이라는 건 없어. 자, 그 양피지를 이리 건네주게나. 내가 양피지에 조각들을 늘어놓을 테니 자넨 그 순서를 제대로 기억해두게." 몇몇 조각은 아주 조그마한 파편에 불과했지만, 안젤름 수사는 악기가 복원되었을 때의 모양을 묘사한 그림 중 제 위치에 해당되는 곳들을 찾아 하나하나 조심스럽게 모든 조각을 내려놓았다. "자네, 이 악기로 다시 연주하게 되리라 믿나?"

"예, 믿어요." 릴리윈은 넋 나간 사람처럼 대꾸했다.

"그럼 됐네. 믿음이야말로 제일 필요한 것이지. 믿음이 없으면 아무것도 이루어지지 않아." 마치 눈앞에 펼쳐놓은 도구들 중 하나에 대해 이야기하듯 그는 담담한 어조로 믿음이라는 희귀한 도구를 언급한 뒤, 여기저기 칠이 벗겨진 기러기발[11]을 옆으로 치워두었다. "아주 잘 만들어진, 오래된 물건이구먼. 자네에게 오기 전에 이미 두 사람 이상의 손을 거친 것 같아. 그러니 쉽게 침묵하지는 않을 걸세."

안젤름 수사 역시 마찬가지였다. 일하는 내내 그의 활달하고 부드러운 목소리는 졸졸 흐르는 물처럼 쉼 없이 흘러나왔다. 그는 레벡의 부서진 조각들을 모두 떼어내 하나하나 차례로 늘어놓은 뒤, 다음 날 복원할 생각으로 그것들이 놓인 양피지를 안전한 구석에 갖다놓고 아마포로 얌전히 덮었다. 그런 다음 릴리윈에게 손풍금을 건네주면서 한번 연주해보라고 청했다. 릴리윈은 손풍금을 연주해본 적이 없지만, 언젠가 다른 사람이 연주하는 모습을 본 터라 그걸 어떻게 다루는지 대충은 알고 있었다.

처음엔 제대로 되지 않았다. 손가락은 민첩하게 움직였는데, 가락에만 정신이 쏠려 왼손으로 바람통을 조작해야 한다는 사실을 잊은 것이다. 악기에서는 마치 한숨처럼 공기만 푹 빠져나올 뿐 아무 소리도 나지 않았다. 릴리윈은 놀라 눈을 둥그렇게 떴다가 이내 웃음을 터뜨리고는 다시 시도해보았다. 이번에는 긴장한 나머지 건반을 누르는 게 늦었다. 세 번째는 성공이었다. 그는 완전히 몰입한 상태에서도 양손의 균형을 맞춰가며 자신이 알고 있는 곡을 연주했다. 어느 정도 감을 잡고부터는 점차 자신이 붙어 장식음까지 가미할 수 있었다. 다섯 손가락으로 해낼 수 있는 일을 그는 모두 해냈다.

안젤름 수사는 이제 릴리윈에게 이상한 기호들이 들쭉날쭉하게 늘어선 양피지를 건네주었다. 기호들 밑에는 그가 문자라 알고 있는 것들도 적혀 있었으나, 까막눈인 릴리윈으로서는 무엇도 읽을 수 없었다. 그에게 양피지 속 기호들은 여자들이 수를 놓기 위해 그려놓은 밑그림처럼 재미있는 무늬에 불과했다.

"이런 걸 판독하는 법은 배운 적이 없겠지? 하지만 자네라면 금방 익힐 수 있을 걸세. 이건 가락을 귀가 아닌 눈으로 익힐 수 있도록 표시해놓은 기호라네. 여기 이 음표들을 잘 보게! 자, 풍금을 줘봐."

안젤름은 풍금을 받아 들더니 긴 멜로디를 연주했다. "자네가 들은 멜로디가 바로 여기에 적혀 있지. 다시 들어보게!" 그는 다시 신나게 연주한 뒤 말했다. "이 멜로디를 따라 불러봐!"

릴리윈은 고개를 똑바로 세우고 그 악절을 노래했다.

"이렇게 계속해보자고…… 내가 연주하는 대로 따라 불러보는 거야."

그렇게 풍금이 연주하는 한 소절 한 소절을 따라 부르는 시간은 더없이 황홀했다. 몇 분이 지나자 릴리윈은 원곡을 충분히 소화하여 그럴싸하게 멋을 내 부르기도 하고, 또 음을 한 단 높여 불러보기도 했다.

"자네를 가수로 만들 수도 있겠는걸." 안젤름 수사가 등받이에 기대앉으면서 아주 흡족한 얼굴로 말했다.

"전 가수예요." 릴리윈은 대꾸했다. 그렇게 말할 수 있다는 게 얼마나 자랑스러운 일인지, 전에는 미처 깨닫지 못했다.

"그래, 그렇지. 자네의 음악과 내 음악은 서로 지향하는 길이 다르지만, 둘 다 여기 적힌 이 작은 기호들과 그 기호들이 뜻하는 음들로 이루어져 있어. 자네가 여기 머무르는 동안 그 기호들을 읽는 법을 가르쳐주겠네." 그 역시 제자 못지않게 즐거워하고 있었다. "자, 이 풍금을 잡고 자네의 노래 몇 곡을 연습한 다음 연주하면서 노래해보게나."

릴리윈은 어떤 곡을 연주할까 생각하다가, 자신이 아는 노래의 상당수가 여기서는 음탕하고 불경스러운 것으로 취급되리라는 사실을 깨닫고 당혹감을 느꼈다. 하지만 그렇지 않은 곡도 있었다. 첫사랑을 경험한 젊은이에 관한 애가. 이제 그 곡을 생각하자 그의 머릿속엔 자기만큼 불쌍하고 아무도 신경을 써주지 않는 래닐트의 모습이 떠올랐다. 숱 많은 검은 머리에 창백하고 갸름한 얼굴, 유난히 크고 빛나는 두 눈을 가진 래닐트가 허름한 옷차림으로 연기 가득한 부엌에 서 있는 모습이었다. 릴리윈은 왼손으로 바람통을 여유 있게 조작하며 절절한 감정에 젖어 그 곡을 연주했다. 연주와 노래에 완전히 몰입한 나머지 안젤름 수사가 양피지에 음표들을 열심히 적고 있다는 것도 거의 의식하지 못했다.

"자네가 방금 들려준 노래가 여기에 적혀 있다면 믿을 수 있겠나?" 안젤름 수사가 그 양피지를 건네주면서 흥겹게 말했다. "아, 물론 가사가 아니라 곡이지. 앞으로 이것들을 적고 읽는 법을 차근히 가르쳐주겠네. 그것참, 아주 좋은 곡이군그래. 미사 때 써먹을 수도 있겠어. 오늘은 이걸로 끝내도록 하지. 나는 저녁기도를 준비해야 하니, 우린 내일 다시 만나자고."

릴리윈은 손풍금을 선반에 되돌려놓고는 몽롱한 기분으로 걸음을 옮겼다. 조금 전까지만 해도 눈부시게 푸르렀던 하늘이 어느새 어슴푸레한 황혼으로 바뀌어가는 중이었다. 꽉 막혀 있던 응어리가 시원하게 빠져나간 듯 그의 마음은 고즈넉하고 충만했다. 차분함 속에서 희망이 용솟음쳤다. 문득 망가진 곡예 도구들이 떠올랐다. 나무 고리와 공 들은 예배당 현관에 개켜둔 담요들 밑에 잘 숨겨놓은 터였다. 릴리윈이 지닌 또 다른 기술과 관련된 물건들. 연습을 소홀히 했다가는 그 기술도 녹슬 것이다. 릴리윈은 붕 뜬 기분으로 담요가 있는 곳으로 가 그것들을 챙겨 들고는 가뿐한 걸음으로 메올 시내를 향해 이어지는 완두밭을 지나 낮고 평탄한 곳으로 향했다. 하루 일과가 끝난 시각이라 그곳에는 아무도 없었다. 그는 보따리를 끄른 뒤 여섯 개의 나무공과 고리 들을 꺼냈다. 그것들을 허공에 내던지고 받으며 손목 힘과 재빠른 눈썰미를 시험해볼 작정이었다.

타박상으로 인해 온몸이 아직도 뻣뻣이 굳은 탓인지 처음에는 몇 차례 실수가 나왔다. 그러나 조금 지나자 예전의 기술이 되돌아오면서 성취의 기쁨을 맛볼 수 있었다. 아주 하찮은 기술일지언정 성취는 성취였으니, 그는 이 기쁨을 소중히 마음에 담았다. 용기를 얻은 그는 공과 고리를 치우고, 이번엔 제 여위고 강인한 몸의 유연성을 시험할 겸 사지를 이상한 모양으로 비틀어대기 시작했다. 짓밟히고 얻어맞은 근육들이 고통을 이기지 못해 비명을 질러댔지만, 그는 절대 포기하지 않으리라 결심하고 다양한 동작을 시험했다. 몸이 어느 정도 나긋나긋해지자 그는 연달아 옆으로 재주넘기를 하며 완두밭 꼭대기까지 올라갔다가, 이어 몸을 둥그런 고리 형태로 만들어 개울둑까지 이어지는 비탈을 데굴데굴 굴러 내려갔다. 그다음에는 허공에서 재빠르게 연거푸 재주넘기를 하면서 그 완만한 비탈을 다시 올랐다.

담으로 둘러싸인 허브밭과 채소밭까지 왔을 땐 얼굴이 빨갛게 달아오르고 가쁜 숨이 연신 흘러나왔지만 마음은 여간 기쁘지 않았다. 그 순간, 왜소한 체구의 어떤 수사가 몇 미터 떨어진 곳에서 기가 막힌다는 듯 이맛살을 잔뜩 찌푸린 채 서 있는 모습이 보였다. 그 노기 어린 눈길에 릴리원은 당황해 어쩔 줄을 몰랐다.

"이 성소에 경의를 표하는 방식이 고작 그런 짓이더냐?" 제롬 수사가 분노를 이기지 못해 사납게 으르렁거렸다. "그렇게 어리석고 경박한 짓이 우리 수도원에 걸맞은 행동이라 생각했더냐? 너를 피신시켜준 곳에 대해 감사한 마음이 고작 그 정도란 말이냐? 우리 수도원을 그렇게 가벼이 여기는 자는 이 성소에 머무를 자격이 없다. 하느님의 성소를 어찌 그리 모욕할 수 있단 말이냐!"

"모욕할 생각은 추호도 없었습니다." 릴리원은 잔뜩 기가 죽어 더듬더듬 말을 이었다. "오히려 감사의 마음뿐인걸요. 이 수도원에 계신 모든 분들에 대한 존경심은 말할 것도 없고요. 전 그저…… 제가 가진 재주를 아직도 써먹을 수 있을지 확인해보고 싶었을 뿐입니다. 이게 제 밥줄이라 연습을 소홀히 해서는 안 되거든요. 하지만 그게 잘못이라면 부디 용서해주시기 바랍니다!"

릴리원은 이곳 사람들에게 빚을 진 처지라 상대의 태도에 쉽게 겁을 먹을 수밖에 없었고, 게다가 이 낯선 세계에서 대체 어떻게 처신해야 할지도 알지 못했다. 짧은 동안 음악으로 인해 들뜨고 즐거웠던 감정은 한꺼번에 사라져버렸다. 조금 전까지만 해도 그렇게 유연하고 민첩했던 사람이 이제는 서 있는 자세조차 어색하게만 보였다. 릴리원은 어깨를 잔뜩 움츠리고 시선을 내리깐 채 부들부들 떨고 있었다.

부원장의 보좌로 육체노동을 좋아하지 않아 채소밭 쪽에는 거의 걸음을 않는 제롬 수사는 넓은 마당에 나왔다가 나무 공들이 허공에서 마주치는 소리를 들었고, 이 경내에서는 낯설기만 한 그 소음의 정체를 알아보고자 여기까지 온 참이었다. 그는 캐드펠 수사의 허브밭을 둘러싼 나무들 사이로 이 범죄자의 묘기를 목격했지만, 당장 그 짓을 중단시키고 훈계를 늘어놓는 대신 그저 나무 뒤에 몸을 숨긴 채 곡예가 끝날 때까지 조용히 지켜보았다. 그사이 마음의 분노가 목구멍 끝까지 차곡차곡 차올랐고, 자신이 몰래 지켜본 것도 약소하나마 죄가 될 수 있다는 생각이 그 곡예사에 대한 비난의 강도를 한층 더 높이는 작용을 했다.

"그따위 어리석은 짓으로 먹고살 궁리를 하기보다는 기도와 자기 성찰에 전념하면서 지내야 할 입장이거늘." 제롬은 무자비하게 말을 이었다. "그렇게 무서운 죄목들이 걸려 있는 자라면, 만사 제쳐놓고 제 영혼의 평안에 모든 관심을 쏟아야지. 앞으로도 계속 그 짓으로 먹고살든 말든, 우선은 자신의 영혼부터 구제해야 할 것 아니냐! 이 점을 명심하고 여기 몸을 의탁하고 있는 동안에는 그 경망한 물건들은 치워두도록 해라. 이곳에는 걸맞지 않은 것들이야! 불경스러운 것들이라고! 게다가 너는 자신이 저지른 짓에 대한 죄 갚음도 하지 않은 상태 아니냐?"

릴리윈은 순간 바깥세상의 무서운 폭력이 눈앞으로 육박해 온 듯한 공포를 느꼈다. 그래, 즐겁고 가벼운 기분이 그토록 오래갈

리가 없었다. 이곳에서 사는 몇몇 수사들의 머리 위에 늘 은은한 후광이 드리운 것처럼, 릴리윈의 목에는 늘 눈에 보이지 않는 올가미가 걸려 있었다.

"해를 끼칠 생각은 없었어요." 릴리윈은 힘없이 중얼거렸다. 비참과 절망에 앞이 제대로 보이지도 않았다. 울컥이는 마음을 다잡으며, 그는 자신의 초라한 장난감들을 서둘러 챙겨 들었다.

*

"장마당의 떠돌이 광대처럼 우리 수도원의 농원에서 재주넘기를 하고 묘기 부리는 연습을 하다니요!" 제롬 수사는 여전히 불쾌감에 치를 떨며 핏대를 세웠다. "그걸 어떻게 용서한단 말입니까? 성소는 적절한 존경의 예를 갖추고 오는 이들을 위해 존재하는 곳이지, 그런 막돼먹은…… 아, 물론 저는 그 녀석을 조용히 타일렀습니다. 그런 엄청난 죄목으로 고발당한 처지이니 자신의 영혼을 들여다보면서 지내야 한다고요. 그런데 녀석은 '밥줄' 운운하더군요!"

로버트 부원장은 자신의 귀족적인 코끝을 내려다보고 있었다. 그 고상한 얼굴은 심히 유감스럽다는 기색을 내비치면서도 여전히 엄숙한 분위기를 잃지 않았다. "성역의 신성한 의무를 준수하려는 수도원장님의 뜻은 물론 옳소. 우리가 그걸 저버려서는 안 될 거요. 우리는 성역에 도피할 권리를 주장하는 이들의 실제 범죄 유무에 대해 책임을 질 입장이 아니고, 그런 것에 관심을 가질 필요도 없소. 그러나 우리 수도원의 질서와 명성에 대해서는 신경을 써야겠지. 또한 이곳에 몸을 의탁한 그 손님이 제대로 존중을 표하지 않는다는 점에 대해서도 형제의 의견이 옳다고 보오. 그 사람이 이곳을 떠나 사법 당국에 출두한다면 내 마음도 훨씬 더 홀가분해지겠지. 하지만 그가 자진해서 떠나지 않는 이상 우리는 그 사람과 함께 지내는 걸 참고 견뎌야만 하오. 그의 잘못을 나무라는 건 우리의 책임이자 의무지만, 그에게 다른 영향을 주거나 이곳에서 쫓아내려 해서는 안 되오. 결국 지금으로서 형제와 내가 할 수 있는 건 그 사람에게 피난처와 먹을 걸 제공하고 그 사람을 위해 기도하는 일뿐이오."

그 얼마나 진지하고 단호한 말인가. 그러나 또한 얼마나 마지 못해 하는 말인가!

5

월요일, 새벽에서 저녁기도 사이

청명했던 일요일이 지나가고, 그에 못지않게 햇살이 쨍쨍한 월요일이 찾아왔다. 대기는 따뜻하고, 바람은 솔솔 불어오고, 덤불과 풀밭은 바싹 말라 빨래를 하고 널기에는 더없이 좋은 날이었다. 두세 주에 한 번씩 돌아오는 빨래 날이면 아우리파버네 사람들은 늘 일찍부터 일어나 많은 양의 물을 한꺼번에 데우고 재와 잿물로 빨랫감을 문지르느라 바빴다. 래닐트는 제일 먼저 잠에서 깨어 벽돌과 점토로 만든 아궁이에 불을 지피고 우물에서 물을 길어 날랐다. 그녀는 보기보다 훨씬 힘이 센 데다 무거운 물건들을 나르는 일이라면 이골이 나 있었다. 하지만 그보다 한층 더 힘

겨울 뿐 아니라 시간이 지나도 전혀 익숙해지지 않는 것이 있었으니, 바로 릴리윈에 대한 걱정과 두려움이었다.

그 두려움은 래닐트의 머릿속에서 떠나지 않았다. 릴리윈은 그녀의 꿈속에도 찾아왔고, 그러면 그녀는 자기가 모르는 사이 그가 사람들에게 쫓기다 붙잡힐지도 모른다는 공포에 진땀을 흘리며 깨어나곤 했다. 일하는 동안에도 항시 릴리윈의 영상이 큼직한 돌덩이처럼 가슴 한복판에 무겁게 가로걸려 있었다. 자신의 안위에 대한 근심 걱정이 밖에서부터 압박해 들어온다면, 다른 이에 대한 근심 걱정은 굶주린 쥐가 내면을 갉아먹듯 소리 없이 심장을 파먹는 괴물이나 마찬가지였다.

사람들이 릴리윈에 대해 하는 말들은 모두 거짓이며, 어떤 상황에서도 진실일 수 없었다. 맙소사, 그런 거짓말 때문에 릴리윈의 목숨이 위기에 처해 있다니! 래닐트는 사람들이 릴리윈 얘기를 하는 듯싶으면 얼른 촉각을 곤두세우고 주의 깊게 들었다. 그들은 하나같이 릴리윈이 범인이라고, 그 죄로 인해 반드시 목매달려 죽을 거라고 했다. 그러나 래닐트는 온 마음과 영혼을 걸고 말할 수 있었다. 릴리윈은 절대로 그런 짓을 저지르지 않았다! 그녀가 아는 그 남자는 결코 남을 때려눕히거나 금고를 털 만한 사람이 아니었다.

자물쇠 제조공은 평소답지 않게 일찍 일어나 래닐트가 우물에서 두레박 끌어올리는 소리를 듣고는 뒷문으로 어슬렁어슬렁 걸어 나왔다. 만일 마당에서 일하는 사람이 어린 하녀 하나뿐이라는 걸 알았다면 굳이 그런 수고는 하지 않았으리라고 래닐트는 생각했다. 그의 관심사라고는 오로지 집주인네 식구들에게 잘 보이는 것이 전부였다. 그들을 만날 때마다 깍듯이 예의를 지키며 인사를 건네지만, 래닐트를 보고서는 알은척 한 번 한 적이 없었다. 그날도 그는 화창하니 밝은 마당으로 나오다 말고 이내 돌아서서 제 거처로 향하며 힐끗 고개를 돌려 빨래 더미를 바라볼 뿐이었다. 마당에서는 빨래 날 특유의 부산한 움직임이 막 시작되고 있었다.

수재나가 두 팔로 빨랫감을 잔뜩 안고 나와, 언제나 그러듯 조용하면서도 바지런하게 몸을 움직이기 시작했다. 대니얼은 아침 식사를 마친 뒤 작업장으로 갔고, 집에 남겨진 마저리는 뭘 해야 좋을지 몰라 우두커니 홀에 앉아 있었다. 혼인날 밤 한꺼번에 너무 많은 일들이 일어난 탓에 집이나 다른 식구들과 친밀감을 쌓기는커녕, 아직 이 집안에서 자신이 어떤 위치를 점하고 있는지조차 차분히 생각해볼 겨를이 없었다. 월터는 여전히 머리가 아프다며 계속 침대에 누워 있었고, 줄리아나 노부인 역시 자기 방에 틀어박혀 지냈다. 아직은 직접 나서서 요리를 할 필요도 없었다. 아픈 식구들에게 먹을 것과 마실 것을 가져다주려고도 해봤지만, 매번 수재나가 한발 앞서 거쳐 간 뒤였고 집안의 모든 열쇠들은 수재나의 허리띠에 매달려 있었다. 마저리는 자신이 장악할 수 있을 만한 영역으로 관심을 돌려, 대니얼이 총각 시절부터 쓰던 신혼 방을 새로 정리하기 시작했다. 우선 자신이 가져온 옷가지와 아마포 들을 넣을 공간을 마련하기 위해 옷장과 궤짝 속에 들어 있던 옷가지를 모조리 꺼냈는데, 그 과정에서 줄리아나 부인의 저 유명한 구두쇠 기질을 대변하는 것들이 수없이 쏟아져 나왔다. 성장기의 대니얼이 입었음 직한, 그러나 앞으로 다시 입지 않을 게 분명한 옷들이 궤짝마다 잔뜩 들어차 있었다. 여러 번 수선한 자취가 남아 있는 그 옷들은 하나같이 최대한 오래 입을 수 있도록 아주 튼튼하게 관리되어, 더 이상 대니얼의 몸에 맞지 않을 게 분명한 지금까지 여전히 옷장 속에 잘 보관되어 있었다. 마저리는 이제 대니얼의 아내가 되었으니 그 방을 자기가 원하는 대로 정리하고 싶었다. 쓸모없고 인색한 냄새가 물씬 풍기는 옛날의 자취들은 모조리 없애버릴 작정이었다. 오늘도 집안은 여느 때와 다름없이 잘 돌아가고 있었다. 마저리가 할 역할은 아무것도 없는 듯했다. 하지만 줄곧 이렇지는 않을 것이다. 마저리는 서두르지 않았다. 그녀는 심사숙고한 뒤 움직이는 타입이었다.

*

마당에서 래닐트는 무릎을 꿇은 채 잿물에 닿아 쓰라린 두 손으로 빨랫감을 북북 문지르고 주먹으로 두들겨대며 빨래를 했다. 마지막 빨랫감을 비틀어 짜고 대충 개켜 버들고리 바구니에 집어넣으니 벌써 오전 절반이 지나 있었다. 수재나가 그 바구니를 들고 비탈진 정원을 내려가, 시내를 둘러싼 담장의 깊은 아치 통로 너머 정남향으로 훤히 트인 풀밭에 빨래들을 활짝 펼쳐놓았다.
래닐트는 빨래 통을 깨끗이 닦고 바깥 바닥의 물기를 훔친 뒤 부
엌으로 가서 다시 벽난로에 불을 지피고 점심때 먹을 소금 친 쇠
고기를 삶기 시작했다.

조용한 곳에 혼자 있자니 갑자기 릴리윈의 일이 되살아났다.
너무나 마음이 아팠다. 끓고 있는 솥으로 눈물방울이 뚝뚝 떨어
졌다. 일단 물꼬를 튼 눈물은 걷잡을 수 없이 흘러나왔다. 래닐트
는 처음으로 자신을 좋아해준, 자신의 마음을 사로잡은 남자를
생각하며 속절없이 눈물만 흘렸다. 앞이 제대로 보이지 않아 손
으로 더듬거리며 일을 해야 했다.

그렇게 번민과 슬픔에 깊이 빠져 있던 터라 그녀는 누가 들어
오는 소리도 듣지 못했다. 수재나가 조용히 걸음을 멈춘 채, 눈물
바람으로 두 손을 더듬대는 래닐트의 모습을 물끄러미 지켜보고
있었다.

"맙소사, 너 무슨 일 있니?"

래닐트는 죄라도 지은 양 화들짝 놀라 고개를 돌리고는 아무것
도 아니라고, 눈물을 보여 죄송하다고, 그냥 일을 하고 있었다고
더듬더듬 말했다. 그러나 수재나가 날카롭게 말을 잘랐다.

"뭐가 아무것도 아냐? 계속 그렇게 눈물만 짜대는 걸 보고 있
는 것도 지겨워 죽겠다. 지난 이틀 내내 병든 고양이 새끼처럼 시
름시름 앓고 있잖아. 네가 왜 그러는지 다 알아. 그 괘씸한 도둑
놈 때문이지? 그놈이 그 달콤한 목소리로 살살거리면서 널 호려

냈잖아. 내가 다 봤어. 너 바보니? 그런 흉악한 놈 때문에 눈물이
나 질질 짜고 있다니."

그러나 수재나는 화가 난 게 아니었다. 그녀는 화를 내는 법이
없었다. 그저 짜증을 이기지 못할 뿐이었다. 화난 사람처럼 볼멘
소리를 내뱉긴 했지만, 이는 분노보다 경멸의 표현에 가까웠으
며, 그러는 동안에도 목소리는 여느 때와 다름없이 차분했고 잘
통제되어 있었다. 래닐트는 목까지 가득 찬 울음을 꿀꺽 삼키고
두 눈에서 안개를 걷어낸 뒤 솥과 냄비 사이를 부지런히 오갔다.
어떻게 해서든 주의를 다른 곳으로 돌려야 했다.

"잠깐 정신을 팔았지만 이젠 괜찮아요. 어머나, 마님 발과 가
운 자락이 흠뻑 젖었네요. 구두를 갈아 신으셔야겠어요." 다른
얘깃거리가 생겨서 마음이 놓인 듯 그녀는 반갑게 소리쳤다.

수재나는 경멸 어린 표정으로 어깨를 으쓱이며 래닐트의 말을
일축해버렸다. "내 발에는 신경 쓸 것 없어. 셔츠를 널려고 덤불
쪽에 갔었는데, 강물이 불어서 바로 옆까지 올라와 있는 걸 몰랐
네. 넌 왜 자꾸 질질 짜는 거니? 바보 같은 계집애, 한심한 인간
한테 마음을 주다니! 그 녀석은 평범한 떠돌이 도둑놈이야. 전에
도 여기저기서 좀도둑질을 무수히 했을걸. 그리고 이제 얼마 후
에는 올가미에 목이 걸리고 말겠지. 정신 차려. 그깟 놈 생각은
잊어버리라고."

"그 사람 도둑 아니에요." 래닐트는 안간힘을 짜내 대꾸했다.
"그런 짓을 할 사람이 아니라고요. 난 알아요. 그 사람은 그런

짓, 그렇게 난폭한 짓 못 해요. 그래서 가슴이 아픈 거예요. 이런 마음이 드는 건 저도 어쩔 수가 없어요."

"네 마음이 어떤지는 나도 알아." 수재나가 기운 빠진다는 듯 말했다. "사람들이 그 녀석을 쫓아갔을 때부터 줄곧 봐왔으니까. 그놈도 지겹고 너도 지겹다. 얼른 네가 다시 정신을 차렸으면 좋겠구나. 네 조그만 도움도 없이 집안일을 나 혼자 전부 떠맡아야 속이 시원하겠어?" 수재나는 말을 멈추고 생각에 잠겨 입술을 잘근잘근 씹다가 불쑥 다시 입을 열었다. "그 떠돌이 광대 녀석이 우리 손길이 미치지 않는 곳에서 쌩쌩하게 잘 지내고 있다는 걸 직접 가서 보면 네 병이 낫겠니? 그러면 녀석을 동정하는 마음도 없어지겠어? 그래, 놈이 어떤 놈인지 알게 되면 엉뚱한 망상에서도 놓여나겠지!"

무슨 마법의 주문이라도 들은 양, 래닐트는 촛불처럼 빛나는 수재나의 두 눈을 멍하니 응시했다. "그 사람을 만난다고요? 제가 거기 갈 수 있나요?"

"두 다리 멀쩡한데 왜 못 가겠어?" 수재나가 퉁명스레 대꾸했다. "별로 멀지도 않아. 그리고 수도원에는 누구나 들어갈 수 있거든. 그놈 때문에 그렇게 슬퍼하고 괴로워하는 동안 그놈은 너를 얼마나 하찮게 생각하고 있는지 두 눈으로 보면 너도 제정신을 차릴지 모르지. 그래, 그 녀석이 어떤 인간인지 제대로 확인하는 게 차라리 낫겠다. 직접 가봐! 오늘만은 너 없이 집안일을 돌볼 테니까. 이 기회에 대니얼의 아내한테도 일을 시켜봐야겠구

나. 그 애한테도 좋은 훈련이 될 거야."

"진심이세요?" 너무도 관대한 처사에 래닐트는 얼이 빠진 채 속삭이듯 물었다. "정말 가도 돼요? 이 솥에서 끓고 있는 국물이랑 건더기는 어떻게 하고요?"

"내가 알아서 할게. 자주 해봤는데 뭘 걱정해! 가, 빨리 가보라고. 내 마음 변하기 전에. 네가 제정신을 차리는 데 도움이 된다면 하루 종일 있다 와도 돼. 하루쯤이야 너 없이도 괜찮으니까. 하지만 세수부터 좀 하렴. 머리도 빗고. 너 하나만이 아니라 집안사람 모두를 망신시킬 수는 없잖니. 그리고 원한다면 바구니에 오트 케이크나 어제 먹다 남은 음식들을 넣어 가도록 해." 수재나는 돌아서서 국자를 들더니 불 위에서 뭉근하게 끓고 있는 솥을 휘저으며 퉁명스럽게 말을 이었다. "우리 아버지를 쓰러뜨린 게 그놈이 맞는다면 결국 엄한 처벌을 받게 될 테니, 살아 있는 동안 먹을 걸 좀 준다 해서 나쁠 것도 없겠지." 그런 뒤 여전히 멍하니 서 있는 래닐트를 어깨 너머로 돌아보며 이렇게 덧붙였다. "가서 그 음유시인을 만나봐. 정말이야. 넌 휴가를 받은 거야. 그 녀석이 네 얼굴을 기억이나 할지 모르겠다. 자, 가서 분별력을 배우고 돌아오렴."

*

이 믿기지 않는 관대한 처사에 래닐트는 여전히 얼이 빠진 채 세수를 하고 떨리는 두 손으로 뒤엉킨 검은 머리를 잘 가다듬었다. 그런 다음 바구니 하나를 집어 먹을 것들을 손에 잡히는 대로 대충 쓸어 담아서는 몽유병에 걸린 아이처럼 홀을 가로질러 밖으로 나갔다. 때마침 마저리가 버릴 옷가지들을 들고 계단을 내려온 건 순전히 우연이었다. 마저리는 계단 아래서 도망치듯 정신없이 걸음을 옮기는 조그만 하녀를 보고는, 이 집에서 자기만큼이나 외롭고 이질적인 존재에게 더없이 친절한 태도로 물었다. "어딜 그렇게 급하게 가니?"

래닐트는 다소곳이 걸음을 멈추고 고개를 들어 마저리의 동그랗고 생기 있는 얼굴을 올려다봤다. "수재나 마님이 휴가를 주셔서 수도원에 가는 길이에요. 릴리윈에게 이 음식을 갖다주려고요." 래닐트에게는 더없이 소중한 그 이름이 마저리에게는 그저 낯설기만 한 눈치였다. "그 음유시인 말이에요. 주인어른을 때려눕혔다…… 하지만 전 그 사람이 그런 짓을 하지 않았다고 확신해요! 수재나 마님이 저더러 그 사람이 어떻게 지내는지 직접 가서 봐도 좋다고 하셨어요. 제가 울고 있어서……."

"그래, 그 사람 기억나." 마저리는 말했다. "조그맣고 아주 젊은 사람이었지. 다들 그 사람이 범인이라고 믿고 있던데, 넌 그렇게 생각하지 않는다는 거지?" 마저리의 푸른 눈은 아주 차분해 보였다. 그녀는 들고 있던 옷가지들을 뒤적이더니 미소를 머금은 얼굴로 말을 이었다. "내 기억에 그 사람 입은 게 변변치 않더구나. 여기 남편이 전에 입던 외투와 두건 달린 망토가 있는데, 그 사람의 작은 몸집에 잘 맞을 거야. 이것들도 갖고 가렴. 이런 걸 그냥 버리면 아깝잖아. 그리고 하늘나라에서는 죄인들에게도 자비를 베푼다고 하잖니." 그녀는 진지한 표정으로, 덧댄 데가 거의 없으나 작아서 더는 못 입게 된 질 좋은 군청색 외투와 수선한 흔적이 군데군데 보이는 적갈색의 두건 달린 망토를 골라냈다. "어서 받아! 여기서는 필요 없으니까."

시집 식구들이 하나같이 비난해 마지않는 그 하찮은 청년을 위해 그것들을 넘겨주면서 마저리는 일종의 쾌감 비슷한 기분을 느꼈다. 이는 자신의 독자성을 다짐하는 시위의 몸짓이었다.

래닐트는 더더욱 멍해져서 옷들을 가만히 받아 바구니에 구겨 넣었다. 그러곤 정중하게 고개 숙여 인사한 뒤, 거의 믿을 수 없는, 이 전례 없는 호의의 물결이 그치기 전에, 그래서 음식과 옷가지와 휴가가 한꺼번에 날아가버리기 전에 도망치듯 서둘러 걸음을 옮겼다.

*

수재나는 입술에 음울한 미소를 머금은 채 요리를 하고, 식사 수발을 들고, 설거지를 하며 자신의 영역을 부지런히 돌아다녔다. 그녀는 줄리아나 부인이 살림을 도맡을 때보다 음식을 훨씬 넉넉하게 준비했고, 그래서 작업장에 있는 예스틴 몫을 담은 뒤에도 음식은 아직 남아 있었다. 수재나는 예스틴이 식사를 하는 동안 그와 함께 앉아 있다가 그가 다 먹자 접시를 부엌으로 가져갔다. 다음 날 사용하기에는 부족하지만 한 사람이 먹기에는 충분한 양이 남은 것을 보고, 그녀는 삶은 쇠고기를 국그릇에 담아 음식이 남아돌 때 가끔 그러듯 자물쇠 제조공의 가게로 가져갔다.

존 보네스는 작업대 앞에 앉아 일하고 있다가 수재나가 국그릇을 들고 들어오자 고개를 들었다. 그녀는 주위를 둘러보았다. 모든 게 평소와 다름없었으나, 볼드윈 페치와 그리핀 소년이 보이지 않았다. 소년은 아마 심부름을 나간 듯했다.

"여기 주인이 요리를 잘 안 한다길래 음식 남은 것 좀 가져왔어요. 그분이 아직 식사 전이면 이걸 드리려는데요."

존은 정중한 미소를 지으며 자리에서 일어났다. 서로 알고 지낸 지난 5년간 그들은 늘 이렇게 일정한 거리를 둔 채 상대를 대했다. 집주인이자 부유한 장인의 딸. 한갓 직공에 불과한 사내로서는 감히 넘볼 수 없는 상대였다.

"정말 친절하시군요. 하지만 주인어른은 지금 안 계세요. 오전에 열쇠 두세 개를 깎아놓으라며 제게 넘겨주고 나가셨죠. 언제 돌아오실지 모르겠네요. 물고기가 올라온다는 얘기를 하셨거든요."

이상할 것도 없었다. 볼드윈 페치는 자기만큼이나 유능하게 모든 일을 해낼 수 있는 존 보네스에게 가게 일을 거의 다 맡기다시피 하고는 기분이 내킬 때마다 한가로운 시간을 즐기곤 했다. 지금쯤 맥줏집을 순례하며 자기가 가진 정보를 새로 퍼지기 시작한 추문과 교환하고 있거나, 강변의 활터로 가서 명사수로 점찍은 사람에게 판돈을 걸고 있거나, 수문 근처에 매어둔 배를 타고 강으로 나가 있으리라. 마침 어린 연어가 세번강을 타고 거슬러 올라올 시기이니, 낚시꾼이라면 자신의 운을 시험해보고 싶은 유혹을 느낄 만도 했다.

"그분이 언제 돌아올지 모르겠다고요?" 수재나가 그의 표정을 읽고는 싱긋 웃으며 어깨를 으쓱였다. "아, 무슨 얘긴지 알겠네요! 그분이 없으면…… 아직 이걸 비울 만한 자리가 남아 있겠죠, 존?"

존은 대개 빵 한 덩어리에 베이컨과 치즈 한 조각씩을 준비해 일터로 왔고, 그의 집에서 고기는 명절 때나 먹는 진수성찬이었다. 수재나는 그릇을 그의 작업대에 내려놓고는, 맞은편에 놓인 손님용 의자에 앉아 두 팔꿈치를 작업대 위에 괸 채 편안한 자세를 취했다. "그분 손해죠, 뭐. 맥줏집에서 싸구려 음식을 먹는 대가로 비싼 값을 치르는 셈이에요. 자, 나는 여기 같이 앉아 있다가 다 먹으면 그릇을 가져갈게요, 존."

*

래닐트는 와일가를 내려와 활짝 열린 성문의 그늘진 아치 통로를 지나 햇살이 찬란한 다리에 올라섰다. 누군가 자기를 소리쳐

부를까 봐 허둥지둥 주인집을 빠져나왔지만, 막상 시내에 들어서니 곧 마주하게 될 일에 불안감이 일며 발걸음이 무거워졌다. 웨일스인들에게 버림받고 잉글랜드에서도 환영받지 못하는 사람. 교육도 받지 못한 채 죽도록 일만 하며 아무렇게나 자라다시피 한 이 어린 여자에게 수도원까지 가는 길은 그저 두렵기만 했다. 래닐트는 수도사나 수도원에 대해 아무것도 몰랐고, 기독교라는 종교에 대해서도 별로 아는 게 없었다. 하지만 릴리윈이 그 수도원에 있지 않은가. 단지 그 이유만으로 그녀는 그곳에 가고 싶었다. 수재나의 말에 의하면 수도원에는 누구나 들어갈 수 있다고 했다.

래닐트는 다리를 건너, 릴리윈이 하룻밤 잠자리로 삼았다가 자정께 쫓겨 달아난 잡목림 곁을 지났다. 길 저편에 물방아 연못과 수도원 땅에 자리 잡은 주택들이 보였고, 그 너머로 수도원 담장이 길게 늘어서 있었다. 진료소와 교육관과 접객소의 지붕들, 그리고 아마 문지기실임 직한 누대가 솟아 있었다. 예배당의 거대하고 장엄한 서쪽 문을 마주하자 한층 위축되는 기분이었지만, 문지기실 앞을 지나 마침내 조심스레 넓은 마당에 들어서니 다소 안심이 되었다. 하루 중 가장 조용한 이 시간에도 그곳은 오가는 사람들로 꽤 부산했다. 쉼 없이 드나드는 손님들, 심부름을 하느라 어딘가로 걸어가는 하인들, 뭔가 열심히 사정하는 청원자들, 한낮의 휴식을 즐기는 행상인들…… 그곳 역시 사람들로 이루어진 조그만 세계였고, 그들 중 일부는 그녀만큼이나 초라한 행색을 하고 있었다. 이 속에 섞여 있으면 아무도 자신을 눈여겨보지 않을 것 같았다. 하지만 릴리윈을 찾으려면 누군가에게 말을 걸어야 할 터였다. 그녀는 사방을 둘러보며 가장 친절해 보이는 사람을 찾기 시작했다.

래닐트는 상대를 잘못 골랐다. 그곳에 사는 이들 고유의 복장을 한 조그만 사람이 넓은 마당을 종종걸음 치며 가로지르고 있었다. 릴리윈만큼이나 작고 여윈 데다 낙담한 사람처럼 어깨를 축 늘어뜨린 모습마저 어딘가 릴리윈을 연상시키는 구석이 있어, 래닐트는 망설임 없이 그를 선택했다. 그렇게 볼품없고 초라한 사람이라면 자기처럼 하찮은 이들에게도 따뜻하게 대해줄 것 같았다. 그런 래닐트의 마음을 짐작했더라면 제롬 수사는 아마 대단히 분개했으리라. 하지만 다행히 그는 이를 알지 못했고, 한 작은 소녀가 간청하는 듯한 표정으로 공손하게 절을 하는 모습을 보자 오히려 선선히 걸음을 멈추었다.

"제 마님이 이 성소에 와 있는 청년에게 기부할 물건을 전해주라고 해서 왔습니다." 래닐트는 수줍게 말했다. "죄송하지만, 어디로 가면 그 사람을 찾을 수 있는지 알려주실 수 있을까요?"

그와 무관한 사이임을 애써 강조하기 위해 래닐트는 릴리윈이라는 이름을 입에 올리지 않았다. 제롬은 어떤 부인이 분별력을 잃고 범죄자에게 기부 물품을 보냈다는 사실에 심히 유감을 느꼈으나 이 어린 소녀의 공손한 태도에 마음이 다소 누그러졌다. 시킨 사람이 잘못이지, 심부름 온 여자에게 무슨 죄가 있겠는가.

"그 사람은 저 안마당에 안젤름 수사와 함께 있네." 제롬 수사는 래닐트에게 별다른 감정 없이, 그저 범죄로 고발당한 자에게 친절을 베푸는 안젤름 수사에 대한 못마땅한 심정으로 마지못해 그쪽을 가리켰고, 이내 자신의 말에 래닐트가 얼굴을 밝히며 대번에 그쪽으로 달려가려는 것을 눈치챘다. 이건 단순한 심부름꾼이 아니라 천지분간 못하는 철딱서니 없는 계집애 아닌가! "그 사람에게 전할 말이 있다면 거리를 두고 격식을 갖추어야 한다는 점을 명심해! 그자는 잠시 집행을 유예당한 중죄인이야. 30분 이상은 시간을 줄 수 없으니 그사이 그자에게 제 영혼을 깊이 성찰하라고 타일러라. 자, 그럼 가서 볼일 보도록!"

래닐트는 눈을 둥그렇게 뜨고 그를 바라보며 마음속 흥분을 지그시 억눌렀다. 어눌한 말투로 잘 알겠다고 대답하긴 했지만, 햇살처럼 환히 빛나는 그 눈빛을 보니 제롬 수사로서는 여간 불안한 게 아니었다. 래닐트는 고개가 땅바닥에 닿을 정도로 깊숙이 절을 한 뒤 하늘로 솟구치는 천사처럼 튀어 올라 제롬이 가리킨 안마당 쪽으로 정신없이 내달렸다.

래닐트에겐 사면이 석조로 된 회랑으로 둘러싸이고 한쪽에 훤히 트인 정원이 자리한 안마당이 무척이나 넓어 보였다. 정원의 잔디밭에는 황금빛과 흰빛, 자줏빛의 봄꽃들이 활짝 피어나 있었다. 한 걸음 한 걸음 내디딜 때마다 래닐트의 마음은 두려움과 기쁨 사이를 오갔다. 그녀는 회랑 벽 안쪽, 기우뚱한 테이블과 벤치가 놓인 벽감을 외경심 가득한 마음으로 바라보았다. 두 번째 벽감에서는 학자 같은 사람 하나가 무언가를 필사하고 있었는데 그 일에 얼마나 몰입했는지 래닐트가 지나가는데 고개조차 들지 않았다. 회랑 끝에 이르렀을 때, 그 비슷하게 생긴 또 다른 방에서 음악이 흘러나왔다. 풍금 소리를 한 번도 들어본 적이 없는 그녀의 귀에는 마치 마법처럼 들리는 소리였다. 그와 조화를 이루어 높고 감미로운 목소리도 울리고 있었다. 래닐트는 그것이 릴리윈의 목소리라는 것을 알아차렸다.

릴리윈은 악기 쪽으로 상체를 숙이고 있느라 래닐트가 오는 소리를 듣지 못했다. 안젤름 수사도 마찬가지로 레벡 뒷부분의 파편들을 조립하는 데 열중하고 있었다. 래닐트는 서고와 연결된 그 열람실 앞으로 조심스럽게 다가가 걸음을 멈췄다. 릴리윈의 노래가 끝날 때까지는 감히 말을 걸 엄두도 나지 않았다. 그가 자신을 어떤 식으로 맞아줄지 몰라 조마조마하기도 했다. 둘이 함께 시간을 보낸 이후 줄곧 릴리윈을 생각해왔지만, 그도 과연 그 정도로 그녀를 생각했을까? 수재나의 말마따나 자기 혼자 내내 어리석은 상념에 빠져 있었던 건지도 몰랐다.

"저, 실례합니다……." 래닐트는 쭈뼛대며 어눌하게 말문을 열었다.

두 사람이 동시에 고개를 들었다. 나이 든 사람은 그리 놀란 기색 없이 호기심 어린 부드러운 눈빛을 던질 뿐이었으나, 젊은이는 도저히 믿기지 않는다는 듯 멍하니 래닐트를 쳐다보았고, 이윽고 그의 온 얼굴이 기쁨으로 환하게 밝아졌다. 릴리윈은 그 이상한 악기를 곁의 벤치에 내려놓더니 살그머니 자리에서 일어났다. 갑작스럽게 몸을 놀렸다가는 그녀의 모습이 흔들리면서 아침 안개처럼 소리 없이 빛 속으로 풀려날까 봐 두렵기라도 한 듯, 그의 움직임은 더없이 조심스러웠다.

"래닐트…… 당신이에요?"

설령 이 모든 게 어리석은 짓이라 해도, 바보는 래닐트 하나만이 아니었다. 래닐트는 안젤름 수사 쪽으로 시선을 돌렸다. 그의 섬세한 손가락은 방금 전까지 수리하던 레벡에 그대로 고정된 채 멈추어 있었다.

"저기…… 릴리윈과 얘기 좀 해도 괜찮을까요? 이 사람에게 줄 물건들이 있어서요."

"괜찮고말고." 안젤름 수사가 상냥하게 대답했다. "이봐, 자네도 들었지? 자네를 찾아온 손님일세. 가서 함께 즐거운 시간을 보내고 오게나. 앞으로 몇 시간 동안은 자네가 필요치 않으니 여기 일은 걱정 말고. 연습한 건 나중에 들어보기로 하지."

그들은 꿈을 꾸듯 몽롱한 기분으로 말없이 다가가 서로의 손을 잡고는 살그머니 그곳을 떠났다.

*

"래닐트, 맹세해요. 난 그 사람을 공격하지도 않았고, 그 사람 물건을 훔치지도 않았어요. 난 아무 짓도 하지 않았다고요." 릴리원은 벌써 열 번도 넘게 똑같은 이야기를 반복하는 중이었다. 두 사람은 얇은 짚자리 위에 담요들을 개켜놓은 그늘진 현관에 앉아 있었다. 초라한 곡예 도구들은 마치 수치스러운 물건이라도 되는 양 돌 벤치 한구석에 숨겨둔 터였다.

"그럼요, 나도 알아요. 알고말고요!" 사실 굳이 들을 필요도 없는 이야기였지만 래닐트는 매번 열심히 대꾸해주었다. "단 한순간도 그들의 말을 믿은 적이 없어요. 정말이에요. 당신이 착한 사람이라는 거 알아요. 다른 사람들도 그걸 깨닫고 순순히 인정하게 될 거예요."

그들은 필사적으로 서로의 손을 움켜쥐었다. 둘 모두 사랑하는 누군가의 손을 잡기는 처음이라 흥분으로 몸이 떨렸지만, 정작 자신들은 이를 의식하지 못하고 있었다.

"오, 래닐트, 당신은 모를 거예요! 당신이 날 나쁜 놈이라 여기고 나를 보고 싶어 하지 않으리라는 생각에 얼마나 힘들었는지…… 다들 그렇게 생각하잖아요. 하지만 당신만……."

"당연히 난 그렇게 생각하지 않죠." 래닐트는 단호하게 말했다. "나만이 아니에요. 줄리아나 부인, 그러니까 당신 물건을 돌려준 그 할머니를 치료해주러 오셨던 수사님도 그렇고, 당신에게 음악을 가르쳐주는 그 친절한 수사님도…… 그래요, 당신은 버림받지 않았어요. 그렇게 생각해서는 안 돼요!"

"당신 말이 맞아요!" 릴리원은 감격에 겨워 말을 이었다. "이제 난 믿어요. 당신이 내 편을 들어주는 한 굳게 믿을 거예요."

릴리윈은 자기를 원수처럼 여기는 그 집안의 누군가가 그녀를 보내줬다는 사실에 너무나 놀라 입을 다물지 못했다. "그 마님은 정말 좋은 분이었군요! 정말, 너무나 고마운 분이에요……."

수재나에게는 먹다 남은 찌꺼기에 불과하지만 그에게는 더없는 진미인 음식 때문이 아니었다. 래닐트가 지금 자신과 어깨를 맞대고 앉아 있다는 것, 그 사실이 그를 더없이 감동시켰다. 생전 처음 경험해보는 흥분과 설렘, 무어라 표현할 수 없는 기쁨, 그 산란한 감정들로 그는 반쯤 넋이 나가 있었다. 이것이 아마도 그가 오랫동안 몸으로도 마음으로도 이해하지 못한 채 습관적으로 등을 돌리다시피 해온 감정, 바로 사랑일 것이었다.

자신의 의무에 충실한 제롬 수사는 30분이 경과했다는 걸 확인하고는 넓은 마당에서 회랑을 따라 그들의 뒤로 접근해 왔다. 샌들로 살그머니 포석을 밟으며 다가온 그는, 두 사람이 어깨를 맞댔을 뿐 아니라 뺨이 거의 닿을 정도로 황갈색 머리와 검은 머리를 서로에게 기울인 채 앉아 있는 광경을 목격했다. 지금이야말로 그들을 떼어놓아야 할 상황임이 분명했다. 이곳은 그런 짓을 할 장소가 아니었다!

"결국은 다 잘될 거예요." 래닐트는 속삭였다. "생각해봐요. 수재나 마님도 말로는 다른 사람들처럼 당신을 비난하지만 나를 이곳으로 보내줬잖아요. 틀림없이 마님의 진심은 그게 아닐 거예요…… 게다가 저더러 하루 종일 여기 있다 와도 좋다고 하셨고……."

"오, 래닐트…… 래닐트…… 난 당신을 너무너무 사랑해요……."

"이봐." 갑자기 뒤에서 제롬 수사의 근엄한 목소리가 들렸다. "시간이 꽤 지났으니 이제 마님이 시킨 일은 다 했겠지. 더 이상 지체 말고 그 바구니를 챙겨 떠나게."

기울어진 오후의 햇살을 등지고 떠오른 제롬의 그림자는 릴리원보다 크지 않았으나 그들에게 더없이 짙은 어둠을 드리웠다. 겨우 손만 맞잡았을 뿐, 저희들의 여윈 몸속에서 꿈틀거리는 어떠한 가능성조차 제대로 깨닫지도 못한 상태에서 두 사람은 이대로 헤어져야 했다. 이 권위 가득한 수사의 명령을 거부할 방도가 어디 있겠는가? 피난처를 제공하는 쪽에서 내리는 지시에 어떻게 저항할 수 있겠는가?

그들은 몸을 떨며 자리에서 일어났다. 래닐트가 필사적으로 그의 손을 꼭 붙잡자, 그 감촉이 거센 불길처럼 그의 온몸을 타고 돌다가 절망과 분노의 기류와 함께 치솟았다.

"이 사람은 갈 겁니다. 제발 부탁이니, 예배당에 들어가 잠시 함께 기도할 시간을 주세요."

그럴싸한 요청에 마음이 살짝 누그러졌는지, 제롬 수사가 한 걸음 뒤로 물러났다. 릴리원은 한 손에 바구니를 든 채 다른 한 손으로 그녀를 잡아끌어 현관을 지나 어두운 예배당 안으로 들어섰다. 제롬 수사는 그들의 개인적인 시간을 존중하고자 밖에 그대로 머물렀지만, 둘 중 어느 하나라도 나오기 전까지는 절대 멀리 가지 않을 심산이었다.

두 사람에겐 마지막이 될지도 모를 시간이었다. 래닐트가 하루 종일 휴가를 얻었는데 이렇게 일찍 떠나보내야 한다니! 어쩌면 영원히 못 볼지도 모르는데! 릴리윈은 그녀의 팔을 꼭 붙잡고 교구 제단 너머에 있는 어두운 석조 예배실 깊숙한 곳으로 데려갔다. 이렇게 그냥 보낼 수는 없었다! 제롬 수사는 밖에 그대로 서 있었고, 예배당 안에는 두 사람뿐이었다. 이제 릴리윈은 그 예배당을 구석구석 잘 알고 있었다. 현관에 있기가 무서워 예배당 안으로 들어와 처음으로 혼자 자던 날, 혹시 누군가 자기를 잡으러 오지 않나 싶어 두 귀를 쫑긋 세운 채 두려운 마음으로 그 안을 이리저리 돌아다닌 터였다.

"가지 말아요! 가면 안 돼!" 가장 어두운 구석에서, 그는 두 팔로 그녀를 꼭 끌어안고 입술을 그녀의 뺨에 댄 채 열띤 어조로 속삭였다. "나랑 같이 있어요! 얼마든지 그럴 수 있어요. 아무도 모르는 곳을 내가 알아요. 누구도 우리를 찾아내지 못할 거예요."

제단은 육중한 양쪽 기둥들 사이의 공간을 거의 다 채울 만큼 넓었고, 뒤로 갈수록 폭이 좁아지며 높이 솟아올라 뒤편에 자리한 예배실을 가리고 있었다. 그 좁은 예배실에는 작고 마른 사람들만 드나들 수 있을 법한 아주 자그마한 굴이 하나 있었는데, 릴리윈은 누군가 자기를 잡으러 들어올 경우 피신할 만한 장소로 그곳을 점찍어놓은 터였다. 자기 정도의 몸집을 가진 사람이라면 얼마든 몸을 숨길 수 있는 곳이니, 그녀 역시 아무 문제 없이 드나들 수 있을 것이었다. 워낙 어둡고 깊어 밖에서는 전혀 보이지 않는 공간이었다.

"여기, 이리로 들어가요! 밖에서는 전혀 보이지 않을 거예요. 나는 아까 그 수사가 자리를 뜨면 다시 돌아올게요. 그러면 우리는 저녁기도 때까지 함께 있을 수 있어요."

래닐트는 릴리윈이 시키는 대로 했다. 그녀의 갈망 역시 그 못지않게 절실했으며, 그가 원하는 일이라면 무엇이든 할 마음의 준비가 되어 있었다. 래닐트는 그 좁은 공간으로 들어가 빈 바구니를 안으로 끌어당기고는 어둠 속에서 다급하게 속삭였다. "금방 올 거죠?"

"그럼요! 조금만 기다려줘요……."

래닐트는 이제 밖에서 전혀 보이지 않는 곳으로 들어가 숨을 죽이고 있었다. 릴리윈은 몸을 떨며 돌아서서 교구 제단 곁을 지난 뒤 남쪽 현관으로 나와 안마당의 동쪽 회랑에 들어섰다. 제롬 수사는 노골적인 기색 없이 점잖게 물러서서, 그러나 여전히 그 날카로운 시선으로 예배당 문 근처를 주시하고 있다가, 고개를 떨구고 어깨를 축 늘어뜨린 채 혼자 걸어 나오는 릴리윈을 보자 적이 만족스러워하는 눈치였다. 릴리윈의 눈에서는 이미 기쁨과 감격이 뒤섞인 격정의 눈물이 흘러나오고 있었으니 새삼스레 표정을 꾸며낼 필요도 없었다. 그는 안젤름 수사가 있는 열람실 쪽으로 가는 대신, 잘 개켜진 담요와 래닐트가 가져온 음식이며 옷가지가 놓여 있는 현관 벤치 곁을 지나 마당으로, 이어 그 너머의 정원으로 걸음을 옮겼다. 그렇게 얼마쯤 걸어가자 덤불이 나왔다. 릴리윈은 얼른 그 속에 몸을 숨기고 제롬 수사가 있는 곳을 살폈다. 수사는 이제 감시를 중단하고 가벼운 걸음으로 농원 앞마당 쪽으로 가고 있었다. 아마 그 젊은 여자는 예배당의 서쪽 문으로 나갔을 거라고, 이제 불온한 요소가 제거되고 수도원의 질서는 회복되었으며 자신의 권위도 존중받았다고 여기는 것 같았다.

릴리윈은 다시 현관 잠자리로 재빨리 돌아와 음식과 옷가지를 담요 안에 넣고 둘둘 만 뒤 조심스레 주위를 둘러보았다. 예배당 안에서도 밖에서도 그를 지켜보는 사람은 없었다. 곧 그는 짐 보따리를 한 팔로 끌어안은 채 예배당 안으로 들어가 제단과 기둥 사이를 뱀장어처럼 유연하게 미끄러지듯 지나갔다. 제단 너머에 있는 어두운 피난처로 기어들자 래닐트가 그에게 두 손을 뻗으며 뺨을 밀착해왔다. 서로의 모습이 거의 보이지 않는 가운데 그들은 몸을 떨었다. 외부 세계의 온갖 제약으로부터 완전히 놓여났다는 사실이 마법적인 작용이라도 한 듯, 그들은 이제 수줍음과 수치심에서 놓여나 공인된 연인들처럼 언어 없는 대화를 나누기 시작했다. 제롬이라는 뱀이 그들의 에덴으로 숨어들기 전까지 현관에 앉아 함께했던 대화와는 전혀 다른, 완전히 새로운 대화였다. 거기서 그들은 기껏해야 서로의 손만 겨우 잡았을 뿐이었고, 그나마도 그게 무슨 부끄럽고 수치스러운 일이라도 되는 양 꼭 잡은 손을 서로의 몸 사이에 감추고 있었다. 그러나 이 어둠 속에서는 그럴 필요가 없었다. 두 사람은 서투르지만 솔직하고도 대담하게, 그리고 더없이 열정적으로 서로의 몸을 어루만지기 시작했다.

그곳엔 두 장의 담요와 바구니, 그리고 대니얼의 헌옷들로 둥우리를 만들 만한 공간이 전부였다. 돌바닥에는 먼지가 두껍게 쌓여 있었지만, 이것이 오히려 그 둥우리를 부드럽게 받혀주는 쿠션의 역할을 해주었다. 그들은 돌벽에 등을 기대고 웅크려 앉아 서로의 체온을 나누며 수재나가 버린 음식들을 나눠 먹었다. 이 믿을 수 없는 현실을 다시금 확인하느라 두 사람은 몇 번이고 서로의 몸을 단단히 끌어안았고, 그러면서 모든 게 다 잘되리라는 꿈결 같은 환상에 푹 젖어들었다.

"춥지 않아요?"

"괜찮아요."

"아니, 떨고 있는데."

릴리윈은 한 팔로 래닐트의 몸을 감싸 자신의 가슴께로 바싹 끌어당긴 뒤 다른 한 손으로 담요 귀퉁이를 당겨 그녀의 어깨를 감쌌다. 그 거친 모직 담요 속에서 래닐트도 손을 뻗어 그의 목을 어루만지고 얼굴에 자신의 입술과 뺨과 이마를 비벼대며 그를 자기 쪽으로 더욱 가까이 끌어당겼다. 그렇게 두 사람은 가슴과 가슴을 맞댄 채 한 몸이 되어 작은 탄성과 함께 바닥에 쓰러졌다.

자신들이 뭘 하는지 제대로 의식하지도 못한 채, 그들은 격렬하게 몸을 떨며 정신없이 서로에게 파고들어 하나가 되었다. 둘

다 그런 것에 무지했고, 그저 대충 들어 아는 정도였다. 하지만 그들이 직접 체험한 것은 그동안 알고 있다고 생각했던 것과 전혀 달랐다. 격정의 순간이 지나가자 두 사람은 몸을 뒤틀고 자세를 약간 바꾸어 서로의 품에서 곯아떨어졌다가, 한두 시간 뒤 정신이 채 들기도 전에 아까와 비슷한 격렬한 충동에 떠밀려 다시금 사랑을 나누었다. 이어 짜릿한 쾌감과 충족감 이후 찾아드는 나른한 피로로 다시 곤한 잠의 늪에 떨어진 그들은 저녁기도 때 성가대석에서 울리는 찬송 소리도 듣지 못한 채 내처 자버렸다.

*

"제가 빨래를 걷어 올까요?" 이날 오후 마저리는 수재나의 영역으로 슬그머니 들어가 저녁 식사 준비에 바쁜 시누이에게 물었다.

"고맙지만 내가 직접 할 거야." 수재나는 고개도 들지 않은 채 대꾸했다. 이 여자는 나를 향해 한 걸음도 다가오려 하지 않는구나, 다소 위축된 기분으로 마저리는 생각했다. 집안의 커튼과 시트 한 장, 집안의 식량, 부엌살림에 이르기까지 모두 이 여자 것이다! 그 순간 수재나가 고개를 들더니 살짝 웃었다. 평소처럼 씁쓰레한 미소이긴 하나 적대적인 분위기 같은 건 느껴지지 않았다. "날 돕고 싶거든 할머니 곁에 좀 있어줘. 자네는 새 사람이니 할머니도 자네한테는 좀 더 부드럽고 친절하게 대해주실 거야.

요 몇 년 내내 내가 할머니를 보살피면서 둘 다 많이 지친 상태거든. 우리는 서로 너무 비슷하니까. 자네는 새로 들어왔으니 좀 낫겠지. 그렇게 해주면 고맙겠어."

그러자 마저리의 마음도 순식간에 누그러졌다. "그럴게요." 그녀는 진심으로 대답하고는 할머니 방으로 올라가 최선을 다해 이 노부인의 말상대가 되어주었다. 수재나의 말마따나, 그 노인네도 새로 들어온 며느리 앞에서는 심술을 억제하려는 기색이 역력했다.

저녁 늦게야 테이블 앞에 앉은 마저리는, 맞은편에 앉아 그녀에게는 아무 관심도 없이 거만한 자세로 입을 꾹 다문 채 혼자 은밀한 만족감에 젖어 있는 대니얼을 묵묵히 바라보았다. 그녀는 이곳에서 어떤 자리도 차지하지 못한 자신의 처지에 대해 다시금 생각해보았다. 이 집안의 열쇠들은 어느 허리에 매달려 있어야 하는가. 그리고 지금 여기 없는 그 어린 하녀를 다스리는 것은 누구의 목소리가 되어야 하는가.

*

"정말 놀라워요." 저녁 식사를 마친 뒤, 안젤름 수사가 식당에서 나오며 말했다. "내가 가르치는 아이 말입니다. 그 능력의 한계가 대체 어디까지인지…… 악보들을 보여준 이래 아주 열심히 배우고 있어요. 천사 같은 목소리도 그렇고, 듣는 귀도 아주 밝아요. 그런데 오늘 저녁에는 식사를 하러 오지 않았군요."

"팔을 치료하러 오지도 않았고요." 캐드펠 수사가 말을 받았다. 그는 오후 내내 허브밭에 씨를 뿌리고 약을 조제하느라 바쁜 시간을 보낸 터였다. "이른 시간에 오스윈 수사가 살펴봤을 땐 아주 잘 낫고 있었다고는 합니다만."

"아까 어떤 하녀 아이 하나가 제 주인이 전하라고 했다면서 음식을 한 바구니 들고 찾아왔더군요." 두 사람의 얘기에 귀를 바짝 세우고 있던 제롬 수사가 얼른 끼어들었다. "그러니 여기서 먹는 밍밍한 음식은 먹고 싶지 않겠죠. 사실 그럴 만한 일이 있어서 내가 그것들한테 야단을 좀 쳤어요. 지금쯤 상심해서 어딘가에 쭈그리고 앉아 있을 겁니다."

그제야 제롬은 아까 예배당에서 혼자 나온 뒤로 릴리윈의 종적이 묘연하다는 사실을 깨달았다. 게다가 듣자 하니 그와 함께 시간을 보내기로 되어 있던 안젤름 수사 역시 녀석의 코빼기도 보지 못한 모양이었다. 수도원이 꽤 넓기는 하지만 죄수나 다름없는 녀석을 찾기 어려울 정도는 아니었다. 그렇다면, 녀석이 과연 이 안에 있기나 한 것일까?

제롬은 두 동료에게 더 이상 아무 말도 하지 않고 마지막 기도 전 30분 동안 이리저리 돌아다니며 수도원 경내를 샅샅이 둘러보았다. 하지만 릴리윈은 어디에도 보이지 않았다. 녀석이 잠자리로 쓰는 남쪽 현관의 돌 벤치에 있던 담요들도 사라져버렸고, 거기 깔린 짚자리에도 사람이 누웠다 일어난 흔적은 없었다. 릴리윈이 짚자리 밑에 보따리를 숨겨놓았다는 건 알지 못했으므로, 그가 보기에 릴리원이 아직 수도원 안에 있다는 사실을 짐작할 만한 것은 하나도 남아 있지 않은 셈이었다.

마지막 기도가 시작되기 직전, 제롬은 로버트 부수도원장에게 헐레벌떡 달려가 그 사실을 보고했다. 로버트는 물론 미소 짓지 않았다. 하지만 여느 때와 다름없이 자비롭고 온화하며 금욕적인 그 얼굴 어딘가에는 은근한 안도와 즐거움이 내비쳤다.

"저런, 저런!" 로버트 부원장은 말했다. "길을 잘못 든 그 젊은 이가 어리석게도 한갓 여자 때문에 안전한 이곳을 떠났다면, 그 건 전적으로 그 사람 탓이지. 슬픈 일이긴 하나 이 안에 있는 이 들에게는 아무 잘못도 없소. 누구도 다른 사람 대신 현명한 선택 을 내릴 수는 없는 법이니까." 그러고서 부수도원장은 언제나 그 렇듯 성자와도 같은 얼굴과 위풍당당한 걸음으로 성가대석을 향 해 나아갔다. 마치 피부에 달라붙어 있던 성가신 가시 같은 것이 떨어져 나간 양 한결 홀가분한 기분이었다. 제롬에게 수도원의 다른 누구에게도 이를 발설하지 말라는 말은 굳이 할 필요가 없 었다. 그들은 이미 서로를 너무나 잘 알고 있었다.

6

월요일 밤에서 화요일 오후 사이

릴리윈은 찬송을 인도하는 안젤름 수사의 목소리를 듣고 퍼뜩
정신을 차렸다. 문득 자신과 래닐트가 저지른 놀랍고도 두려운
일에 대한 기억과 함께 극심한 공포가 그를 덮쳤다. 더없는 행복
감을 안겨주었던 그 행위는 동시에 용서받을 수 없는 무서운 불
경죄이기도 했다. 바깥의 풀밭이나 잡목림 속에서였다면 그저 자
연스럽고 인간적인 육신의 죄에 머물렀겠지만, 감히 성인의 유골
을 모셔놓은 제단 뒤에서 그런 짓을 저지르다니. 그야말로 죽어
마땅한 죄, 저주받을 죄 아닌가! 하지만 아득히 먼 데서 풍겨 오
는 지옥 불의 냄새보다 더 무서운 건 당장 눈앞에 닥친 일이었다.

릴리윈은 그곳이 어디인지, 그리고 자신들이 무슨 짓을 저질렀는지 명확히 인식하고 있었다. 그는 공포와 당혹감에 한층 더 예리해진 감각으로 예배당의 상황을 얼른 파악해냈다. 저녁기도가 아니다! 마지막 기도 시간이었다! 대체 몇 시간이나 잠을 잔 것인가. 이미 저녁 시간도 다 지나 밖은 어둠에 잠겨 있을 터였다.

릴리윈은 잔뜩 긴장한 손길로 살금살금 담요를 더듬다가 래닐트의 입술을 손바닥으로 덮고서 그녀의 뺨에 살며시 입을 맞추었다. 래닐트가 몸을 뒤채더니 이내 깊은 잠에서 깨어났다. 손바닥에 닿는 감촉을 통해 그녀가 미소 짓고 있다는 걸 알 수 있었다. 래닐트도 몇 시간 전의 일을 떠올렸으나 그녀의 기억은 그의 것과 달랐다. 래닐트는 죄의식을 느끼지 않았고, 따라서 두려워하지도 않았다. 아직은! 하지만 그녀도 곧 그렇게 되리라.

"너무 오래 잤어요……." 릴리윈은 검은 머리칼로 뒤덮인 그녀의 귀에다 입술을 대고 속삭였다. "벌써 밤이에요. 수사들이 마지막 기도를 드리고 있어요."

래닐트는 벌떡 일어나 앉아 잔뜩 긴장한 채 바깥의 소리에 귀를 기울였다. "아, 맙소사! 어쩌다 이렇게 됐죠? 집에 돌아가야 하는데…… 너무 늦었어요."

"아니, 혼자서는 안 돼요…… 지금은 못 가요. 어둠 속에서 그렇게 먼 길을 어떻게!"

"난 무섭지 않아요."

"그래도 당신 혼자 보내지는 않을 거예요! 밤에는 도둑들과 나쁜 사람들이 설쳐대는걸요. 내가 데려다줄게요."

"당신은 못 나가잖아요." 래닐트는 그의 가슴을 손바닥으로 살
그머니 밀어냈다. 그녀의 음성은 당혹감으로 요동쳤으나 뺨에
와 닿는 입김은 여전히 따뜻하고 부드러웠다. "이곳을 떠나서는
안 돼요. 사람들이 밖에서 감시하고 있다고요. 금방 잡혀갈 거예
요."

"잠깐만…… 여기서 좀 기다려봐요. 내 살펴보고 올 테니까."
성가대석과 예배실을 나누는 돌벽의 갈라진 틈으로 새어 들어온
희미한 빛 덕분에 제단의 윤곽을 어렴풋이 식별할 수 있었다. 릴
리윈은 제단을 살그머니 돌아가 기둥 뒤에 몸을 숨긴 채 본당 안
을 엿보았다. 교구민을 대상으로 하는 예배가 아닌 경우에도 정
기적으로 참석해 기도를 드리는 나이 지긋한 여자들 몇 명이 와
있었다. 수도원에서 얼마 떨어지지 않은 곳에 사는 그들은 매번
예배당에 찾아와 영적인 평화를 기원하며 이 험난한 시절의 저
녁시간을 보내곤 했다. 맑고 온화한 이 밤, 이곳에서 무릎을 꿇고
기도를 올리는 여자들은 모두 다섯 명이었다. 그중 한 여자는 어
린 손자를 데리고 왔고, 또 다른 여자는 누군가의 부축이 필요할
정도로 기운이 없는지 20대 청년과 함께였다. 만일 하느님이나
운명, 혹은 우주를 주재하는 어떤 존재가 호의를 베푼다면, 거기
와 있는 이들을 엄폐물 삼아 몸을 숨길 수 있으리라.

릴리윈은 어두운 예배실로 되돌아가 그들만의 은밀한 둥지에
한 손을 내밀어 래닐트를 끌어냈다.

"담요들은 그대로 두고 그 옷들만 갖고 나와요." 그가 속삭였다. "외투랑 망토만. 내가 그 옷을 입은 걸 본 사람은 아무도 없으니까⋯⋯."

대니얼의 외투는 그의 몸에 넉넉히 맞았다. 제 옷 위에 그대로 걸쳐 입으니 체격이 듬직해 보이는 것이 그런대로 모양새도 괜찮았다. 본당에 조명이라곤 서쪽 문 근처에 있는 두 개의 등뿐이라 꽤 어둠침침했다. 어깨 아래로 드리운 적갈색 망토는 릴리윈의 몸집을 한층 더 불려주었고, 아직 두건을 쓰기 전인데도 그의 얼굴을 어느 정도 가려주었다.

래닐트는 그의 팔에 바싹 달라붙어 부들부들 떨었다. "안 돼요⋯⋯ 우리 그냥 여기 있어요. 당신이 잡힐까 봐 무서워 죽겠단 말예요⋯⋯."

"겁내지 말아요! 우리는 저 사람들이랑 같이 나갈 거예요. 아무도 우리를 눈여겨보지 않을 테니 걱정할 것 없어요." 무섭든 말든, 그렇게 하면 그녀와 팔짱을 끼고 두 손을 맞잡은 채 같이 있는 시간을 잠시나마 더 연장할 수 있을 것이었다.

"다시 들어올 땐 어쩌려고요?" 래닐트가 릴리윈의 뺨에 입술을 대고 속삭였다.

"할 수 있어요. 대문을 통해 들어오는 다른 사람을 따라 들어오면 돼요." 예배가 끝나자, 수사들은 열을 지어 반대편 통로를 따라 본채로 이어지는 계단을 올라가기 시작했다. "자, 일단 저기 있는 사람들 가까이 갑시다⋯⋯."

수사들이 거무스레한 한 덩어리가 되어 숙소 쪽으로 나아가자, 수도원 근처에 사는 경건한 노인들은 무릎을 꿇은 채 그쪽으로 고개를 돌려 절을 했다. 이윽고 그들도 일어나 서쪽 문으로 천천히 걷기 시작했다. 바로 그때 릴리윈과 래널트는 어둠 속에서 슬그머니 나와, 마치 일행인 양 그 뒤에 따라붙었다.

일은 믿을 수 없으리만치 순조롭게 진행되었다. 행정 장관의 부하 둘이 문지기실 앞, 수도원 정문과 예배당의 서쪽 문 양쪽을 모두 감시할 수 있는 곳에서 예배당 밖으로 나오는 사람들을 지켜보고 있었다. 횃불을 들고 있긴 했으나 릴리윈의 거동을 감시하기 위한 것은 아닌 듯했다. 한데서 몇 시간을 근무해야 하는데, 주사위 놀이나 카드 게임이라도 하며 시간을 때우려면 조명이 필요하지 않겠는가. 그즈음에는 누구도 수도원으로 피신한 자가 그 안전한 곳을 떠나고 싶어 하리라 생각하지 않았다. 물론 그들은 자신들의 임무를 잘 알기에 충실히 자리를 지키고 있었지만, 그들에게 내려온 지시는 거기 서서 오가는 사람들을 지켜보라는 것뿐 몇 명이나 예배당에 들어가는지, 각각 어떤 행색을 하고 있는지 유심히 살피라는 내용은 없었으니 누구도 들어올 때의 수와 나갈 때의 수가 다르다는 사실을 눈치채지 못했다. 말끔하고 수수한 도시 사람 복장을 한 젊은이라면 모를까, 그 음유시인처럼 낡고 얼룩덜룩 빛바랜 옷을 걸친 사람은 일행 속에 보이지 않았다. 게다가 음유시인이 끼어 있는지 여부만 살피느라 예의 도시 젊은이와 함께 나온 여자는 쳐다볼 생각도 하지 못했다. 그렇게

이 평범한 젊은 한 쌍은 느긋하게 그들의 곁을 지나 노부인들의 뒤를 따라서 밤의 어둠 속으로 녹아들었다.

정문을 지나 횃불 빛이 미치는 범위를 벗어나자 싸늘한 어둠이 그들을 둘러쌌다. 좁은 방 안에 갇혀 공포에 질린 새라도 된 양 목구멍까지 사납게 튀어 오르던 심장의 고동이 점차 가라앉기 시작했다. 운 좋게도 늙은 부인 둘과 그중 한 여자를 부축한 젊은이는 물방앗간 곁에 있는 수도원 소유의 작은 가옥에 살고 있었다. 그곳에 가려면 마을 쪽으로 가야 했으니, 릴리윈과 래닐트는 한동안 그들과 함께할 수 있었다. 만일 단둘이서만 그 길을 걸었다면 다른 사람들의 눈에 쉽게 띄었으리라. 잠시 후 여자들과 물방앗간 쪽으로 방향을 틀었고, 이제 연못과 게이 초원의 잡목림 사이로 난 대로에는 그들 둘만 덩그러니 남게 되었다. 저 앞에 돌다리가 희미하게 보였다. 그때 래닐트가 갑자기 길가에 늘어선 나무들 쪽으로 릴리윈을 잡아끌더니 그를 마주 보았다.

"마을로는 들어가지 말아요. 그건 절대 안 돼요! 여기서 왼쪽으로 꺾으면 강 이편을 따라 남쪽으로 뻗은 길이 나와요. 그쪽에는 감시하는 사람들이 없을 거예요. 내 말 잘 들어요. 수도원으로 돌아가지 말아요! 당신은 이제 밖에 나와 있고, 그걸 아는 사람은 아무도 없어요. 적어도 내일까지는 모를 거예요. 가능할 때 어서 달아나요. 어서! 당신은 이제 자유예요. 이 고장을 떠날 수 있다고요……." 너무나 절박한 속삭임이었다. 그녀의 목소리는 릴리윈이 자유롭게 되리라는 희망에 더없이 단호했고, 한편 자신만

홀로 남겨지리라는 생각에 더없이 처연했다. 릴리윈은 그녀의 내면에서 소용돌이치는 두 가지 생각을 명확히 포착했다. 그의 마음 역시 두 갈래로 나뉘었다.

릴리윈은 래닐트의 손을 잡고 잡목림 속으로 더 깊이 들어가 두 팔로 격렬하게 그녀를 끌어안았다. "아뇨! 일단 당신을 집까지 데려다줄래요. 당신 혼자 가는 건 안전하지 않아요. 밤에 어두운 골목길에서 어떤 일들이 일어날 수 있는지 당신은 몰라요. 우선 당신이 그 집 마당으로 무사히 들어가는지 봐야겠어요. 그래야 해요!"

래닐트는 안타까운 마음에 조그만 주먹으로 그의 어깨를 마구 두드렸다. "지금 도망갈 수 있잖아요. 이 도시를 떠나 탈출할 수 있다고요. 밤새 내내 걸으면 아주 멀리까지 갈 수 있을 거예요. 이런 기회는 두 번 다시 오지 않아요."

"당신을 남겨놓고? 그리고 내가 범인이라는 사람들의 얘기를 사실로 만들어버리고?" 릴리윈이 떨리는 손으로 래닐트의 턱을 다소 거칠게 치올리자 어둠 속에 새하얀 달걀 같은 그녀의 얼굴이 희미하게 떠올랐다. "정말 내가 가기를 원해요? 더 이상 나를 만나고 싶지 않은 거예요? 당신이 원하는 게 그거라면 그렇다고 말해요. 그럼 갈게요. 하지만 진실을 말해야 해요! 거짓말하지 말고!"

래닐트는 크게 한숨을 내쉬며 아무 말 없이 열렬히 그를 끌어안더니 한참 뒤에야 입을 열었다. "아뇨! 아니에요…… 당신이 무사하기를 바라기는 하지만…… 당신을 원해요!"그렇게 릴리원의 품에 안긴 채 그녀는 잠시 흐느끼며 절망과 안도가 뒤섞인 마음에 무슨 소리인지 알아들을 수 없는 말을 나직하게 웅얼거렸다.

그들은 다시 걷기 시작했다. 다리에 올라서자 양옆으로 흐르는 세번강의 물결과 수면에 비쳐 희미하게 어른거리는 마을의 불빛들, 횃불 빛에 비쳐 붉게 달아오른 저 앞 성문 기둥이 보였다. 성문을 지키는 문지기는 소란을 피우는 이들이나 술에 취해 난폭하게 구는 자들이 들어올 땐 제법 까다롭게 검문을 했지만, 서둘러 집으로 돌아가는 평범하고 얌전한 이 젊은 연인들에겐 힐끗 시선을 던지고는 부드러운 어조로 잘 가라는 인사만 전할 뿐이었다.

"봐요. 내가 별일 없을 거라고 했죠?" 릴리원이 와일가의 구불구불한 어두운 비탈길을 올라가면서 말했다.

"그렇네요." 래닐트는 부드럽게 대답했다.

"수도원으로 다시 들어가는 것도 어렵지 않을 거예요. 밤늦게 도착한 여행자들 무리에 섞이면 돼요. 만일 그런 사람들이 없으면 한데서 하룻밤을 보내도 되고요. 이렇게 차려입었으니 날이 밝아 드나드는 사람들이 많을 때 슬쩍 묻어 들어가면 아무도 눈치채지 못할 거예요."

"정말 괜찮겠어요? 아직 기회는 있어요." 래닐트가 말했다.

"당신 곁을 떠나는 일은 없어요. 내가 이 도시를 떠날 땐 반드시 당신과 함께일 거예요."

거센 태풍에 맞서 조그만 깃발을 올리는 꼴이었다. 그 자신이 누구보다 이를 잘 알았지만, 그는 기꺼이 그렇게 할 작정이었다. 결국 이 모든 일이 불명예스럽게 끝나고 릴리윈은 새잡이의 화살에 맞은 왜가리처럼 추락할지도 모른다. 하지만 그는 지금껏 변변찮게 살아왔을지언정 도둑질과 폭력으로 고발당한 적이 한 번도 없었으며, 그러한 명예는 지킬 만한 가치가 있었다. 더하여 이제 이 게임에는 개인적인 명예보다 훨씬 더 귀하고 소중한 게 걸려 있었다. 릴리윈은 절대로 떠나지 않을 작정이었다. 그대로 머물며, 완전히 승리하거나 완전히 패배할 때까지 버틸 것이었다.

그들은 대십자상이 있는 곳에서 오른쪽으로 꺾어 보다 좁고 어두운 길로 들어섰다. 그사이 릴리윈은 수상쩍은 누군가가 재빨리 옆길로 모습을 감추는 모습을 적어도 한 번 이상 보았다. 아마 상대가 두 사람인 걸 확인하고 물러선 모양이었다. 하나를 때려눕힌다 해도 다른 하나가 고함을 질러 사람들을 불러 모으면 낭패일 테니까. 슈루즈베리는 치안 상태가 양호한 도시이긴 해도 경비를 담당한 이들이 시내 구석구석까지 다 지킬 수는 없는 노릇이었고, 따라서 늦은 시각에 혼자 다니는 사람은 혹 양심 없는 자들에게 큰일을 당할 위험을 각오해야만 했다. 래닐트는 아무것도 눈치채지 못하고 있었다. 릴리윈에게 걸려 있는 더 큰 문제를 걱정하느라, 그 길에서 닥칠지 모를 위험 같은 것에는 전혀 신경 쓰지 않는 듯했다.

"집안사람들이 당신한테 화내지 않을까요?" 월터 아우리파버의 작업장과 그 집 마당으로 이어지는 좁은 통로가 가까워지자, 릴리윈이 걱정스레 입을 열었다.

"내가 정신을 차릴 수만 있다면 하루 종일 나가 있어도 괜찮다고 마님이 그러셨는걸요." 래닐트는 어둠 속에서 가만히 웃었다. 물론 정신을 차리기보다는 그 반대에 더 가까워졌지만, 수재나가 이것저것 캐물을 때 적절하게 대답할 준비는 되어 있었다. "내게 잘해주는 분이라 그런지 별로 걱정이 안 되네요. 아마 마님은 그냥 눈감아주실 거예요."

통로 맞은편, 다른 집 문간의 짙은 어둠 속에서 릴리윈은 래닐트를 끌어당겼고, 그녀는 돌아서서 그의 품에 안겼다. 이상하게도 이것이 마지막인 것만 같았다. 두 사람은 서로를 끌어안고 입을 맞추며 그런 생각을 애써 물리쳤다.

"자, 이제 가요. 어서! 당신이 들어갈 때까지 여기서 지켜볼게요." 통로 안쪽으로 아우리파버의 집 일부가 바라다보였다. 덧문이 내려지지 않은 한 창문에서 희미한 불빛이 새어 나오고 있었다. 릴리윈은 그녀의 몸을 돌려세운 뒤 앞쪽으로 살짝 밀었다. "뛰어요!"

래닐트는 급히 종종걸음을 치며 길을 가로질러 통로로 들어갔다. 창에서 새어 나오는 불빛이 래닐트의 몸에 잠시 가려지는가 싶더니, 이내 마당으로 들어가 홀 문 곁을 지나는 그녀의 모습을 희미하게 비추었다. 래닐트는 곧 사라져버렸다.

릴리윈은 어둠 속에 꼼짝 않고 서서 그녀가 사라진 쪽을 오래도록 응시했다. 사위가 고요했다. 릴리윈은 그곳을 떠나고 싶지 않았다. 마당을 비추던 희미한 빛이 꺼질 때까지도, 그는 여전히 거기 서서 그녀가 사라진 방향을 망연히 바라보고 있었다.

아니, 이는 잘못된 판단이었다. 그 불빛은 꺼진 것이 아니라, 조용히 통로를 빠져나온 어떤 사내의 몸에 잠시 가려졌을 뿐이었다. 키가 크고 탄탄한 체격에, 걸음걸이로 보아 젊은 사람인 듯했다. 두건을 앞쪽으로 깊숙이 끌어 내리고 고개를 숙인 채 길 가장 자리의 어둠을 따라 발소리를 죽여 재빨리 걸어가는 품새가, 무언가 좋지 않은 은밀한 용무로 길을 나선 모양이었다.

밤에 그 집에서 나올 만한 젊은 남자는 두 사람뿐이었고, 잔칫날 밤 사람들 앞에서 곡예를 하고 노래를 부른 릴리윈으로서는 그들을 구별해내기가 어렵지 않았다. 남의 눈을 피해 은밀히 빠져나오는 게 이상하긴 하지만, 어쨌건 그 근사한 새 외투만 봐도 그가 누구인지는 쉽사리 알아챌 수 있었다. 결혼한 지 사흘밖에 되지 않은 대니얼 아우리파버가 이 늦은 시각 저렇게 급히 어디로 가는 것일까?

릴리윈도 마침내 그곳을 떠나 좁은 거리를 따라 대십자상 쪽으로 나아갔다. 대니얼의 모습은 더 이상 보이지 않았다. 알 수 없는 은밀한 용무를 지닌 채, 이미 미로처럼 얽히고설킨 뒷골목 어딘가로 재빨리 사라진 뒤였다. 릴리윈은 와일가를 내려와 성문 앞에 이르렀다. 동료들 사이에서 유독 성실하고 철저한 문지기 하나가 자신을 불러 세웠을 때도 그는 별로 놀라거나 떨지 않왔다.

"이런, 이 사람 금방 또 보는구면. 이 야심한 시각에 다시 나가려고? 장마당의 개처럼 부지런히도 쏘다니는군."

"애인을 집까지 바래다주느라고요." 사실 그대로의 대답에 문지기도 경계를 누그러뜨리는 듯했다. "다시 수도원으로 돌아가는 길입니다. 거기서 일하거든요." 그 말 역시 사실이었다. 오늘 오후 내내 안젤름 수사 곁을 떠나 있었으니 내일은 좀 더 열심히 공부해야 할 것이다.

"아, 수도원에서 일하나?" 문지기가 호의적인 목소리로 말을 이었다. "함부로 수도 서원을 하지는 말게나. 그랬다간 그 아가씨를 놓치게 될 테니까. 그럼 가보게. 길 조심하고."

릴리원은 횃불 빛을 받아 붉게 빛나는 석조 궁륭을 지나, 양편에 은빛 물이 넘실대고 위에는 엷은 베일 같은 구름장이 드리운 다리의 아치로 들어섰다. 구름장이 터진 곳 너머 길 잃은 별들이 언뜻언뜻 보였다. 그는 다리를 건너 길가의 숲으로 숨어들었다. 주위에는 깊은 침묵만이 감돌았다. 이윽고 수도원 문지기실에 이를 무렵, 그는 선뜻 숲 밖으로 나서기가 두려워 인적 없는 길을 살그머니 가로질러 간 뒤 그 너머를 자세히 살펴보았다. 예배당의 서쪽 문이든 정문에 달린 쪽문이든, 들어가기 어렵기는 마찬가지인 듯했다.

릴리원은 다시 숲속에 숨어들어 길의 양편을 주시했다. 자신이 들키지 않은 채 성역을 무사히 빠져나왔다는 사실을 새삼스레 떠올리자 다른 가능성들이 유혹처럼 고개를 쳐들었다. 밤새 걸어 슈루즈베리에서 최대한 멀리 떨어진 곳으로 달아날까? 내가 누군지 모르는 사람들 속에 깊숙이 숨어 살면 어떨까? 릴리윈은 작고 약하고 겁이 많은 사람이었다. 임박한 파멸을 피하고 싶은 마음, 살고 싶은 욕구가 무척이나 강하게 일었다. 그러나 그는 자신이 떠나지 않으리라는 것을 잘 알고 있었다. 37일간의 안전이 보장된 곳으로, 래닐트가 열심히 일하면서 기도하는 마음으로 자신을 기다려주는 그 집과 멀지 않은 저곳으로 어떻게 해서든 돌아가야 했다.

　행운이 따라준 덕에 기다림은 그리 길지 않았다. 수도원에서 일하는 일꾼 하나가 그날 마침 새로 얻은 아들의 세례식을 맞아 다른 일꾼들과 친지들, 친구들을 자기 집에 초대하였고, 거기서 잘 먹고 유쾌하게 놀던 일꾼들이 농원 마당에 있는 숙소로 돌아가느라 때마침 무리를 지어 큰길을 따라오고 있었던 것이다. 수도원의 집사와 가축지기로 이루어진 그들은 문지기실 쪽으로 한가롭게 다가가며 서로 작별 인사를 나누었다. 보아하니 그중 3분의 1가량은 수도원 경내에 사는 이들 같았다. 릴리윈은 슬그머니 숲을 빠져나와 무리의 가장자리에 자리를 잡았다. 주위가 워낙 어두운 터라 한 사람쯤 늘어난 건 표시도 나지 않았고, 릴리윈은 아무런 검문도 받지 않은 채 수도원 안으로 들어갈 수 있었다. 일꾼들이 각자의 숙소로 흩어지자, 그도 슬그머니 안마당으로 들어가 남쪽 현관에 마련한 초라한 잠자리로 향했다.

모든 것이 잘 끝났다. 이제 그는 무사히 우리 안의 양 떼에 섞여 든 셈이었다. 새벽기도가 시작되려면 아직도 한참 기다려야 했으므로 릴리윈은 빈 예배당 안으로 들어가 제단 뒤의 예배실에서 담요들을 찾아왔다. 몸은 몹시 피로했지만 정신은 말똥말똥해서 좀처럼 잠이 올 성싶지 않았다. 그는 돌 벤치에 깔린 짚자리 밑에 새 망토와 외투를 밀어 넣고 그 위에 담요를 편 뒤, 여전히 떨리는 몸을 뉘었다. 이내 어둡고 평화로운, 흡사 깊디깊은 우물 속으로 끝없이 낙하하는 듯한 느낌이 그의 전신을 감쌌고, 그는 혼곤한 잠의 늪으로 빠져들었다.

*

캐드펠 수사는 아침기도 시간 훨씬 전에 일어나 지난밤 건조시키느라 늘어놓았던 정제 알약을 살피기 위해 작업장으로 향했다. 농원의 덤불과 담으로 둘러싸인 허브밭의 허브들, 그 모든 푸른 생명들이 밤사이에 내린 짧은 소나기로 물방울을 잔뜩 머금은 채 수천 개의 조그만 은구슬처럼 영롱한 빛을 발하고 있었다. 또다시 화창한 하루가 시작되는 참이었다. 축축하면서도 따뜻한 게 씨뿌리기에는 아주 그만이었고, 혹독하게 추웠던 지난겨울의 서리 덕에 흙도 자잘하게 잘 부서져 있었다. 식물의 건강한 발아와 성장을 예고하는 좋은 조짐이었다.

숙사에서 아침기도 종소리가 울리자 캐드펠은 서둘러 알약들을 걸어 잘 넣어두고 곧장 예배당으로 향했다. 릴리윈은 현관에 있었다. 이미 담요를 개켜놓고 낡은 광대 옷은 새 청색 외투로 갈아입은 모습이었다. 세숫물에 감은 머리는 아직도 축축하고 납작하게 눌려 있었다. 멀리서 그를 본 캐드펠은 내심 기쁨을 금치 못했다. 어제 어디에 몸을 숨기고 있었든, 그는 아직 무사히 이곳에 있었던 것이다. 게다가 그의 자세는 또 어떤가. 정말이지 자부심 넘치고 의연해 보이지 않는가. 범죄자들에게서는 찾아보기 힘든 모습이라고 캐드펠은 생각했다.

안젤름 수사는 수사들의 찬양 소리에 조심스레 끼어든 고음의 미성을 듣고서야 제자의 존재를 눈치챌 수 있었다. 어제 무단결석했던 제자를 발견한 그 역시 캐드펠처럼 한시름 놓았다. 로버트 부원장은 믿기지 않는다는 표정으로 그를 응시하다가, 역시 당황한 기색이 역력한 제롬 수사에게 못마땅한 표정을 지어 보였다. 그들의 살에 박힌 가시는 아직 빠지지 않았으니, 감사기도를 드리기에는 때가 너무 일렀다.

*

그날 평수사들은 게이 초원에 자리한 넓은 땅에다 더 많은 묘목들을 옮겨 심었다. 메올 시내 곁에 심은 완두밭에서도 수확과 파종이 연달아 이어졌다. 캐드펠은 점심 식사를 마친 뒤 그리로 나가 평수사들의 작업을 돌봤다. 간밤에 가벼운 소나기가 내린 뒤로 날은 활짝 개어 햇살이 눈부셨지만, 얼마 전 웨일스 산악 지대에 쏟아진 많은 비가 여전히 세번강을 타고 흘러와 완만하게 경사진 강가의 풀밭을 뒤덮고 둑 언저리를 부드럽게 핥고 있었다. 이틀 만에 어른 손 한 뼘 높이만큼 불어난 강물은 마치 물장난하는 개구쟁이들에게 불안감을 안겨줘 미안하다는 듯 찬란한 햇살 속에 더없이 맑고 잔잔히 흘렀다. 혹시라도 그 물에 누가 빠져 죽는다는 건 생각할 수도 없는 광경이었다. 그러나 이곳의 강은 땅에 있는 그 무엇보다 위험한 존재요, 아름다우면서도 마음놓을 수 없는 존재였다.

조용히 흐르는 강물을 곁에 끼고 가느다란 선처럼 이어진 풀밭 오솔길을 따라 산책하기란 여간 즐거운 일이 아니었다. 둑 언저리 밑으로 나직하게 웅얼거리며 소용돌이치는 반투명의 빠른 물살을 내려다보면서 캐드펠은 천천히 걸음을 옮겼다. 아주 조용하면서도 빠르게 흐르는 강 건너편, 덤불과 과수원과 포도밭들로 이루어진 가파른 초록색 비탈의 우듬지와 그 위로 슈루즈베리를 허리띠처럼 빙 둘러싸며 강의 들목과 날목 사이 좁은 목을 방어하는 왕의 육중한 성벽이 보였다.

캐드펠은 강변을 따라 수도원의 과수원이 끝나는 곳에 이르렀다. 수도원에서 가장 멀리 떨어진 밀밭을 빙 둘러싼 무성한 잡목림이 시작되는 곳이었다. 이제는 사용하지 않는 낡은 물방앗간이 강 쪽으로 돌출해 있었다. 그 숲과 덤불 곁을 지나 조금 더 나아가자 마치 조그마한 만 비슷한 저지대가 나타났다. 맑은 물이 얕게 들어찬 자갈 바닥 위로 빠른 물살이 살며시 들어왔다가 휘돌아 나가기를 반복하고 있었다. 만을 둘러싼 덤불이 일종의 장막 구실을 하는 탓에, 세번강이 범람할 때면 그곳으로 이런저런 물건들이 흘러들어 가장자리에 모이곤 했다.

그런데 오늘 전혀 예상할 수 없는 무언가가 그곳, 자갈이 깔린 잔잔한 둑 언저리의 물살에 머리를 박고 엎드린 자세로 불편한 휴식을 취하고 있었다. 질 좋은 홈스펀 옷, 작고 다부진 몸집, 정수리 부분이 훤히 벗어진 크고 둥그런 머리통. 회갈색 머리칼은 수면에 떠올라 쫙 펼쳐지고, 땅딸막한 두 다리는 물살에 밀려 강 쪽을 향해 뻗어 있었다. 거센 물살 때문에 그의 죽은 팔다리는 마치 살아 있는 사람의 것처럼 계속 움직였다.

캐드펠은 수사복을 무릎까지 걷어 올리고는 완만한 비탈을 내려가 물속으로 들어갔다. 그는 시체의 목 근처에서 흔들거리는 두건 달린 망토와 허리의 가죽 벨트를 잡아, 그가 물가로 밀려났을 때의 자세는 물론 강이 그의 옷과 머리칼과 구두 속에 남겨놓았을 모든 자취들을 가급적 흐트러뜨리지 않으려 애쓰며 천천히 수면 위로 끌어올렸다. 서두를 필요는 없었다. 이미 죽은 지 한참 되어 보였으니까. 하지만 이 최후의 침묵을 통해서라도 그 사람에겐 할 말이 있을지 몰랐다.

캐드펠의 두 손을 아래로 끌어당기듯 시신이 축 늘어졌다. 캐드펠은 물의 흐름을 따라 시신을 움직여 물가의 풀밭으로 옮긴 뒤, 처음 물속에 있었을 때와 같은 자세가 되도록 조심스레 내려놓았다. 이자는 대체 어디서, 어떻게 하여 물속으로 들어가게 된 걸까?

물에 퉁퉁 불었을 얼굴을 굳이 돌려 확인하지 않아도 캐드펠은 그가 누구인지 알 수 있었다. 적갈색 옷과 다부진 몸매, 벗어진 정수리와 그 윤나는 살가죽 주위로 부스스하게 자라난 갈색 머리칼, 순무 모양의 둥그런 머리. 불과 이틀 전만 해도, 지금은 침묵하고 있는 혀를 재게 놀리며 별다른 악의 없이 남의 추문을 늘어놓던 바로 그 사람이었다.

그동안 수없이 다니며 낚시를 즐기던 강과의 마지막 싸움에서, 볼드윈 페치는 결국 저 자신이 낚여 죽음에 이르고 말았다.

*

캐드펠 수사는 페치의 허리를 잡고 위쪽으로 살짝 들어 올렸다. 풀밭에 아무 자취도 남지 않을 정도로 그의 입에서는 물이 거의 흘러나오지 않았다. 캐드펠은 약간의 당혹감을 느끼며 다시 원래 자세 그대로 시신을 조심스레 내려놓았다. 익사하지 않은 시체들도 죽은 직후에 그렇게 들어 올리면 죽기 전에 들이켠 물을 토해내는 법이었다. 작은 만의 자갈밭에 얕게 파인 흔적은 거의 흐트러지지 않은 채 여전히 남아 있었고, 이제 풀밭에도 그와 비슷한 윤곽이 그려져 있었다.

볼드윈 페치는 대체 어쩌다가 뭍에 오른 물고기 꼴로 이곳에 이른 것일까? 야간에 만취해서 부주의하게 강가를 걸어가다가? 낚시를 하다가 배 밖으로 떨어져서? 아니면, 어두운 골목을 지키던 노상강도가 지갑을 노리고 그를 때려눕힌 뒤 강에다 내버린 걸까? 치안 상태가 괜찮은 곳에서도 한밤중이면 그런 일들이 가끔씩 일어나곤 하니까. 페치의 오른쪽 귀 뒤쪽에 난 회색 머리칼은 그 아래 살가죽이 터지기라도 한 듯 다른 곳보다 빽빽하고 색깔도 더 어두워 보였다. 두개골에 난 상처에서는 다량의 피가 흘러나오는 경우가 많고, 또 물속에 몇 시간 방치된 이후에도 그 자취가 남아 있기 쉽다. 그는 이 고장에서 나고 자란 사람이었다. 세번강에 대해 모를 리 없었고, 더욱이 수영 솜씨도 시원치 않으니 그 강을 경시하지는 않았을 것이다.

캐드펠은 띠처럼 펼쳐진 덤불을 빠져나가 세번강의 위아래 줄기가 훤히 내려다보이는 곳으로 나아갔다. 예상했던 대로 강을 거슬러 올라가는 작은 배 한 척이 보였다. 그 배는 흐르는 물에 떨어진 가랑잎처럼 까딱거리고 춤을 추면서도 요리조리 물살을 헤치며 앞으로 나아가고 있었다. 캐드펠이 아는 한 세번강의 흐름을 잘 읽고 그토록 능숙하게 배를 움직일 수 있는 사람은 세상에 단 하나뿐이었으니, 멀찍이 떨어져 있었음에도 저 다부진 몸매의 주인공이 누구인지 그는 쉽게 알아볼 수 있었다. '죽음의 뱃사공' 마독은 캐드펠과 같은 웨일스인으로, 세번강 위아래로 30킬로미터에 이르는 이곳 유역에서는 널리 알려진 사공이었다. '죽음의 뱃사공'이라는 별명이 붙은 것은 그가 자신의 배에 빈번히 싣고 나르는 화물 때문이었다. 홍수나 범죄로 인해 강물을 타고 흘러갔으리라 추정되는 실종자들을 어디서 찾아내야 하는지 그는 이곳의 누구보다도 잘 알았다. 지금 그 배에는 말없는 승객이 보이지 않았다. 사공이 찾고 있을 대상은 바로 여기서 그를 기다리고 있으니까.

캐드펠은 마독을 잘 알았다. 이번에도 그는 익사한 사람을 찾으러 나왔으리라. 그게 아니더라도, 마독이라는 이름을 떠올리면 으레 익사자로 이어지는 습관적인 연상 작용 때문에 그로서는 다른 이유를 생각해낼 수 없었다. 그의 배가 보다 물살이 부드러운 강 한중간을 깃털처럼 가볍게 가로지르며 가까이 접근해오자, 캐드펠은 한 팔을 흔들며 소리쳐 그를 불렀다. 마독은 고개를 들더니 자신을 향해 손짓하는 이가 누구인지 알아보고는 힘껏 노를 저어 강변으로 배를 몰고 왔다. 배는 물살이 거센 곳을 피해 고요하고 맑은 만으로 다가왔다. 캐드펠이 얕은 물속으로 걸어 들어가 가죽으로 된 뱃전을 붙잡자 마독은 구릿빛 맨발로 배에서 훌쩍 뛰어내렸다.

"삭발한 정수리를 보고 수사님이라 생각했습죠." 그는 활기 있게 인사를 건넨 뒤, 버들고리와 가죽으로 만든 작은 배를 어깨에 둘러메고 물에서 나와 강변에다 부려놓았다. "무슨 일입니까? 수사님이 저를 부르셨을 땐 틀림없이 이유가 있을 텐데요."

"충분한 이유가 있지." 캐드펠은 말했다. "자네가 찾고 있는 걸 내가 방금 찾은 것 같거든." 캐드펠은 턱으로 평탄한 풀밭 쪽을 가리키고는 더 이상 아무 말 않고 앞장서서 올라갔다. 엎어져 있는 시신을 내려다보면서 그들은 잠시 묵묵히 서 있었다. 마독은 시신의 머리가 놓인 위치를 확인하더니 이내 만의 수면 밑에 깔린 자갈밭으로 시선을 돌려, 거기 남아 있는 우묵한 자취와 그 옆으로 조금 떨어진 곳에서 아주 격렬하게 흘러 내려가는, 그러나 이상하리만치 고요해 보이는 물살을 가만 바라보았다.

"알 만하네요. 아마 그리 멀지 않은 저 상류에서 물속으로 들어갔을 겁니다. 저 위쪽 둑 밑에는 강하게 끌어당기는 힘이 작용하지요. 성 바로 아래쪽 말입니다. 이 사람은 그곳 물살에 끌려 들어갔다가, 다시 물살이 내던지는 힘에 밀려 여기까지 흘러왔을 겁니다. 워낙 묵직하니 이 둑으로 곧장 떠밀려 와 얕은 곳에 걸렸겠죠."

"나도 그렇게 생각하네. 자네, 이 사람을 찾고 있었지?" 이곳 강변에 사는 사람들은 가족이나 친지가 행방불명되면 대개 시장이나 관원에게 신고하기에 앞서 마독부터 찾곤 했다.

"오늘 아침 이 사람 밑에서 일하는 직공이 저한테 심부름꾼을 보냈더라고요. 주인이 어제 정오 전에 나갔는데, 물론 아무도 이상하게 생각하지 않았답니다. 이 사람은 원래도 마음 내킬 때마다 휑하니 나가 돌아다니곤 했으니까요. 그런데 오늘 아침까지도 돌아오지 않자 가게에서 자는 아이가 혼자 속을 태우다가 아침 일찍 일하러 나온 보네스에게 이야기했고, 그래서 보네스가 그 아이를 제게 보낸 겁니다. 주인이 가끔 새벽녘에 돌아오는 경우도 있긴 하지만, 자기 잠자리를 두고 밖에서 자는 일은 한 번도 없었다더군요. 끼니를 거르거나 술을 마시지 않고 하루를 보내는 일도 드문데, 맥줏집에서도 이 사람을 전혀 못 봤다고 하더래요."

"이 사람은 소문난 낚시꾼이네." 캐드펠이 말했다. "배도 한 척 갖고 있지."

"저도 들었습니다. 그런데 이 사람이 평소 배를 두는 자리에는 아무것도 없던데요."

"하지만 자네가 찾아냈을 테지." 캐드펠의 목소리는 확신에 차 있었다.

"물론 찾았습니다. 강 아래쪽으로 1킬로미터 조금 못 간 곳에서요. 강물 속으로 늘어진 버드나무 가지에 걸려 있더군요. 낚싯대도 바늘이 가지에 걸려 그 아래쪽에 떠 있었고, 배는 뒤집힌 채였습니다. 이 사람 배도 제 배처럼 버들고리와 가죽으로 되어 있더라고요. 그 배는 찾아낸 곳의 강가에다 올려뒀습니다." 마독은 담담하게 말을 이었다. "힘 좋고 팔팔한 송어를 낚을 땐 배의 중심을 잡기가 쉽지 않죠. 요즘 같은 봄철에는 그런 놈들이 많이 올라옵니다. 하지만 이 친구도 낚시질에는 제 나름대로 일가견이 있는 사람인데."

"그런 사람이 어디 한둘인가. 누구나 위험한 고비를 한 번씩은 겪는 법이지."

"뭐, 어쨌든 이제 시신을 처리해야죠." 솜씨 좋은 장인이 그러듯 마독은 자신의 직분을 떠올리며 그에게 물었다. "물론 수도원으로 가야겠죠? 여기서 제일 가까운 곳이 거기니까요. 그리고 휴베링어 나리한테도 알려야겠죠. 이곳에 표식을 남겨둘 필요는 없습니다. 수사님과 제가 정확한 자리를 알고, 이 사람의 자취도 금세 사라지지는 않을 테니까요."

캐드펠은 신중히 생각한 뒤 입을 열었다. "그래, 자네가 이 사람을 배에 싣고 가게. 그게 자네의 의무이자 권리지. 나는 둑으로 해서 뒤따라갈 테니 다리 밑에서 만나도록 하세. 아마 비슷한 시간에 도착할 거야. 이 사람을 태울 땐 엎어놓은 자세를 그대로 유지하게나. 이 사람이 배에 남기는 자취들도 잘 살펴보고."

적어도 익사한 사람들에 관해서만은 마독 역시 캐드펠만큼이나 광범위한 지식을 갖고 있었다. 그는 무언가를 생각하면서 한동안 캐드펠을 지그시 응시했지만, 결국 그 생각을 입 밖에 내지는 않았다. 마독이 시신의 양 어깨를, 캐드펠은 두 무릎을 들어 올렸다. 두 사람은 시신을 들고 내려가 마독의 가벼운 배 안에 조심스레 내려놓았다. 마독이 강에서 건져 올리는 모든 기독교인들의 시신에는 수고비가 따라붙었다. 아닌 게 아니라, 그에겐 권리가 있었다. 오래전부터 그는 자신도 알지 못하는 사이 그런 책임을 떠맡게 되었고, 이제 다른 이의 죽음은 그에게 중요한 생계수단이 된 터였다. 참으로 정직하고 유용한 이 기술 덕에 그는 근방의 많은 가족들로부터 감사를 받고 있었다.

마독은 요령 있게 노를 움직이고 뱃전에 부딪쳐 오는 소용돌이를 이용해가며 서서히 강을 거슬러 올라가기 시작했다. 캐드 펠은 아래쪽 만과 그 위의 평탄한 풀밭을 마지막으로 일별하며 그곳의 자취들을 기억 속에 잘 담아두었다. 그러고 나서 마독의 배와 만나기로 한 다리 밑을 향해 길을 따라 부지런히 올라가기 시작했다.

*

강의 흐름이 워낙 빠르고 제멋대로인 데다 캐드펠 쪽에서 서둘러 조치를 취한 덕에, 마독이 게이 초원의 정박지에 배를 댈 즈음에는 캐드펠이 불러온 서너 명의 견습 수사들과 평수사들도 그곳에 도착해 있었다. 그들은 급조된 들것에다 볼드윈 페치를 싣고 좁은 길을 따라 수도원 문지기실 앞에 당도했다. 캐드펠은 가장 어리고 민첩한 견습 수사를 지목하여 얼른 행정 보좌관한테 달려가 수도원으로 와달라는 얘기를 전하라고 지시했다.

그러나 이 소식은 이미 주위에 널리 퍼져 있었다. 마독의 배가 다리 밑에 도착했을 때 할 일 없는 구경꾼 열 명가량이 다리 난간 위에 진을 치고 있던 터였다. 시신을 옮기는 사람들이 큰길에 올라 수도원 쪽으로 방향을 틀 무렵에는 구경꾼이 어느새 스무 명으로 불어나 음산한 침묵 속에 그들을 따라 걸음을 옮기는가 싶더니, 시내에 이르렀을 땐 다시 열 명가량이 그 뒤에 따라붙어 있었다. 모두 조용하고 질서 있게 움직였기에 수도원 측에서는 이들을 막을 수 없었고, 결국 쉰여 명으로 불어난 구경꾼들 모두가 들것을 따라 수도원으로 들어오게 되었다. 들것을 넓은 마당에 내려놓으며, 캐드펠은 불길한 예감에 사로잡혔다. 구경꾼들의 비난과 독선이 목덜미를 무겁게 내리누르는 듯했다. 이들 모두가 적의에 차 있었다. 캐드펠이 그들 쪽으로 돌아선 순간 그의 눈에 제일 먼저 들어온 것은, 복수심 가득한 눈초리로 시신을 노려보는 대니얼 아우리파버의 얼굴이었다.

7

화요일, 오후에서 밤 사이

그들은 자신들이 짐작한 사실을 눈으로 직접 확인하기 위해 좀
더 가까이 몰려와 마독과 캐드펠을 둘러싼 채 시신을 자세히 들
여다보았다. 앞에 선 사람들은 뒤에 있는 이들에게 자기가 본 것
을 전했고, 그 과정에서 그들의 상상력에 불이 붙으며 음산한 수
런거림이 커다란 빵처럼 마구 부풀어 올랐다. 캐드펠은 이게 무
슨 일인지 살펴보러 나온 한 견습 수사의 소매를 붙잡았다.

"자네는 얼른 로버트 부원장님께 가게. 휴 베링어가 도착하기
전에 권위 있는 분을 이 자리에 모셔야겠어." 이어 그는 들것을
나르는 수사들이 구경꾼들에게 완전히 포위되기 전에 재빨리 지

시를 내렸다. "자, 어서 저 안마당으로 가세. 사람들은 그리로 따라 들어오지 못하게 막고."

이들은 캐드펠의 명에 따라 들것을 들고 급히 안마당으로 들어갔다. 시내에서 온 젊은이 한두 명이 호기심에 못 이겨 정신없이 안마당 입구까지 따라갔지만, 차마 더 들어가지 못하고 돌아서서 자기네 무리에 합류했다. 캐묻기 좋아하는 사람들이 캐드펠과 마독의 주위로 꾸물꾸물 모여들었다.

"저 사람은 자물쇠 제조공인 볼드윈 페치예요." 대니얼의 말은 질문이 아니라 진술이었다. "우리 집에 세 든 사람인데, 간밤에 집에 돌아오지 않았죠. 존 보네스가 저자를 찾아 온 동네를 다 돌아다녔는데."

"나도 그랬습니다. 존이 하도 성화를 하는 바람에 나서서 찾아다녔지요." 마독이 말했다. "그리고 이렇게 그 사람과 그 사람의 배를 모두 찾아냈고요."

"죽은 채로." 이 역시 질문이 아니었다.

"그래요. 죽은 게 확실합니다."

그때 로버트 부수도원장이 모습을 드러냈다. 그는 자신의 충직한 그림자를 뒤에 단 채 서둘러 이쪽으로 오고 있었다. 요즘 들어 이 수도원 담벼락 안에서는 잘 조율되고 질서 정연한 그의 삶을 방해하는 사건들이 끝없이 연속되는 것만 같았다. 이미 살인이니 어쩌니 하는 기분 나쁜 속삭임을 듣고 당혹감과 불쾌감에 휩싸인 그는 발을 멈추자마자 대체 무슨 일이 일어났길래 이 소란이냐고 물었다. 주위에 있던 열 명가량의 사람들이 사건에 관해 제대로 알지도 못하면서 진상을 설명하려 들었다.

"부원장님, 저희는 사람들이 시신을 옮기는 걸 보고……."

"어제부터 그 사람을 본 이가 아무도 없었는데 말이죠……."

"죽은 자는 우리 집에 세 들어 사는 자물쇠 제조공입니다!" 대니얼이 소리쳤다. "며칠 전에는 제 아버님이 강도한테 습격을 당하고 물건을 도둑맞았는데, 오늘은 볼드윈 페치가 시체가 되어 돌아오다니요!"

부원장은 이맛살을 잔뜩 찌푸린 채 조용하라는 듯 한 손을 쳐 들었다. "한 사람이 얘기하도록 하시오. 캐드펠 수사는 이게 어찌 된 영문인지 알고 있소?"

캐드펠은 자신의 머릿속에 떠오르는 여러 가지 추측들에 대해서는 일체 함구하고 있는 그대로의 사실만 이야기하는 게 좋겠다고 판단했다. 아무리 조심을 한다 해도 여기 모인 이들의 억측을 조금이나마 억누를 수 있을지는 의문이었으나, 그래도 그는 최대한 신중하게 말을 고르며 설명을 시작했다. "여기 있는 마독이 성 저 아래쪽의 강에서 뒤집혀 있는 이 사람의 배를 찾아냈습니다. 행정 보좌관에게 통보해놓았으니 아마 곧 도착할 겁니다. 이제 이 사건은 그 사람 손에 달려 있습니다."

그는 흥분한 사람들을 겨냥하여 일부러 행정 보좌관 이야기를 꺼냈다. 무리 중에는 난폭한 젊은이들이 일부 끼어 있었다. 노상 어디 자극적인 일이 없나 두리번거리고 다닐 만큼 한가하고, 그러다 적절한 희생양이라도 발견하면 광기를 발휘할 소지가 다분한 자들이었다. 이미 이곳에는 그런 상황이 빚어질 분위기가 농후했다. 월터는 강도에게 피습당해 부상을 입고 금고를 털렸으며 이제 막 그의 세입자가 죽었으니, 그 모든 악이 한 집에 떨어진 셈이었다.

"이 불운한 사람이 배에서 떨어져 익사했다면 살인일 가능성은 없소." 로버트 부수도원장이 단호하게 말했다. "함부로 그런 말을 입에 담는 건 어리석고 사악한 짓이지."

다시금 사방에서 사람들이 떠들어대기 시작했다.

"부원장님, 볼드윈 페치는 무모한 짓을 할 사람이 아니었습니다……."

"아이 적부터 세번강에 대해 잘 알고 있었다고요……."

"그건 그 강에서 익사한 다른 많은 사람들도 마찬가지요." 부수도원장은 날카롭게 말을 끊었다. "다들 그 사람 못지않게 조심스러웠지. 운수불길해서 일어난 일을 악의 탓으로 돌려서는 안 되오."

"어째서 이 운수불길한 일들이 한 집에서만 연달아 일어나는 걸까요?" 군중 뒤편에서 흥분한 목소리가 울려 나왔다. "페치는 월터가 습격당하고 그 집 금고가 털린 날 밤 그 집에 있었습니다. 월터의 바로 이웃에 살았고요. 워낙 남의 치부를 들춰내기를 좋아하는 사람이기도 했으니, 그가 월터를 습격하고 여기 숨어 있는 그 악당에게 아주 불리하게 작용할 어떤 증거를 우연히 발견했을 수도 있잖습니까?"

그런 식으로 혼인날의 사건을 어디에나 갖다 붙이는 건 이미 이 마을에서 흔한 일이었다.

"일이 그렇게 된 겁니다! 페치가 그놈이 부인할 수 없는 어떤 증거를 찾아낸 게 분명해요!"

"그리고 놈은 저 불쌍한 사람의 입을 막기 위해 살해한 겁니다……."

"머리를 후려갈기고 강물 속에 처박은……."

"페치를 죽인 다음 그의 배를 풀어내 강물에 띄워 보내는 거야 식은 죽 먹기……."

그때 말을 탄 휴 베링어가 부하 두 사람을 거느리고 급히 문지기실을 지나 넓은 마당으로 들어섰다. 캐드펠은 깊이 안도했다. 물론 이는 충분히 예상할 수 있는 일이었다. 특정한 누군가 악당으로 낙인찍히면, 그다음부터는 희생양이 필요할 때마다 다들 자신들의 판단이 옳다는 확신을 갖고서 그에게 모든 죄를 뒤집어씌우기 마련이다. 특히 자기네 무리에 속하지 않는 이방인, 뿌리도 친척도 없는 사람은 더없이 좋은 표적이었다. 이런 상황에서는 이성의 목소리가 큰 힘을 발휘하지 못하리라.

그럼에도 캐드펠은 그들의 기세를 꺾기 위해 우렁찬 목소리로 소리쳤다. "설사 이것이 살인 사건이라 해도 당신네가 비난하는 그 사람은 이 일과 무관하오! 그 사람은 성역을 떠나지 않았을 뿐 아니라, 감히 이 경내를 떠날 엄두조차 내지 못하고 있소.

모두들 알다시피 왕의 부하들이 밖에서 이 사람을 기다리고 있잖소. 이 말도 안 되는 비난에 다들 부끄러움을 느껴야 할 것이오!"

나중에 캐드펠이 담담하게 돌아본바, 이 순간 릴리윈이 영문도 모른 채 그 자리에 나타난 건 실로 대단한 행운이라 할 만했다. 릴리윈은 경내에서 벌어진 일에 놀라, 그것이 자신과 어떤 관련이 있으리라고는 꿈에도 생각하지 못한 채 그저 무슨 일인지 묻기 위해 걱정스러운 낯으로 나온 터였다. 서쪽 회랑을 통해 급하게 달려오던 릴리윈이 한쪽 구석에서 발을 멈추자, 무리들 중 두세 사람이 그를 발견하고는 의기양양하면서도 섬뜩한 환성을 내질렀다. 느닷없이 얼굴을 후려치는 싸늘한 돌풍 같은 그 소리에 릴리윈은 바짝 움츠러들었다. 최근 이틀 사이 내면의 상처가 회복되면서 보기 좋게 피어났던 얼굴은 공포로 인해 파랗게 질려버렸다.

특히 사납고 혈기 왕성한 청년들 몇몇이 고함을 지르며 재빨리 그를 향해 내달렸지만, 휴 베링어의 동작이 좀 더 빨랐다. 휴의 총애를 받는 비쩍 마른 잿빛 말이 사냥감과 사냥꾼들 사이로 번개같이 뛰어드는가 싶더니, 곧 휴가 말에서 내려와 릴리윈의 어깨에 한 손을 얹었다. 체포하려는 건지 보호하려는 건지 모를 애매한 몸짓이었다. 휴는 위협적인 기세로 몰려든 청년들을 향해 어둡고 싸늘한 얼굴을 돌렸다. 맨 앞에 선 사냥꾼들이 얼른 정신을 차리고는 제자리에 얼어붙었다가 이내 몇 발짝 뒤로 물러났다.

휴는 이미 상황의 윤곽을 어느 정도 파악한 터였고, 이곳에서 위험한 사태가 벌어질 수 있다는 사실 또한 명확히 인지하고 있었다. 아마 심부름을 갔던 젊고 재빠른 견습 수사가 자신의 임무를 제대로 알고 충실히 이행한 모양이었다. 휴는 줄곧 릴리윈을 보호하는 자세로 선 채, 캐드펠의 설명과 대니얼 아우리파버의 흥분 섞인 증언을 주의 깊게 들었다.

"잘 알겠습니다! 부원장님, 원장님께는 부원장님께서 직접 적절히 설명해드리면 좋겠군요. 익사한 사람은 제가 살펴보겠습니다. 그 사람이 떠밀려 온 곳과 그 사람의 배가 걸려 있던 지점에 대해서도 마찬가지고요. 시신과 배를 발견한 분들이 저를 좀 도와주십시오. 자, 그리고 여기 모인 이들 중 할 말이 있는 사람은 지금 이 자리에서 하도록 하시오."

휴의 기세에 눌려 움츠려들긴 했지만, 그들은 마음속에서 여전히 끓어오르는 불만을 쏟아내기로 마음먹었다. 볼드윈 페치는 절대로 강에서 익사할 사람이 아니었다! 이는 남의 일에 관심이 많고 모든 사람들의 치부를 잘 아는 증인을 살해함으로써 부인할 수 없는 어떤 증거를 은폐하려는 수작이었다. 페치는 그 음유시인이 강하게 부인하는 죄의 증거를 찾아냈고, 그로 인해 입을 열기도 전에 세번강에 빠져 죽은 것이다! 차분하던 그들의 목소리는 이야기가 진행되며 점점 높아지다가, 급기야는 미친 듯한 고성과 외침으로 이어졌다. 휴는 사람들이 목청 높여 떠들어대도록 가만 내버려두었다. 그는 이들의 본성이 지금 자신의 눈에 비치는 것 같은 괴물의 형상을 하지 않았음을 알았지만, 동시에 격한 충동과 사나운 열기가 이들 자신은 물론 다른 모든 사람들에게까지 큰 피해를 끼칠 수 있다는 사실 역시 잘 알고 있었다.

마침내 속에서 끓고 있던 말들을 모조리 토해내자, 이들은 바람이 가신 뒤의 돛처럼 맥없이 쭈그러들었다.

"내 부하들이 줄곧 저 대문 밖에서 진을 치고 있었는데, 그들 말로는 당신들이 고발하는 이 사람의 그림자도 보지 못했다더군." 휴가 조용히 말했다. "내가 아는 한 이 사람은 수도원 담장 밖으로 한 발짝도 내딛지 않았소. 그러니 이 사람이 어떻게 다른 이를 죽일 수 있었단 말이오?"

그들로서는 대꾸할 말이 없었다. 하지만 여전히 그의 범행을 확신하는 듯, 슬그머니 물러서면서도 서로 눈짓을 교환하고 고개를 가로저었다. 바로 그때 부수도원장의 뒤에 서 있던 제롬 수사가 의미심장한 목소리로 입을 열었다.

"부원장님, 외람된 말씀입니다만, 저 청년이 계속 이 안에 있었다는 게 확실할까요? 간밤에 안젤름 수사도 저 청년을 찾아다녔던 것 같은데요. 정오가 지난 뒤로 도통 보지 못했다면서 말입니다. 게다가 저 청년은 평소와 달리 저녁 시간에도 주방에 들르지 않았습니다. 저 역시 우리의 손님인 저 청년을 염려하는 것이 제 의무라 생각하여 사방으로 돌아다니며 찾아봤지요. 그때가 황혼 무렵이었는데, 이 수도원 어디에서도 그의 모습을 보지 못했습니다."

캐드펠은 작게 탄식하며 릴리윈을 바라보았다. 그 젊은이는 얼어붙기라도 한 듯 아무 말도 못 한 채 힘겹게 침을 삼키더니 윗입술에 고인 진땀을 정신없이 핥고 있었다.

"저 충직한 수사님이 말씀하신 대로입니다!" 사람들이 다시 외치기 시작했다. "저자는 이곳에 없었어요! 참혹한 짓을 저지르기 위해 밖에 나가 있었던 겁니다!"

"밖에 나갔다는 얘기는 하지 않았소." 부원장이 부드러운 어조로 나무랐으나 그리 불쾌한 기색은 아니었다. "저 사람을 찾을 수 없었다고만 했지."

"저녁을 걸렀다잖습니까!" 대니얼 아우리파버가 사납게 소리쳤다. "반쯤 굶은 쥐가 음식을 거를 리 있겠습니까? 다른 급한 볼일이 있는 게 아니라면 말이에요."

"아주 급한 다른 볼일이 있었지! 자기한테 불리한 증언을 할 페치를 살려둘 수가 없어 모험을 감행한 거라고."

"말해보게!" 휴가 릴리윈의 어깨를 살짝 흔들었다. "자네도 입이 있잖은가. 자, 언제고 이 수도원을 떠난 적이 있었나?"

릴리윈은 목구멍에 묵직하게 걸려 있던 덩어리를 꿀꺽 삼켜 넘긴 뒤 입을 열어 크게 소리쳤다. "아뇨!"

"어제 저 수사님이 자네를 찾느라 열심히 돌아다닐 때도 내내 이 안에 있었단 말이지?"

"저는 그냥…… 숨어 있었습니다. 저분의 눈에 띄고 싶지 않아서요." 이 또한 어느 정도 진실이었기에 릴리윈은 단호하게 목소리를 높였다.

"그렇다면 이리로 피신한 이래 수도원 경내 밖으로는 한 발짝도 나가지 않았단 말이지?"

"예, 전혀요!" 마치 먼 길을 달려온 사람처럼, 그는 거칠게 숨을 몰아쉬었다.

"모두 들었소?" 휴가 릴리윈을 옆으로 밀어 세운 뒤 말을 이었다. "이 친구는 분명하게 대답을 했소. 이 안에 갇혀 있는 사람이 밖에서 살인을 저지를 수는 없소. 게다가 지금으로서는 이 일이 살인 사건인지 아닌지도 모르잖소. 자, 법으로 처리해야 할 문제는 사법 당국에게 맡겨두고 이제 모두 돌아가 각자 자기 할 일을 하시오." 이어 그는 부하들에게 지시했다. "특별한 용무가 없는 사람들은 모두 여기서 내보내도록. 시장에게는 나중에 내가 직접 이야기하겠네."

*

이제 볼드윈 페치는 시체 안치실에서 벌거벗은 채 바닥에 등을 대고 반듯하게 누워 있었다. 캐드펠 수사와 휴 베링어, 죽음의 뱃사공 마독, 라둘푸스 원장이 긴장한 표정으로 그의 주위에 둘러섰다. 이제 감겨진 그의 눈 양쪽 귀퉁이에는, 여자들이 눈을 더 밝거나 어두워 보이도록 만들 때 쓰는 안료처럼 살 속 깊이 배어든 마른 진흙의 자취가 남아 있었다. 캐드펠은 페치의 뒤엉킨 회갈색 머리칼에서 갈색빛으로 바짝 시들어가는 하얀 꽃들이 달린 거미줄 같은 미나리아재비 줄기와 오리나무 이파리가 달린 부러진 가지 하나를 조심스레 떼어냈다. 미나리아재비 줄기와 오리나무 가지가 그의 머리에 엉켜 있는 건 그리 이상한 일이 아니었다. 그 강가 곳곳에는 오리나무들이 몰려 자랐고, 봄철이면 바닥이 얕고 흐름이 느린 물가 어디에서나 미나리아재비들이 바람에 물결치는 광경을 볼 수 있었다.

"제가 이 사람을 발견한 곳은 물살이 빨라 이런 꽃들이 자라지 않지만, 그 반대편 둑에서는 잘 자랄 겁니다." 캐드펠은 말했다. "배를 타고 낚시를 하러 나갔다면 아마 그쪽 둑에서 출발했을 테니, 이런 것들이 붙어 있는 건 당연한 일이지 싶습니다."

캐드펠은 시신의 한쪽 뺨을 받쳐 얼굴을 빛 쪽으로 돌리곤 수염 난 턱을 잡아 고개를 기울였다. 늘어진 양쪽 콧구멍 안에 강바닥의 진흙이 꽉 들어차 있었다. 오리나무 잔가지로 한쪽 콧구멍을 파내자 미끌미끌하고 끈적한 점액으로 덮인 작은 돌 하나와 미나리아재비가 뭉쳐진 덩어리 하나가 딸려 나왔다.

"짐작대로군요. 시신의 몸을 들어 올렸을 때 물이 거의 나오지 않았거든요. 그때 새어 나온 미량의 물도 익사한 사람의 몸에서 나온 게 아니라 진흙과 잡초에서 빠져나온 걸 겁니다." 캐드펠은 시신의 입술 사이로 손가락을 집어넣어 이를 벌려 보였다. 페치의 얼굴은 마치 심한 고통을 견디며 고함을 지르는 사람처럼 찡그린 표정이 되었다. 캐드펠이 힘을 주어 이를 더 벌리자 큼직하고 비뚤비뚤한 치열 안쪽에 미나리아재비 덩굴들이 달라붙어 있는 것이 보였다. 목구멍 또한 강의 퇴적물로 꽉 막혀 있었다.

"작은 그릇 하나만 좀 가져다주게." 캐드펠의 말에 휴가 마독보다 먼저 움직였다. 제단 위에 놓인 은제 램프 접시가 가장 가까운 곳에서 집어 올 수 있는 그릇이었다. 휴가 그걸 집어 드는데도 라둘푸스 원장은 아무 말 하지 않았다. 캐드펠은 뻣뻣하게 굳은 턱을 좀 더 넓게 벌린 뒤 손가락 하나를 입속으로 집어넣어 진흙과 작은 돌들이 뭉쳐진 덩어리에 식물의 흔적이 녹색 반점들처럼 박힌 내용물을 빼내서 접시에 담았다. "이런 것들 때문에 물이들어갈 수 없었을 겁니다. 시신 호흡기에서 물이 나오지 않은 것도 전혀 이상한 일이 아니지요." 그는 다시 죽은 사람의 입속을 손가락으로 부드럽게 휘저어 머리카락처럼 가느다란 미나리아재비의 마지막 줄기를 빼낸 뒤 접시를 옆으로 밀쳐두었다.

"익사가 아니라는 얘기군요." 휴가 말했다.

"그렇지."

"하지만 강에서 죽은 건 분명합니다. 그게 아니고서야 이 사람의 목구멍 깊숙한 곳에 강에서 자라는 잡초들이 걸려 있을 리가 없잖습니까?"

"그래, 강에서 죽었지. 나도 더듬더듬 살피며 나아가는 중이니좀 기다려주게. 아직은 알아내야 할 게 많아. 자네처럼 나 역시우리가 가진 증거들을 더 조사해봐야겠네." 캐드펠은 그 누구보다도 이런 것들에 대해 잘 알고 있을 마독을 올려다보았다. "지금까지는 잘 따라오고 있나?"

"수사님보다 한발 앞에 가 있습죠." 마독은 간단히 대답했다. "하지만 계속해보시지요. 수사님도 제 길에서 그리 멀리 벗어나지 않았으니까요."

"원장님, 이제 이 사람을 우리가 애초에 발견했던 모양으로 돌려놓아도 될까요?"

라둘푸스 수도원장도 그들을 도와 길고 억센 두 손으로 시신의 머리 양쪽을 잡고서 살며시 모로 돌려놓았다.

방종한 생활 습관에도 불구하고 볼드윈 페치는 강인하고 건장한 체구와 넓은 어깨, 근육이 잘 발달한 굵은 팔과 허벅지를 갖고 있었다. 이제 사후 변색이 막 시작되는 참이었는데, 상처 하나가 눈에 띄었다. 그의 오른쪽 귀 뒤에 터진 자리가 뚜렷이 드러나 있었다. 특별할 것 없는 상처이나, 그 상처가 생긴 경위를 알지 못하니 당시의 상황에 대해서는 추측으로 더듬어나갈 수밖에 없었다.

"물에 떠 있는 나뭇가지나 바위 같은 데 스쳐서 생긴 건 아닙니다요." 마독은 확신을 갖고서 말했다. "암초들이 솟아 있는 이쪽 수역에서라면 또 모를까, 강 건너에서는 있을 수 없는 일이죠. 제가 보기에, 이건 뒤에서 강타당한 흔적이 분명합니다. 그런 다음 물속으로 끌려 들어간 거예요."

"그렇다면 살인이라 주장하는 이들의 말이 옳다는 뜻이군." 라둘푸스 원장이 근심 어린 목소리로 중얼거렸다.

"예, 누군가 그를 죽인 것 같습니다." 캐드펠이 말했다.

"그리고 이 사람은 강도를 당한 집 바로 옆에 살고 있었으니, 그 사건의 진상을 밝히는 데 도움이 될 만한 무언가를 정말로 알아냈을 수도 있지 않겠소?"

"가능한 일이죠." 캐드펠은 조심스럽게 동의를 표했다. "워낙 남의 일에 관심이 많은 사람이기도 했으니까요."

"만일 도둑질을 한 자가 그 사실을 눈치챘다면……" 원장은 생각에 잠긴 채 말을 이었다. "이 사람을 제거할 만한 강력한 동기를 얻은 셈이군. 그 음유시인은 그동안 줄곧 우리 수도원에 머물러 있었으니, 이는 그가 첫 번째 범죄와도 무관하다는 강력한 근거로 작용할 거요. 진짜 죄인은 어딘가 딴 데 숨어 있던 것이지."

휴 역시 이미 같은 논리적 결론에 도달해 있었다. 그는 생각에 잠겨 미간을 찌푸린 채 엎드려 있는 시신을 내려다보다가 입을 열었다. "결국 익사는 아니었군요. 머리를 얻어맞은 뒤 물속에 내던져진 겁니다. 당시 의식이 있었는지 없었는지는 모르지만, 어쨌든 그 상태에서 숨을 쉬다가 진흙과 자갈과 잡초를 빨아들였고요."

"봐서 알겠지만 이 사람은 질식사했네." 캐드펠이 말했다. "범인이 얕은 물로 끌고 내려가 얼굴을 진흙탕에 처박았던 것 같아. 그런 뒤 세번강에서 익사한 것으로 위장하기 위해 물에 띄운 게지. 하지만 잘못된 판단이었어! 살인의 모든 증거가 씻겨버리기 전에 물살이 시신을 강가로 밀어냈거든."

사실 시신이 더 오랫동안 강물에 표류했다 해도 모든 증거들이 말끔히 씻겨 나가지는 않았을 터였다. 미나리아재비 줄기들은 한번 달라붙으면 쉽게 떨어지지 않기 때문이다. 숨을 쉬느라 고투하는 과정에서 빨아들인 진흙 역시 단단히 달라붙어 있었을 것이었다. 하지만 캐드펠로서는 그 연유를 모를 이상한 점이 눈에 띄었다. 페치의 등의 양 어깨뼈 부분에 넓게 퍼져 있는 멍 자국과 그 부푼 살 속으로 움푹 파인 두세 군데의 상처였다. 마치 톱날처럼 들쑥날쑥하고 날카로운 어떤 것이 살을 파고든 것처럼, 상처 가장 깊숙한 곳들에는 피부가 찢긴 조그만 흔적들이 남아 있었다. 캐드펠이 시신을 옮기는 과정에서 생긴 상처일 리는 없었다. 그는 의아함을 느끼며 이 상처들을 머릿속에 잘 담아두었다.

이제 접시에 담긴 내용물을 살펴봐야 했다. 캐드펠은 접시를 들고 안뜰 중앙에 자리한 조그만 석조 수반 곁으로 가서 그 물로 진흙을 조심스럽게 씻어내 잡초 부스러기만 남겼다. 미나리아재비의 가느다란 줄기들, 작고 더러운 꽃 한 송이, 오리나무 이파리 조각 하나, 그리고 현란한 빛깔을 한 또 다른 조그만 식물 하나가 섞여 있었다. 캐드펠은 그 정체 모를 식물을 다시금 물로 씻어낸 뒤 손바닥에 올려 자세히 들여다보았다. 연자줏빛 바탕에 가장자리에는 진자줏빛 반점들이 박힌 두 개의 작은 꽃잎, 그리고 거무스레한 반점이 간신히 보일 정도로만 남은 찢긴 녹색 이파리 하나였다.

밖으로 따라 나온 일행도 캐드펠을 둘러싼 채 호기심 어린 눈길로 그것을 지켜보고 있었다.

"폭스스톤스라는 식물입니다." 캐드펠은 차분히 입을 열었다. "뿌리에 조약돌 같은 두 개의 돌기가 나 있어서 그렇게 불리지요. 개중에 가장 흔하고 가장 이른 철에 나오는 종류인데, 저도 이 일대에서는 그리 많이 보지 못했습니다. 부러진 오리나무 잔가지처럼 그 사람이 물속으로 처박힐 때 함께 딸려 들어간 듯싶습니다. 저 시내 쪽 둑 가장자리 어딘가에서 미나리아재비와 오리나무와 폭스스톤스가 함께 자라난 곳을 찾아낼 수 있을 겁니다."

*

볼드윈 페치의 시신이 밀려난 장소에 대해서는 더 이상 확인할 것이 없었다. 마독이 죽은 사람의 배를 풀밭에 뒤집어놓은 지점은 그보다 더 내려간 강 하류였다. 사람을 태우지 않은 상태였으니, 아마 버드나무 가지에 걸리지만 않았어도 훨씬 더 아래로 흘러 내려가다가 급격히 꺾이는 강굽이에 이르러 모래언덕에 좌초하고 말았으리라. 볼드윈 페치가 습격을 당해 살해된 지점, 즉 오리나무 아래 미나리아재비가 자라고 물가 바로 곁에 폭스스톤스가 꽃을 피우는 곳을 찾아내려면 수문 아래 있는 시내 쪽 둑을 철저히 뒤져보아야 할 터였다. 미나리아재비와 오리나무는 그 일대 어디에서나 쉽게 찾아볼 수 있었지만, 폭스스톤스는 오직 한 군데서만 자랄 확률이 높았다.

마독이 강가를 수색하는 동안, 휴는 아우리파버 집안 사람들과 그 이웃들, 시내의 술집 주인들을 만나 볼드윈 페치의 최근 행적을 수집하러 나섰다. 그날 페치를 본 사람은 누구인지, 어디서 무엇을 하는 모습이었는지, 그와 무슨 얘기를 나누었는지 확인해야 했다. 존 보네스는 제 주인이 전날 오전 중반쯤 가게를 떠났다고 진술했다. 그러나 그 뒤에 페치를 본 사람이 어딘가에 분명 있을 것이었다.

한편 캐드펠에겐 사건 말고도 신경 써야 할 일들이 있었다. 강가에서 너무 늦게 돌아오는 바람에 저녁기도에는 참석할 수 없었으나, 그는 식사 전에 잠시 짬을 내 작업장에 들러 모든 게 다 잘 돌아가는지 살펴보았다. 혼자 남아 있던 오스윈 수사가 이제 그곳의 주인인 양 자신감 넘치는 자세로 매사를 능숙하게 처리해나가고 있었다. 그리고 보니 놀랍게도 지난 몇 주 동안 그가 뭘 깨먹거나 태워먹은 적이 한 번도 없었다.

저녁 식사를 마친 뒤 캐드펠은 릴리윈을 찾아 나섰다. 그는 현관의 가장 깊숙한 그늘 밑 돌 벤치에 등을 기대고 두 팔로 무릎을 감싸 안은 채, 마치 방어하는 듯한 자세로 앉아 있었다. 이 시간엔 주위가 너무 어두워 레벡을 수리하는 일이나 안젤름 수사의 지도하에 악보를 공부하는 일에 몰두할 수가 없었다. 낮에 있었던 소란 때문인지, 그의 표정에는 다시금 불신과 절망과 경계의 빛이 떠올라 있었다. 캐드펠이 수사복 자락을 걷어 올리고 곁에 앉자 그는 불안이 가득한 눈길로 이쪽을 힐끗 쳐다보았다.

"오늘은 저녁을 챙겨 먹었나?" 캐드펠이 담담하게 물었다.

릴리윈은 그를 바라보며 조심스럽게 고개만 끄덕였다.

"어제는 밥을 거른 모양이지? 제롬 수사한테 듣기로는 어제 오후에 하녀 하나가 그 댁 마님이 준 음식 한 바구니를 들고 자네를 찾아왔다던데. 그리고 자기가 자네와 그 아가씨에게 훈계를 늘어놓은 정황에 대해서도 얘기하더구먼." 그는 릴리윈의 침묵 속에 어린 긴장과 불안을 명확하게 감지해낼 수 있었다. "뭐, 훈계할 이유를 찾아내는 데는 명수인 사람이니까. 하지만 그래봤자 그 사람이 걱정할 만한 일이라고는 그저 하녀 하나가 찾아왔다는 것뿐 아니겠나?" 웃음기 섞인 목소리였지만, 캐드펠은 릴리윈의 여윈 몸이 가벼운 전율로 부르르 떨리고 무릎을 단단히 감싸 쥔 두 손이 긴장감으로 뻣뻣해지는 것을 놓치지 않았다. 사소한 한두 가지 거짓말을 제외하면 그가 양심에 걸릴 만한 어떤 죄도 저지르지 않았다는 믿음이 점점 더 확실해지고 있었는데, 이 청년은 대체 무슨 이유로 이토록 몸을 떠는 걸까.

"래닐트였나?"

"예." 릴리윈은 겨우 알아들을 만한 목소리로 대답했다.

"그 아이는 정식으로 휴가를 얻어서 온 건가? 아니면 그냥 자기가 오고 싶어서?"

릴리윈은 그날 래닐트가 이곳에 오게 된 연유를 가급적 간단하게 설명했다.

"그렇게 되었구먼. 제롬은 래닐트에게 용무만 마치고 어서 가라고 지시하고는, 정말 자기 말대로 하는지 확인하기 위해 자네들을 감시했을 테지. 그리고 내가 알기론 그때부터 오늘 새벽기도 시간까지는 아무도 자네를 못 보았고. 아까 자네는 내내 이곳 경내에 있었다고 대답했지. 자네가 그렇다면 나도 그런 줄 알고 믿겠네. 자, 그래도 되겠나?"

"아뇨." 릴리윈이 풀 죽은 목소리로 대답했다. 말이라기보다는 상황에 몰린 나머지 내뱉은 작고 다급한 신음에 가까운 소리였다.

"래닐트를 순순히 보낼 수 없었겠지. 그 아이가 모처럼 어려운 걸음을 했다는 걸 알았으니 더더욱 그랬을 거야."

평온하게 저물어가는 저녁, 주위에는 두 사람 말고 아무도 없었다. 릴리윈은 자신이 용서받을 수 없는 대죄를 저질렀다는 때늦은 후회로 혼자 괴로워하며 하루를 보낸 터였다. 인간들의 폭력이라면 그것이 지나치게 갑작스럽게 닥치지 않는 한, 또 자신 못지않게 소중한 누군가의 파멸을 불러오지 않는 한 그런대로 감내할 수 있었다. 하지만 이것은…… 릴리윈은 두 손을 풀어 다리를 벤치 아래로 늘어뜨리며 캐드펠의 팔을 꽉 움켜쥐었다.

"수사님께 드리고 싶은 말씀이 있어요…… 누군가에게는 얘기해야만 해요! 제가 일을 저질렀습니다. 아니, 우리 둘이서요. 하지만 잘못은 제게 있어요! 아, 저흰 끔찍한 짓을 저질렀어요. 결코 그럴 마음은 없었는데, 래닐트가 곧 제 곁을 떠날 판이고 다시는 못 볼 것 같은 기분이 드는 바람에…… 저 때문에 그녀까지 죄에 말려들고 말았어요." 마치 새로운 상처에서 피가 분출하듯 말이 한꺼번에 쏟아져 나오기 시작했다. 그러나 일단 말문이 터지자 마음은 지리멸렬한 상태에서 벗어나 한결 가벼워졌고, 몸의 떨림도 조금씩 잦아들다가 아주 사라져버렸다. "죄다 말씀드리죠. 다 들으신 다음, 수사님이 옳다고 생각하시는 대로 처리해주세요. 래닐트가 그렇게 빨리 돌아간다는 게 저로서는 견딜 수 없이 힘들었어요. 지금 가버리면 다시는 보지 못할 것만 같았죠. 그래서 예배당 안으로 들어가 제단 뒤의 예배실에다 그녀를 숨겨놨어요. 예배실 뒤쪽에 조그만 공간이 있거든요. 여기서 처음 혼자 자던 날 밤, 사람들이 저를 잡으러 올까 두려워하던 중에 발견한 곳이에요. 제가 들어갈 수 있는 정도이니 저보다 몸집이 작은 래닐트는 아무 문제 없이 몸을 숨길 수 있었죠. 전 그 수사님이 다른 곳으로 간 걸 확인한 다음 다시 그녀 곁으로 돌아갔어요. 담요와 그녀가 저한테 가져다준 새 옷들도 함께 가져갔죠. 돌바닥이 차갑고 단단했거든요. 처음엔 그저 최대한 오랫동안 그녀와 함께 있고 싶다는 마음뿐이었어요. 그사이 우리는 변변한 얘기도 못했으니까. 그러다 우리가 어디에 와 있는지 잊었고, 저도 모르게 그만……."

캐드펠 수사는 릴리윈의 말을 거들지도 가로막지도 않았다. 그저 묵묵히 이야기가 끝나기만을 기다렸다.

"래닐트가 곧 가버릴 거고, 그러면 다시는 보지 못하게 되리라는 것 말고는 아무 생각도 할 수가 없었어요. 그리고 그녀도 저와 똑같은 생각으로 괴로워하고 있다는 걸 알았죠. 악한 짓을 저지를 생각은 추호도 없었는데…… 우린 그만 하느님을 모독하는 끔찍한 죄를 범하고 말았어요. 여기 이 교회에서, 그것도 성스러운 제단 뒤에서 말이죠. 정말이지 참을 수가 없어서…… 우린 연인처럼 한 몸이 되었어요!"

자신들이 저지른 최악의 행위를 마지막까지 전부 털어놓은 뒤, 그는 어떤 결과에 부딪치든 감수할 수밖에 없다는 마음으로 온몸을 움츠린 채 유죄판결을 기다렸다. 무거운 짐을 다른 이의 어깨에 넘겨버린 지금 그의 마음은 홀가분하기까지 했다. 경악과 충격의 탄식 같은 건 없었다. 래닐트에게 낯을 찌푸렸던 그 심술궂은 수사와 달리, 캐드펠 수사는 장황한 훈계를 즐기지 않는 사람이었다.

"자네, 그 아이를 사랑하나?" 잠시 생각에 잠겨 있던 캐드펠이 마침내 입을 열어 아주 부드럽게 물었다.

"예, 사랑해요! 진심으로요! 그녀를 제 아내로 삼고 싶어요. 하지만 제가 여기서 끌려 나가 재판을 받았는데 그 결과가 나쁘게 나온다면, 일이 사람들이 바라는 대로 되어버리면, 그녀는 어떻게 되겠습니까? 제발 부탁이에요, 수사님. 그녀가 저와 함께 있었다는 얘기는 아무한테도 하지 말아주세요. 그러잖아도 앞길이 밝지 않은 사람이잖아요. 일가친척도 없는 불쌍한 하녀를 누가 데려가려 하겠어요? 그나마 남아 있는 조그만 희망까지 제가 망처버릴 수는 없어요. 아직까지는 괜찮은 남자를 만날 가능성이 있으니, 그냥 저는 조용히⋯⋯." 릴리윈은 차마 말을 맺지 못했다. 그 일에 관해서는 상상하기도 싫었다.

"내 생각은 이렇네." 캐드펠은 말했다. "그 아이는 이미 자기가 선택한 사람을 남편으로 맞고 싶어 할 거야. 이 세상에 서로 사랑하는 사람들을 받아들일 수 없을 정도로 신성한 곳이 있을까? 나는 잘 모르겠네. 우리가 모시는 거룩한 성녀와 관련된 기적들에 의하면, 그분은 사랑으로 인해 죄를 지은 사람들까지 전부 포용하고 보호해주신다더군. 그런 분께 기도를 드리는 것도 도움이 되겠지. 자, 이제 그만 기운을 내게. 악한 의도라곤 전혀 없이 그저 강력한 충동에 못 이겨 저지른 일을 두고서 너무 괴로워하지는 말게나." 이어 캐드펠은 부드러운 눈길로 릴리윈을 바라보며 물었다. "그 안에서 대체 얼마나 오래 숨어 있었던 건가? 안젤름 수사가 자네 때문에 여간 걱정하지 않았어."

"둘 다 잠이 들었어요." 릴리윈의 목소리가 다시 떨렸다. "깨어나보니 어느새 날이 어두워지고, 사람들은 마지막 기도를 드리고 있더라고요. 그 밤중에 래닐트는 시내로 되돌아가야 했어요!"

"그래서, 그 아이를 혼자 보낸 건가?" 캐드펠은 짐짓 분개한 듯 물었다.

"아뇨! 절 어떻게 보시는 거예요?" 릴리윈은 발끈했다가 곧바로 자신이 함정에 빠졌다는 사실을 깨달았다. 뱉어낸 말을 주워 담기에는 이미 늦었다. 그는 한숨을 내쉬고는 고개를 푹 떨군 채

의자 등에 몸을 기댔다.

"자넬 어떻게 보느냐고?" 캐드펠의 미소는 어둠에 가려 보이지 않았다. "약간 나쁜 사람으로 보지. 하지만 우리 대다수보다 더 나쁘지는 않지 싶네. 정말 어쩔 수 없어서 조금씩 거짓말을 하는 정도랄까. 이 세상에 그 정도 거짓말도 하지 않는 사람이 어디 있겠나? 그래, 그 아이를 바래다주느라 여기서 살짝 빠져나간 게로군. 흠, 오히려 내겐 자네의 용기가 더 돋보이는구먼. 참 무섭고 힘들었을 텐데 말이야."

"짐작하고 계셨던 거예요?" 릴리윈이 볼멘소리로 물었다.

"아까 사람들 앞에서 이곳을 나간 적이 없다고 부인하는 모습을 보고 알았지. 자네는 능수능란한 거짓말쟁이가 못 돼. 원래 거짓말하는 걸 싫어하는 사람일수록 거짓말 솜씨가 형편없는 법이지. 요 며칠 살펴보니, 자네는 거짓말하는 걸 지독히 싫어하는 것 같더군. 자, 말해보게. 어떻게 무사히 빠져나갔다가 다시 들어온 건가?"

릴리윈은 마음을 가다듬고 모든 것을 순순히 털어놓았다. 새 옷을 걸치고 예배 드리러 온 사람들 사이에 섞여 나간 덕에 큰 의심을 받지 않았다고, 래닐트를 집 앞까지 데려다주고 수도원으로 돌아올 땐 일꾼들 뒤에 따라붙어 무사히 들어올 수 있었다고. 시내로 가는 길에 있었던 래닐트와의 갈등에 대해서는 얘기하지 않았다. 그리고 캐드펠이 묻기 전까지는 자신이 목격한 다른 일에 대해서도 떠올리지 못한 채였다.

"흠…… 마지막 기도가 끝나고 나서 한 시간쯤 지났을 무렵에 자네가 그 가게 앞에 서 있었단 말이지?" 밤은 사람의 모습을 효과적으로 감출 수 있는 시간이다. 그리고 그날은 바로 볼드윈 페치가 마지막으로 살아 있는 모습을 보인 날이었다.

"예, 거기서 래닐트가 집 마당으로 들어가는 걸 지켜봤어요. 그 집 마님이 하루 종일 나가 있어도 된다고 허락하긴 했지만, 그래도 어떻게 나올지 염려가 되어서요. 래닐트가 야단맞지 않고 조용히 들어가기만을 바랐죠."

"거기 있는 동안 누군가를 보거나 무슨 일이 일어나는 걸 목격하지는 못했나?"

"아, 래닐트가 들어간 뒤에 한 사람이 나오는 걸 봤어요." 릴리윈은 그제야 그날 본 것을 떠올리며 설명을 이어갔다. "가게 맞은편에 있는 어느 집 대문 앞의 어둠 속에 서 있었는데, 갑자기 대니얼 아우리파버가 나오더니 길 왼쪽으로 가더라고요. 잠시 그 길을 따라가다가 옆으로 빠졌을 거예요. 왜냐하면 저도 곧 같은 방향으로 걸어 내려갔는데, 더는 그 사람의 모습을 볼 수 없었거든요."

"대니얼이? 그가 확실한가?" 오늘 오후, 할 일 없이 어정거리던 자들이 다리 밑 마독의 배에서 시체를 끌어내는 수도원 사람들을 목격하기 무섭게 대니얼도 현장에 나타났다. 게다가 먼젓번 사건 때 그랬듯 아무런 근거 없이 릴리윈이 범인이라 주장하는 무리들 앞에 재빨리 나서서 그들을 선도했던 이도 바로 대니얼이었다.

"그럼요. 틀림없어요." 릴리윈은 캐드펠의 질문에 놀란 표정이 었다. "그게 그렇게 중요한가요?"

"중요할 수도 있지. 지금으로서는 모르겠지만……." 이어 캐드펠은 진지하게 말했다. "자네가 말하지 않은 게 한 가지 더 있네. 내 보기에 자네는 그리 멍청한 사람이 아니니 틀림없이 그런 생각을 했을 것 같은데…… 일단 아무 말썽 없이 이곳을 빠져나갔고, 하룻밤이라는 긴 시간이 고스란히 주어진 상태 아니었나. 자네를 고발한 사람들을 감쪽같이 따돌리고 여기서 멀리 도망칠 수 있었다는 얘기지. 그런 유혹을 느끼지 않았나?"

"래닐트도 저한테 그렇게 하라고 권했죠." 릴리윈은 그때 일을 생각하며 빙그레 웃어 보였다. "이 기회에 도망치라고 저를 다그쳤어요."

"그런데 왜 도망치지 않았지?"

그건 래닐트의 진심이 아니었으니까. 자신이 걸머진 힘겨운 부담에도 불구하고, 릴리윈은 즐거운 기분으로 그녀를 떠올렸다. 그리고 앞으로 그녀가 날 찾아올 땐 중죄로 고발당한 사람이 아니라, 누구 앞에서나 떳떳한 사람을 만나게 될 테니까.

그는 계시와도 같은 진실의 핵심만을 분명하게 이야기했다. "이제 그녀와 함께가 아니면 어디에도 가지 않을 작정이었으니까요. 그럴 기회가 올지는 모르겠지만, 제가 이곳을 떠날 땐 반드시 래닐트를 데리고 갈 겁니다."

8

수요일

    이튿날 오전 회의가 끝난 뒤, 휴는 허브밭의 작업장에 있는 캐드펠을 찾아갔다. 작업장 천장과 벽에는 작년에 수확한 마른 약초 다발들이 걸려 있었다. 캐드펠이 최근에 개봉한 통에서 따라준 포도주를 조금씩 음미하며, 휴는 편안히 기대앉아 입을 열었다.

    "모든 정황이 볼드윈 페치의 죽음과 그 청년의 혼인 잔칫날 일어난 사건의 연관성을 증명하고 있어요. 하지만 그 집 식구들은 죄다 돈에만 정신이 팔린 상태죠. 잃어버린 돈을 찾는 일 이외에는 아무 생각도 하지 않습니다. 심지어 다른 사람들도 자기네처럼 그 돈을 찾는 일에 온 신경을 기울여야 한다고 여기는 것 같아요. 단 한 사람, 그 집 큰딸만 빼고요. 그 여자는 뭔가 할 말이 대단히 많은 얼굴을 하고 있는데, 정작 입에서 나오는 말은 거의 없어요. 자기 집 식구들에 대해서는 더더욱 침묵을 지키죠. 어쨌든 그 집은 벌이가 쏠쏠한 편입니다. 그 자물쇠 제조공의 사업 역시 순탄하게 잘 굴러가는 듯하고요. 그자에겐 사업을 물려받을 만한 가까운 친척이나 친지가 하나도 없습니다. 다들 그가 죽으면 직공이 가게를 물려받겠거니 생각했던 모양입니다. 보네스라는 그 젊은이가 지난 2년 동안 가게 일의 대부분을 처리해왔으니까요. 얼핏 보기엔 아주 정직하고 착실한 청년 같긴 한데, 혹시 모르죠. 그 사람이 기다리다 지쳐 일을 저질렀을지 누가 알겠습니까? 그리고 우리가 염두에 둬야 할 사실이 하나 더 있습니다. 아우리파버 집안 금고의 자물쇠와 열쇠를 만든 사람이 바로 볼드윈 페치였답니다."

"거기서 지내며 심부름을 하는 아이가 하나 있던데, 그 애는 별말 없었나?"

"피부가 까만 그 얼뜨기 아이 말씀이시죠? 기억력이 그리 좋은 것 같지는 않은데, 그래도 제 주인이 세번강에서 시체로 발견되기 전날 오전 중반쯤 가게 안을 들여다본 뒤로 다시는 돌아오지 않았다고 분명하게 이야기하더군요. 그 아이와 직공에겐 주인이 낮 동안 가게를 비우는 일이 아주 익숙했던 것 같아요. 하지만 저녁이 되어도 돌아오지 않자 아이는 잠을 이루지 못할 정도로 걱정을 했답니다. 아이 말로는 그날 밤 가게 부근에서 어떤 소란도 일지 않았고, 근처를 배회하는 수상쩍은 자도 본 적이 없다고 합니다. 거짓말 같지는 않아요. 수사님, 그 사람은 정확히 언제 일을 당했을까요? 지금으로선 그날 밤 범인이 페치와 그의 보트를 강물에 흘려보냈으리라 추정만 할 수 있을 뿐이죠. 그날 낮 동안, 아니 그날 하루 종일 세번강에서 뒤집힌 배를 본 사람은 아무도 없으니까요."

"자네는 일단 그 집에 다시 가보는 게 좋겠네." 캐드펠은 말했다. 지난 탐문 땐 시간이 없어 이웃들의 증언을 모두 듣지 못한 터였다. "나도 내일 중에 노부인을 만나러 갈 테지만 오늘은 짬을 못 내겠군. 괜찮다면 나 대신 웨일스 출신의 그 조그만 소녀를 좀 살펴보지 않겠나? 이를테면 그 아이 기분이 어떤지, 그 집 식구들이 그 아이한테 함부로 대하는지, 부드럽게 대하는지 하는 것들 말일세."

휴는 웃음기 어린 눈으로 캐드펠을 바라보았다. "수사님과 같은 지역 출신이죠? 간밤에 그 아이가 냄비를 닦으면서 노래를 흥얼거렸다는 얘기가 들리던데, 아마 기분이 아주 좋은 상태 아닌가 싶습니다."

"노래를 흥얼거려?" 하루의 자유를 얻은 대가로 평소보다 더 혹독한 대접을 받지는 않은 모양이니, 이곳 성역이라는 새장 안에 갇혀 지내는 참새에게 아주 반가운 소식이 되리라. "잘됐군. 그야말로 내가 궁금해하던 것에 대한 적절한 대답이야, 그리고 휴, 자네에게 살짝 귀띔할 것이 있는데, 어디서 그 냄새를 맡았는

207

지는 묻지는 말아줬으면 하네. 혹시 대니얼 아우리파버가 마지막 기도가 끝나고 한 시간쯤 뒤에, 그러니까 새신부와 함께 잠자리에 들어야 할 시간에 어둠 속에서 살그머니 자기 집을 빠져나오는 걸 목격한 사람이 있는지 한번 알아보면 좋을 것 같은데."

휴가 얼른 고개를 돌려 기묘한 표정으로 자신의 친구를 지그시 응시했다. "그날 밤에 말입니까?"

"그래. 그날 밤에."

"결혼한 지 겨우 사흘 만에요!" 휴는 이맛살을 찌푸리다가 갑자기 웃음을 터뜨렸다. "그 친구가 그렇고 그런 일로 유명하다는 소문은 저도 들은 적이 있습니다. 하지만 수사님 말씀은 그게 아니겠죠. 신부를 혼자 남겨두고 떠날 만한 이유야 여러 가지가 있을 수 있으니까요."

"그 사람은 자물쇠 제조공을 몹시 싫어하더군. 나와 이야기하면서도 그런 기색을 굳이 감추지 않았고. 내 보기엔 미움의 뿌리가 아주 깊어 증오로까지 발전한 듯싶네."

"그 점은 잘 새겨두겠습니다." 휴는 날카로운 눈길로 캐드펠을 응시하며 말을 이었다. "그런데 수사님이 포착한 그 냄새는 어느 정도로 강하던가요? 가령 제가 목격자를 찾아내지 못할 경우, 그때도 그 정확성을 믿어야 할까요?"

"내가 자네라면 믿겠네." 캐드펠은 쾌활하게 대꾸했다.

"경내를 떠나지도 않고서도 목격자를 찾아내셨군요. 아무래도 그 친구한테서 얻어낸 정보가 아닌가 싶네요. 사소한 거짓말을

빌미로 그 청년의 목을 조르신 모양이죠?" 휴가 씩 웃으며 일어
서더니 잔을 탁자에 내려놓았다. "수사님의 고백은 나중에 듣기
로 하고, 일단은 새 신부한테서 뭘 얻어낼 수 있는지 알아보러 가
야겠습니다." 그는 캐드펠의 어깨를 장난스럽게 툭 건드린 뒤 나
가려다가 문 앞에서 고개를 돌렸다. "그 조그맣고 비쩍 마른 청
년에 대해서는 걱정하실 것 없습니다. 저도 수사님과 같은 생각
이니까요. 애초에 그 사람이 남의 집 과수원에서 사과 몇 알 몰래
따먹는 것 이상의 나쁜 짓을 할 만한 위인인지 모르겠습니다."

*

직공 예스틴은 작업장에 혼자 앉아 팔찌의 망가진 걸쇠를 수리
하고 있었다. 휴가 그와 단둘이 마주하고 얘기를 나누는 건 이번
이 처음이었다. 예스틴은 대체로 혼자였고, 다른 사람들과 있을
때도 외따로 떨어져 침묵을 지키곤 했다. 천성적으로 입이 무거
운 사람이거나, 아니면 평소 그 집 식구들이 신분의 차이를 분명
하게 주지시키며 선을 넘지 못하도록 주의시킨 탓일지도 몰랐다.
    그날 밤 여기서 누가 나오는 걸 보지 못했느냐는 질문에 예스
틴은 늘어진 어깨를 으쓱이며 고개를 가로저었다.
    "어두운 밤거리에서 어떤 일이 일어나는지, 점잖은 사람들이
잠자리에 들 시간에 누가 밤을 배회하는지 제가 어떻게 알겠습니
까? 저는 홀 뒤에 있는 지하실 뒷방에서 잠을 잡니다. 그 방으로

가려면 길에서 제일 멀리 떨어진 바깥 계단을 통해 내려가야 하죠. 거기서는 아무것도 보이지도 들리지도 않습니다."

휴도 이미 집 뒤편 지하로 내려가는 계단을 살펴본 뒤였다. 그리 깊숙이 내려갈 필요는 없지만 지대가 가장 낮은 곳에 마련된 터라, 반대편 거리 쪽에서 보면 지하 뒷방은 그야말로 완전히 땅속에 파묻힌 형태였다. 예스틴의 말마따나 그곳에 들어앉으면 바깥세상에서 어떤 일이 일어나는지 전혀 알 수 없으리라.

"그 전날 밤에는 몇 시쯤 그리로 갔나?"

예스틴은 숱 많은 검은 눈썹을 찡그린 채 잠시 생각에 잠겼다. "저는 아침 일찍 일어나야 하기 때문에 늘 일찍 잠자리에 듭니다. 그날도 한 여덟 시쯤 들어가지 않았나 싶은데요. 저녁 먹자마자 바로요."

"일을 일찍 끝낸 모양이지? 그 이후에는 밖으로 나올 일이 없었나?"

"예."

"자네는 여기서 하는 일에 만족하나?" 휴가 불쑥 물었다. "마스터 월터나 이 집 식구들과의 관계는 어떤가? 좋은 대우를 받고 있나? 이 집 식구들과의 관계도 원만하고?"

"이 정도로 딱 좋습니다." 예스틴은 조심스럽게 대답했다. "바라는 게 많지 않으니 불평할 것도 없죠. 언젠가 때가 되면 제가 원하는 지위를 얻으리라 생각하고 있습니다. 저한테는 그게 제일 중요해요."

*

휴는 다시 홀 현관 앞에서 수재나를 만났다. 그녀는 누구한테
나 그러듯 침착하면서도 사무적인 태도로 그를 안으로 들였다.
질문이 이어지는 동안, 수재나는 유감스럽다는 듯한 미소를 지으
며 어깨만 으쓱여 보였다.

"제 방은 홀과 가게 사이에 있어요. 거리에서 건물 하나 길이
만큼 떨어져 있는 셈이죠. 자물쇠 가게 아이가 진작에 우리한테
와서 제 근심거리를 털어놓았다면 좋았을 텐데요. 하지만 그 아
이는 아무 말도 하지 않았죠. 다음 날 아침에 존이 찾아오기 전까
지 우리는 그 애 주인이 돌아오지 않았다는 사실을 아예 모르고
있었어요. 그리핀 혼자서 걱정을 하며 밤을 지새운 거죠. 가엾게
도⋯⋯."

"그날 낮에도 볼드윈 페치를 못 봤습니까?"

"오전에 마당 우물가에서 본 게 마지막이에요. 점심때 음식이
남아 고깃국을 한 그릇 들고 가게로 갔었는데, 존 혼자 있더라고
요. 오전 중반쯤 물고기가 올라온다는 얘기를 하고 나갔다던데,
제가 알기로는 그게 그분이 마지막으로 남긴 말일 거예요."

"보네스도 같은 얘길 하더군요. 그때 이후로는 어떤 상점이나
맥줏집, 친구 집에도 나타나지 않았다고 합니다. 주민들끼리 서
로 잘 알고 지내는 도시에서 그건 좀 이상한 일이죠. 그 사람은
가게 문지방을 넘어선 뒤 감쪽같이 사라져버렸어요." 휴는 그녀

의 방 앞을 지나쳐 2층의 회랑과 방들로 이어지는, 난간이 없는 넓찍한 계단을 올려다보았다. "이 집의 방은 어떻게 배열되어 있습니까? 거리 쪽에 면한 가게 윗방은 누가 쓰죠?"

"거긴 아버지 방이에요. 일단 잠이 들면 좀처럼 깨지 않는 분이긴 하지만, 그래도 뭔가 보거나 들으셨을지도 모르니 한번 물어보세요. 아버지 옆방은 동생 부부가 쓰는 방이죠. 대니얼은 지금 프랭크웰에 가 있고, 마저리는 아버지랑 같이 정원에 나가 있어요. 그다음, 계단에서 제일 가까운 방은 할머니 방이고요. 할머니는 줄곧 방에만 틀어박혀 계세요. 연세도 연세인 데다 최근에는 심한 심장 발작을 겪으셔서…… 하지만 나리께서 들러주시면 기뻐하실 거예요." 수재나의 얼굴에 퍼뜩 미소가 스치고 지나갔다. "우리한테는 그저 짜증만 내시죠. 오래전부터 그러세요. 이제 우리는 할머니를 즐겁게 해드릴 수가 없나 봐요. 뭔가 도움이 될 만한 말씀을 해주실지는 모르겠지만, 어쨌든 나리를 보면 퍽 좋아하실 거예요."

윤기 흐르는 곱슬머리와 짙은 속눈썹, 멀리서도 한눈에 돋보이는 큼지막한 두 눈. 그러나 안타깝게도 그 적갈색 머리칼 군데군데 회색빛 새치들이 돋아나 있었고, 꼭 다문 입 가장자리와 웃음 짓는 잿빛 눈동자 옆에는 거미줄처럼 가느다란 주름들이 잡히곤 했다. 외모만 보면 휴보다 적어도 예닐곱 살은 연상인 듯했다. 틀이 좋지만 가꾸지 않아 많이 상한 얼굴. 휴는 독자로 자랐으나, 이처럼 아들 혼자 호의호식하고 누이는 무슨 하녀라도 되는 양

혹사당하는 상황을 도무지 이해할 수가 없었다.

"마스터 월터와 마저리 부인을 먼저 만나본 뒤 기꺼이 줄리아나 부인을 찾아뵙도록 하죠." 휴가 말했다.

"고맙습니다. 그러면 나리께 포도주를 내갈 때 할머니에게 약을 드리면 되겠군요. 그냥 드리면 안 드시려 하실 거예요. 다행히 내일은 캐드펠 수사님이 오시는 날이네요. 할머님이 우리 말은 안 들어도 캐드펠 수사님 말씀은 잘 들으시거든요. 자, 그럼 다녀오세요. 저는 나리께서 돌아오시기를 기다리고 있겠습니다."

*

금세공인은 딱히 할 말이 없었고, 말을 할 기력도 없었다. 밤낮으로 그의 마음을 사로잡고 있는 건 잃어버린 보화였다. 월터는 비통한 심경으로 그 아까운 물건 하나하나를, 동전 한 닢까지 세세하게 떠올려보곤 했다. 특히 그 동전들은 여간 아까운 게 아니었다. 윌리엄 공이 왕의 칭호를 얻기 전에 주조된 것들, 요즘 나오는 것과는 비교도 할 수 없으리만치 훌륭한 은화들 아니었던가. 평생에 걸쳐 부를 쌓는 일에 전념했던 그의 아버지와 할아버지, 증조할아버지도 같은 마음으로 그것들을 아꼈으리라. 월터의 머리에 난 상처는 곧 나을 테지만, 잃어버린 보화로 인해 큰 상처를 입은 그의 내면은 도무지 회복할 길이 없었다.

휴는 과수원의 사과나무와 배나무 아래 서서 볼드윈 페치의 실종에 관해 이런저런 질문을 던져보았다. 그 이름이 생소하게 들리는 듯 월터는 눈을 껌벅거리고 고개를 가로젓다가, 한참 뒤에야 비로소 죽은 세입자의 이름 내지는 얼굴을 떠올리는 것 같았다. 텅 빈 금고에 골몰한 나머지 다른 것은 눈에 들어오지도, 기억나지도 않는 모양이었다.

한 가지만은 확실했다. 만일 보화를 되찾는 데 도움이 될 만한 사실을 알고 있었다면, 월터는 그 즉시 정보를 토해냈을 것이다. 하지만 보화와 무관한 사람의 죽음은 그에게 아무 의미도 없었다. 게다가 월터는 휴의 머릿속을 차지한 또 하나의 가능성에 대해서는 전혀 생각하지 못하는 듯했다. 그 절도 사건과 세입자의 죽음 사이에 정말로 어떤 연관이 있다면, 이 마을 사람들이 그토록 재빨리 추적에 나섰던 예의 청년이 범인일 수 있을까? 도둑 또한 도둑질을 당할 수 있으며, 그 와중에 살해당할 수도 있다. 볼드윈 페치는 혼인 잔치의 손님이자 이 집 금고의 자물쇠와 열쇠를 만들어준 사람이었다. 더하여, 이 집과 가게에 대해 그보다 더 잘 아는 사람이 누구겠는가?

마저리는 정원 끝자락, 마을을 둘러싼 담벼락 바로 밑에 자리 잡은 좁은 양계장 안의 닭들에게 모이를 주고 있었다. 한 해 전까지만 해도 월터는 그곳에서 말 두 마리를 키웠지만, 얼마 전 강 건너 프랭크웰 서쪽의 목초지와 낡은 마구간 하나를 사들인 이후로는 예스틴이 정기적으로 그곳에 가 말들을 돌보았다. 곧 마저리가 오전에 나온 달걀 몇 개를 바구니에 담아 들고 비탈진 정원을 올라왔다. 헝클어진 금발에 지극히 평범한 얼굴, 키가 작고 통통한 젊은 여자. 그녀는 휴에게 조심스럽게 인사를 건네더니 차분해 보이는 동그란 눈을 쳐들었다.

"그이는 일이 있어서 나갔는데요. 아마 30분쯤 기다리셔야 할 겁니다."

"아, 괜찮습니다." 휴가 대답했다. "바깥양반과는 나중에 얘기해도 되니까요. 제가 어떤 일을 맡고 있는지 부인도 잘 아실 겁니다. 볼드윈 페치의 죽음은 우연한 사고가 아닌 것 같아요. 그 사람이 사라진 건 그날 낮이긴 하지만, 살인 같은 악행을 저지르기에는 밤 시간이 더 적당하지 않겠습니까? 그래서 엊그제 밤에 사람들이 뭘 하고 있었는지 조사하는 중입니다. 제가 알기로 두 분은 거리 쪽에 면한 두 번째 방에서 지내신다던데, 혹시 그날 밤을 내다보다 주택 사이의 골목에 누가 숨어 있는 걸 보거나 그 당시에는 무심히 넘긴 무슨 소리 같은 걸 듣지는 않았습니까?"

"아뇨." 마저리는 곧바로 대답했다. "그날도 여느 밤처럼 조용하기만 했어요."

"남편분도 다른 얘긴 없었나요? 법을 준수하는 시민이라면 다들 집에서 쉬고 있을 시간에 길에서 어정거리는 누군가를 봤다거나…… 혹시 남편분이 뭐 가게 일이나 다른 용무로 외출하지는 않았고요?"

그녀의 시선은 전혀 흔들리지 않았으나 발그레한 양 볼은 서서히 더 붉게 물들어갔다. 자신의 얼굴이 붉어지는 것을 의식한 듯,

마저리는 서둘러 변명조로 대답했다. "우린 일찍 잠자리에 들었어요. 나리께서도 잘 아시겠지만, 결혼한 지 며칠밖에 되지 않았거든요."

"알다마다요! 그러니 사실 남편분이 그날 밤 부인의 곁에 없었냐는 질문은 굳이 할 필요도 없겠죠."

"그이는 한시도 제 곁을 떠나지 않았어요." 마저리는 빨갛게 달아오른 얼굴로 단호하게 말했다.

"저도 당연히 그렇게 생각했을 겁니다." 휴는 정중하게 말을 이었다. "그날 밤 마지막 기도가 끝나고 한 시간쯤 지났을 무렵 남편분이 이 집을 몰래 빠져나와 어디론가 황급히 가는 것을 보았다는 증언만 듣지 않았더라면 말이지요. 아, 물론 모든 목격자들의 말을 있는 그대로 믿을 수는 없겠지만요."

휴는 정중하게 허리 숙여 인사한 뒤 돌아서서는 빠르지도 느리지도 않은 걸음으로 집을 향해 나아갔다. 마저리는 축 늘어진 손에 달걀 바구니를 들고 아랫입술을 지그시 깨문 채 멍하니 휴의 뒷모습을 바라보았다.

*

마저리는 밖에서 기다리고 있다가 대니얼이 프랭크웰에서 돌아오자마자 얼른 마당 한구석으로 그를 끌고 갔다. 그곳에서라면 다른 사람들이 엿들을 염려가 없었다. 대니얼은 그 서슬에 놀라

호통을 치려다, 아내의 표정이 심상치 않다는 걸 깨닫고 목소리를 낮추어 물었다. "왜 그래? 무슨 일 있어?"

"행정 보좌관이 찾아와서 여러 가지를 물었어. 우리 식구 전부한테!"

"당연히 그랬겠지. 그게 어쨌다는 거야? 다른 사람이라면 모를까, 당신이 뭘 걱정해?"

그 어투에 깃든 무시와 경멸의 태도를 마저리는 놓치지 않았다. 그래, 이 상황도 변하리라. 그것도 곧, 아주 빠른 시간 안에.

"월요일 밤 당신의 행적에 대해 묻던데." 마저리는 낮은 목소리로 가차 없이 말을 이었다. "당신이 밤새 어디 가 있었는지 말할 수도 있었어. 하지만 과연 그래도 괜찮았을까? 당신이 어디 있었는지 내가 정말 알기나 할까? 뭐, 당시에는 짚이는 데가 있었지. 하지만 지금에 와서도 계속 그렇게 믿어줄 이유가 있는지 모르겠네. 만일 그날 밤 침대를 빠져나가 다른 여자의 침대로 기어든 게 아니라면? 볼드윈 페치에게 가서 그의 머리통을 후려치고 강에다 내버렸다면? 그들은 그런 생각을 하고 있는 것 같던데. 나는 이제 어느 쪽이 사실이라 믿어야 하지? 당신이 내 곁을 떠나 그 여자 집에 갔다는 생각도 나한테는 여간 고통스러운 게 아니야. 수치심도 없는 그 갈보 같은 계집이 당신한테 고갯짓을 하고 눈을 깜빡이며 남편이 며칠간 집을 비운다고 얘기했을 때, 나도 바로 그 옆에 있었다고! 하지만 그날 당신이 정말로 그 여자 집에 갔었는지, 이젠 도통 모르겠네."

대니얼은 하얗게 질린 얼굴로 입을 떡 벌린 채 아내를 바라보다가, 동앗줄이라도 붙잡듯 그녀의 손을 꼭 붙들었다. "맙소사, 그런 생각을 하다니, 말도 안 돼! 나를 그렇게 못 믿어? 당신도 내가 어떤 사람인지 잘 알잖아……."

"아니, 난 당신이라는 사람에 대해 전혀 모르겠어! 나를 거들떠도 보지 않으니 아예 낯선 사람이나 다름없지. 내가 혼자서 울며 지새운 밤이 벌써 며칠째인지 알아? 당신이 내게 무슨 신경을 써줬다고 이래?"

"아, 맙소사!" 대니얼은 정신없이 더듬거렸다. "이걸 어떻게 하면 좋지? 그 보좌관한테 말한 거야? 내가 밤새 밖에 나가 있었다고?"

"아니, 말하지 않았어. 당신은 성실한 남편이 아니지만, 나는 충직한 아내거든. 그날 밤 내내 나랑 같이 있었다고 했어. 한시도 내 곁을 떠나지 않았다고."

대니얼은 안도감에 깊은 숨을 몰아쉬고 얼빠진 사람처럼 마저리를 멍하니 쳐다보더니, 이윽고 빙그레 웃으며 아내의 손을 꼭 잡고서 찬양과 감사의 말을 퍼부어대기 시작했다. 그러나 마저리는 노련한 검객처럼 면밀하게 기회를 노리고 있다가 무자비한 일격으로 그의 얼굴에서 웃음기를 한꺼번에 걷어버렸다.

"하지만 그분은 그게 사실이 아니라는 걸 알아."

"뭐라고?" 대니얼은 다시금 공포에 휩싸였다. "왜? 어떻게? 내가 당신과 함께 있었다고 말했다면서."

"그렇게 말했지. 난 오로지 당신을 위해 위증을 했어. 당신에게 그렇게까지 해줄 이유가 전혀 없는데도. 당신을 곤경에서 구해내기 위해 내 영혼을 파멸의 위험 속에 빠뜨렸다고! 하지만 그분이 점잖게 얘기하더라. 그날 밤 당신이 이 집에서 몰래 빠져나가는 걸 목격한 사람이 있다고. 시간까지 정확하게 댔으니 미끼 같은 건 아니야. 목격자가 있는 게 분명해. 그분은 볼드윈 페치가 살해되던 날 밤 당신이 어둠 속을 배회했다는 사실을 이미 알고 있었어."

"난 그 일과는 아무 상관도 없어." 대니얼은 울먹이기 시작했다. "당신한테도 말했잖아……."

"그날 당신은 할 일이 있다면서 나갔지. 나랑은 관련 없는 일이라고. 그리고 당신이 그 자물쇠 제조공을 싫어한다는 건 만천하가 다 아는 사실이야."

"맙소사!" 대니얼은 손가락 관절을 잘근잘근 깨물며 중얼거렸다. "내가 왜 그 여자 곁에 얼쩡거렸을까? 정말 미쳤지! 하지만 당신한테 맹세해, 마저리. 그게 전부였어. 그래, 그날 난 세실리한테 갔었어…… 그리고 이제 다시는 안 갈 거야. 정말이야! 아, 여보, 나 좀 도와줘…… 이제 어떻게 하면 좋지?"

"당신이 할 수 있는 일은 하나야." 마저리는 단호하게 말했다. "그날 밤 거기 간 게 사실이라면, 그 여자한테 증언해달라고 부탁해. 그러면 행정 장관 부하들도 당신을 내버려두겠지. 나도 거짓말을 했었다고 실토할게. 남편한테 무시당한 게 창피해서 솔직히 말하지 못했다고."

"고마워, 마저리!" 대니얼은 두려움과 희망과 고마움이 뒤섞인 마음으로 한숨을 내쉬며 마저리의 손을 연신 어루만졌다. 그가 제 아내에게 이처럼 친밀하게 구는 것은 처음이었다. "그 사람한테 가서 부탁해볼게. 그리고 다시는 그 여자 안 만날 거야. 약속해, 마저리. 맹세할게."

이제 완전히 우위를 점한 마저리는 느긋하게 입을 열었다. "우선 점심 식사부터 한 다음에 다녀와. 점잖게 식사를 하고, 아무일 없는 것처럼 아주 태연하게. 당신은 그렇게 할 수 있고 또 해야 해. 이 일은 나 말고 아무도 몰라. 그리고 난 어떤 대가를 치르더라도 당신 곁에 있을 거야."

*

그러나 세실리 부인은 애인이 오후 이른 시각 뒷문으로 살그머니 들어오는 광경을 보고도 전혀 반가워하는 기색이 아니었다. 그 화사하고 눈부신 얼굴을 잔뜩 구긴 채, 그녀는 하녀가 엿볼 수 없도록 얼른 대니얼을 방으로 끌고 들어가 문을 닫았다. 그러곤 대체 무슨 생각으로 이렇게 벌건 대낮에 찾아왔냐고, 남의 추문이나 찾아다니는 한량들과 행정 장관 부하들이 시내 전역에 쫙깔려 있는 걸 모르냐고 그를 다그쳤다. 대니얼은 연신 숨을 헐떡이며 자신의 처지에 대해 설명하고는, 그러니 월요일 밤 9시부터 이튿날 동트기 30분 전까지 이곳에서 그녀와 함께 있었다는 사실을 증언해달라고 부탁했다. 그의 마음의 평화와 안전, 심지어 목숨까지 그녀의 증언 여부에 달려 있었다. 자신이 그녀에게 바친 모든 것, 또 그동안 그들이 나눈 정분을 생각한다면 절대로 그러한 부탁을 거부할 수 없을 터였다.

하지만 그의 용건을 분명하게 깨닫자마자, 세실리 부인은 대니얼의 손길을 사납게 뿌리치고 분노를 이기지 못해 마구 퍼부어댔다. "미쳤어? 당신을 구하기 위해 나더러 개망신을 당하라고? 난 그런 짓 못 해. 어떻게 그런 부탁을 할 수 있어? 부끄러운 줄이나 알아! 당신도 알잖아. 내일이나 모레면 남편이 돌아올 거야. 조금이라도 생각이 있는 사람이었다면 거리에 사람들이 꽉 들어찬 벌건 대낮에 이렇게 날 찾아오는 게 아니지. 당신, 얼른 집으로 가. 어서 여기서 나가라고!"

전혀 예상하지 못한 반응에 대니얼은 그만 눈앞이 캄캄해져 정신없이 그녀에게 매달렸다. "세실리, 이건 내 목숨이 걸린 문제야! 제발 그 사람들한테 증언해줘……."

세실리 부인은 필사적으로 자신을 끌어안으려 덤벼드는 대니얼을 사납게 뿌리치고는 이를 갈며 말했다. "만일 당신이 감히 우리 얘기를 털어놓는다면, 난 모든 걸 강력히 부인할 거야. 당신이 거짓말을 하고 있다고, 당신이 자꾸 추근대면서 날 괴롭혔다고 할 거야. 나는 당신을 유혹한 적이 없다고. 이건 사실이기도 하잖아? 감히 내 이름을 들먹여봐. 내 편을 들어줄 증인들을 총

동원해서 당신을 거짓말쟁이로 낙인찍을 테니까. 자, 어서 가. 다시는 꼴도 보고 싶지 않아!"

그렇게 대니얼은 쫓겨나 다시 집으로 돌아갔다. 대니얼이 어떤 대접을 받을지 훤히 짐작하고 있던 마저리는 얼른 그를 데리고 방으로 들어갔다. 옆방의 줄리아나 부인은 곤하게 잠들어 있으니, 조용히 얘기하면 아무도 엿들을 수 없을 것이었다.

대니얼은 목소리를 낮춰 모든 것을 털어놓았다. 마저리가 생각하던 그대로였다. 이제는 고삐를 살짝 늦추어 그를 다독여주어야 할 시점이었다. 충격에 휩싸여 남자로서의 체면도 자부심도 모두 놓아버린 그의 모습에 연민과 애정이 느껴지기도 했다. 하지만 아직은 그런 보드라운 감정에 빠질 때가 아니었다.

"나랑 같이 가. 가서 있는 그대로 털어놓자. 베링어 나리가 올 때까지 기다리지 말고, 우리가 직접 그분을 찾아가는 거야. 나는 당신이 그날 밤 내내 내 곁을 떠나 애인한테 가 있었다는 걸 알면서도 거짓말을 했다고 실토할 거야. 그 여자의 이름은 말하지 마. 기혼자라 이름을 댔다가는 신세를 망치게 될 거라고 얘기해. 그러면 나리도 존중해주겠지. 나도 그 여자 이름은 모른다고 할게. 그런 다음 우린 이 시간부터 새롭게 출발할 거라고 하자."

이제 남편은 그녀의 손아귀에 놓여 있었다. 대니얼은 아내와 함께 가서 그녀가 하라는 대로 할 작정이었다. 정말로 이제부터 아내와 함께 새롭게 출발하고 싶었다. 그리고, 앞으로 내내 그녀는 이 고삐를 놓지 않을 것이었다.

*

　그날 밤 대니얼은 감사와 헌신의 마음으로 아내를 꼭 끌어안았다. 어떻게 해도 고마운 마음을 다 표현할 수 없을 것 같았다. 그들의 증언을 정말 믿었는지는 모르겠으나 어쨌든 휴 베링어는 진지하게 이야기를 듣고 엄숙하게 훈계한 뒤 그들을 보내주었으며, 두 사람은 홀가분한 기분으로 그곳을 떠났다. 이제 사법 당국이 언제 갑자기 자신의 뒷덜미를 움켜쥘지 모른다는 두려움에서 완전히 놓여난 셈이었다.

　"다 끝났어." 마저리는 대니얼의 품에 안긴 채 말했다. 모든 면에서 이처럼 만족스럽게 결론이 나기도 힘들 것 같았다. "당신은 이제 걱정할 것 없어. 아무도 당신이 그 사람을 해쳤다고 생각하지 않을 거야. 난 늘 당신 곁에 있을 거고. 우리는 아무것도 두려워할 필요가 없어."

　"오, 마저리, 당신이 없었다면 이 고비를 어떻게 넘겼을까?" 극심한 두려움과 그에 상응하는 엄청난 해방감을 맛본 대니얼은 이제 온몸이 나른하게 잦아드는 행복감 속에서 표류하고 있었다. 정부와 함께 있을 때도 이렇게 헌신적인 열정을 느껴보지는 못했다. 이날 밤이야말로 진정한 그의 신혼 초야라 할 만했다. "당신은 정말 좋은 사람이야. 충실하고 진실한……."

　"그리고 당신을 사랑하는 당신의 아내지." 마저리가 대꾸했다. 스스로도 놀랄 정도로 진심 어린 말이었다. "당신이 나를 필요로 할 때면 나는 언제나 거기 있을 거야. 결코 당신을 저버리지 않을 거야. 하지만 당신 역시 내 곁에 있어줘야 해. 당신의 아내로서 내겐 그런 요구를 할 권리가 있어." 대니얼이 마음을 놓은 것이야 다행이었으나, 아직 그를 잠들게 해서는 안 되었다. 마저리는 자기 나름의 조치를 취했다. 불만스러웠던 지난 한 주 동안 그녀는 실로 많은 것을 배우고 준비한 터였다. 대니얼이 여전히 흥분으로 들떠 있는 동안, 마저리는 나긋나긋하고 달콤한 목소리로 말했다. "난 이제 당신의 아내야. 상속자의 아내. 그러니 그에 걸맞은 자리를 차지해야지. 정당한 권리나 지위도 없이 이 집안에서 어떻게 지낼 수 있겠어?"

"이 집에 당신 자리가 왜 없어? 당신은 이 집안의 안주인이야. 그 이상 더 뭘 바라? 물론 우리 모두 할머니한테 시달리긴 하지만, 그분은 워낙 늙고 고집 센 분이니 어쩔 수 없지. 게다가 그분도 살림에는 참견하지 않으시잖아."

"할머니한테 불만이 있는 건 아니야. 집안의 어른이니 당연히 존중해드려야지. 이 집의 상속자인 당신의 아내로서 나 역시 당연히 그래야 하고. 하지만, 당신 어머니가 돌아가신 이상 이 집의 살림을 감독하는 일은 우리 세대의 몫이야. 물론 그동안은 당신 누님이 그 의무를 충실히 다해왔겠지……."

대니얼은 숱 많은 곱슬머리를 마저리의 이마에 마주 댄 채 그녀를 꼭 끌어안았다. "맞아, 그래왔지. 그래서 당신은 이 집의 마님으로서 손 놓고 앉아 편히 쉴 수 있고. 앞으로도 그렇게 지내면

되지 않을까?"

"내가 원하는 건 그게 아니야." 마저리는 눈을 크게 뜨고 어둠 속을 응시하면서 단호하게 말했다. "당신은 남자라 이해 못 할 거야. 당신 누님은 열심히 일하고, 누구 하나 불평하지 않을 만큼 매사를 깔끔하게 처리해. 누님이 음식을 낭비하지 않고, 집을 말끔하게 유지하고, 세간살이며 양식이며 전부 짜임새 있게 관리한다는 건 나도 잘 알아. 정말이지 살림꾼으로는 손색없는 분이지. 하지만 그건 아내가 할 일이야, 대니얼. 만일 당신 어머님이 살아 계셨다면 바로 그분이 할 일이고. 하지만 이제 당신에게도 아내가 생겼으니, 내가 그 일을 도맡아야 하지 않겠어?"

"둘이 같이 일하면 되겠네. 짐도 나누어 들면 훨씬 더 가벼운 법이잖아. 내 아내가 힘든 일을 하느라 허덕이는 거, 난 싫어." 대니얼은 아내의 뒤엉킨 머리칼에 입술을 대고 적당히 둘러댔다. 이것이 아주 교활한 대답이라는 건 그 자신도 잘 알고 있었다. 여느 남자들과 마찬가지로 그 또한 정의나 합리적인 원칙보다는 평화를 선호했다. 하지만 마저리는 순순히 넘어가려 들지 않았다.

"누님은 그 짐의 어떤 부분도 포기하지 않을 거야. 혼자서 그 자리를 너무 오랫동안 지켜온 탓에 누가 접근하는 것조차 꺼려하는걸. 지난 월요일만 해도 그래. 내가 빨래를 걷어 오겠다고 했더니, 자기가 직접 하겠다면서 매섭게 쳐내지 뭐야? 한 집안에 안주인이 둘일 수는 없어, 대니얼. 그런 집은 결코 잘 굴러가질 않는다고. 누님은 집안의 열쇠들을 자기 허리에 차고 다녀. 양식이 떨어지지 않았나 살펴보고, 아마포들을 수선하거나 갈고, 하녀한 테 지시를 내리는 것도 전부 누님의 일이야. 고기도 자기 뜻대로 선택하고, 요리하는 방식까지 하나하나 세세하게 감독하고, 손님 이 찾아오면 누님이 나서서 맞아들이지. 하지만 그 모든 게 사실 은 내 권리잖아. 난 권리를 찾고 싶어. 대니얼, 이건 온당한 일이 아니야. 이웃들이 우리를 두고 뭐라고 하겠어?"

"당신이 원하는 건 뭐든 다 갖게 될 거야." 대니얼은 잠에 취한 목소리로 약속했다. "그래, 그 일들은 이제 당신이 해야지. 누님 이 먼저 자진해서 넘겨줘야 했는데. 하지만 누님도 거기까진 생 각을 못 했을 거야. 그동안 너무 오랫동안 해온 일이잖아. 어쨌든 현명한 사람이니, 어떻게 하는 게 사리에 맞는 일인지 금방 깨닫 겠지."

"한 여자가 자기 자리를 내놓는 건 쉬운 일이 아니야." 마저리 는 단호하게 말을 이었다. "이 일을 해결하려면 당신의 도움이 있어야 해. 이건 내 지위만이 아니라 당신의 지위도 걸린 문제니 까. 내가 권리를 얻어내려 할 때 내 편에 서겠다고 약속해줘."

그날 밤 대니얼이 아내에게 못 할 약속은 없었다. 두 사람 중 그날의 위기와 뒤이은 회복 과정에서 보다 큰 결실을 얻어낸 사 람은 분명 마저리였다. 모든 상황을 기반으로 자신의 솜씨를 유 감없이 발휘한 그녀는 뿌듯하고 흡족한 기분으로 잠에 빠졌다.

9

목요일, 오전에서 저녁 사이

이튿날 아침, 줄리아나 부인은 일찌감치 일어나 넓은 목조 계단을 하나하나 힘겹게 디디며 아래층으로 내려왔다. 식사를 마치고 곧 도착할 캐드펠 수사를 직접 맞이할 생각이었다. 그러려면 손수 주변을 정리하고, 자리를 마련하고, 지팡이도 가까이 준비해둬야 했지만, 그 모든 번거로움을 감수하고라도 캐드펠에게 품위 있고 자신만만한 모습을 보여주고 싶었다. 사실 캐드펠은 줄리아나 부인이 더는 건강하고 당당한 존재가 아님을 잘 아는 터였고, 노부인 역시 캐드펠이 자신의 상황을 훤히 꿰고 있다는 사실을 알고 있었다. 그녀는 이미 무덤 속에 한 발을 내디딘 상태였으며, 이따금 그 발밑이 꺼져 들어가며 자신을 끌어당기는 듯한 기분을 느끼곤 했다. 하지만 이 겉치레는 그들이 서로에 대한 존경과 경탄의 마음으로 함께하는 일종의 게임이었다.

오늘 아침 월터는 아들과 함께 작업장에 나가고 없었다. 노부인은 계단 옆 모퉁이 벽에 쿠션을 대고 점잖게 기대앉아 마뜩잖은 눈으로 식구들을 지켜보았다. 줄리아나 부인의 기나긴 생애는 마치 나이 어린 신부의 어깨 밑으로 늘어진 무거운 예복 자락처럼 길게 꼬리를 끌며 그녀에게 줄곧 참고 견디기를 요구해왔다. 끊임없이 자신을 뒤로 잡아끌고 주저앉히려는 그 무게에 저항하기 위해 그녀는 언제나 용을 쓰며 싸워야 했다.

래닐트는 접시를 씻고 빵 반죽을 만든 뒤, 곧장 바느질감을 들고 빛이 잘 드는 홀 현관 곁의 의자로 나와 앉았다. 수수한 무늬가 박힌 말끔한 갈색 가운의 뜯긴 부분을 꿰매야 했다. 나이 들어 어두워졌으나 여전히 예리한 두 눈으로 줄리아나 부인은 이 어린 하녀가 정확하고 꼼꼼하게 옷을 꿰매는 광경을 지켜보았다.

"수재나의 가운이냐?" 노파가 날카로운 목소리로 입을 열었다. "어쩌다가 그 지경으로 옷을 찢어먹었지? 치맛자락도 빛이 바랬잖아! 우리 젊었을 적에는 옷이 거미줄처럼 얇아질 때까지 얌전하게 입고 다니다가 겨우 버릴 생각을 했는데, 요즘 것들은 도무지 물건 아낄 줄을 모른다니까. 함부로 찢어먹고 꿰매서 입다가 금세 거지들한테 줘버리지! 하나같이 방탕한 것들뿐이야!"

노부인이 식구들 모두에게 자신의 권위를 느끼게 해주기로 작심한 이상, 오늘 그 눈에 못마땅해 보이지 않는 것이란 없을 터였다. 그런 날에는 그저 아무 대꾸도 않는 게 상책이었다. 굳이 대답이 필요할 땐 그저 예예, 하거나 가급적 짧게 끝내는 편이 좋으리라.

이때 전대를 메고 가게들 사이의 통로를 빠져나오는 캐드펠의 모습이 눈에 들어오자 래닐트는 안도의 한숨을 내쉬었다. 그 전대에는 노부인의 발목에서 다시 곪기 시작한 궤양을 치료하기 위한 붕대가 들어 있었다. 서서히 부식해 들어가는 그 얇은 피부는 어딘가에 살짝 닿거나 긁히기만 해도 갈라 터지곤 했다. 캐드펠은 곧 허리를 꼿꼿이 세운 채 구석 자리에 얌전히 앉아 있는 환자의 모습을 보았다. 노부인도 생각에 잠긴 채 평온하게 앉아 있다가 자신의 다정한 적수가 들어오는 것을 보고는 신랄하고도 비틀린 농담을 내뱉기 시작했다. 줄리아나 부인은 모두가 검다고 말하는 것을 어떻게든 희다고 주장하는, 그런 사람이었다.

"부인께서도 잘 아시잖습니까." 캐드펠은 작지만 흉측한 상처 부위를 아마포로 깨끗이 닦고 연고를 바르며 말했다. "발을 이렇게 올리고 계셔야 한다고 제가 귀에 못이 박일 정도로 말씀드리지 않았던가요? 차라리 하루 온종일 발을 구르면서 걸어 다니시라고 할걸 그랬네요. 그러면 부인은 그 반대로 할 테고, 그 덕에 상처가 빨리 나을 테니까요."

"하루 온종일 방구석에서만 지내자니 진저리가 나." 노부인은 퉁명스럽게 말했다. "내가 방 안에 처박혀 있는 동안 저것들이 뒤에서 무슨 짓을 저지를지 어떻게 알겠소? 여기 내려와 있으면 적어도 뭐가 어떻게 돌아가는지 보이고, 또 필요한 경우에는 조언도 해줄 수 있지. 난 죽을 때까지 이렇게 지낼 거요."

"아무렴, 그러시겠죠!" 캐드펠은 맞장구를 치며 상처 부위에 붕대를 감아주고는 그 끝을 단정하게 묶었다. "지금껏 부인이 마음먹은 일을 포기하는 건 한 번도 본 적이 없고, 또 그러리라 기대도 하지 않습니다. 숨쉬기는 어떠세요? 가슴에 통증 같은 건 없나요? 어지럼증은요?"

노부인은 기다렸다는 듯 여기가 아프고 저기가 결린다는 둥 짜증스러운 불평을 늘어놓았다. 그녀가 작은 불만 하나까지 모두 입 밖에 내어놓으면 캐드펠은 노부인 못지않게 무뚝뚝한 태도로 그 대부분을 한 귀로 흘리곤 했으니, 이 역시 한없이 지루하게 흘러가는 시간을 죽이는 수단이었다. 또한 그렇게 시간을 보내고 나면 그 모든 공방과 불만도 손가락 사이로 흘러내린 물처럼 기억 속에서 까마득히 멀어지는 법이었다.

래닐트는 수선을 마친 뒤 가운을 들고 수재나의 방으로 향했다. 이어 수재나가 부엌에서 나오더니 캐드펠에게 공손하게 인사를 하고는 할머니의 상태가 어떤지, 처방약을 계속 드셔야 하는지 조용히 물었다.

그런 얘기를 나누고 있는데, 대니얼과 마저리가 가게에서 함께 들어왔다. 상기된 얼굴로 입을 굳게 다문 채 나란히 들어오는 모습으로 미루어, 아마도 조금 전까지 바깥에서 조용하지만 열띤 대화를 주고받은 모양이었다. 이들은 캐드펠에게 인사도 제대로 건네지 않았는데, 무례하다기보다는 마음이 다른 일에 잔뜩 쏠려 그 밖의 것들에는 신경 쓸 여유가 없는 눈치였다. 캐드펠은 그들의 흥분과 긴장을 감지했다. 보아하니 노부인 역시 그런 분위기를 포착한 것 같았다. 수재나만이 이상한 기미를 눈치채지 못한 듯 별다른 반응을 보이지 않았다.

집안 식구가 아닌 사람이 끼어 있어 다소 불편하긴 했지만, 마저리는 모처럼 마음먹은 일을 굳이 나중으로 미루고 싶지 않았다.

"이이랑 제가 여러 가지 문제를 의논해봤는데요." 늘 부드럽고 유순해만 보이던 이 새댁이 오늘은 단호하고 확고한 목소리로 입을 열었다. "이이의 결혼으로 집안의 질서에 이런저런 변화가 생기리라는 건 누님도 이미 짐작하셨을 거예요. 그동안은 누님께서 이 집안의 일들을 훌륭하게 잘 꾸려오셨죠……." 물론 그것이 즐거운 일은 아니었으리라. 한때 제법 아름다웠을 수재나의 얼굴은 그 오랜 세월의 노역으로 시들고 이울어버렸으니까. "이젠 누님도 그만 물러나 한가로운 시간을 마음껏 즐기세요. 그러셔도 아무도 뭐라 하지 못할 거예요. 누님껜 그럴 권리가 충분히 있으니까요. 저도 이제 조금씩 집안 분위기를 파악하기 시작하는 중이니, 얼마 지나지 않아 이곳의 일상에 익숙해질 거예요. 이이의 아내로서 제 본연의 자리에 설 준비도 되어 있고요. 그러니 이젠 제가 이 집안의 열쇠들을 맡아야 하지 않나, 그런 생각이 들어요. 물론 이이도 같은 마음이고요."

그로 인한 충격은 엄청났다. 아마 마저리도 예상하지 않았을까? 수재나의 얼굴은 모든 빛깔이 다 빠져나가 칙칙하고 우중충한 점톳빛이 되었고, 그 둥그런 회색 눈은 납으로 만든 듯 차갑고 무표정했다. 한동안 그녀는 아무 말이 없었다. 아마 말문이 꽉 막혀버린 모양이었다. 이 일이 줄리아나 부인에게 나쁜 영향을 미칠지 모른다는 염려만 아니었어도, 캐드펠은 그들끼리 싸우게 내버려두고 조용히 그곳을 빠져나갔으리라. 줄리아나 부인 역시 입을 꾹 다문 채 조용히 앉아 있었지만, 그녀의 양 볼에는 자그마한 붉은 반점이 선명하게 떠올랐고 두 눈 역시 이상하리만치 날카롭게 빛나고 있었다. 캐드펠로서는 인간적인 호기심을 넘어서는 합당한 이유와 염려 때문에라도 그늘 속에 물러서서 조용히 그들을 지켜볼 수밖에 없었다.

이윽고 꽉 막혔던 숨과 피의 흐름이 트이면서 굳어 있던 수재나의 혀도 풀렸다. 그녀의 눈은 이제 일몰의 하늘에 드리운 노을만큼이나 선연한 불길로 이글거리고 있었다.

"아주 고마운 얘기네. 하지만 어쩌지? 난 그렇게 간단히 내 의무를 던져버리고 싶지 않은데. 난 이 자리에서 물러나야 할 만한 짓을 저지르지 않았고, 그렇게 할 생각도 없어. 내가 너희들 필요에 따라 마음껏 혹사시키다가 하루아침에 쫓아내도 상관없는 노예인 줄 알아? 그것도 빈손으로? 어림도 없지! 이 집은 내 집이야. 이 집 살림은 내가 관리해왔고, 앞으로도 그럴 거야. 광도, 부엌도, 세간살이도 전부 내 거라고." 더없이 냉정하게 그녀는 말을 이었다. "마저리, 내 동생의 아내로서 이 집에 들어온 건 얼마든지 환영이야. 하지만 이건 똑똑히 알아둬. 이 집의 모든 열쇠를 쥐고 있는 사람은 바로 나야."

권력의 자리를 두고 벌이는 싸움은 잔혹하고 격렬한 양상으로 번지기 쉬운 법이다. 그러나 캐드펠은 늘 엄숙하리만치 차분하고 고요하던 수재나가 그렇게 심하게 동요하는 것을 보고 내심 놀랐다. 새 식구의 도전이 예상보다 일러서일까? 하지만 그녀는 당연히 이러한 사태를 예견했을 것이고, 그렇다면 한동안 말도 꺼내지 못할 만큼 심한 충격을 받을 이유가 없을 텐데…… 이제 수재나는 사나운 불길에 휩싸여 발톱을 완전히 드러낸 채 상대를 매섭게 노려보고 있었다.

"누님의 마음은 이해해요." 그 사나운 모습에 마저리는 조금 전보다 부드러운 태도로 말을 이었다. "누님이 무슨 트집 잡힐 일을 해서 이런다고 생각하지는 말아주세요. 그런 건 전혀 없었어요. 누님이 제게 본받을 만한 모범을 보여주셨다는 것도 잘 알고요. 하지만 아무 역할도 없는 아내란 빈껍데기 같은 존재에 불과하죠. 누님은 이미 자신의 역할을 다했으니, 이젠 명예롭게 안주인의 직분을 포기하고 더 젊은 사람에게 자리를 넘겨줘도 되잖아요. 저는 몸을 놀리는 데 익숙한 사람이라 하는 일 없이 빈둥거리면서 지낼 수가 없어요. 이이도 저와 충분히 상의한 끝에 그 의견에 동의했고요. 게다가 이건 제 권리이기도 해요!"

"그 문제에 관해 충분히 상의해본 결과, 나 역시 이 사람 말이 옳다는 판단이 섰어." 마치 아내에게 옆구리라도 찔린 양, 대니얼이 황급히 입을 열었다. "이 사람은 내 아내고, 그러니 이 사람과 내 것인 이 집 살림을 꾸려나갈 책임은 당연히 이 사람한테 있어. 아버지의 상속자이자 가게와 사업을 도맡게 될 사람은 나이고, 집안 살림을 꾸려나가야 할 사람은 내 아내인 이 사람이야. 이 사람이 가급적 빨리 그 책임을 떠맡을수록 우리 모두한테 좋겠지. 누나도 당연히 그걸 알 텐데 왜 반대하는 거지?"

"왜 반대하느냐고? 나더러 도둑질한 하인처럼 하루아침에 쫓겨나라는 거야? 그동안 내가 이 집 식구 모두를 부양해왔어. 식구들을 먹이고, 옷을 꿰매고, 한 푼이라도 아끼려고 아등바등하면서 온 집안을 떠받쳐왔다고. 너야말로 조금이라도 생각이 있는 애라면 잘 알 텐데. 맙소사, 고마운 마음으로 순순히 집안 구석으로 밀려나 늙어가라고? 새로 들어온 애가 시키는 자잘한 심부름이나 하면서? 천만에, 난 그렇게는 못 해! 네 처는 네 일이나 돕게 해. 저 아이도 제 아버지를 도와 장부 정리하는 일을 해봤다니까. 이 집 광이랑 부엌이랑 열쇠들은 모두 내 거야. 내가 너 하라는 대로 순순히 할 줄 알았니? 그러지 않아도 이 집 사람들은 줄곧 나를 남의 식구로 취급해왔어."

이런 일이 벌어지는 사이 월터는 현명하게도 가게에 틀어박혀 꼼짝도 하지 않았다. 아들 부부에게 귀띔이라도 받은 걸까? 아니면 그저 아무것도 모르고 작업장에 앉아 있는 걸까?

"누나도 내가 결혼하리라는 거 알았잖아." 수재나가 평생에 걸친 불만을 그처럼 분명하게 드러냈음에도, 대니얼은 짜증스레 이를 일축해버렸다. "이젠 내 아내가 당연히 이 집안의 안주인 노릇을 해야지. 그걸 몰랐어? 누나는 지금껏 할 만큼 했으니 더 이상 불평하지 마. 살림의 우선권은 이 사람에게 있고, 이 사람이 열쇠를 요구하는 건 당연한 일이야!"

수재나는 대니얼에게 등을 돌리고 번쩍이는 눈으로 호소하듯 할머니를 응시했다. 줄리아나 부인은 조용히 앉아 시종 그들을 지켜보며 오가는 말을 하나도 놓치지 않고 귀담아들은 터였다. 늘 그렇듯 엄격한 표정으로 냉정한 자세를 유지하고 있었으나 그녀의 호흡은 무척 얕고 가빴다. 캐드펠은 그녀의 손목에 손가락을 대보았다. 맥박은 고르게 뛰고 있었다. 부인의 얇은 회색빛 입술에 씁쓸한 미소가 어렸다.

"할머니, 뭐라 말씀 좀 해보세요! 적어도 할머니는 아직 이 집안에서 막강한 영향력을 발휘할 수 있잖아요. 설마 할머니도 절하듯 쓸모없는 존재로 여기시는 거예요? 제가 살림을 그렇게 엉망으로 해왔어요?"

"너한테서는 조금도 흠잡을 게 없다." 줄리아나 부인이 입을 열었다. "문제의 핵심은 그게 아니야. 나는 이 건방진 계집애가 너만큼, 아니 그 반만큼이라도 해낼 수 있으리라 생각하지 않아. 하지만 배우고자 하는 열의와 인내심은 가진 것 같구나. 실수를 거듭하면서 어떻게든 배워나가겠지. 이 애의 주장은 정당해. 집안의 살림을 맡을 권리는 이 애한테 있고, 앞으로 이 애가 집안일을 주도해야 할 게야. 싫건 좋건 나로선 이렇게 말할 수밖에 없구나. 순리가 그러한 이상, 가급적 빨리 매듭을 짓는 게 좋을 게다." 이렇게 말을 맺으며, 노부인은 판결이라도 내리듯 지팡이로 마루를 힘껏 두드렸다.

수재나는 입술을 깨문 채 한통속이 되어 자신에게 맞선 이 세 사람의 얼굴을 차례로 응시했다. 이제 그녀의 마음은 착 가라앉았고, 조금 전까지 뜨겁게 타올랐던 분노는 쓰디쓴 경멸감으로 바뀌어 있었다.

"좋아." 수재나가 불쑥 말했다. "내키진 않지만 하라는 대로 해주지. 하지만 오늘은 안 돼. 그토록 오랫동안 이 집의 안주인으로 일해왔는데, 이렇게 셈을 마칠 여유도 없이 갑자기 쫓겨날 수는 없어. 나는 조금의 흠도 남겨놓고 싶지 않아. 어떤 일을 제대로 끝내지도 않았다는 둥, 새 냄비 하나가 필요하다는 둥, 수선도 마치지 않은 시트가 남아 있다는 둥 하는 소리는 듣고 싶지 않다고. 내일 마저리한테 업무를 넘겨주면서 완벽하게 정리된 목록도 한 장 건네줄게. 그러면 마저리도 자기가 어떤 것들을 물려받았는지 일목요연하게 볼 수 있겠지. 마지막 통에 담긴 절인 생선 한 마리까지 말이야. 아무도 인정해주지 않지만, 나도 나 나름의 자부심을 지켜야겠어." 이어 수재나는 마저리에게로 돌아섰다. 마저리의 희고 둥근 얼굴에는 만족감과 불편한 기색이 동시에 떠올라 있었다. 자신의 승리를 기뻐해야 할지 유감스럽게 여겨야 할지 좀처럼 가늠하지 못하는 듯했다. "내일 아침에 열쇠들을 넘겨줄게. 광에 들어가려면 내 방을 지나쳐야 하니 아마 그 방도 빼앗고 싶을지 모르겠네. 원한다면 그렇게 해. 내일부터는 네가 하는 일에 일절 관여하지 않을 테니까."

그렇게 말을 마친 뒤 수재나는 홀 현관을 지나 부엌 쪽으로 돌아갔다. 경멸 어린 마지막 항변인 양, 그녀의 허리춤에 매달린 열쇠들이 유난히 요란스럽게 쩔그렁댔다. 팽팽한 침묵이 남은 사람들의 마음을 짓눌렀다. 잠시 후 이 침묵을 과감하게 깨고 나선 사람은 다름 아닌 줄리아나 부인이었다.

"자, 이만하면 흡족하겠지." 노부인은 냉소적인 눈길로 손자와 그의 아내를 훑어보면서 말했다. "원하던 걸 얻었으니 잘들 해봐라. 한 집안을 꾸려가는 일이 여간 고되지 않을 게야. 생각도 많이 해야 할 테고."

마저리는 감사하다고, 잘해보겠다고 약속하며 거듭 고개를 주억거렸다. 노부인은 참을성 있게 귀를 기울였지만 그 입술에는 수재나 못지않게 싸늘하고 씁쓸한 미소가 어려 있었다. "그럼 가봐라. 대니얼은 그만 일터로 내보내고. 캐드펠 수사님은 내가 짜증 내는 걸 그다지 좋아하지 않으시지. 너희 셋과 이 다툼 때문에 끓어오른 울화를 가라앉히기 위해서라도 얼른 약을 마시고 속을 다독여야겠다."

대니얼과 마저리는 기꺼이 자리를 떠났다. 둘이서 은밀히 나눌 이야기가 많을 터였다. 캐드펠은 지금껏 엄격하게 통제하던 자세를 풀고 힘없이 쿠션에 기대앉은 노부인의 입가에 창백한 빛이 번져가는 것을 지켜보았다. 그가 서늘한 항아리에서 물을 떠 와 참나무 겨우살이 가루를 잘 풀어 건네주자, 부인은 찡그린 웃음을 지으며 잔 너머로 캐드펠을 올려다보았다.

"자, 수사님도 말해보시지요! 내 손녀가 무참하게 이용당해왔다고!"

"이제 와 그런 말이 무슨 소용인가요." 캐드펠은 그렇게 대답하며 뒤로 한 걸음 물러나 노부인을 살펴보았다. 손도 떨리지 않고 호흡도 고른 편이었다. 고집스러워 보이는 표정도 여전했다. "부인 자신이 더 잘 아시잖습니까."

"그래, 이미 늦은 일이지. 어쨌든 적어도 수재나는 제가 원하는 대로 하루의 시한을 얻었소. 사실 그마저 불가능할 수도 있었거든." 노부인은 목소리를 낮추며 말을 이었다. "오래전 내가 그녀석한테 열쇠들을 넘겨줬을 때, 열쇠 뭉치가 그것 하나뿐이었다고 생각하지는 않으시겠죠? 내가 설마 빈손 털고 물러날까! 천만에! 나는 아직도 원할 때 언제든 집안 구석구석을 뒤져볼 수 있다오. 가끔 그렇게 하기도 하고."

캐드펠은 노부인을 지그시 응시하면서 붕대와 연고들을 전대에 넣었다. "그 열쇠 뭉치도 대니얼의 아내에게 주실 생각인가요? 뭐, 말썽을 일으키실 생각이라면 손녀가 보는 앞에서 손자며느리한테 넘기시면 되겠군요."

"심술도 이제 그만둘 때가 됐지." 줄리아나 부인의 얼굴이 갑자기 침울해졌다. "내가 자진해서 열쇠를 내놓지 않으면 조만간 그것들이 내 손목을 비틀어 빼앗아갈걸. 하지만 하루 이틀쯤은 더 갖고 있을 생각이오. 아직 써먹을 데가 있으니까."

*

이 집은 줄리아나 부인의 것이요, 이 집 식구들 모두 그녀의 자손이었다. 집안에서 무엇이 끓어넘치고 곪아 터지건, 그건 모두 그녀가 처리해야 할 사안들이었다. 외부인의 접근은 사절이었다.

그날 오전 중반, 남자들은 가게에 나가 일하고 부엌에서는 수재나와 래닐트가 부지런히 움직이는 중이었다. 줄리아나는 심부름을 빌미 삼아 남아 있던 목격자인 마저리를 밖으로 내보냈다. 부인이 좋아하는 독한 포도주를 사려면 한참 떨어진 시내 저편까지 가야 했다. 홀에 혼자 남겨진 노부인은 자리에서 일어나 지팡이에 몸을 의지한 채 길게 드리운 치마 속에 손을 넣고는 자루에 감춰둔 열쇠 뭉치를 가만 끄집어냈다.

수재나의 방문은 열려 있었다. 그 방의 좁은 뒷문으로 나가면 건물과 부엌을 가르는 좁고 긴 마당까지 곧바로 나갈 수 있었다. 수재나의 방에 들어서자 두 여자의 희미한 목소리가 들려왔다. 내용은 불분명하지만 목소리만은 선명히 식별할 수 있었다. 늘 그렇듯 냉정하고 짤막하고 건조한 수재나의 목소리와 근심과 슬픔이 어린 하녀 아이의 목소리였다. 그 계집아이가 요전 날 하루 종일 집을 비웠다가 밤늦게 서둘러 돌아온 것을 노부인은 잘 알고 있었다. 누가 얘기해주지 않아도 그녀는 모든 것을 훤히 다 알았다. 수재나가 무참하게 이용당해왔으며, 이제는 너무 늦어 어찌할 도리가 없다는 것도! 부엌의 어린 계집애 또한 가슴을 졸이며 홀에서 진행되는 말다툼을 모두 귀담아들은 모양이었다. 그 아이는 자기한테 친절을 베풀어준 마님의 처지에 가슴 아파하고 있었다. 젊은 것들은 남의 일에 쉽게 흥분하고 연민에 휩싸이는 법. 그러나 노인은 어떤 일이 있어도 좀처럼 동요하지 않는다.

수재나의 방과 나란히 붙어 있는 광에는 소금에 절인 음식이 들어 있는 무거운 통과 기름 단지, 밀가루와 귀리와 건조식품을 넣어둔 항아리, 비곗살만 따로 담은 통, 마른 약초 다발 따위가 보관되어 있었다. 광의 문은 잠겨 있었다. 오래전 수재나에게 열쇠를 넘겨주기에 앞서 볼드윈 페치에게 부탁해 새로 깎아 지니고 있던 열쇠로 노부인은 그 문을 열고 들어갔다. 구수하고 알싸하고 향기롭고 짭짤한 온갖 냄새들이 한꺼번에 밀려들었다.

노부인이 그곳에 머문 시간은 아마 10분이 넘지 않으리라. 마저리가 포도주와 향료를 사 들고 돌아왔을 때, 그녀는 이미 광문을 잘 잠근 뒤 계단 밑 구석에 편안히 자리 잡고 앉아 있었다.

*

"제가 이 젊은이에게 계속 얘기하는 중입니다." 안젤름 수사는 마치 부상당한 사람의 상처를 다루듯 지극히 섬세하고 정교한 솜씨로 부서진 나뭇조각들을 짜 맞추면서 말을 이었다. "여기서 수도 서원을 하고 예배음악에 헌신하면 어떨지 생각해보라고 말입니다. 이 아이는 재능을 타고났어요. 어디서 이보다 더 나은 삶을 추구할 수 있겠습니까? 게다가 그렇게 되면 세상 사람들도 더는 이 아이를 괴롭히지 않을 겁니다."

릴리윈은 아무 말 없이 금발 머리를 조그만 절구 앞으로 기울인 채 레벡에 바를 수지를 열심히 빻아댈 뿐이었지만, 그 목과 뺨은 물론 머리꼭지까지 온통 벌겋게 달아올라 있었다. 물론 수도 서원을 하면 안전하고 평화로운 삶을 얻을 수 있으리라. 하지만 그건 그가 원하는 삶이 아니었다. 그 연약하고 근심 어린 내면을 스치고 지나가는 수많은 생각들 가운데 수도원에서의 은둔적 삶에 대한 소명의식 같은 건 포함되어 있지 않았다.

만일 릴리윈이 이 위기를 무사히 벗어나 래닐트를 데리고 떠난다면, 그다음에는 어떻게 될까? 또다시 가혹한 시련에 시달리다가 끝내 초라한 떠돌이 불한당으로 세상을 마감하게 되지는 않을까? 래닐트마저 입에 풀칠을 하느라 그와 함께 장터 같은 데 나가 도둑질이나 소매치기를 하게 되지는 않을까? 아니, 운이 나쁘면 그보다 더 위험하고 비참한 길로 나서게 될 수도 있었다. 캐드펠 수사는 묵묵히 일하고 있는 릴리윈을 지켜보며 생각에 잠겼다. 저 아이가 뒤집어쓴 절도죄와 강도죄의 진위를 밝혀주는 것으로는 충분치 않아. 여기서 무사히 나가게 될 땐 가혹한 운명과 충분히 맞서 싸울 수 있는, 광대 옷 이상 가는 무언가로 무장하게 해야 해.

"뭐든 배우는 게 아주 빨라요." 안젤름 수사는 연신 칭찬을 늘어놓았다. "시키는 대로 고분고분 잘 따르기도 하고요."

"좋아하고 사랑하는 일에 열중할 때는 확실히 더 그런 것 같군요." 캐드펠 수사는 그렇게 대꾸한 뒤 릴리윈을 향해 씩 웃어 보였다. 젊은이는 캐드펠과 눈이 마주치자 얼른 시선을 떨구고는 부지런히 손을 놀려 수지를 빻았다. "악보 대신 글을 가르치려 들면 열의가 사라질지도 몰라요."

"아니, 그건 잘못 생각하신 겁니다. 이 아이는 양쪽 모두에 열의를 보여요. 제가 1년만 데리고 있으면 라틴어 초보 수준은 넘어서게 될 겁니다."

릴리윈은 여전히 입을 꾹 닫은 채 고개를 숙이고 있었지만, 더없이 감사한 마음으로 귀를 기울였다. 자신의 결백함이 서서히 밝혀지는 중이라곤 해도, 아직 불신의 시선이 사라지지 않은 터였다. 그런데 이 선량한 이들은 벌써부터 그의 장래 계획을 세우고 있지 않은가! 그토록 친절하고 따뜻하게 대해주고, 자신을 믿어주며, 그 모든 것을 가르쳐주다니 어떻게 고마움을 표해도 모자랄 것이었다. 그러나 이곳은 릴리윈이 있을 곳이 아니었다. 릴리윈은 그 검은 머리의 작은 여인과 함께 발길 닿는 대로 이 세상을 떠돌아다니고 싶었다. 만일 무죄가 분명히 밝혀져 교수형을 면한다면 그녀와 함께 이곳을 떠날 작정이었다.

날이 어두워져 정교함을 요하는 작업을 더 이상 이어갈 수 없게 되자, 안젤름 수사는 릴리윈에게 손풍금을 가져와 노래를 불러달라고 부탁했다. 캐드펠 수사에게 릴리윈의 연주 솜씨를 직접 보여주고 싶어서였다. 릴리윈은 수도원에서 듣기엔 다소 불온한, 그러나 한편으로는 꽤 순수한 사랑 노래를 연주하기 시작했다. 안젤름 수사는 당황하거나 불안해하는 기색 없이 그 곡과 가사를 칭찬하고는, 기회가 닿으면 찬미가로 편곡할 수 있으리라는 생각에 재빨리 오선지에 옮겨 적었다.

저녁기도를 알리는 종소리와 함께 그들의 호젓한 여흥은 끝이 났다. 릴리윈은 얼른 손풍금을 치운 뒤 캐드펠을 따라가면서 그의 소맷자락을 붙잡았다.

"수사님, 래닐트를 만나셨습니까? 혹시 저 때문에 꾸지람을 듣지는 않았던가요?"

"만났지. 아무 근심 없이 편안한 모습으로 가운을 바느질하고 있더구먼. 자네 때문에 곤란한 일은 없었으니 걱정 말게나. 듣기로는, 어제 그 아이가 일을 하면서 노래를 다 흥얼거렸다던데."

릴리윈은 안도의 한숨을 내쉬더니 좋은 소식을 전해주어 고맙다고 속삭였다. 진실의 절반뿐이긴 해도 긍정적인 이야기만 하기를 잘했다고 캐드펠은 생각했다. 오늘 저녁에는 래닐트도 노래할 기분이 아닐 것이다. 제가 모시는 주인인 수재나가 다른 식구들과 말다툼을 벌이고 결국 인색한 할미와 아비가 남겨준 유일한 영역을 박탈당한 뒤 쫓겨나는 모든 과정을 목격하지 않았는가. 그리 다정한 주인이라 할 수는 없지만 그동안 추위와 굶주림과 매질로부터 그녀를 지켜주었고, 무엇보다 며칠 전에는 휴가까지 내주어 성자들의 유골 앞에서 혼인을 올릴 수 있게끔 해준 사람이었다. 그런 수재나가 내일이면 열쇠 뭉치를 젊은 라이벌에게 넘겨줘야 했다. 그 조그만 웨일스 소녀는 이제 슬픔에 빠져, 내일까지는 절대로 노래하고 싶은 마음이 들지 않으리라.

*

래닐트는 잠들지 않은 채 부엌 짚자리에 웅크리고 앉아, 아직 꺼지지 않은 단 하나의 불을 지켜보고 있었다. 이 인색한 집안 식구들은 초와 연료를 아끼느라 홀의 벽난로 불은 물론 집 안의 촛불과 등불까지 전부 끈 뒤 일찍 잠자리에 들곤 했다. 막 어둠이 내릴 무렵, 그러니까 마지막 기도가 끝나기도 전에 말이다. 어느새 완전히 한통속이 되어 노상 비둘기들처럼 구구거리는 신혼부부도, 나머지 식구들도 늘 해가 지자마자 잠자리에 들었다. 그러나 오늘은 달랐다. 광 안에서 아직 촛불이 빛나고 있었다. 래닐트는 광의 덧창 사이로 새어 나오는 길고 가는 빛줄기를 통해 이를 알 수 있었다.

래닐트는 신발도 가운도 벗지 않은 채 몸을 웅크리고 앉아 내내 그 가느다란 빛줄기를 바라보았다. 광 안에 있는 사람을 제외한 모두가 잠자리에 들었다는 것이 확실해지자, 그녀는 짚자리에서 살며시 일어났다. 그러곤 부엌과 본채 사이에 가로놓인, 잘 다

져진 좁은 마당을 살그머니 가로질러 수재나의 방문 앞에 찰싹 기대섰다.

수재나는 피로한 줄도 모르고 자신의 방과 광 사이를 부지런히 오가며 열심히, 의연하게 일하고 있었다. 어제 약속한 물품 목록을 작성하느라 꿀단지며 밀가루 부대며 기름과 비계가 든 항아리 하나하나를 세밀하게 헤아리는 것이리라. 마님에 대한 연민과 비통한 마음이 새삼 치밀어 올랐지만, 래닐트는 차마 그 안으로 들어갈 수 없었다. 마님이 자신을 보고 어떻게 나올지 두려웠다.

발걸음은 가볍고 날렵하면서도 단호했다. 수재나의 움직임은 늘 그랬다. 서두르는 기색 없이 모든 일을 재빨리 처리하곤 했다. 하지만 근심 어린 래닐트에게는, 안주인으로서 마지막으로 이 집을 돌아다니는 그 발걸음에 숨죽인 절망이 깃든 듯 느껴졌다. 아닌 게 아니라, 식구들이 안긴 경멸과 모욕이 수재나의 내면 깊숙이 배어들어 있으리라.

광의 덧창 너머 희미한 빛이 사라지는가 싶더니, 곧 침실의 덧문 틈으로 다시 빛이 새어 나왔다. 래닐트는 광문이 닫히는 소리와 열쇠 돌아가는 소리를 들었다. 설령 이것이 마지막 밤이라 할지라도, 수재나는 안전을 완전히 확인하지 않고서는 결코 잠을 이루지 못할 사람이었다. 마침내 모든 일을 다 끝마쳤으니, 이제 그녀도 침대로 갈 수 있을 것이다. 과연 잠을 이룰 수 있을지는 모르겠지만.

촛불이 꺼졌다. 래닐트는 부엌으로 돌아와 숨을 죽인 채 귀를 기울였다. 얼마나 시간이 지났을까? 문득 홀로 이어지는 문이 열리는 소리가 들렸다.

짧고 날카로운 소리가 이어졌다. 당혹감과 분노로 가득한 숨죽인 외침이었다. 래닐트는 견고하고 친숙한 무언가에 매달리고 싶은 마음으로, 한편 저 낭패한 외침의 이유가 무엇인지 궁금하기도 해, 기대 있던 문의 걸쇠에 손을 올렸다. 문은 건드리자마자 살짝 열렸다. 소리는 홀 저 안쪽에서 들려오고 있었다. 그 내용은 알 수 없으나, 줄리아나 부인의 것이 분명한 냉혹한 목소리였다. 쏘듯이 응답하는 수재나의 낮은 목소리도 이어졌다. 두 사람은 분노 어린, 그러나 한 베개를 베고 누운 남녀의 속삭임만큼이나 낮고 내밀한 음성으로 이야기를 주고받는 중이었다.

래닐트는 떨리는 손으로 문을 밀고 어둠 속을 더듬으며 홀 저편을 향해 살금살금 걸어갔다. 복도 높은 곳에 희미한 빛이 어른거렸다. 불빛은 계단 꼭대기에서 흘러나오는 듯했다. 노부인은 집에서 일어나는 일은 무엇이든 반드시 진상을 캐내어 야단을 치고 넘어가야 직성이 풀리는 사람이었다. 아무리 그래도 그렇지, 새로 들어온 손자며느리 편을 들어 자신의 손녀딸을 내쫓은 것만으로는 충분하지 않단 말인가!

수재나의 방문은 반쯤 열린 채였다. 래닐트는 문에서 서너 걸음 떨어진 곳에 서 있는 수재나의 왼쪽 옆모습, 어깨에서 치맛자락에 이르는 어두운 윤곽만을 볼 수 있었다. 그러나 이제 그들의 말소리는 아주 선명하게 들렸다.

"쉿, 목소리 낮춰!" 노부인이 낮게 으르렁거렸다. "자고 있는 식구들을 죄다 깨울 작정이냐? 밤을 지새울 사람은 너랑 나 두 사람이면 충분해."

노부인은 한 손에 작은 등을 들고 다른 한 손으로 불빛을 가린 채 계단 꼭대기에 서 있었다. 다른 식구들이 깰까 봐 신경을 쓰는 기색이 역력했다.

"아뇨, 나 하나면 충분해요. 하지만 여기 한 사람이 더 있네요!"

"그럼 너 혼자 일하게 두랴? 이렇게 늦은 시간까지 참 열심히도 종종거리는구나. 얼마나 부지런한지! 셈도 정확하고, 넘겨주는 것도 철저하고!"

"할머니건 그 계집애건 제가 밀가루 한 움큼, 꿀 한 방울 빠뜨렸다는 얘긴 못 하게 해야죠." 수재나는 매섭게 쏘아댔다.

"귀리 한 톨도 말이지?" 계단 꼭대기에서 낮고 은밀한 웃음의 진동이 번졌다. "부활절이 지났는데도 귀리 항아리가 아직 반 이상 차 있으니, 참 대단한 안주인이야! 네가 맡은 일을 잘해왔다는 점은 인정할 만하구나."

"다 할머니한테서 배웠죠." 수재나가 계단 발치께로 한 걸음 더 다가가며 래닐트의 시야에서 사라졌다. 이제 수재나는 아주 차분한 자세로 서서 어둠 속에 자기를 내려다보는 노부인을 올려다보고 있었다. 흡사 그 늙은 얼굴을 향해 숨죽인 신랄한 항의의 외침을 정면으로 내쏘는 듯했다. 문 앞 마루판에 드리운 널찍한 그림자로 보아 수재나는 망토를 걸치고 있는 것 같았다. 밤의 냉기 속에서 늦게까지 일하려면 그게 필요했으리라. "자, 이제 저를 어떻게 할 작정이시죠?" 수재나는 낮은 목소리로 또박또박 말을 이었다. "저를 위해 준비해놓은 자리라도 있나요? 어디, 수녀원으로 갈까요?"

갑자기 두 팔을 들어 망토를 활짝 펼치기라도 한 듯, 문 앞을 가로지른 그림자가 크게 요동쳤다.

숨죽인 입씨름 끝에 튀어나온 날카로운 외마디 비명. 그 섬뜩한 소리에 래닐트는 그만 자제력을 잃고 문을 열어젖히며 홀로 뛰어나갔다. 줄리아나 부인이 계단 꼭대기에서, 조금 전 수재나의 검은 그림자가 그랬던 것처럼 온몸을 부들부들 떨고 있었다. 노부인의 왼손에 들린 등이 기름을 뚝뚝 떨구며 한쪽으로 기울었다. 그녀의 오른손은 가슴을 격렬하게 움켜쥐었고, 섬뜩한 비명을 발했던 입은 늘어진 뺨 밑에서 비틀리고 있었다. 래닐트가 놀라 바라보는 가운데 다시금 노부인의 몸이 앞으로 기우뚱하는가 싶더니, 이내 계단 아래로 굴러 마루판에 늘어졌다. 손에서 날아간 램프가 불타는 기름의 꼬리를 길게 남기며 수재나의 발치께에 떨어질 때까지, 그 모든 장면이 극히 짧은 순간에 지나갔다.

10

목요일 밤에서 금요일 새벽 사이

래닐트는 가연성 물질을 만나 확 피어나기 시작한 뱀 같은 불줄기를 향해 부리나케 달려들어 정신없이 바닥을 두드리며 불을 끄기 시작했다. 벽 가까운 마룻바닥을 더듬다 보니 천으로 감싸인 보따리의 단단한 귀퉁이가 손에 닿았다. 보따리의 해진 매듭 끝에서 타고 있는 불길을 두드리자 불똥 몇 개가 공중으로 튀어올라 조그만 나뭇조각들에 옮겨붙었다. 래닐트는 무릎을 대고 기어다니며 그것들까지 모조리 치맛자락으로 눌러 껐다. 마침내 주위가 다시 칠흑같이 어두워졌다. 이 소동으로 금세 집 안의 모든 사람들이 깨어났을 것이니 그 어둠이 오래가지는 않을 터였다. 래닐트는 노부인이 쓰러진 곳을 찾느라 되는 대로 주위를 더듬었다.

"제자리에 가만있어." 뒤편 어둠 속에서 수재나의 목소리가 들려왔다. "내가 불을 켤게."

수재나는 여느 때처럼 재빠르게 몸을 놀려 방으로 가서는 침대 곁에 놓인 부싯돌과 부싯깃을 찾아냈다. 얼른 초를 켜고 홀로 돌아와 벽에 달린 등잔의 기름램프에 불을 옮겨붙이자 래닐트가 몸을 일으켜 계단 발치에 엎어져 있는 줄리아나 부인 곁으로 달려갔다. 수재나가 한발 앞서 달려와 할머니 곁에 무릎을 꿇고는 전신을 더듬으며 뼈가 부러진 데가 있는지 확인한 뒤 몸을 뒤집어 똑바로 눕혔다. 곧바로 추락한 게 아니라 계단을 차례로 굴러서인지, 다행히 노부인의 뼈는 멀쩡했다.

이윽고 온 식구들이 초를 한 자루씩 들고 헐떡거리면서 달려와 무슨 일이냐고 외쳐댔다. 대니얼과 마저리는 급히 나오느라 가운 하나를 나누어 둘러썼고, 월터는 여전히 잠이 덜 깨어 흐릿한 눈을 끔벅거리며 투덜대고 있었다. 예스틴도 지하실에서 바깥 계단을 뛰어 올라와 래닐트가 열어둔 수재나 방의 뒷문을 통해 홀 안으로 들어왔다. 모두들 평소의 절약 정신을 잊은 채 불을 있는 대로 켜서 들고 있었다.

다들 놀라고 당황한 데다 졸음기가 가시지 않아 허둥대며 정신없이 수재나와 래닐트의 주위로 몰려들었다. 연기 자욱한 불꽃과 가물거리는 그림자들이 마룻바닥에 조용히 무릎 꿇고 있는 두 사람 주위에서 어지럽게 춤추며 홀 안을 가득 채웠다.

"어떻게 된 거야?"

"요란한 소리가 나던데, 무슨 일이지?"

"할머니는 침대에서 나와 뭘 하고 계셨던 거야?"

"왜 타는 냄새가 나지?"

"누가 이런 짓을 저지른 거야?"

수재나는 한 팔로 할머니의 몸을 안고 다른 손으로 그 잿빛 머리를 감싸 얼굴을 위로 향하게 했다. 이어 싸늘한 눈빛을 번쩍이며 주위를 둘러싼 채 법석을 떠는 식구들을 노려보았다. 다른 사람들은 눈치채지 못했지만, 래닐트는 그 눈에서 강한 경멸감을 읽어낼 수 있었다. 이는 자신의 팔에 안겨 늘어진 할머니를 제외한 이 집의 모든 식구들을 향한 것이었다.

"모두들 조용히 좀 해요. 이렇게 난리를 쳐봐야 아무 도움도 안 돼요. 보고도 모르겠어요? 할머니는 내 일이 어떻게 되어가나 보려고 등을 들고 나오셨다가 저번처럼 심장 발작을 일으켜 쓰러지셨어요. 이게 마지막이 될지도 몰라요. 래닐트가 다 얘기해줄 거예요. 이 아이도 할머니가 쓰러지는 걸 봤으니까."

"예, 저도 봤어요." 래닐트는 몸을 떨며 말했다. "할머님께서 등을 떨어뜨리고 가슴을 움켜쥐더니 쓰러지셨어요. 그때 등에서 흘러나온 기름에 불이 붙어 제가 얼른 껐는데……." 래닐트는 보따리가 있던 벽 쪽으로 고개를 돌렸으나 지금 그 자리에는 아무것도 보이지 않았다. "할머니는 아직 살아 계세요…… 보세요, 숨을 쉬시잖아요…… 들어보세요!"

사실이었다. 그들이 숨을 죽이자, 얕고 불규칙하게 가르랑대는 숨소리가 분명하게 들렸다. 노부인의 얼굴 한쪽은 완전히 비틀려 있었다. 입도 한쪽으로 돌아간 채였고, 반쯤 벌어진 눈꺼풀 너머로는 눈자위가 허옇게 빛났다. 몸의 반신은 막대기처럼 뻣뻣했으며, 한쪽 손과 손가락들 역시 뒤틀린 채 딱딱하게 굳어 있었다.

수재나가 그들 모두를 돌아보면서 지시를 내리기 시작했다. 이 순간 아무도 그 말을 거역하지 못했다. "아버지는 대니얼하고 같이 할머니를 침대로 옮겨주세요. 뼈가 부러진 데는 없지만 감각이 전혀 없으세요. 지금은 아무것도 못 삼키시니 약을 드릴 수도 없을 거예요. 마저리는 할머니 방에 있는 조그만 화로에 불을 피우도록 해. 다시 정신을 차리실지 어떨지는 알 수 없지만, 나는 할머니가 소생할 때를 대비해 향료를 넣은 포도주를 준비할게."

이어 수재나는 래닐트의 어깨 너머, 다른 이들의 그림자들 속에서 어찌할 바를 몰라 입을 꾹 닫고 서 있는 예스틴을 바라보았다. 그녀의 얼굴은 대리석처럼 싸늘하게 굳은 채였으나 두 눈만은 맑게 빛나고 있었다. "예스틴, 수도원에 가서 캐드펠 수사님께 좀 와달라고 해줘요. 간혹 약을 만드느라 늦게까지 깨어 계시곤 하거든요. 오늘은 일찍 잠자리에 드셨다 해도 문지기가 부르면 일어나실 거예요. 그분은 당신이 필요할 때면 언제든 와주겠다고 약속하셨어요. 지금이 바로 그때고요."

예스틴은 말없이 수재나를 바라보다가 들어올 때만큼이나 조용히 돌아서서 문밖으로 달려 나갔다.

*

아직 그리 늦은 시각은 아니라. 수도원 숙사에 든 수사들 중 절
반가량은 이리저리 뒤채며 억지로 잠을 청하거나 눈을 감은 채
강렬한 옛 기억들을 더듬고 있었다. 내일 달일 약초즙을 만드느
라 작업장에서 늦게까지 약초들을 빻다가 돌아온 캐드펠 수사는
취침 전 기도를 드리는 중이었다. 그때 문지기가 복도 끝에 있는
방문을 열고 그를 찾았다. 캐드펠은 조용히 일어나 본채의 계단
과 예배당을 통과해 문지기실로 가서 자기를 찾아온 심부름꾼을
만났다.

"노부인이 말인가?" 작업장에 들를 필요는 없었다. 줄리아나
부인에게 줄 만한 약은 이미 다 가져다준 뒤였고, 약들이 아직도
쓸모가 있는지는 모르겠으나 수재나도 그 사용법을 잘 아는 터였
다. "증세가 그렇게 심각하다면 서두르는 게 좋겠군그래."

캐드펠은 바삐 큰길을 지나 다리로 올라서며 예스틴에게 이런
저런 것들을 물었다.

"이 시각에 노부인이 일어나서 움직였다고? 발작은 어쩌다 일
어난 건가?"

"수재나 마님이 광의 물건들을 조사하느라 늦게까지 일하고
있었습니다." 예스틴은 보조를 맞춰 걸음을 옮기며 그의 질문에

대답했다. "열쇠들을 넘겨줘야 할 처지였으니까요. 그런데 줄리아나 부인이 일어나셨습니다. 아마 수재나 마님이 뭘 하고 있나 보려고 그러셨나 봅니다. 하필 계단 꼭대기에서 발작이 일어나 아래로 굴러떨어지셨어요."

"발작이 먼저였나? 그래서 굴러떨어지셨고?"

"그들 말로는 그렇다더군요."

"그들이라니?"

"하녀도 거기 있었거든요."

"지금 그분 상태는 어떤가? 노부인 말일세. 어디 뼈라도 부러졌나? 몸은 자유롭게 움직이시고?"

"수재나 마님 말로는 부러진 데는 없는 것 같답니다. 하지만 몸 반쪽이 막대기처럼 뻣뻣해요. 그쪽 얼굴도 심하게 돌아갔고요."

그들은 더 이상 아무 말 없이 성문 안으로 들어섰다. 캐드펠이 밤늦게 시내를 왕래하는 일이야 흔한 경우라 문지기들은 별다른 질문 없이 두 사람을 통과시켜주었다. 와일가의 구불구불하고 가파른 언덕길을 오르는 동안에도 그들은 말없이 숨만 헐떡거렸다.

"지난번에 내가 경고를 했건만……." 마침내 경사가 완만해지는 곳에 이르자 캐드펠이 입을 열었다. "노기를 누그러뜨리지 않아 또 발작이 일어나면 그땐 정말 끝이라고 말이야. 오늘 아침 집에서 한바탕 소동이 일어날 때도 잘 참고 계시더니 갑자기 이게 무슨 일인지…… 말해보게, 오늘 밤에 또 노부인의 속을 뒤집어놓을 만한 무슨 일이라도 있었던 건가?"

그걸 안다 해도 입 밖에 낼 예스틴이 아니었다. 그는 늘 모든 얘기들을 가슴에 묻어놓은 채 일만 하는 과묵한 사람이니까.

월터는 각등을 들고 골목 입구까지 나와 조바심을 내며 그들을 기다리고 있었다. 그와 함께 홀 안으로 들어서니 초 여러 자루가 타오르는 가운데 가운 차림으로 하릴없이 돌아다니는 대니얼의 모습이 보였다. 월터는 그제야 이 엄청난 낭비의 현장을 알아보고는 부지런히 홀 안을 돌아다니며 불붙은 초의 심지 몇 개를 손으로 눌러 껐다. 연기와 함께 진한 심지 냄새가 홀 안을 가득 메웠다.

"할머니는 침대로 옮겨다 놨습니다." 흡족했던 기분을 단번에 망쳐놓은 이 엄청난 사건에 얼이 빠진 채, 대니얼은 불안하고 초조한 어조로 말했다. "여자들이 할머니 곁에 붙어 있어요. 모두 수사님이 오시기만을 기다리고 있으니 어서 올라가시죠." 이어 그 역시 얼른 해결되지 않으면 결코 마음이 편치 않을 어떤 말썽거리에 이끌리듯 일행을 따라 계단을 올랐으나, 환자의 방문 앞에서 서성거리기만 할 뿐 안으로 들어서지는 않았다. 예스틴은 계단 발치에 남아 있었다. 이 집에서 일하는 동안 그는 단 한 번도 그 계단을 올라가본 적이 없었다.

넓은 돌판 위에 놓인 화로에서 숯불이 이글거리며 타올랐고, 벽에 붙은 선반 위에는 조그만 등이 놓여 있었다. 2층 방에는 천장이 없어 궁륭 모양으로 솟은 지붕이 바로 올려다보였는데, 지붕과 벽 모두 어두운 빛깔의 판재로 덮여 있었다. 좁은 침대 한쪽에 창백한 얼굴로 서 있던 마저리가 캐드펠 수사의 모습을 보더니 얼른 그늘 속으로 물러서며 길을 내주었다. 그 맞은편에서 꼿꼿하게 서 있던 수재나는 이쪽을 힐끗 돌아보고는 이내 원래의 자세로 돌아가 침묵을 지켰다.

캐드펠은 침대 곁에 무릎 꿇고 앉았다. 줄리아나 부인은 살아 있었다. 감각도 대부분 멀쩡한 듯했고, 뒤틀린 얼굴에 박힌 두 눈 역시 생생한 빛으로 캐드펠의 눈을 응시했다. 그가 누구인지 알아본 게 분명했다. 그 찡그린 표정은 아마도 씁쓸한 미소이리라.

"대니얼을 보내 어서 사제를 모셔 오시오." 캐드펠은 노부인의 얼굴을 들여다본 뒤 숨김없이 말했다. "이제는 나보다 그분이 더 필요할 테니까." 노부인도 캐드펠의 조처에 감사할 터였다. 그녀는 자신이 죽어가고 있다는 걸 알고 있었다.

캐드펠은 수재나에게로 시선을 돌렸다. 이제 누가 이 집안의 주도권을 쥐고 있는지는 자명했다. 서로 물고 뜯으며 한바탕 싸움을 벌였지만, 이 집안에서 노부인에 버금가는 통솔력을 지닌 혈육은 수재나 한 사람뿐이었다. "그사이 부인께서 뭐라 말씀은 하셨소?"

"아뇨, 전혀." 수재나는 낮고 차분하고 냉정한 목소리로 짧게 답했다. 아름답고 대담하고 유능한 안주인이었을 50년 전의 부인, 자신보다 기질이 약하고 능력도 떨어지는 남자와 결혼한 할머니의 젊은 시절을 연상케 하는 모습이었다. 그녀는 죽어가는 노부인을 위해 할 수 있는 모든 일을 했고, 이제 그 뒤틀린 입에서 흘러나올지 모를 마지막 말을 기다리며 서 있었다.

"사제님이 얼른 오셔야 할 텐데요." 수재나가 몸을 기울여 할머니의 처진 입술 귀퉁이로 흘러나오는 침을 닦아준 뒤 입을 열었다. "임종 때 기도를 올려드리겠다고 할머니랑 약속했어요. 할머니도 때가 온 걸 아시는 것 같네요."

이는 육신의 죽음 이후에도 영원히 살아 있을 영혼을 위한 행위이자, 그동안 노부인이 수도원에 보내온 그 모든 기부금이 헛되지 않음을 확인하는 행위였다. 노부인의 희미한 두 눈에는 여전히 반짝이는 빛이 어려 있었다. 알아들었다는 신호. 이제 어디로 가든, 자신에게 모종의 보상이 돌아오리라는 것을 그녀는 잘 알았다. 하지만 그뿐이었다. 부인은 말 한 마디 꺼내지 않았고, 입을 열려는 시도조차도 하지 않았다.

마저리는 기꺼운 마음으로 방을 나가 남편에게 사제를 모셔 오라 전하고는 다시 들어오지 않았다. 월터는 아래층의 촛불 대부분을 꺼버린 뒤 남은 몇 개도 전부 꺼야 할지 고민하는 중이었다. 캐드펠과 수재나만 방에 남아 침대 양편에서 죽어가는 노부인을 지켜보고 있었다.

시체나 다름없는 몸으로 누운 채, 줄리아나 부인은 아직 살아 있는 두 눈을 들어 캐드펠의 얼굴을 가만히 응시했다. 오로지 자기 자신만을 의지하는 그 의연한 눈을 보며 캐드펠은 노부인의 뜻을 감지했다. 그녀는 여전히 이 집안의 가장이었다. 이 집은 그녀의 것이었고, 그녀에겐 그 자신이 아닌 어떤 심판관도 필요치 않았다. 현격한 성격 차이에도 불구하고, 오랫동안 시간을 보내 오며 두 사람은 서로를 높이 평가하고 존경하게 되었다. 캐드펠 은 이 집안의 소유권이 그녀에게 있음을 알았으며, 기꺼이 이를 인정했다. 갑자기 노부인의 뒤틀린 입이 달싹거렸다. 중요한 이 야기를 하려는 듯한 기미가 보여 캐드펠은 허리를 숙이고 그녀의 입술 가까이 귀를 갖다 댔다.

식별하기 어려운 힘겨운 웅얼거림 끝에, 탁한 목소리가 흘러나 왔다. "모든 게…… 내 탓이오……." 이어 그녀는 무어라 표현 하기 어려운 복잡한 생각의 격류 속에서 허우적거리다가 떨리는 한숨과 함께 몸을 늘어뜨렸다. 전류와도 같은 경련이 노부인의 굳은 몸을 타고 흘렀다.

"그 모든 것에도 불구하고…… 내 증손자를…… 안아보고 싶 었어……."

캐드펠이 채 고개를 들기 전에 줄리아나 부인은 눈을 감았다. 하지만 그 눈을 감긴 것은 죽음이 아니라 그녀의 의지였다. 그렇 게 눈을 감은 채 그녀는 사제가 올 때까지 기다렸다.

*

노부인은 다시 입을 열지 않았다. 지상에서의 죄를 인정하는 지, 죄 사함을 받고 싶은지 묻는 사제의 질문에도 눈꺼풀만 움직여 응답을 대신했다. 이윽고 죄가 소멸되었다는 선언이 떨어지자, 줄리아나 부인은 조용히 숨을 거뒀다.

수재나 역시 한 마디도 꺼내지 않은 채 노부인의 임종을 지켜보았다. 모든 것이 끝나자, 그녀는 허리를 숙여 가죽처럼 거칠고 차가운 할머니의 뺨과 이마에 입을 맞추었다. 여전히 대리석같이 무표정했지만, 의무감이 아니라 정말로 마음에서 우러나온 듯한 태도였다. 곧 수재나는 캐드펠과 함께 아래층으로 내려가면서 그동안 여러 가지로 마음을 써준 것에 대해 감사의 뜻을 전했다.

"할머니가 수사님께 수고만 끼치고 제대로 보답도 못 하셨다는 거 알아요." 그녀는 쓸쓸한 미소를 머금은 채 담담히 말했다.

"그런 말은 나보다 당신이 들어야 할 것 같은데." 캐드펠의 대꾸에 수재나의 입술 양 귀퉁이가 오목하게 패었다. "나는 당신 할머님을 존경했소. 물론 애정까지는 품을 수 없었지…… 그분도 그런 걸 요구하지 않았고 말이오. 한데, 당신은 어떻소?"

수재나가 마지막 계단을 내려왔다. 래닐트는 마님과 함께 밤을 새우고 싶은 마음에, 그러나 주제넘은 행동이 아닐까 염려하며 벽에 기댄 채 가만히 웅크리고 서 있었다. 수재나가 할머니의 방으로 들어간 이후 그 아이는 마님이 자신을 불러 무슨 일이라도 시켜주기를 바라며 줄곧 거기서 기다리고 있었다.

"이 댁에서 당신의 반만큼이라도 할머님을 사랑한 사람이 있을지 의문이군." 캐드펠이 생각에 잠긴 표정으로 중얼거렸다.

"제 반만큼이라도 미워한 사람이 있을지도 의문이고요." 수재나가 고개를 들고 캐드펠을 응시했다.

"그 두 감정은 공존하는 경우가 많지." 캐드펠은 당황하지 않고 말을 받았다. "그 이유야 물어볼 필요도 없을 거예요."

"그렇겠죠. 저는 다시 할머니한테 가봐야겠어요. 시신을 수습해야죠. 마지막까지 제 도리를 다할 거예요." 수재나는 고개를 돌리고 부드럽게 말을 이었다. "래닐트, 주인어른에게 각등을 받아 캐드펠 수사님을 배웅해드리럼. 그런 다음에는 가서 자도 좋아. 이제 네가 할 일은 없으니까."

"저도 마님이랑 밤을 새우고 싶어요." 래닐트는 기어들어가는 목소리로 말했다. "뜨거운 물이며 할머님께 입힐 옷들이며, 그런 게 필요하잖아요. 할머님을 옮길 때 저도 거들게요. 심부름도 하고요." 여기 있는 이들로는 충분치 않다고 생각하는 눈치였다. 하기야, 아들과 손자 내외가 이 노부인의 죽음을 슬퍼하기나 할까? 줄리아나 부인의 죽음은 그들에게 먹일 입 하나가 줄어들었다는 의미 이상도 이하도 아닐 것이다. 식구들 모두를 성가시게 하던 그 사나운 목소리와 날카로운 눈매가 사라져버렸다는 건 새삼 말할 필요도 없었다.

월터가 이미 촛불과 각등 하나만 남긴 채 실내의 불을 모조리 꺼버린 터였다. 이 어둠 속에서 수재나는 눈을 크게 뜨고 자기를 바라보는 작은 여자아이를 한동안 지그시 응시하다가 입을 열었다. "그래, 그렇게 하렴. 잠은 내일 낮에 자면 되니까. 그때쯤이면 마음도 많이 가라앉아 있을 거고. 자, 일단은 캐드펠 수사님을 큰길까지 배웅하고 오렴. 그런 다음 너랑 나랑 둘이서 할머니를 염하도록 하자."

*

"너도 거기 있었느냐?" 캐드펠은 래닐트의 뒤를 따라 칠흑같이 어두운 통로를 지나가며 부드럽게 물었다. "어떤 일이 일어났는지 다 봤고?"

"예, 수사님. 전 깨어 있었거든요. 도무지 잠이 안 와서…… 수사님도 오늘 아침에 있었던 일을 보셨잖아요. 식구들 모두가 마님께 등을 돌리고, 할머님도 마님더러 자리를 넘겨주라고……."

"그래, 알지. 그리고 넌 마님 때문에 가슴 아파했었고."

"마님은 저한테…… 나쁘게 대하신 적이 한 번도 없었어요……." 그렇게 싸늘한 냉기를 뿜어내는 주인에게 차마 친절하다는 표현은 쓸 수 없으리라. "그렇게 하루아침에 마님의 등을 떠밀어낸 건 공정한 일이 아니었어요."

"마음이 아파 잠을 못 이루고 마님의 기척에 귀를 기울이고 있었겠구나. 그래서, 일이 정확히 언제 일어난 거냐?"

래닐트는 다시 그 순간으로 돌아간 듯 자신이 기억하는 모든 일을 아주 자세하고 생생하게 이야기했다. 할머니와 손녀 사이에 오간 말들, 발작을 예고하는 날카로운 비명, 자신이 홀 안으로 뛰어 들어가 목격한 모습, 노부인이 헐떡거리고 경련을 일으키며 가슴을 쥐어뜯다가 계단 아래로 굴러떨어진 정황까지 전부 다 설명했다.

"그때 다른 사람들은 없었니? 계단 위, 노부인 가까이에 아무도 없었어?"

"예, 아무도요. 그리고 할머님이 굴러떨어지는 순간 램프를 떨어뜨렸어요." 마룻바닥에 가느다란 뱀 모양으로 불줄기가 번지고, 불똥이 사방으로 날아다니고, 구석에 있던 보따리의 매듭에 갑자기 불이 옮겨붙은 일들은 굳이 얘기하지 않아도 될 것 같았다. "겨우 불을 꺼서 홀이 온통 캄캄해지자 마님이 가만히 기다리라고 말씀하시곤 불을 가지러 가셨고요."

그때 노부인이 계단에서 굴러떨어진 건 의심할 여지가 없는 사실이었다. 추락을 저지할 만한 사람은 아무도 없었고, 유일한 목격자인 두 여자는 계단 아래 서 있었다. 그들이 신속하게 할머니를 구하러 나서지 않았거나 급히 수도원으로 사람을 보내지 않았더라면 캐드펠은 제때 도착해 줄리아나 부인의 임종을 볼 수 없었으리라. 게다가 그 말, 노부인이 죽기 전에 남긴 마지막 말을 놓쳤다면 어쩔 뻔했는가! "모든 게…… 내 탓이오…… 그 모든 것에도 불구하고…… 내 증손자를…… 안아보고 싶었어……."

노부인이 유일하게 애착을 보였다는 혈육인 그 손자가 이제 장가를 들었으니, 아직 나오지도 않은 미래의 자손을 안아보겠다고 허우적거린 것도 이상한 일은 아니었다.

"아니, 멀리까지 나올 것 없다. 그만 들어가보거라. 나도 이 길은 잘 아니까."

래닐트는 얌전히, 그러나 다소 급한 걸음으로 돌아갔다. 캐드펠은 생각에 잠긴 채 먼 길을 걸어 수도원의 방으로 돌아왔다. 잠자리에 누워서도 오늘 밤의 사건을 두고 이리저리 생각해보았으나 별다른 성과는 없었다. 어쨌든 노부인의 죽음에 범죄적인 요소가 개입되지 않은 것만은 확실한 듯했다. 줄리아나 부인은 전에도 두 번이나 겪었던 심장 발작을 일으켜 계단에서 굴러떨어졌다. 바로 그날 오전 손녀딸과 손주며느리 사이에 벌어졌던 심한 말다툼은 격한 성미를 지닌 노부인의 몸과 마음에 큰 충격을 주고도 남을 만한 사건이니, 발작이 그보다 일찍 일어나지 않은 게 오히려 이상할 지경이었다. 하지만 그 모든 정황에도 불구하고, 캐드펠로서는 노부인의 죽음을 그 전에 일어난 살인사건이나 릴리윈이 범인으로 고발당한 범죄들과 따로 떼어 생각할 수가 없었다. 그 모든 사건을 하나로 연결하는 끈 같은 게 존재하는 것만 같았다. 아니 그런 게 분명히 있어야 했다. 어떤 괴이한 우연이 작용했길래 도시의 평범한 집안에서 그런 식으로 재앙이 연달아 일어난단 말인가. 그런 우연은 있을 수 없다. 누군가의 손, 인간의 손이 이 사건들을 연결하는 끈을 잡아당긴 것이다. 그 추진력이 어디쯤에서 멈추어 마침내 연속적인 재앙을 끝낼 것인지는 미지수였다. 이런저런 생각들로 캐드펠은 그날 밤을 반쯤 새우다시피 했다.

*

　줄리아나 부인의 주검이 안치된 방에는 침대 머리맡에 놓인 등하나만 부릅뜬 눈동자처럼 빛을 발하고 있었다. 황혼과 새벽 사이, 온 도시가 고요한 어둠에 잠긴 가운데, 마침내 모든 일을 끝낸 수재나는 침대 한편에 놓인 간이의자에 앉아 두 손으로 한쪽 무릎을 감싸 쥐었다. 래닐트는 침대 발치께에 웅크리고 있었다. 몹시 피로했으나 자신의 초라한 잠자리로 돌아가고 싶지 않았다. 가봤자 잠도 오지 않을 것이었다. 그들의 머리 위로 높이 솟은 목조 지붕에도 짙은 어둠이 걸려 있었다. 둘은 살아 있고 하나는 죽은 상태인 세 여자가 몇 시간 동안 세상으로부터 단절된 채 깊은 침묵 속에 모여 있었다.

　줄리아나는 꼿꼿하고 단정하게 누워 있었다. 잿빛 머리를 부드럽게 빗어 넘기고 맨얼굴을 드러낸 채 시트를 덮은 모습이 꼭 잠들어 있는 것만 같았다. 뒤틀리고 일그러졌던 근육도 모두 풀어지며 그녀를 평화롭게 놓아준 터였다.

　두 여자는 일이 모두 끝날 때까지 한마디도 꺼내지 않았다. 마저리가 마지못해 돕겠다 나섰지만 수재나가 단호히 거부했고, 나머지 식구들도 모두 쫓아버렸다. 다들 서운한 기색은 전혀 없이 모든 일을 수재나에게 맡겨둔 채 각자의 침대로 돌아갔다. 그렇게 마님과 하녀만이 남아 철야를 시작했다.

　"마님, 추우시죠?" 수재나의 몸이 떨리는 것을 보고 래닐트가 조심스럽게 입을 열었다. "망토를 가져올까요? 광을 오갈 때도 망토를 걸치고 계셨잖아요. 지금은 가만 앉아 계시는 데다 냉기도 더 심해졌으니 몸에 두를 것이 필요할 거예요. 제가 얼른 내려가서 가져올게요."

"괜찮아. 추운 게 아니라, 괜히 섬뜩한 생각이 들어서 그래." 수재나가 멍하니 대답하고는 고개를 돌려 음울한 눈빛으로 래닐트를 가만 바라보았다. "나 때문에 마음이 심란한 모양이구나. 아까 그 일이 일어났을 때 넌 아주 빨리 달려왔지. 전부 다 보고 들었니?"

래닐트는 훔쳐봤다고 꾸중을 들을까 봐 몸을 움츠렸지만, 수재나의 목소리는 평온했고 표정도 담담했다. "그게…… 일부러 엿듣지는 않았어요. 몇 마디는 그냥 들려서 어쩔 수 없이…… 할머님께서 안주인 자리를 잘 넘겨줬다며 마님을 칭찬하셨죠. 아마 마님께 미안한 기분이 드셨던 모양이에요. 할머님이 그런 생각을 하시는 건 좀 이상하지만요. 아, 그리고 마님이 귀리를 반 이상 남겨놓은 걸 칭찬하시는 것도 들었어요. 결국 할머님도 마님이 그런 대우를 받게 된 게 안타까웠던 모양이에요. 마님이 누구보다 집안을 잘 관리한다고 여기셨던 거죠."

"할머니는 당신이 모든 살림을 도맡아 하고 모든 책임을 짊어지던 시절로 돌아가고 싶어 하시는 것 같았어. 옛 시절로 말이야." 램프 불빛을 받아 어둠 속에서 번쩍이는 수재나의 커다란 두 눈이 래닐트의 얼굴을 지그시 응시했다. "그 통에 손에 화상을 입었구나. 미안하다."

래닐트는 두 손을 얼른 무릎 사이에 감추었다. "대단치 않아요. 매듭 끝에 불이 붙은 걸 몰랐어요. 제 실수죠. 아프지는 않아요."

"매듭 끝……?"

"불난 자리에 놓여 있던 보따리의 매듭 말예요. 그 끝자락 실이 풀려 있더라고요. 제가 알아채기도 전에 거기 불이 붙었어요."

"저런!" 수재나는 잠시 할머니의 얼굴을 묵묵히 내려다보았다. 잠시 후, 그녀의 입술 양끝이 가볍게 올라가는가 싶더니 말이 튀어나왔다. "그래, 거기 보따리가 하나 있었지? 나는 망토를 걸치고 있었고…… 꽤 놀랐을 텐데 볼 건 다 봤구나."

래닐트는 입을 꼭 다문 채 마님의 얼굴을 지켜보았다. 갑자기 자신이 금지된 장소에 함부로 들어갔고, 그렇게 자기도 모르게 마님의 영역을 침범했다는 생각이 들면서 두려운 마음이 일었다.

"지금은 그 보따리에 뭐가 들어 있었을까, 또 촛대에 불을 붙이는 사이 그게 어디로 사라졌을까 궁금하겠지? 내 망토의 행방에 대해서도 말이야!" 수재나는 그 근엄한 눈에 보일락 말락 한 희미한 미소를 머금고 래닐트의 겁먹은 얼굴을 지그시 바라보았다. "그래, 당연히 궁금할 거야."

"제게 화나셨나요?" 래닐트가 기어들어가는 목소리로 물었다.

"아니. 화낼 이유가 어디 있겠니? 가끔 난 그런 생각이 들더구

나. 네가 여자 대 여자로서 나를 가엾게 여긴다고 말이야. 내 말이 틀렸니, 래닐트?"

"오늘 아침……" 래닐트는 아직도 두려움이 가시지 않아 더듬거리며 말을 이었다. "오늘 아침에는 정말 가슴이 아팠어요……."

"나도 알아. 너도 이 집 식구들이 나를 얼마나 얕보는지 똑똑히 목격했지." 수재나는 어린아이를 대하듯 아주 다정하고 차분하게 이야기했다. "또 다들 나를 얼마나 함부로 대해왔는지도 알고 있었을 테고. 엄마가 죽고 할머니가 늙어가면서 나는 쓸모 있는 존재가 되었어. 하지만 동생이 아내를 얻자마자 모든 게 달라졌지. 오랫동안 애써온 모든 게 다 허사가 되어버렸어. 남편도 재산도 없는 빈털터리로 하루아침에 내 자리에서 쫓겨난 거야."

또다시 침묵이 이어졌다. 래닐트는 수재나를 향한 연민과 이 집안 식구들의 몰인정한 처사에 대한 분노로 가슴이 터질 듯했지만 혀가 얼어붙어 아무 소리도 낼 수 없었다. 높이 치솟은 지붕 들보들로 둘러싸인 어둠 속에서 가벼운 바람이 일어 등불의 희미한 빛이 일렁였다.

"래닐트," 수재나는 심각한 얼굴로 살며시 입을 열었다. "너, 비밀을 지켜줄 수 있겠니?"

"그럼요, 마님의 비밀이라면요."

"다른 사람한테 절대로 발설하지 않겠다고 맹세하면 아무도 모르는 비밀을 하나 얘기해줄게."

래닐트는 진심을 다해 맹세했다. 마님이 그 정도로 자기를 믿어주다니 그저 고맙고 기쁠 뿐이었다.

"그리고 내가 하려는 일을 좀 도와줄래? 너만 돕겠다고 나서면 난 기꺼이⋯⋯ 아니, 네 도움이 꼭 필요해!"

"마님을 위한 일이라면 뭐든 있는 힘을 다해 돕겠어요." 그 누구도 래닐트에게 그런 식으로 간곡히 무언가를 부탁한 적이 없었다. 그동안은 모두가 그녀를 별 볼 일 없는 하찮은 하녀로만 취급하지 않았던가.

"그래, 네 말 믿어." 수재나는 등불 쪽으로 몸을 기울이면서 말을 이었다. "그 보따리와 망토 말이지, 그건 내가 촛불을 가져오기 전에 따로 치웠어. 내 침실에다 감춰뒀지. 할머니가 갑자기 돌아가시지만 않았다면 난 오늘 밤 이 집을 떠날 작정이었어. 나를 제대로 대우해준 적이 없는 이 집과, 이제는 아무 볼일도 없는 이 도시를 말이야. 그런데 하느님이 그걸 막으셨지. 하지만 내일 밤에는⋯⋯ 내일 밤에는 정말로 떠날 거야! 네가 도와준다면 난 하찮은 소지품들 말고도 다른 짐을 더 가져갈 수 있을 거야. 그리 멀지 않은 곳이긴 하지만 혼자 들고 가기에는 너무 벅차거든. 자, 다 얘기해줄 테니까 좀 더 가까이 와봐." 이제 수재나는 래닐트의 귀에 대고 낮게 속삭이기 시작했다. "다리 건너 프랭크웰 너머에 있는 우리 아버지의 마구간에 가면 날 진심으로 아껴주는 사람이 기다리고 있을 거야⋯⋯."

11

금요일, 아침에서 저녁 사이

이튿날 아침 집안 식구들이 침울한 표정으로 식탁 주위에 모였
을 때, 수재나가 다가오더니 허리에 매달린 열쇠 뭉치의 가느다
란 끈을 조심스럽게 풀어 마저리 앞에 내려놓았다.

"이제 이것들은 네 거야. 오늘부터 이 집의 살림을 주관할 권
한은 너한테 있고, 나는 전혀 참견하지 않을 거야."

수재나는 밤을 꼬박 새운 터라 안색이 창백하고 눈꺼풀이 무
거웠다. 다른 사람들도 별로 나을 것은 없었다. 다들 간밤에 설친
잠을 벌충하기 위해 오늘은 날이 어두워지자마자 잠자리에 들 것
이었다.

"같이 부엌이랑 광을 한 바퀴 돌면서 모든 살림을 보여줄게. 앞으로 잘해나가기를 바라."

이처럼 관대한 태도에 마저리는 꽤나 난처한 기분이 되어, 자신의 새 영역을 돌아보는 동안 어떻게든 수재나의 마음을 달래려 애를 썼다.

"자, 여기까지야." 수재나는 어깨에서 모든 책임을 털어내듯 기운차게 말했다. "나는 이제 할머니의 관을 짤 마틴 벨코트를 데리러 다녀올게. 아버지는 세인트메리 교회의 사제를 만나러 가실 거야. 그런 다음엔 잠을 좀 자야겠어. 래닐트도 재워야 할 거야. 우리 둘 다 밤을 꼬박 새웠으니까. 그 정도는 양해해줄 수 있겠지?"

"제가 알아서 해볼 테니 누님은 아무 걱정 말고 푹 쉬세요." 마저리가 얼른 대답했다. "점심 끼닛거리를 꺼내 올 때 말고는 누님 방에 들어갈 일이 없을 거예요."

사실 마저리는 뛸 듯이 기쁜 마음과 겸손하게 처신해야 한다는 분별 사이에서 갈팡질팡하고 있었다. 누군가의 죽음이 반가워할 만한 일은 아니었다. 그러나 지금 이 집안에 드리운 어두운 그림자도 며칠이면 사라질 테고, 그 이후로는 그녀 앞에 탄탄대로가 열릴 터였다. 모든 일을 하나하나 감시하며 헐뜯을 거리만 찾아낼 까다로운 노부인도 없고, 나이 든 시누이는 앞으로 집안 살림에 절대 관여하지 않겠다고 약속하지 않았는가. 게다가 남편은 아내의 장단에 따라 고분고분 춤을 출 사람이니, 이제 모든 것이 그녀의 손에 달려 있는 셈이었다.

*

캐드펠 수사는 그날 오후 일찍 허브밭으로 가 모든 일이 제대로 돌아가는지 확인한 뒤 게이 초원에서 진행되는 작업을 살펴보러 나갔다. 오늘도 날씨는 화창하고 따뜻했다. 물가에서 태어나 걸음마보다 헤엄치는 법을 먼저 배운 동네의 개구쟁이들은 신나게 얕은 물가를 들락거렸고, 그들 중 유독 튼튼하고 대담한 아이들은 잔잔한 지점을 골라 강을 횡단하는 모험을 하기도 했다. 웨일스 산악 지대의 봄철 홍수도 끝난 터라 강의 흐름이 전보다 훨씬 부드러워 보이긴 했으나 물살이 생각보다 강하다는 것은 아이들도 잘 알아서 쉽게 마음을 놓지 않았다.

전날 밤의 사건을 떠올리며 뒤숭숭한 기분에 잠긴 채, 캐드펠은 꽃이 흐드러지게 핀 과수원을 가로지른 뒤 강을 따라 내처 걸어 건너편 성을 따라 펼쳐진 과수원과 채소밭들이 보이는 곳에 이르렀다. 저 비탈진 땅 중간쯤을 길게 가로지르는 담벼락의 윗부분은 2년 전 포위 공격의 와중에 무너진 모습 그대로 방치된 채였다. 그 담벼락에는 비상시에 쉽게 닫을 수 있도록 설계된 작은 아치문이 두 개 나 있었는데, 캐드펠로서는 자신 있게 짚어낼 수 없지만 그중 한 문은 아마 아우리파버 집안의 땅으로 바로 이어질 터였다. 담벼락 아래 펼쳐진 잔디밭은 싱그러운 초록으로 빛나고, 나무들도 연초록 잎사귀와 새하얀 꽃들로 덮여 있었다. 불그레한 꽃차례로 가득한 오리나무 가지들, 강물에 가지를 늘어뜨린 채 솜털 같은 꽃송이를 빛내는 버드나무들도 보였다. 불쌍한 한 청년을 교수형으로 위협하거나, 한 집안이 막대한 손실과 죽음을 연이어 감당하기에는 너무나 찬연하고 희망찬 계절이었다.

수도원 앞 동네의 아이들과 시내에 사는 아이들은 늘 앙숙으로 지냈고, 이들 사이의 강한 지역감정은 이따금씩 꽤나 거칠고 과격한 전투로 발전했다. 강물에도 일종의 경계선이 있어서, 만일 누군가 경솔하게 그 선을 넘을 땐 한쪽 집단의 우두머리 격인 아이가 얼른 헤엄쳐 가 아이를 안전한 곳으로 끌어오곤 했다. 이날도 강 건너편의 얕은 물에서는 시내 아이들이 물장난을 하고 있었다. 그런데 수도원 앞 동네 아이 하나가 강 한가운데의 경계를 넘어가 그들이 노는 곳으로 살그머니 침입하더니 한 아이를 물속에 처박았다. 격분한 시내 아이들이 달려들자 문제의 아이는 하류 쪽으로 달아났고, 시내 아이들은 이제 앞다투어 그를 뒤쫓기 시작했다. 도망치던 아이는 급히 풀밭 쪽으로 내달리다가 그만 얕은 물속으로 엎어졌지만, 이내 요란한 물보라를 일으키며 허겁지겁 뭍으로 기어오르더니 매끈한 잔디밭을 내달려 멀찌감치 달아났다. 시내 아이들이 추적을 단념하고 물러나자 아이는 그쪽을 향해 소리치며 약을 올렸다.

덤불 밑의 얕은 물가를 기어오를 때 무언가 손에 걸렸던 걸까?

갑자기 아이가 잔디밭에 주저앉아 손바닥으로 무언가를 열심히 닦아내기 시작했다. 그사이 위쪽 과수원에서 그 아이와 비슷한 또래의 다른 아이가 벌거벗은 채 나와 잔디밭에 셔츠를 내려놓고 물가로 향하다가 침입자를 발견하고는 그가 하는 짓을 유심히 바라보았다.

거리가 그리 멀지 않은 터라 캐드펠도 그 아이가 누구인지 알아보았고, 그 덕에 저 땅이 누구의 땅인지도 알게 되었다. 발육 상태가 좋고 인물도 훤한 열세 살짜리 아이. 볼드윈 페치의 가게에서 일하는 얼뜨기 소년 그리핀이 모처럼 일에서 풀려나 강에서 수영을 하기 위해 담벼락에 난 작은 문으로 빠져나온 것이었다.

그리핀은 이 뻔뻔스러운 침입자가 얕은 물가에서 건져낸 전리품이 무엇인지 강 건너에 있는 캐드펠보다 훨씬 더 똑똑히 볼 수 있었다. 그는 갑자기 큰 소리로 고함을 치면서 침입자를 향해 풀밭을 달려 내려갔다. 그 서슬에 놀란 아이가 손에서 물건을 떨어뜨렸고, 그리핀은 하늘에서 달려드는 매처럼 빠른 속도로 그 번쩍이는 물건을 얼른 낚아챘다. 아이는 벌떡 일어나 다시 그것을 빼앗으려다가 상대의 커다란 덩치를 보고 이내 멈춰 섰다. 장난감을 잃어 그리 속상해하는 것 같지는 않았다. 입을 재게 놀리는 그 아이와 느린 말투로 무겁게 응수하는 그리핀 사이에 약간의 입씨름이 오가는가 싶더니 이내 두 아이의 흥분한 목소리가 강 건너까지 들려오기 시작했다. 수도원 앞 동네 아이는 요란한 목소리로 그리핀을 놀려대다가 춤추듯 달려 내려가 요란하게 물을 튀기며 강으로 뛰어들어서는 성미 급한 은빛 송어처럼 물을 죽죽 가르면서 이쪽 수역으로 헤엄쳐 왔다.

건너편 기슭의 동정을 열심히 살피던 캐드펠은 아이가 헤엄쳐 오는 쪽으로 재빨리 이동했다. 그리핀은 아이를 따라 물속에 뛰어드는 대신, 조금 전 옷을 벗어둔 곳으로 올라가 셔츠 주름 사이에 제 전리품을 조심스럽게 내려놓았다. 그런 뒤 다시 강가로 내려가 물에 얼굴을 담그고 어렸을 적부터 그 강에서 수영해온 아이답게 아주 능숙하게 헤엄치기 시작했다. 그렇게 그리핀이 소용돌이치는 물속에서 자맥질을 하는 동안, 수도원 앞 동네 아이는 어느새 캐드펠이 서 있는 기슭에 이르러 발갛게 상기된 몸에서 물을 뚝뚝 흘리며 뭍으로 올라왔다. 아이는 환한 햇살 아래 여윈 알몸을 양쪽 손바닥으로 연신 두드리며 깡충깡충 뛰기 시작했다. 어른들이라면 아직 한 달은 더 지난 뒤에야 물에 들어가겠지만, 왕성한 에너지로 가득한 아이들에게 그 정도 추위는 아무것도 아니었다. 노인네들이 하는 말마따나, 생각이 없으면 감각도 없는 법이다.

"애야," 캐드펠이 아이에게 다가가 말을 걸었다. "저쪽 진흙 바닥에서 건져낸 게 뭐였지? 건너편 기슭으로 도망치다가 손에 걸린 것 말이다. 기발하게도 아주 엉뚱한 방향으로 달아나더구나."

아이는 옷을 벗어둔 곳을 잘 기억하고 있는지 머뭇거리는 기색 없이 곧바로 그리로 가서는 얼른 윗도리를 들어 맨몸에 걸쳐 입으며 씩 웃어 보였다. "시내 녀석들은 하나도 무섭지 않아요. 자물쇠장이네 사는 덩치 큰 바보도 마찬가지고요. 제가 주운 쇳조각은 그 바보한테 그냥 줘버렸어요. 어차피 개 주인 거거든요. 턱수염이 달리고 뾰족한 모자를 쓴 사람 얼굴이 박혀 있는 작고 동그란 물건이었는데, 뭐 그런 걸 두고 싸울 필요는 없으니까요."

"게다가 그리핀이 너보다 훨씬 더 크기도 하니까."

그러자 이 개구쟁이는 경멸 어린 얼굴로 다리와 발목을 부드러운 풀밭에 문지르고 손바닥으로 허벅지의 물을 털어낸 뒤 바지에 다리를 꿰기 시작했다. "그래봐야 곰같이 느리고 멍청한걸요. 그게 귀한 거라면 왜 저 물속 자갈밭에다 내버렸겠어요? 그런 건 저 바보한테 줘버려도 상관없어요!"

말이 끝나기 무섭게 아이는 제 친구들 쪽으로 기운차게 내달려갔다. 뒤에 남은 캐드펠은 깊은 생각에 잠겼다. 강이 얕은 만처럼 휘어 들어간 저쪽 물가의 자갈밭에 주화 하나가 떨어져 있다가, 시내 아이들에게 쫓기다 엎어져 바닥을 기던 개구쟁이의 손에 걸렸다…… 거기까지는 이상할 게 하나도 없었다. 세번강에서는 온갖 종류의 물건, 잃어버린 주화보다 훨씬 더 괴이한 것들이 얼마든지 나오곤 하니까. 캐드펠이 주목하는 것은 그 주화가 아우리파버 집안 땅 근처에 떨어져 있었다는 사실이었다. 그 집안을 중심으로 너무나 많은 사건들이 벌어진 마당이라, 이제 거기서 일어난 일이 무엇이든 하찮고 우연한 일로 치부하고 넘어갈 수가 없었다. 그러나 서로 무관해 보이는 이 모든 가닥들을 어떻게 엮어야 할 것인지, 캐드펠은 아직 가늠하지 못했다.

그는 새순을 심는 일로 돌아갔다. 적어도 밭일을 하는 동안에는 의혹이나 미스터리에서 해방될 수 있었다. 남은 오후 시간 내내 밭일에 몰두하여 저녁기도 시간을 30분쯤 남겨두었을 무렵, 강 쪽에서 누군가 캐드펠을 소리쳐 불렀다. 고개를 돌려보니 마독이 강의 주류를 가로질러 캐드펠이 서 있는 곳으로 다가오는 중이었다. 마독은 이제 버들고리와 가죽으로 된 작은 배 대신 가벼운 목선을 몰고 있었다. 문득, 갑작스러운 영감이 캐드펠의 뇌리를 스치고 지나갔다. 저 배라면 그를 건너편까지 태워다줄 수 있으리라. 캐드펠은 수도원 앞 동네 아이가 주화를 건져 올린 그 잔잔한 만을 직접 한번 돌아보고 싶었다.

마독이 한쪽 노로 바닥을 밀어 기슭의 풀밭에 배를 세웠다. "캐드펠 수사님, 줄리아나 부인이 돌아가셨다고요. 그 집에 말썽이 끊이지 않는군요. 수사님이 거기 가셔서 노부인의 임종을 보셨다는 얘기도 들었습죠."

"여든 해를 산 사람에게도 과연 죽음이 고통스러운 것일지 궁금해서 가봤지." 캐드펠이 대답했다. "그래, 노부인은 잘 보내드렸네. 자정 전에 가족의 곁을 뜨셨어." 그러나 캐드펠의 마음속에서는 여전히 의문이 맴돌고 있었다. 노부인은 임종의 순간 가족들을 축복했을까? 그들이 자기를 사랑하든 않든, 그녀는 마지막까지 이 집안에 대한 지배와 보호의 권리를 주장하려 했던 것이 아닐까? 얼마든지 말을 할 수 있었음에도 줄리아나 부인은 자신이 적절하다고 여긴 것만 입 밖에 내고 정작 중요한 얘기는 하나도 꺼내지 않았다. 마지막 발작을 불러온 그날의 말다툼에 대해서도 일언반구 없이 넘어갔다. 그 사람들은 노부인의 가족이었다. 집안에서 누군가 심판을 받고 참회해야 할 짓을 저질렀다면, 그건 그녀의 소관이지 외부인이 관여할 일이 아니라는 생각이었으리라. 그러나 그 수수께끼 같은 몇 마디 말은 자신의 주치의이자 적수인—아니, 친구라고 하면 너무 지나친 표현일까?—캐드펠더러 들으라고 한 것이 분명했다. 사제에게는 그저 눈꺼풀만 움직여 자신의 나약함과 죄를 고백하고 구원을 간구했을 뿐, 말은 전혀 하지 않았다.

"사이가 좋지 않은 자손들을 남겨둔 채 말이죠." 마독은 참나무 줄기처럼 깊은 주름들이 자글자글한 얼굴에 묘한 미소를 머금고서 신랄하게 말을 이었다. "그 사람들은 늘 그 모양일 겁니다. 탐욕은 파괴적인 것이죠. 그리고 노부인은 자손들을 하나같이 자기와 닮은꼴로 길러냈어요. 받으려고만 하지 절대 내주지는 않는 사람들입니다."

'모든 게…… 내 탓이오…….' 그래, 사제에게는 눈만 깜박여 대답했지만, 내겐 직접 그렇게 말했어.

"날 아우리파버네 집안 정원 아래 기슭으로 좀 태워다 줄 수 있겠나?" 캐드펠은 말했다. "이유는 가면서 이야기하지. 담벼락 앞에 있는 땅을 한번 둘러봐야겠어."

"기꺼이 모셔다드리죠!" 마독이 배를 좀 더 가까이 움직였다.

"페치가 배를 보관해둔 수문 근처에서 시작해 이 강을 내내 오르락내리락하면서 지난 월요일 아침 이후로 페치나 페치의 배를 봤다는 사람을 찾아봤는데, 성과가 전혀 없네요. 휴 베링어 나리라고 그 자물쇠장이와 알고 지내는 사람들을 죄다 만나보고 그 사람이 자주 출입했던 술집에 들러보는 것 외에 별다른 뾰족한 수가 있을지 의문입니다. 아무튼 배에 올라 얌전히 앉아 계세요. 두 사람이 타면 흔들림이 더 심할 겁니다."

캐드펠이 풀이 무성히 자란 비탈을 내려와 재빨리 배에 올랐다. 그가 가로대에 자리를 잡자 마독은 노로 바닥을 짚어 배를 뒤로 밀어내고는 건너편 쪽으로 뱃머리를 돌렸다. "자, 이제 말씀해주시죠! 무슨 이유로 저기에 가시려는 겁니까?"

캐드펠은 자신이 목격한 것을 그대로 들려주었는데, 정작 입 밖에 내고 보니 그리 대단한 일 같지 않은 듯 여겨졌다. 그러나 마독은 수면에서 부드럽게 휘도는 소용돌이를 눈여겨보면서도 캐드펠의 이야기를 주의 깊게 들으며, 노부인에서부터 새 손자며느리에 이르는 아우리파버 집안 사람들의 모습을 하나하나 떠올려보는 듯했다.

"그래서 직접 둘러봐야겠다 생각하셨군요! 자, 이제 다 왔습니다. 그 동네 아이 녀석이 제 흔적을 남겨놨네요. 발이 끌린 자국이 보이시죠? 저기, 젖은 발에 밟혀 축축해진 잔디밭도 보이고요."

배는 자갈이 깔린 얕은 물가로 다가갔다. 고요하고 맑은 물 밑에 자갈이 점점이 박혀 있는 작은 만은 더없이 조용하고 호젓했다. 가까이 가서 보니 깨끗한 밑바닥에도 두 손으로 긁고 지나간 조그만 자취들이 남아 있었다. 저 오목한 자국들 중 하나에서 예의 주화가 나왔으리라. 캐드펠이 기억하건대, 아이는 오른손에 그걸 쥐고 있었다. 그는 뭍으로 올라와 주위를 찬찬히 살폈다. 평탄한 잔디밭으로 둘러싸인 만 가장자리에서는 가지가 휘늘어진 버드나무와 오리나무들이 자라고 있었다. 잔디밭과 이어진 비탈은 풀이 워낙 고르게 난 데다 경사가 적당하고 통풍도 좋아 아마포를 널어 말리기엔 아주 그만이었다. 덤불들이 만 양쪽을 가리고 있어 건너편에서는 잘 보이지 않았는데, 아닌 게 아니라 강변에는 깨끗한 하얀 자갈들이 한 무더기 쌓여 있었다. 화창한 날 잔디밭에 널어놓은 아마포들을 눌러두기에 딱 알맞은 돌이었다. 그 자갈 무더기를 응시하던 캐드펠의 눈길이 유난히 큰 돌 하나에 가닿았다. 모서리마다 날이 서고 울퉁불퉁한 회반죽이 아직 붙어 있는 것으로 보아, 아마 시를 둘러싼 담벼락에서 떨어진 모양이었다. 이 돌은 이따금씩 이곳 여울에 들어온 배를 정박시키는 데 쓰였으리라.

"도움이 될 만한 뭔가를 찾아내셨습니까?" 마독이 한쪽 노로 바닥을 짚어 배를 자갈밭에 고정한 채 물었다.

수영을 실컷 즐긴 그리핀은 이미 몸을 말리고 옷을 입은 뒤 주화와 함께 자물쇠 작업장으로 돌아간 지 오래였다. 한참이나 그곳의 이인자로 존재했던 존 보네스가 이제는 그 아이의 새 주인이 되어 있었다.

"엄청나게 많이 찾아냈지!" 캐드펠은 쾌활하게 대답했다. 물론 그 말은 사실이었다. 맑은 물 밑에는 아이가 두 손으로 바닥을 긁은 자취가, 그 위의 잔디밭에는 아이의 발자국이 남겨져 있었다. 아이는 물가에서 전리품을 발견했고, 잔디밭에 주저앉아 그걸 문질러 자세히 들여다보다가 그리핀한테 빼앗겼다. 그 단순하고 정직한 소년이 아니면 누가 그걸 제 주인의 것이라 그토록 확신할까? 그리고 배 주위로 무성하게 자란 버드나무와 오리나무들, 위쪽 잔디밭에 쌓인 자갈 무더기, 성벽에서 굴러떨어진 돌 하나…… 만 가장자리, 물가를 향해 허리를 숙인 오리나무들 밑으로는 작은 미나리아재비들이 바람에 흔들거리고 있었다. 마지막으로 가장 중요한 것은, 손만 뻗으면 닿을 정도로 가까운 비탈 끝자락에 조그만 진자줏빛 꽃송이가 셋이나 솟아 있다는 점이었다. 그들이 강 아래쪽에서 헛되이 찾아 헤맸던 폭스스톤스였다!

마독에게 자갈 무더기와 크고 거친 돌은 아무 의미도 없는 것들이었으나, 그 조그만 자줏빛 꽃송이들만큼은 금방 그의 눈길을 끌었다. 마독은 그것들을 바라보다 캐드펠의 얼굴로 시선을 옮겼고, 이어 다시 투명하게 반짝이는 여울을 내려다보았다. 그 정도 깊이라면 아직 의식을 잃지 않은 한 사람을 끌어내려 얼마든지 질식시킬 수 있으리라.

"여기가 거긴가요?"

오리나무들 밑에 간신히 뿌리를 내리고 자란 가녀린 미나리아재비의 하얀 꽃들이 소리 없이 바람에 떨고 있었다. 물살이 흔들리자 모래와 작은 돌들이 미끄러져 내려가 아이의 손가락이 남겨 놓은 홈들을 서서히 메워갔다.

"그렇다면 그 사람들 땅에서……?" 마독은 고개를 절레절레 흔들며 말을 이었다. "확실합니까? 물론 다른 곳에서는 이 세 번째 증인이 다른 두 증인과 함께 있는 모습을 못 봤습니다만……."

"이 지상에 분명히 확신할 수 있는 건 하나도 없지." 캐드펠은 담담하게 말했다. "하지만 우리가 생각했던 조건에 최대한 들어맞는 곳 같긴 하네. 페치는 보화를 훔치고 발각당한 걸까? 아니면 보화를 훔친 이에 관해 많은 것을 알아냈고, 어리석게도 그 사실을 상대에게 드러내버린 걸까? 하느님께서 모든 것을 가려주시겠지! 자, 이제 다시 저 건너로 날 태워다주게, 마독. 저녁기도에 참석하려면 서둘러야 해."

캐드펠을 배에 태우고 게이 초원으로 건너가는 동안 마독은 아무 말 없이, 그저 그 깊숙하고 날카로운 눈매로 캐드펠을 줄곧 응시할 뿐이었다.

"자네는 성으로 가 휴 베링어한테 이 소식을 전해줄 수 있겠나?" 캐드펠이 물었다.

"이 시간이면 자택에 계실 것 같은데요. 제가 찾아가면 좀 놀라시겠군요."

"그 사람을 만나 우리가 여기서 목격한 것들을 모두 이야기하게나." 캐드펠은 진지하게 말했다. "그가 직접 이곳을 살펴보고 스스로 결론을 낼 수 있도록 말이야. 저 작은 만에서 발견된 주화에 대해서도 말해주게. 그리핀을 만나서 직접 물어보라고 하면 돼."

"예, 나리께 모두 다 얘기합죠." 마독이 대답했다. "아직 전 뭐가 뭔지 모르겠지만요."

"그건 나도 마찬가지야. 아, 이 말도 전하게. 만일 이 모든 혼란상을 하나로 이어줄 맥락을 집어낸다면 어떻게든 틈을 내 수도원으로 와서 나랑 얘기 좀 했으면 한다고 말이야. 나 역시 지금부터 똑같은 혼돈 속에서 고민을 해봐야겠네. 누가 알겠나? 하느님의 도움으로 이 밤이 가기 전에 뭔가를 알아낼 수 있을지."

*

휴는 늦게까지 시내 곳곳을 돌아다니며 이 사람 저 사람을 붙잡고 끈질기게 질문을 이어갔으나 신통한 정보라곤 전혀 얻지 못한 채 집으로 돌아왔다. 월요일 정오 이후로 누구도 볼드윈 페치를 보지 못했다는 사실을 새삼 확인했다는 것이 소득이라면 소득일까. 줄리아나 부인이 죽었다는 소식도 그에겐 혼란을 덧보탤 뿐이었다. 워낙 고령이긴 하지만, 마치 하늘이 그 집에 악의를 갖기라도 한 양 연속으로 그러한 재난이 발생하다니. 그리고 이제 마독이 들려준 이야기가 그 찜찜한 기분을 한층 증폭시켰다.

"크게 소리치면 그 사람의 작업장까지 다 들릴 만한 곳에서 말이오? 이게 대체 무슨 일인지…… 거기 오리나무, 미나리아재비, 자줏빛 꽃이 전부 모여 있었다고…… 모든 것이 그 집을 가리키고 있군. 우리가 어디서 시작하든 끝나는 곳은 늘 그곳이오."

"그러게 말입니다." 마독이 말했다. "캐드펠 수사님도 똑같은 문제로 고심하고 계시지요. 나리께서 오늘 밤 늦게라도 그분께 가 함께 의논해보시면 도움이 될 듯합니다."

"기꺼이 가야지. 이 짙은 안개를 꿰뚫어 보려면 나 혼자만의 지략보다는 더 날카로운 관점과 통찰력이 필요하니까. 우리를 위해 많은 애를 썼으니 당신은 그만 집에 가서 쉬도록 하시오, 마독. 나는 먼저 페치의 가게에 가서 일하는 애를 깨우고 그 아이가 제 주인의 것이라 주장하는 주화에 관해 좀 알아봐야겠소."

*

비슷한 시각, 캐드펠 수사는 저녁 식사를 마친 뒤 자신이 알아낸 모든 사실들을 라둘푸스 원장에게 보고하고 있었다. 진지한 표정으로 귀담아듣는 수도원장의 모습을 보니 마음의 짐이 한결 가벼워지는 기분이었다.

"휴 베링어에게도 이 소식을 전했소?" 자신이 슈루즈베리의 수도원으로 부임하기 전부터 이미 캐드펠과 휴 베링어가 아주 가깝게 지내고 있다는 것은 수도원장도 잘 아는 터였다. "오늘 밤 휴 베링어가 그 문제에 대해 상의하러 온다면 시간은 얼마든지 써도 좋소. 가급적 일을 빨리 종결짓는 게 좋을 테니까. 듣고 보니 우리 수도원에 묵고 있는 손님이 그런 범죄들과 무관하리라는 생각이 점점 굳어지는군. 그 청년이 이 안에 있는 동안에도 밖에서는 사악한 일들이 연달아 일어나고 있잖소. 바깥 사람들도 그가 이런 범죄와 무관하다는 사실을 어서 알아야 할 텐데."

캐드펠은 여전히 가슴에 풀기 어려운 숙제를 품은 채 원장 사택을 떠났다. 어느새 하늘에는 짙은 노을이 드리워 있었다. 마지막 기도에 참석한 뒤, 그는 숙사로 향하는 대신 릴리윈이 담요를 펼쳐 잠자리를 만들어놓은 현관에 가보았다. 그 젊은이는 돌 벤치 한구석에 등을 기대고 두 무릎을 세운 채 앉아 어둠 속에서 최근 새로 만들기 시작한 노래의 멜로디를 흥얼거리고 있었다. 캐드펠이 나타나자 릴리윈은 얼른 노래를 중단하고 그가 앉을 자리를 마련해줬다.

"노래가 듣기 좋구먼." 캐드펠이 가벼운 한숨을 내쉬며 릴리윈의 곁에 앉아 말했다. "자네가 만들었나? 그렇다면 잘 숨겨두는 게 좋을 게야. 안 그랬다가는 안젤름 수사가 슬그머니 가져가서 미사용으로 써먹을걸."

"아직 완성 전이에요. 부드럽게 음을 떨어뜨리면서 마무리하고 싶은데 잘 안 되네요. 래닐트를 위한 연가예요." 릴리윈은 고개를 돌려 진지한 표정으로 자신의 늙은 친구를 바라보았다. "저는 래닐트를 사랑해요. 그녀 없이 다른 데로 가느니 차라리 여기서 이대로 교수형을 당하고 말겠어요."

"그러면 래닐트가 좋아하지 않을걸. 어차피 하느님께서 자네가 그런 선택을 할 필요가 없도록 도와주실 테지만." 불안과 두려움이 아주 사라지지는 않았으나, 릴리윈 역시 자신을 향한 사람들의 의심과 증오가 점점 엷어져가고 있음을 짐작하던 터였다. "저 밖에서는 더디게나마 사태의 양상이 점차 달라지고 있다네. 솔직히 말하자면, 이제 사법 당국 사람들도 나와 의견을 같이하기 시작했고."

"그럴지도요…… 하지만 제가 그날 밤 이곳을 떠나 밖에 나갔었다는 걸 사람들이 알면 어떻게 하죠? 모두가 수사님처럼 제 얘기를 있는 그대로 믿어주지는 않을 텐데요……." 릴리윈은 걱정어린 얼굴로 캐드펠을 바라보다가 자신을 향한 그 부드러운 눈빛 속에서 무언가를 감지하고 놀란 표정이 되었다. "설마 벌써 행정 보좌관님께 말씀하신 건가요? 저랑 약속하셨잖아요…… 자칫하면 래닐트가……."

"걱정 말게. 래닐트는 괜찮으니까. 휴 베링어도 그 아이에게 뭘 캐묻지 않았고, 이 사건이 재판에 회부되지 않는 한 앞으로도 그런 일은 없을 거야. 휴 베링어에게 그 얘길 했느냐고? 했지. 하지만 그 친구가 이미 내막을 절반 이상 짐작하고 있다는 사실을 분명히 드러낸 뒤에야 했다네. 어쩔 수 없는 상황에 몰려 나오는 악의 없는 거짓말을 잘 가려낸다는 점에서는 그 친구도 나 못지 않지. 그날 넓은 마당에서 자네한테 억지로 짜낸 '아니오'라는 대답을 그는 결코 믿지 않았다네. 거짓말을 할 때 자네의 태도가 불안하고 소심해진다는 사실을 눈치챈 게지. 결국 진실의 나머지 절반은 내가 그에게 알려주었네. 어쨌든 그날 밤 자네의 행동에 대해서는 걱정할 필요가 없어. 위험한 처지에 몰리면 래닐트의 증언을 내세울 수 있고, 더하여 자네가 성문을 들나들 때 마주친 문지기도 있지 않나? 그보다 내가 알고 싶은 건, 자네가 아닌 다른 사람들에 대한 것이네." 캐드펠은 잠시 말을 멈추었다. 릴리윈이 신뢰 가득한 얼굴로 그를 바라보고 있었다. "혹시 그 집에 관한 일 중 기억나는 다른 건 없나? 아주 사소한 것이라도 상관없네."

릴리윈은 잠시 머뭇거리며 기억을 더듬어보더니, 그 금세공인을 만나게 된 계기부터 시작하여 혼인 잔치 때 있었던 일까지 다시 한번 짧게 반복했다. 저녁 한 끼 얻어먹기 위해 술집에서 연주와 노래를 했는데 그곳 주인이 다음 날 벌어질 혼인 잔치 얘기를 해주어 기대를 품은 채 그 집에 가보았다는 것, 그렇게 공연을 하기로 약속하고 이튿날 잔치에 갔다가 억울하게 쫓겨난 일, 도둑과 살인자로 몰려 이 예배당에까지 쫓겨 온 정황까지, 모두 캐드펠이 잘 아는 내용이었다.

"자네, 그 집을 자세히 봤나? 처음 그곳에 간 게 낮이었으니 웬만큼은 볼 수 있었겠지."

"맨 처음엔 가게로 갔어요. 거기 있던 사람들이 저를 데리고 통로로 나와 홀 문으로 해서 그 여자들한테 갔었죠. 노부인과 마님이 저를 고용했어요."

"다음 날 저녁때는?"

"집에 도착하자마자 부엌으로 보내 밥을 주더라고요. 그때 래닐트와 함께 식사를 했죠. 다시 집 안으로 들어가 잔치 자리에서 노래를 할 때까지는 계속 래닐트랑 있었어요. 노래가 끝난 다음에는 사람들이 춤을 출 수 있게 연주를 했고, 곡예와 마술도 선보였죠. 그 과정이 어떻게 끝났는지는 수사님도 잘 아실 거고요."

"그러면 통로와 마당 정도밖에 못 봤겠구먼. 정원 끝까지 내려가볼 틈은 없었겠지? 담벼락을 지나 물가로 가보지도 못했고?"

릴리윈은 단호하게 고개를 가로저었다. "래닐트가 여기 왔던 날 전까지는 그 집 땅이 담벼락 너머까지 뻗쳐 있다는 것도 모르고 있었어요. 처음 갔던 날 홀 입구로 들어가면서 담벼락을 보긴 했는데, 그냥 거기서 땅이 끝나겠거니 생각했죠. 그 너머에 세탁물 말리는 데 쓰는 땅이 있다는 건 나중에 래닐트의 얘기를 듣고 알았어요. 마침 그날이 세탁하는 날이라고 했거든요. 빨래를 하고 깨끗한 물에 헹궈서 오전 중반쯤 밖으로 내갈 준비를 마쳤다고요. 평소 같으면 수재나 마님이 빨래를 널어 말리는 동안 래닐트는 점심 식사 준비를 하고, 날씨를 봐가며 기다리다가 해가 저물기 전에 빨래를 걷어 오곤 했대요. 그런데 그날은 수재나 마님이 자기가 다 알아서 하겠다면서 래닐트를 이리로 보내준 거죠. 얼마나 감사한지!"

릴리윈으로부터 래닐트의 눈을 거친 이야기를 전해 듣고 있자니, 묘하게 거기 앉아서도 그 빨래 건조장의 정경이 훤히 떠오르는 듯했다. 경사진 풀밭, 빨랫감을 고정하는 데 쓰는 자갈 무더기, 강변을 가린 오리나무 숲, 북쪽은 시의 담벼락에 막히고 남쪽은 훤히 트인 잔디밭……

"아, 그리고 래닐트 말로는 그때 수재나 마님이 구두와 치맛자락을 적셨대요. 빨래를 널다가 그랬다는 것 같은데, 그런데도 래닐트가 울고 있는 것에만 신경을 썼다고…… '내 발에는 신경 쓸 것 없어, 넌 왜 자꾸 질질 짜는 거니?' 그렇게 말했다고 했어요!"

오전 중반쯤 빨래를 내갈 준비를 마쳤다…… 볼드윈 페치도 그때쯤 사라졌고…… 고기가 올라온다고 하면서 나갔다고 했지…… 생각에 빠져 있던 캐드펠은 퍼뜩 정신을 차렸다. 잠깐만, 방금 그건 무슨 뜻이지?

"자네, 뭐라고 그랬나? 수재나의 구두와 치맛자락이 젖어 있었다고?"

"강물이 좀 불어난 때라 그랬나 봐요." 릴리윈은 아무 생각 없이 차분히 설명했다. "수재나 마님이 풀밭에서 미끄러져 얕은 물에 빠졌답니다. 오리나무에 셔츠를 널다가……"

그런 뒤 수재나는 조용히 들어와 하녀를 내보냈고, 따라서 집 안에 빨래를 걷어 올 사람은 이제 그녀뿐이었다. 그리고 빨래가 아니면 누구도 담벼락 문 밖으로 나갈 이유가 없었겠지…… 문득 어제 래닐트가 홀 문 곁에 앉아 바느질하던 옷이 떠올랐다.

그래, 가운 자락이 찢겨 있었어. 갈색 자락 아랫부분이 얼룩덜룩해지고 빛이 바래 그 주위의 진한 빛깔과 선명한 대조를 이뤘지…….

이때 정문의 문지기가 안마당으로 들어와 나직하게 그를 불렀다. "캐드펠 수사님, 휴 베링어 나리께서 수사님을 만나러 오셨습니다. 이미 약속이 되어 있다는데요."

"아, 기다리고 있었네." 아우리파버 저택 홀에서 보았던 광경을 힘겹게 떨쳐내며 캐드펠이 대답했다. "그분을 이리로 모시게. 서로 할 얘기가 많을 것 같군."

*

날은 아직 그리 어둡지 않았고 하늘도 맑게 개어 있었다. 수도원 담장 안의 지리에 훤한 휴는 이내 활달하게 걸어와 현관에 앉더니 손에 쥐고 있던 은화를 보여주었다. 곁에 릴리윈이 있다는 사실에는 전혀 개의치 않는 듯했다.

"날이 더 밝을 때 제가 이미 자세히 살펴봤습니다. 이건 노르만 사람들이 들어오기 전 왕으로 있었던 성 에드워드[12]의 1페니짜리 은화입니다. 이 지역에서 주조된 아름다운 주화죠. 화폐를 주조한 사람은 고즈브론드 집안 사람인데, 이제 그가 만든 주화는 얼마 남아 있지도 않은 데다 정작 주조된 이곳에서는 더욱 찾아보기 힘들다더군요. 혼인 잔치 다음 날 아침 아우리파버 집안의 우물 속 두레박 판자 틈에도 이 주화가 끼어 있었답니다. 아이 말로는 올이 거친 푸른색 천 조각도 함께 붙어 있었다는데, 자기는 별거 아니라고 생각했다는군요. 하지만 제가 보니 아우리파버의 금고를 턴 자는 보화를 모두 푸른색 천으로 된 자루에 담아 그 두레박에 실어서 우물에 집어넣었던 듯합니다. 그러고서 이튿날 아침 다른 사람들이 물을 길으러 나오기 전에 유유히 회수한 거죠. 잠깐의 시간이면 충분했을 겁니다."

"그걸 건져 올리던 중 두레박 판자에서 튀어나온 나뭇조각에 자루 귀퉁이가 찢겼단 말이지……." 캐드펠은 말했다. "그 구멍으로 작은 주화 하나가 빠져나왔고. 그래, 그럴 수 있겠군. 페치가 데리고 있던 아이가 이걸 찾아낸 건가?"

"그 아이는 늘 제일 먼저 일어난답니다. 그날도 일찍 일어나 물을 길으러 나갔다가 주화를 본 거죠. 아이가 곧장 제 주인에게 그걸 가져가자, 주인은 다른 사람에게는 얘기하지 말라고 했답니다. 자기한테 곧장 가지고 오다니 정말 잘한 일이라고 칭찬했다는군요."

이것이 이웃집 식구 중 누군가가 도둑이며, 침묵의 대가로 그 자에게서 장물의 절반을 요구할 수 있다는 사실을 뜻한다면, 볼드윈 페치에게 그 주화는 더없이 중요한 물건이었으리라. 물고기가 올라오는 셈이군! 이제 캐드펠의 머릿속에서는 그 모든 전말이 점차 훤히 드러나기 시작했다. 그는 바로 옆 벤치 한 귀퉁이에서 두 팔로 무릎을 감싼 채 놀란 표정으로 귀를 바짝 세우고 있는 릴리윈의 존재조차 까맣게 잊고 있었다. 젊은이가 워낙 조용히 앉아 있었기에, 휴 또한 그에게 거의 신경을 쓰지 않았다.

캐드펠은 서두르지 않고 차근히 사건의 맥락을 짚어가기 시작했다. 어딘가에 다른 함정이 도사리고 있을지도 모를 일이었다. "아마 볼드윈 페치는 이걸 보고 그 집안 사람들 중 누가 범인인지 눈치챘을 걸세. 이리저리 따져본 뒤 아주 정확히 짚어냈겠지. 그리고 범인으로부터 꽤 많은 돈을 우려낼 수 있으리라 예상했을 테고. 그가 얼마나 요구했을까? 장물의 절반? 하지만 그보다 훨씬 적은 양을 요구했더라도 결과는 마찬가지였을걸. 범인은 강한 힘과 무자비하고 거센 기질을 가진 자가 틀림없어. 페치와 협상을 하느라 시간을 허비하는 대신 즉각 행동에 나선 것만 보아도 알 수 있지. 그날 밤에 있었던 일을 생각해보게, 휴. 사람들은 마스터 월터가 작업장 바닥에 기절해 쓰러진 걸 발견하고는 그를 침대로 데리고 가서 눕혔지. 그 와중에 누군가 음유시인의 짓이 분명하다고 소리쳤고, 그러자 모두 그를 잡으려고 몰려나갔네. 자, 그동안 기절한 월터와 심장 발작을 일으킨 노부인은 누가 돌보고 있었을까?"

"여자들이겠죠." 휴가 말했다.

"그래, 여자들이 남았지. 여자들 중 신부는 남편의 아버지와 할머니를 돌보느라 2층에 있었고, 수재나는 의사를 부르러 갔다고 했네. 아마 실제로도 그랬을 테고. 한데, 수재나가 정말 곧바로 의사에게 달려갔을까? 혹시 그 전에 먼저 우물로 달려가 거기 있던 장물을 안전한 곳에 옮겨놓은 건 아닐까?"

잠시 숨 막히는 침묵이 그들 사이에 내려앉았다.

"그게 가능할까요?" 휴가 믿을 수 없다는 듯 입을 열었다. "피해자의 딸이?"

"세상에 인간이 하지 못할 짓은 없어. 잘 생각해보게! 자물쇠 제조공이 그 수수께끼의 열쇠를 수중에 넣었네. 만일 그가 정직한 사람이었다면 곧바로 월터나 대니얼한테 가서 그걸 보여주고 자기가 밝혀낸 사실을 이야기했겠지. 하지만 그는 정직한 사람이 아니었어. 자기가 알아낸 사실을 빌미로 이득을 취할 속셈이었지. 그가 월요일이 되어서야 범인이라 짐작되는 사람에게 접근했던 건, 그때까지 상대에게 은밀히 다가갈 기회를 얻지 못해서였을 걸세. 자, 우리와 마찬가지로 그 사람도 거기 있던 남자들 전부 릴리윈을 찾아 달려 나갔던 걸 잘 기억하고 있었을 거야. 바로 이를 토대로 사건의 정황을 추론해냈을 테고. 소동이 아직 한창일 때 보화를 우물에서 회수해 안전한 곳에 감춰놓은 건 아마 여자였을 것이다…… 집안의 모든 열쇠들을 가진 사람, 따라서 보화를 숨겨놓을 만한 곳에 쉽게 접근할 수 있는 사람이 누구였겠나? 그렇게 볼드윈 페치는 수재나를 범인으로 지목한 걸세. 그리고 월요일에 드디어 기회가 왔지. 수재나가 빨래 바구니를 들고 담벼락 밖으로 나서자, 볼드윈 페치는 작업장에 나와 고기가 올라온다는 둥 이야기를 늘어놓은 뒤 모습을 감추었네. 그 이후로는 누구도 살아 있는 그 사람을 보지 못했고."

292

"그럴 리 없어요!" 그때까지 입을 꾹 다물고 앉아 있던 릴리윈이 상체를 앞으로 내밀면서 항의하듯 소리쳤다. "마님은…… 마님은 래닐트한테 친절하게 대해준 유일한 사람이라고요. 그분이 래닐트를 여기로 보내주셨고…… 그분은 제가 범인이라고 믿지 않았……." 그제야 릴리윈은 제 말에 함축된 의미를 깨닫고는 앓는 듯한 소리를 내면서 입을 다물었다.

"그래, 수재나는 자네가 자기 아버지를 해치지 않았으며 보화를 훔치지도 않았다는 걸 알고 있었네. 그 누구보다도 확실히 말이야! 게다가 그녀에겐 래닐트를 집에서 내보내야 할 분명한 이유가 있었지. 그래야 자기가 빨랫감을 가지러 갈 테니까. 자신을 협박하고 보화를 갈취하려 한 자의 시신을 방치해둔 강변으로 다른 사람을 내보낼 수는 없는 일 아닌가."

"말도 안 돼……." 릴리윈은 몸을 떨며 속삭이듯 중얼거렸다. "어떻게 마님이 그런 짓을…… 어떻게 여자가…… 살인을 하죠?"

"자네는 수재나를 과소평가하고 있구먼." 캐드펠이 단호하게 말했다. "하긴, 그 집 식구들도 그랬지. 그리고 여자들 또한 무수히 살인을 저질러왔다네."

"그 사람이 수재나를 따라 강가로 내려갔다 치고, 계속 말씀해보시지요." 휴가 말했다. "거기서 어떤 상황이 벌어졌는지, 왜 그렇게 생각하시는지 설명을 들어야겠습니다."

"페치는 수재나를 따라 물가로 가 그 주화를 보여주면서 입을 다무는 대가로 자기 몫을 요구했을 거야. 아마 그 사람은 수재나를 아주 얕본 것 같네. 한낱 여자에 불과하다고 말이야. 거짓말로 얼버무리거나, 그게 무슨 말이냐고, 뭘 알고 있다는 건지 분명히 말해보라고 뻗대거나, 당황해서 우물쭈물하거나, 옷자락을 붙잡고 사정할 거라 예상했겠지. 하지만 그랬다면 사람을 완전히 잘못 본 셈이야. 수재나가 즉각 위험을 인지하고 은밀히 결단을 내려 행동에 나서리라고는 상상도 못 한 게지. 내 생각에, 수재나는 침착하게 빨래를 널면서 그의 요구에 응하겠다는 식으로 나왔을 걸세. 그러다 넓은 아마포 한 귀퉁이로 손을 뻗어 슬그머니 돌을 집어 들고는, 한 손에 은화를 든 채 물가에 선 그 사람 곁을 지나가는 척하다가 뒤통수를 후려쳤지."

"계속하세요." 휴가 말했다. "그게 끝은 아닐 텐데요. 그 이상의 다른 일이 있었을 겁니다."

"자네도 이미 잘 알고 있는 것 같구먼." 캐드펠은 가만히 말을 이었다. "그 타격으로 완전히 기절했는지는 모르겠지만, 아무튼 그 사람은 얕은 물속에 엎어졌네. 수재나는 그가 정신을 차리고 일어설 틈을 주지 않고 즉각 달려들지 않았을까 싶군. 그러느라 구두와 치맛자락을 적신 게지! 이건 나도 조금 전에 들어 안 사실이네. 그리고, 그 사람의 등에 난 멍 자국들을 생각해보게. 아마 숨을 멈출 때까지 계속 물속으로 찍어 누른 게 분명해."

휴는 침묵을 지켰고, 릴리윈은 공포 어린 신음을 발하며 몸을 와들와들 떨었다.

"그 후 강물의 흐름을 차분히 살피며 밤중에 시체를 떠내려 보내기로 마음먹고는, 일단은 오리나무 밑의 물속에 그를 잘 고정해두었을 걸세. 시체가 다른 곳에서 발견되면 다들 그가 익사한 줄 알 거라고 생각했겠지. 그 사람의 양쪽 어깨에 움푹 파인 자국이 나 있던 거 기억하나? 자갈 무더기 곁에 시 성벽에서 떨어진 톱니처럼 들쑥날쑥한 돌덩어리 하나가 뒹굴고 있더군. 그 은화는 수재나가 회수하지 않아 시체 밑에 그대로 있었고."

"그럴 수 있겠군요!" 휴는 깊은 숨을 몰아쉬었다. "하지만 월터를 따라 작업장으로 들어가 그의 뒤통수를 후려친 사람은 수재나가 아니었습니다. 목격자들의 증언에 의하면 수재나는 내내 홀에 있었다니까요. 그러다 월터가 돌아오지 않자 그를 찾으러 나갔고, 작업장에서 아버지를 발견하자마자 소리를 질러 도움을 요청했지요. 그 여자가 월터를 쓰러뜨리거나 보화를 갖고 도망칠 만한 시간적 여유는 없었던 셈입니다. 나중에 우물에서 보화를 건져 올렸을 수야 있겠지만, 애초에 그걸 감춰둔 건 수재나의 짓이 아니었어요. 혹시 수사님은 그런 계획을 꾸민 사람이 둘이라고 생각하시는 겁니까?"

"두 사람이 연루되었지. 하나는 후려치고 훔치고 숨기고, 다른 하나는 밤중에 보화를 회수해 안전한 장소로 옮기고. 하나는 협박하는 자를 살해하고, 다른 하나는 밤중에 시체를 강물에 띄워 보내 깨끗이 처리하고. 그래, 분명 둘이었을 걸세."

"그럼 두 번째 인물은 누굽니까? 대니얼인가요? 인색한 아버지와 할머니 때문에 고통을 당한 오누이라…… 어른들이 건드리지도 못하게 한 것을 자기네 마음대로 쓰기 위해 공모할 수도 있겠지요. 그날 밤 대니얼의 행적이 수상한 것도 사실이고요. 어떤 유부녀와 간통을 저질렀다는 얘기가 꽤나 그럴싸하게 들리긴 하지만, 어쨌든 저도 계속 그자의 동정을 지켜보고 있었습니다. 수가 얕은 사내들도 거짓말하는 법을 배울 수는 있거든요."

"나도 그 친구를 잊은 건 아니네. 하지만 이 집안과 관련된 모든 사내들 중 수재나의 계획에 참여했을 가능성이 가장 적은 이를 꼽자면 그가 바로 대니얼일 걸세." 이 순간 지극히 사소하고 하찮은 기억들이 캐드펠의 뇌리를 한꺼번에 스쳐 가고 있었다. 래닐트가 엿들었다는 두 여자의 대화. 부활절이 지났는데도 귀리 항아리가 반 넘게 차 있다며 줄리아나 부인이 손녀딸의 뛰어난 살림 솜씨를 칭찬했다는 이야기. 그리고 수재나의 통렬한 조롱. '저를 위해 준비해놓은 자리라도 있나요? 어디, 수녀원으로 갈까요?' 그런 뒤 노부인은 비명을 지르면서 쓰러졌다…….

아니, 잠깐! 거기에 무언가 다른 것이 있었어. 이제 캐드펠은 그걸 알 수 있었다. 작은 등 하나만 들고 계단 꼭대기에 선 노부인. 아래로 떨어지는 불빛. 모든 대상을 빛과 어둠으로 뚜렷이 부각시키는 그 선연한 빛에 한눈에 드러난 수재나의 전신…… 그래! 노부인은 그걸 본 것이다. 그래서 비명을 지르며 가슴을 움켜쥐었고, 비밀을 환히 드러낸 저 등을 놓친 채 계단 아래로 굴러 떨어진 것이다. 노부인은 어떤 식으로든 이미 그 비밀의 절반을 눈치채고 이에 맞서기 위해 한밤중에 그곳으로 나온 것이리라. 그 찢겨진 치맛자락과 얼룩진 핏자국, 그것들이 암시하는 바를 놓쳤을 리 없다. 게다가 노부인은 숨겨놓은 자신의 열쇠를 써먹을 데가 있다고 하지 않았던가. 그리고 그녀가 죽기 전에 내뱉은 마지막 말…… '그 모든 것에도 불구하고…… 내 증손자를…… 안아보고 싶었어…….' 이제 캐드펠은 그 말이 내포한 뜻을 분명하게 이해할 수 있었다.

"그래, 그거였군! 그 무엇도 수재나의 행동을 막을 수 없었을 거야. 그녀와 공모해 보화를 훔친 사람은 가족도 아니고, 그 집 식구들이 가족의 일원으로 받아들이고 싶어 하는 사람도 아니었네. 그래서 두 사람은 적당한 때 이곳을 떠나 멀리 떨어진 다른 곳에서 살아갈 계획을 세웠지. 아버지가 딸에게 지참금을 주려 하지 않자, 딸은 그걸 챙기기 위해 적극적인 행동에 나섰고. 그 사내가 누구인지는 몰라도, 수재나와 어떤 관계인지는 이제 확실히 알겠군. 그 사람은 수재나의 애인이야. 수재나는 그의 아이를 가졌고."

12

금요일 밤

캐드펠의 말이 채 끝나기도 전에 휴가 자리에서 벌떡 일어섰다. "수사님 말씀이 맞는다면, 그들은 더 이상 때를 기다리지 않을 겁니다. 지금도 이미 늦은 셈이죠. 얼른 움직여야겠습니다."

"곧장 그리로 갈 생각인가? 그럼 나도 함께 가겠네." 캐드펠은 래닐트 때문에 마음이 편치 않았다. 아무것도 모른 채 발설한 그녀의 이야기가 다른 이의 악행을 드러낸 셈이니 말이다. 그러니더더욱 한시라도 빨리 래닐트를 수재나에게서 떨어뜨려놓는 것이 좋을 터였다. 릴리윈도 똑같은 두려움을 느꼈는지, 어둠 속에서 급히 일어나 안마당을 떠나려는 휴의 팔을 붙잡았다.

"나리, 전 이제 자유의 몸이죠? 더 이상 여기 숨어 있을 필요가 없는 거죠? 그렇다면 저도 데려가주세요! 래닐트를 그 집에서 데리고 나오고 싶어요. 그 사람과 함께 있어야 해요. 래닐트는 너무 많은 걸 알고 있잖아요. 그들이 그녀에게 해를 끼칠 수도 있어요. 제게 무슨 일이 닥치든 그 사람을 꼭 데리고 나올 거예요!"

"기꺼이 데려가지." 휴가 릴리윈의 어깨를 다독이며 말했다. "자네는 이제 새처럼 자유로워. 내 부하들한테도 이 사실을 알리고, 자네를 잘 보호하라 지시해두겠네. 내일이면 도시의 다른 사람들도 자네의 결백을 알게 될 걸세."

*

휴의 부하가 아우리파버 집의 홀 문을 두드렸을 때 집 안의 불은 전부 꺼져 있었다. 식구들 모두가 이미 잠자리에 든 상태였고, 줄리아나 부인은 수의를 입은 채 관에 들어갈 시간만 기다리고 있을 것이었다.

마침내 마저리가 나와 닫힌 문 너머 떨리는 목소리로 누구냐고, 이 밤중에 무슨 일로 찾아왔느냐고 물었다. 휴의 명령에 따라 문을 열고 일행을 안으로 들인 그녀는, 아래층에 있는 수재나가 지금껏 나와보지도 않았다는 사실에 놀라고 당황한 듯 보였다. 하지만 곧 수재나가 그 집에 없다는 사실이 드러났다. 그녀의 방은 텅 비어 있었다. 침대는 아무 흔적 없이 깔끔했고, 옷을 넣어

둔 장롱에는 너무 해져 더 이상 쓸모없는 옷 몇 벌만 덩그러니 걸려 있었다.

행정 보좌관과 법 집행을 맡은 관리들이 다른 몇몇 사람들과 함께 집 안에 들이닥치자 나머지 식구들도 이내 깨어났다. 월터는 아직 잠기운이 가득한 눈으로 무슨 일인가 싶어 내려왔고, 대니얼은 걱정스러운 낯으로 얼른 아내 곁에 가서 섰다. 마당 건너편에서는 그리핀이 불안한 눈빛으로 밖을 내다보고 있었다. 식구들이 모두 나와 모여 섰지만, 집안을 다스리던 주요 인물 둘이 빠져서인지 어딘가 초라하고 맥 빠진 분위기였다. 사람들은 몹시 당황하여 서로를 쳐다보다가, 홀의 어둠 속 어딘가에서 아직도 수재나를 찾을 수 있지 않을까 생각하는 듯 연신 주위를 두리번거렸다.

"내 딸은?" 월터가 목쉰 소리로 물었다. "그 애가 사라졌다고요? 그럴 리가…… 아까만 해도 여기 있었는데. 불과 한 시간 전에 불을 모두 끄고 마지막으로 잠자리에 들었어요. 분명 집 어딘가에 있을 겁니다!"

하지만 수재나는 사라졌다. 캐드펠은 등을 들고 집 뒤편 계단을 통해 지하로 내려가보았다. 예스틴 역시 사라지고 없었다. 돈도, 일가친척도, 이렇다 할 지위도 없는 웨일스 사람. 그 누구도 예스틴을 주인집 딸의 신랑감으로 생각해본 적이 없으리라. 수재나가 안주인 자리에서 밀려난 지금에 와서도 사정은 달라지지 않을 터였다.

지하실은 건물의 한쪽 끝에서 다른 쪽 끝까지 뻗어 있었다. 임자 없이 버려진 싸늘한 침대 곁을 떠나 등을 비추며 앞으로 나아가다 보니 가게 문으로 이어지는 좁은 계단 하나가 눈에 띄었다. 캐드펠이 문을 열자 바로 맞은편에 월터의 보화가 들어 있던 문제의 금고가 놓여 있었다. 그날 밤 월터는 어떤 기척이나 소리도 느끼지 못했다고, 그저 촛불만 일렁였다고 했다.

캐드펠은 계단을 내려온 뒤 다시 바깥 계단으로 올라가 문을 열었다. 몇 미터 떨어진 곳에 우물이 보였고, 오른편에는 수재나의 방으로 들어가는 문이 있었다. 홀과 부엌을 빠르게 오갈 수 있는 그 문을 통해 지하실에서 자는 청년 역시 어둠을 틈타 수재나의 방으로 들어갈 수 있었으리라.

이제 그 두 사람은 사라졌다. 전날 떠나려고 계획을 세웠다가 노부인의 죽음으로 인해 하루를 미룬 게 틀림없었다. 문득 또 다른 생각이 캐드펠의 뇌리를 스치고 지나갔다. 그는 수재나의 방문을 통해 홀 안으로 들어간 뒤, 마저리에게 광문을 열어달라고 청했다. 수재나가 귀리를 넣어둔 커다란 돌 항아리는 한쪽 구석에 얌전히 놓여 있었다. 캐드펠은 그 뚜껑을 열고 등을 비추었다. 아직 큼직한 보따리 하나쯤은 감추고도 남을 정도의 귀리가 남아 있었지만, 그 양은 이제 항아리의 절반은커녕 4분의 1에도 못 미치는 듯 보였다. 노부인 역시 자기 열쇠를 가지고 이곳에 들어왔으리라. 하지만 그녀는 자신이 발견한 것을 그대로 내버려두었다. 모든 걸 알았고 이를 발설할 수 있었음에도 침묵을 지킨 것이다. 그녀의 가장 가까운 핏줄이요 누구보다 강하고 냉정한 손녀 딸 역시 이를 깨닫고 차분하고 고요한 자세로 자신의 운명을 기다렸다. 선한 일을 하든 악한 일을 하든, 두 사람 모두 다른 이의 자비에 매달리지 않고 자신의 강한 의지에 기대어 움직이는 이들 이었다.

캐드펠은 항아리의 뚜껑을 닫고 밖으로 나와 광문을 잠갔다. 홀에 모인 식구들은 하나같이 얼이 빠진 상태였다. 집안의 물건을 훔친 이가 다름 아닌 수재나라니! 특히 월터는 재물과 자식을 모두 잃었다는 사실에 넋이 빠져 휴가 묻는 말에 제대로 대답도 못 할 지경이었다. 휴는 이내 대니얼 쪽으로 고개를 돌렸다.

"수재나는 오늘 밤 우리의 관할권이 미치지 못하는 먼 곳으로 떠나려 했을 거요. 혹시 짚이는 장소가 있소? 말들은 어디 있소? 긴 여행이 될 테니 아마 말이 필요할 텐데."

"집에는 없습니다." 안색이 창백하고 자다 일어나 머리칼도 부스스한 게, 대니얼은 평소와 달리 머리가 좀 모자란 사람 같아 보였다. "강 건너 목초지와 마구간에서 말 두 마리를 키우고 있어요."

"어느 방향이지? 프랭크웰 쪽이오?"

"프랭크웰 지나서 서쪽 길을 따라가다 보면 나옵니다."

"그래, 서쪽이 맞을 거야." 캐드펠이 광에서 나오며 말했다. "이 밑에서 지내던 웨일스 사람도 사라졌네. 자기 물건은 거의 그대로 내버려뒀더군. 그가 누구와 함께 무엇을 가지고 달아났든, 일단 웨일스 땅으로 들어서면 슈롭셔 장관의 손아귀에서는 벗어나는 셈이지."

캐드펠이 말을 마치기도 전에 월터의 얼굴이 험악하게 일그러졌다. 두 남녀의 추잡한 관계를 암시하는 말에 격분하여 그가 고함을 내지르려는 찰나, 릴리윈이 집 뒤편에서 뛰어 들어왔다. 그의 작은 몸은 놀라움으로 잔뜩 굳은 채 심하게 떨리고 있었다.

"부엌에 가봤는데 래닐트가 없어요! 침대도 싸늘하게 식어 있고요. 소지품은 그대로인데…… 아무것도 없이 어디로 갔을까요?" 사실 래닐트의 소지품이라 해봐야 보잘것없는 것들뿐이었지만, 같은 처지인 릴리윈만은 그 초라한 물건들의 가치를 잘 알고 있었다. "그 사람들이 래닐트를 데려간 게 분명해요. 래닐트가 알고 있는 걸 발설할까 봐 두려워서요!" 그는 이 집 식구들은 물론 법 집행을 담당한 사람들까지 모두 똑똑히 들으라는 듯 소리쳤다. "이미 사람을 죽인 여잡니다. 필요하다고 생각할 경우에는 다시 살인을 할 거예요. 대체 어느 쪽으로 도망쳤을까요? 제가 그들의 뒤를 쫓을 거예요!"

"우리 모두 다 가야지." 휴는 그렇게 말한 뒤 월터 아우리파버 쪽으로 돌아섰다. 이 젊은 연인이 사랑 때문에 고투하듯이, 저 인간도 피와 탐욕으로 얼룩진 제 물건 때문에 진땀 좀 빼게 해줄 작정이었다. "당신도 함께 가십시다. 딸이 한 시간 전쯤 도보로 떠났다고 했죠? 말을 타고 쫓아가면 잡을 수 있을 겁니다. 성에서 말들을 끌어오라 했으니 지금쯤 큰길에서 대기하고 있겠군요. 당

신이 마구간으로 가는 길을 누구보다도 잘 알 테니, 우리를 신속
히 그리로 안내하시죠."

*

매끄러운 강의 수면과 하얀 돌로 지어진 집, 꽃이 핀 관목, 나
무 밑에 별처럼 점점이 피어난 아네모네 들이 맑은 하늘 아래 희
부연 빛을 뿜어내고 있었다. 두 여자는 문지기의 검문도 없이 성
문을 통과해 다리를 건넜다. 웨일스 영토의 상당 부분을 지배하
는 강력한 영주인 오아인 귀네드[13]는 잉글랜드의 골육상잔에 일
절 관여하지 않은 채 정중한 태도를 유지하면서도 아주 조심스레
이익을 챙기고 있었으니, 국경선을 철통같이 지키며 적이건 친구
건 자신의 영토로 도망쳐 와 유용한 정보를 제공해주는 사람이라
면 누구나 환영했다. 캄캄한 밤, 그에게 넘겨줄 정보를 지닌 도망
자들이 서쪽으로 말을 달리기에는 더없이 좋은 시각이었다.

그들은 프랭크웰 교외의 어두운 거리를 그림자처럼 소리 없이
지나간 뒤, 세번강을 시야에 둔 채 서쪽으로 방향을 틀어 들판 사
이에 난 조그만 길로 접어들었다. 두 개의 보따리 중 크기는 작지
만 훨씬 무거운 짐은 수재나의 한쪽 손에 들려 있었고, 옷가지를
넣어 가볍긴 해도 부피가 워낙 커서 혼자 다루기 힘든 짐은 둘이
서 함께 들었다.

"네 도움이 없었다면 절반은 남겨놓고 와야 했을 거야." 수재

나가 말했다. "꼭 필요한 옷들인데 말야."

"오늘 밤 멀리까지 가게 될까요?" 래닐트는 주저하면서도 어떻게든 확인해야겠다는 마음에 물었다.

"이 땅을 벗어났으면 해. 예스틴은 여기서 아무것도 아닌 사람이지만, 제 나라에 가면 집도 있고 일가친척도 있거든. 거기서는 우리 둘 다 안전하게 지낼 수 있을 거야. 빠르게 움직이면 오늘 밤 이후로는 쫓기지 않겠지. 나랑 이렇게 어둠 속을 걷는 게 무섭니, 래닐트?"

"전혀요." 래닐트는 힘주어 말했다. "하나도 무섭지 않아요. 저는 마님이 잘되시기를, 행복하시기를 바라요. 마님의 짐을 들어드릴 수 있어서 기뻐요. 마님이 빈손으로 떠나지 않는다는 것도 그렇고요."

"한 푼도 없이 떠날 수는 없지." 수재나는 웃음기가 묻어 있는, 그러나 묘하게 뒤틀린 어조로 말했다. "이제 내 미래를 든든하게 준비한 셈이야. 자, 왼쪽 어깨 너머로 뒤를 한번 돌아보렴. 두더지가 파놓은 흙무더기 같은 저 도시를 봐." 도시는 어둠 속에 잔뜩 웅크린 그림자 같아 보였다. 희끄무레한 성벽에 점점이 흩어진 불빛들이 은빛 강을 비추며 반짝이고 있었다. "저걸 보는 것도 이게 마지막이야. 짐이 좀 무겁지? 이제 다 왔어."

"아녜요, 전혀 무겁지 않아요. 짐이 더 있다면 그것도 마저 들고 싶은 마음인걸요."

강으로 돌출한 곳을 따라 이어진 길은 마차 바큇자국으로 울퉁

불퉁했으나 이곳 지리를 잘 아는 수재나는 자신 있게 걸음을 내디뎠다. 그들의 오른편에는 향기로운 나무들로 뒤덮인 구릉이 솟아 있었고, 왼편에는 은빛으로 반짝이며 조용히 흐르는 세번강을 따라 드넓은 초원이 펼쳐져 있었다. 그리고 저 앞쪽, 북쪽의 거친 구릉과 남쪽의 고요한 초원 사이로, 어둠 속에 희미하게 솟아오른 지붕 하나가 보였다.

"저기야." 수재나가 짧게 말하더니 걸음을 재촉했다. 그녀와 함께 짐을 들고 있던 래닐트도 그에 맞추어 종종걸음을 쳤다.

어렴풋이 모습을 드러낸 그 건물은 그리 크지 않지만 목재로 튼튼하게 지어져 있었다. 마구간 위에 건초와 사료를 저장하는 다락을 얹었는지 꽤나 높아 보였다. 두 짝으로 된 문이 활짝 열려 있어, 그 안에서 새어 나온 말과 건초 냄새, 먼지가 뒤섞인 따뜻한 기운이 그들을 감쌌다. 시커먼 한 남자의 형상이 문가에 나타났다. 그는 잔뜩 긴장한 채 발소리에 귀를 기울이더니, 이내 수재나의 기척을 알아들었는지 두 팔을 펼치고 그들에게 다가왔다. 수재나도 래닐트와 함께 들고 있던 보따리를 놓고 그를 향해 두 팔을 펼쳤다. 그들 사이에는 어떤 말도 오가지 않았다. 래닐트는 보따리의 한쪽 끄트머리를 움켜쥔 채 우두커니 서 있었다. 두 사람이 말없이 두 팔을 뻗어 환희 어린 포옹을 하는 순간, 마치 발밑의 대지가 요동하기라도 하듯 래닐트의 온몸이 부르르 떨렸다. 딱 한 번, 그녀도 그런 뜨거운 환희의 불꽃을 체험한 적이 있었다. 앞으로 또다시 그런 기회가 올까? 래닐트는 두 눈을 감은 채 연신 몸을 떨었다.

두 사람은 포옹할 때처럼 조용하고 갑작스럽게 서로 떨어졌다. 예스틴이 수재나의 어깨 너머로 래닐트를 뚫어지게 바라보았다.

"저 애는 왜 데려왔어요? 뭘 하려고?"

"일단 안으로 들어가요." 수재나가 말했다. "다 얘기할 테니까. 안장은 없었어요? 서둘러야 해요."

"막 엮으려던 참이었어요." 예스틴이 옷 보따리를 받아 들더니 수재나를 마구간의 따뜻한 어둠 속으로 데리고 들어갔고, 래닐트는 더 이상 자신이 필요치 않다는 생각에 쭈뼛거리면서 그들을 따라갔다. 예스틴은 문을 닫았지만 잠그지는 않았다. "강가 쪽에 아직 깨어 있는 사람이 있을지 모르니 여길 떠날 때까지는 최대한 조심하는 게 좋아요."

어둠 속에서 그들이 다시금 서로를 끌어안는 소리가 들렸다. 그 짧은 접촉의 순간, 주인마님과 예스틴이 열렬한 마음으로 하나가 되는 것을 래닐트는 느낄 수 있었다. 그녀와 릴리윈이 그랬던 것처럼 이 두 사람도 함께 누워 사랑을 나눴으리라. 그들보다 훨씬 더 많이, 그러나 그들 못지않게 암담한 심경으로. 수재나 방의 뒷문에서 지하실로 내려가는 계단까지의 거리가 그리 멀지 않다는 것이 그제야 떠올랐다. 유혹을 받을 만한 여건은 풍족하게 주어졌으나, 그들의 사랑을 따스한 눈길로 봐줄 사람은 없었다.

"저 아이는 어쩔 셈이죠?" 예스틴이 부드럽게 물었다. "왜 저 애를 여기까지 데려온 거예요?"

"래닐트는 너무 많은 걸 봤어요." 수재나는 짧게 대답했다. "모든 걸 알고 있죠. 바보처럼 나한테 해선 안 될 얘기까지 전부 하더라고요. 조금이라도 머리가 돌아가는 다른 누군가에게 그 말을 전했다간 우린 죽은 목숨일걸요. 그래서 데려왔어요. 적당한 곳까지는 함께 데리고 가요."

예스틴은 잠시 깊은 침묵을 지키다가 물었다. "그게 무슨 뜻이에요?"

"무슨 뜻이겠어요? 당신네 나라 국경 부근에는 인적 없는 숲이 많잖아요. 누가 저 애를 찾겠어요? 혈혈단신의 부엌데기를." 수재나의 목소리가 너무나 차분하고 담담해서, 래닐트는 여전히 그 말에 담긴 의미를 이해하지 못한 채 그저 멍하니 듣고 서 있을 뿐이었다.

어둠 속에서 말 한 마리가 발을 구르며 방향을 돌렸다. 그 큰 몸집에서 풍기는 온기가 밤공기의 싸늘한 기운을 어느 정도 녹여 주었다. 온통 뒤엉켜 있던 그림자들이 서로 떨어지며 사물들의 형상이 희미하게 떠오르기 시작했다. 예스틴은 한동안 깊은 숨을 몰아쉬다가 갑자기 몸서리를 쳤다. 래닐트는 아직도 상황을 이해하지 못한 채였다.

"안 돼요!" 예스틴이 숨죽인 소리로 말했다. "그럴 수는 없어. 난 못 해요. 저 애가, 우리보다 더 불행한 저 아이가 생전 우리한테 무슨 해를 끼친 적이 있다고!"

"당신이 나설 필요는 없어요." 수재나는 침착하게 대꾸했다.

"내가 해요. 당신을 내 것으로 만들기 위해, 내가 당신 것이 되기 위해, 이 세상 끝까지 당신과 함께 가기 위해 내가 못 할 일은 아무것도 없어요. 이미 일을 저지른 판국에 이제 와 두려울 게 뭐 있겠어요?"

"이 일만은 안 돼요! 당신이 나를 정말 사랑한다면, 이 일만은 하지 말아요. 저번 일이야 어쩔 수 없었죠. 그자는 당신네 식구들만큼이나 비열하고 한심한 인간이었으니까! 하지만 저 애는 안 돼요! 그렇게 하도록 내버려두지 않을 거예요!" 예스틴은 이내 어조를 바꾸어 애원하듯 말을 이어갔다. "이미 시내에서 한참 떨어진 곳에 와 있으니 저 애는 여기다 두고 갑시다. 여기서야 문제 될 게 뭐가 있겠어요? 날이 밝은 뒤에 시내로 돌아가라고 하면 돼요. 그때쯤 우리는 추적을 멀리 따돌리고 국경 너머 안전한 웨일스 땅에 들어가 있을 테니까요. 저 애는 우리한테 아무런 위험이 안 된다고요. 아니, 저 애가 일찍이 누구한테 해를 끼쳤거나 그럴 의도를 가진 적이나 있었어요?"

"그자들이 우리를 추적할 거예요! 아버지가 알면…… 당신도 우리 아버지가 어떤 사람인지 잘 알잖아요! 나를 위한 일이라면 한 발짝도 떼지 않겠지만 이것 때문이라면……." 수재나가 발밑에 있는 보따리를 발로 건드리자 희미한 금속성 소리가 울렸다. "웨일스로 가는 길에 어떤 위험이 닥칠지 몰라요. 우연한 사건이며, 시간을 지체할 만한 이런저런 일들이며…… 그러니 확실하게 해두는 편이 좋아요."

"안 돼, 안 돼요! 그런 식으로 내 사랑을 망치지 말아요. 당신이 그렇게 변하면 난…… 난 받아들일 수 없어요. 나는 지금 그대로의 당신을 원한다고요."

불안함을 느꼈는지 말들이 이리저리 방향을 바꾸며 콧바람을 뿜어댔다. 이들 모두 당장이라도 출발할 준비가 되어 있었다. 잠시 침묵이 이어졌다. 짧고도 깊은 이 침묵은 수재나의 긴 한숨으로 끝났다.

"아, 내 사랑," 수재나가 부드럽게 속삭였다. "당신이 하자는 대로 할게요…… 전부 당신 뜻대로 해요. 그래, 저 애는 두고 가요! 무슨 일이 있어도 당신 말을 거역할 수는 없어요. 이 생명이 다할 때까지……."

그들 사이에 오간 대화의 내용이 어떤 것이든, 아무튼 자기와 관련된 그 입씨름이 끝났다는 것만은 래닐트도 알 수 있었다. 그녀는 마구간 한구석에 우두커니 선 채 그저 두 사람이 한시바삐 서쪽 멀리 웨일스 땅으로 가기를 바라는 마음뿐이었다. 그곳에서 예스틴은 하인이 아니라 당당한 한 남자요 가족의 일원일 것이다. 지금껏 모든 권리를 박탈당하고 집안의 하녀나 다름없는 취급을 받아온 수재나도 거기 가면 모든 사람들한테서 존중받는 현숙한 아내가 되리라.

예스틴은 옷 보따리를 집어 들더니 이리저리 몸을 뒤채고 발을 구르는 말 곁에 서서 안장 뒤에 붙잡아 맸다. 수재나가 좀 더 작고 무거운 짐을 들어 곁에 선 다른 말 뒤에 매달자 또다시 예의 금속성 소리가 울렸다. 이따금씩 외투에 반사된 빛이 희미하게 아른거리다 사라질 뿐, 그들의 모습은 여전히 어둠에 잠겨 있었다. 두 사람은 더운 숨결을 토해내며 이리저리 몸을 움직였다.

손 하나가 문을 반쯤 열어젖혔다. 어느새 반달이 떠올라 어둠보다 빛에, 칠흑보다 푸른빛에 더 가까워진 하늘이 내다보였다. 말 한 마리가 걸음을 옮겨 그 희붐한 틈새를 향해 나아갔다.

그때, 갑자기 짧은 외침이 터져 나왔다. 허공을 가르는 낮고도 섬뜩한 외침이었다. 반쯤 열렸던 문이 곧장 요란한 소리를 내며 닫히고, 무거운 빗장이 고리에 걸리는 소리가 이어졌다. 두 짝의 문을 고정하는 두 개의 빗장은 성채의 그것만큼이나 단단하고 육중했다.

"왜 그래요?" 어둠 속에서 수재나의 목소리가 날카롭게 울렸다. 갑자기 고삐를 잡아당겨 놀랐는지 말이 발을 구르면서 요란한 콧바람 소리를 냈다.

"사람들이에요. 꽤 많은 사람들이 저 언덕바지를 내려오고 있어요! 그 뒤로는 말 탄 사람들이 따라오고요. 이쪽으로 오는 것 같아요. 그들이 전부 알아낸 거예요!"

"그럴 리 없어요!" 수재나가 소리쳤다.

"아니, 분명해요. 우리를 포위하느라 양쪽으로 갈라서는 걸 봤다고요. 자, 사다리를 타고 올라가요! 저 아이도 같이! 우리한테 큰 쓸모가 있을지도 몰라요." 예스틴은 갑자기 사납게 소리쳤다. "어서! 재판장으로 끌려가고 싶어요?"

래닐트는 어둠 속에서 몸을 떨며 망연히 서 있었다. 주위에서 진동하는 요란한 말발굽 소리와 정신없이 이리저리 내닫는 그림자, 허공에서 소용돌이치는 눅눅한 마구간 냄새에 정신이 나갈 것만 같았다. 섬뜩한 두려움으로 피부가 따끔따끔했다. 문은 굳게 잠겨 있었고, 설혹 그녀가 그 무거운 빗장들을 들어 올린다 해도 예스틴에게 가로막힐 터였다. 게다가 래닐트는 아직도 이 사태를 완전히 이해하지 못한 상태였다. 자신에게 어떤 일이 일어난 건지 알 수 없었고, 자기가 알고 있던 수재나와 예스틴을 지금 눈앞에 있는 저 필사적인 두 사람과 연결시킬 수도 없었다. 그때 손 하나가 갑자기 래닐트의 손목을 움켜잡고 급하게 마구간 안쪽으로 잡아챘다. 그녀는 속절없이 끌려갔다. 달리 어떻게 할 수 있겠는가? 발목에 사다리의 아랫단이 부딪치는가 싶더니, 다시금 보이지 않는 손이 이번엔 그녀를 위로 잡아끌었다. 그녀는 숨을 헐떡이며 정신없이 두 손을 더듬어 사다리를 올라가서는 마른 먼지와 향긋한 냄새가 진동하는 푹신한 건초 더미에 쓰러졌다. 건초 사이로 구멍이 숭숭 뚫린 듯한 하늘이 어렴풋이 눈에 들어왔다. 환기용으로 뚫어놓은 격자창 너머 창백한 빛이 들어오고 있었다.

하늘은 래닐트의 뒤편에서도, 환기창보다 큰 네모난 문을 통해 안을 들여다보고 있었다. 수확한 건초를 다락에 저장할 때 쓰는 문 위쪽에 작은 창구가 달려 있었다. 사다리의 가로대가 힘겹게 삐걱대는 소리가 들리더니, 예스틴이 급히 다락으로 올라와 그

문 곁에 다가앉았다. 그는 무릎을 꿇고 이 은신처로 육박해 오는 적들의 동향을 살폈다. 문득 밖에서 무슨 소리가 들렸다. 래닐트는 그 소리가 뭘 뜻하는지 금세 깨달았다. 관원이 잠긴 문을 주먹으로 쾅쾅 두드리고 있었다.

"어서 문 열고 나와! 안 그러면 도끼로 부수고 들어가겠다. 그 안에 있다는 거 다 알아. 너희가 어떤 죗값을 치러야 하는지도 말이야!"

래닐트가 아는 사람의 목소리는 아니었다. 어느 열성적인 관원 하나가 빗장 지르는 소리에 자기 상관과 동료들보다 한발 앞서 문으로 달려온 터였다. 그가 을러대는 소리가 무얼 의미하는지, 그리고 자신이 어떤 위험에 빠졌는지 래닐트는 마침내 분명히 깨달았다.

"뒤로 물러나!" 예스틴이 사납게 으르렁댔다. "안 그러면 너역시 하느님 곁으로 가게 될 거다. 그 문에서 멀찍감치 떨어져서다시는 가까이 다가올 생각 마. 내가 전부 똑똑히 보고 있으니까. 그리고 너 같은 졸개들은 더 이상 상대하지 않겠다. 상관에게 가서 전해라. 여기 계집애 하나가 붙잡혀 있고, 내 허리띠는 칼이꽂혀 있다고. 도끼로 이곳 문짝을 부쉈다간 이 계집애의 멱을 따버릴 줄 알라고. 자, 이제 가서 나와 담판할 수 있는 사람을 데려와."

밖에서 누군가의 날카로운 명령이 떨어지더니 곧 침묵이 찾아들었다. 래닐트는 별들이 희미하게 보이는 환기창 쪽으로 최대한 깊숙이 물러나 앉았다. 래닐트와 사다리 사이에는 그녀가 수재나로 알고 있는 한 여자가 앉아, 묵묵히 제 애인의 유일한 무기를 지키고 있었다.

"제가 두 분께 뭐 잘못한 일이라도 있나요?" 래닐트는 별다른 원한도 기대도 없이 조용히 물었다.

"너는 그저 진창에 떨어진 거야." 수재나가 씁쓸한 어조로 대답했다. "너도 우리도 운이 없었구나."

"저를 정말로 죽일 건가요?" 래닐트는 두려움도 잊은 채 그저 궁금한 마음으로 질문을 던졌다.

"꼭 필요하다면."

"하지만 제가 죽으면……" 그 절망적인 순간, 래닐트는 이 인질극의 치명적인 약점을 명확히 짚어냈다. "더 이상 두 분께는 아무런 무기도 남지 않게 될 텐데요. 두 분이 원하는 걸 얻으려면 제가 살아 있어야 해요. 게다가 두 분도 절 죽이고 싶은 건 아니잖아요. 그래서 좋을 게 뭐가 있겠어요? 전 어차피 아무 쓸모도 없는 인간인데."

"내가 어쩔 수 없이 나락으로 떨어져야 한다면, 혼자 그렇게 되지는 않을 거야." 수재나는 낮게 으르렁거렸다. "죄 없는 다른 인간들까지 몽땅 끌어안고 갈 거라고."

13

금요일 밤에서 토요일 아침 사이

휴도 예스틴이 외치는 소리를 들었다. 그는 즉각 부하들을 멈춰 세우고 이미 마구간 문 앞에 도달한 사람들까지 전부 뒤로 물린 뒤 모두들 조용히 있으라고 지시했다. 수비하는 쪽의 입장에서는 격렬한 공격이나 함성보다 침묵이 더 불안할 터였다. 움직이는 이들의 동정은 쉽게 파악할 수 있지만 쥐 죽은 듯 고요하게 잠복한 사람들을 상대로는 아무런 예측도 할 수 없기 때문이다. 구릉지대에는 군데군데 작은 숲들과 덤불들이 우거져 있었다. 휴는 그런 곳에 부하들을 숨겨 반원으로 마구간을 둘러싸고, 나머지 공간에는 보다 넓은 간격을 두고 사람들을 배치했다. 포위망을 점검하기 위해 파견되었던 관원이 비탈의 나무 그늘에 몸을 숨겨가며 이동해 내려와서는 마구간을 완전히 둘러쌌다고 보고했다.

"바닥을 뚫고 통로를 내지 않는 한 빠져나갈 길은 없습니다. 칼을 갖고 있다고 큰소리 친 것으로 보아 그자에게 다른 무기는 없는 듯하고요. 하기야, 평범한 직공이 칼 말고 또 무얼 갖고 다니겠습니까?"

"그리고 우리에겐 궁수들이 있지." 휴가 생각에 잠겨 중얼거렸다. "하지만 표적을 드러내줄 만한 빛이 없으니…… 좋아, 서두를 것 없다! 지금 초조한 건 저들이지 우리가 아니야. 얼마든지 기다려주지. 괜히 저들을 미쳐 날뛰게 할 필요는 없어."

"하지만 저 안에는 래닐트가 있어요!" 릴리윈이 캐드펠 곁에서 몸을 떨며 속삭였다. "그 사람들이 래닐트를 죽이겠다고 협박하고 있다고요."

"저들은 래닐트의 목숨을 빌미로 원하는 것을 얻을 생각이야." 휴는 말했다. "그러니 흥정을 하기 위해서라도 더더욱 래닐트를 잘 지킬 테지. 나도 저들을 벼랑으로 내몰지 않도록 신경 쓸 테니 잠자코 기다리게나. 제풀에 지쳐 나가떨어지게 만들 수 있을지, 혹은 좋은 말로 설득해서 나오게 할 수 있을지 어디 두고 보자고." 이어 그가 부하에게로 고개를 돌렸다. "앨처, 자네는 다락의 조그만 문이 잘 보이는 은신처를 골라 지켜보고 있게. 최악의 경우에는 언제든 활을 쏠 수 있게끔 준비해놓도록. 나는 저 녀석을 가급적 오래 저 문 안에다 붙잡아둘 테니까." 예스틴이 무릎 꿇고 앉아 그들을 관찰하고 있는 문은 건초를 넣을 때 쓰는 곳으로, 당장은 어두운 목조 벽에 드리운 짙은 군청색 형상에 불과했다. 그러나 마구간 문과 마찬가지로 정동 방향을 향하고 있으니 몇 시간 뒤 첫새벽이 밝아올 땐 제일 먼저 그곳으로 햇살이 들이칠 것이었다. "명령을 내릴 때까지는 절대 활을 쏘지 말게. 인내심이 우리에게 어떤 보상을 가져다줄지 기다려보자고."

휴는 네모난 어둠을 강렬한 눈빛으로 쏘아보며 앞으로 걸어나가다가 마구간에서 20보쯤 떨어진 곳에 멈춰 섰다. 그 뒤편 덤불 속에서는 릴리윈이 숨을 죽이고 있었다. 캐드펠 수사는 그의 여윈 몸이 주인의 손에 붙들린 흥분한 사냥개처럼 잔뜩 긴장하여 부들부들 떨고 있는 것을 느꼈다. 금방이라도 주인의 손을 뿌리치고 요란하게 짖어대며 사냥감을 향해 달려갈 것만 같아, 캐드펠은 경고의 의미로 그의 팔에 한 손을 올렸다. 그러나 괜한 걱정이었다. 릴리윈은 백지장처럼 하얀 얼굴을 돌리고는 안심하라는 듯 고개를 끄덕였다. "괜찮아요. 저는 저분을 믿어요. 또 그래야 하고요. 저분은 유능한 분이죠."

그들 뒤에는 월터 아우리파버가 있었다. 그는 초조함을 못 이겨 하염없이 나무 뒤편을 오가며 손톱을 물어뜯고, 잃어버린 보화 생각에 앓는 소리를 내는가 하면, 개가 끙끙거리듯 낮은 목소리로 저주와 기도를 반복하는 중이었다. 적어도 아직은 모든 걸 잃은 게 아니었다. 그 악당들은 도망치지 못했다. 그들이 그곳을 빠져나가 서쪽으로 달아나게 해서는 절대로 안 되었다!

"예스틴!" 마침내 휴가 위쪽을 지그시 응시하며 입을 열었다. "행정 보좌관 휴 베링어다. 내가 누군지, 왜 여기 와 있는지는 자네도 잘 알겠지. 이제 내가 무엇을 하려는지는 더 잘 알 것이고. 이곳은 포위됐으니 자네들이 빠져나갈 길은 없다. 그러니 현명하게 처신하는 게 좋을 거야. 더 이상 섣부른 행동 말고 순순히 내려와 자수하여 분별 있는 자들에게 내리는 은혜를 구해라. 그게 최선의 길이야."

"천만에!" 예스틴이 사납게 으르렁거렸다. "그렇게 순순히 재판관 앞에 가지는 않을 거요. 래닐트가 여기 우리와 함께 있소. 만일 당신들 중 누구라도 이 문에 접근해오면 그 계집애를 죽이겠소. 자, 그러니 부하들에게 멀찌감치 떨어지라고 명령하시오. 당장 내가 할 말은 이것뿐이오."

"안 보이나? 지금 문에서 50보 이내에 나 말고 움직이는 사람은 아무도 없어!" 휴의 목소리는 또렷하면서도 침착했다. "그래, 자네들 마음대로 그 어린 여자를 처치해버릴 수도 있겠지. 그래서, 어쩌겠다는 건가? 그 아이는 자네들과 아무 상관도 없는 사람이야. 그런 아이에게 해를 끼쳐서 뭘 얻을 수 있다는 거지? 지옥의 불구덩이에 들어가기밖에 더하겠나. 차라리 내 목을 움켜쥔다면 모를까, 그 아이의 목을 베는 건 하등 도움이 되지 않아. 만족을 주지도 못할 일이오. 게다가 지금껏 우리가 알아온 자네와 전혀 어울리지 않는 짓이기도 하지. 일찍이 자넨 손에 피 한 방울

묻힌 적이 없지 않나. 이제 와서 왜 손을 더럽히려 하지?"

"당신이야 거기 서서 속 편하게 달콤한 얘기를 늘어놓을 수 있겠지." 예스틴은 사납게 대꾸했다. "하지만 우리는 막판에 몰렸으니 가지고 있는 무기를 모두 동원할 수밖에. 자꾸 그렇게 나를 압박하려 들면 래닐트를 죽일 거요. 만일 힘으로 밀고 들어오겠다면 나도 죽음을 각오하고 당신들과 싸울 테고. 하지만 우리의 요구를 들어준다면 래닐트를 무사히 내보낼 수도 있겠지!"

"그 요구라는 게 무엇인지 말해보게."

"목숨과 목숨을 바꾸자는 얘기요. 래닐트의 목숨과 수재나의 목숨을 말이지. 이 사람이 말과 소유물을 가지고 자유롭게 여길 떠나게 해준다면, 그리고 절대 추적하지 않겠다고 약속한다면, 나도 래닐트를 내보내주겠소."

"추적하지 않겠다고 대답하면 그 말을 믿겠나?" 휴가 의중을 떠보듯 물었다.

"당신은 약속을 반드시 지키는 사람이니까."

"안 돼!" 두 사람의 날카로운 음성이 거의 동시에 울려 퍼졌다.

그중 하나는 재물을 잃는다는 생각에 넋이 빠진 월터의 목소리였다. 정신없이 앞으로 달려가려는 월터를 캐드펠이 재빨리 붙잡아 겨우 제자리로 끌고 갔다. 월터는 마구 발버둥을 치며 소리치기 시작했다. "그런 말도 안 되는 흥정을 해서는 안 돼! 저년의 소유물이라고? 천만에, 그건 저년이 내게서 도둑질한 물건이잖아! 그렇게 부정한 수를 써서 손에 넣은 재물을 가지고 웨일스로 내뺄 수 있게 해달라? 말도 안 되는 소리! 절대로 그렇게 둘 수 없어!"

이어 다락 문틀 너머에서 어두운 그림자 하나가 어른거리더니 수재나의 날카로운 외침이 터져 나왔다. "저런, 친애하는 아버님도 여기 계셨군요. 자기 돈을 되찾고 내 모가지를 비틀고 싶어 혈안이 되어 있겠죠. 저 인간이 하녀나 제 딸의 목숨을 구하기 위해 한 푼이라도 포기할 용의가 있으리라 기대했다면, 그건 당신들이 잘못 생각한 거예요. 걱정하지 마세요, 사랑하는 아버지. 나도 그런 거래는 받아들이지 않을 테니까요. 설령 죽음의 구렁텅이에 빠지는 한이 있더라도, 난 이이한테서 한 발짝도 떨어질 생각이 없어요. 이 사람은 내 사랑이자 내 아이의 아버지니까! 알겠어요? 자, 나도 조건을 하나 걸죠. 이 사람에게 말을 내주고 무사히 자기 나라로 가게 해준다면, 전 여기서 걸어 나가 어떤 결과든 전부 감수하겠어요. 죽음의 구렁텅이로 떨어지든 저주받은 삶으로 떨어지든 상관없어요. 당신들이 원하는 사람은 이이가 아니라 나잖아요. 난 사람을 죽였어요. 내가 어떤 짓을 저질렀는지 다 털어놓—"

"이 사람은 거짓말을 하고 있는 거요!" 예스틴이 거칠게 소리치며 말을 끊었다. "죄를 지은 사람은 나요. 이 사람이 무슨 짓을 했든 그건 전부 나 때문에—"

"그만둬요. 저 사람들도 이제 다 알아요! 우리 중 누가 일을 계획하고 저질렀는지 다 알고 있다고요. 저 사람들이 잡아가고 싶어하는 건 나예요, 당신이 아니라!"

"오, 바보 같은 사람, 내가 당신을 두고 갈 것 같아요? 온 세상
의 보물을 다 준다 해도 그렇게는 못 해요."

그들은 사람들이 있다는 사실도 잊은 채 격렬한 말다툼을 벌였
다. 문득 사위가 조용해지며 어두운 문 틈 너머 희미한 그림자가
어른거렸다. 두 연인의 얼굴과 손이 움직이고 있었다. 아마 절망
적인 심정으로 서로를 얼싸안고 뺨을 비비며 애무하는 것이리라.
다음 순간, 예스틴의 날카로운 목소리가 들려왔다. "저 애 잡아
요! 빨리! 저 애를 놓치면 안 돼요!"

서로 부둥켜안은 두 몸이 떨어지더니 잠시 후 안쪽에서 희미한
외침이 터져 나왔다. 릴리윈이 부르르 몸을 떨며 캐드펠의 팔을
움켜쥐었다.

"래닐트예요. 아, 맙소사, 내가 저곳에 지금 들어갈 수만 있다
면……." 그러나 릴리윈은 자제력을 발휘해 목소리를 낮추었다.
그곳의 팽팽한 긴장을 깨뜨려서는 안 되었다. 자칫 잘못하면 래
닐트가 목숨을 잃게 되고, 앞으로 올 행복에 대한 그의 기대도 날
아가버릴 터였다. 그로서는 절망감과 괴로움을 감내하며 침묵을
지킬 수밖에 없었다.

"래닐트는 아직 무사하네." 캐드펠이 릴리윈의 귀에다 대고 단
호하게 말했다. "두 사람이 서로에게 정신을 팔고 있는 사이 몰
래 빠져나오려고 했던 모양인데, 그 얘기는 곧 다치지도 결박당
하지도 않았다는 뜻이지. 자넨 그것만 생각하게."

"맞아요! 저 사람들도 래닐트를 미워할 이유가 없으니까요. 그녀에게 해를 끼치고 싶어 하지도 않을 거고요⋯⋯." 그러나 릴리윈은 그들의 목소리에 어린 심한 분노와 괴로움을 감지할 수 있었다. 궁지에 몰린다면 제정신을 잃고 끔찍한 짓을 저지를지도 몰랐다. 캐드펠 또한 같은 생각이었고, 한편으로는 저 두 남녀의 괴로움이 마치 자신의 것인 양 가슴이 조이기도 했다.

"안됐지만, 래닐트는 아직 우리에게 붙잡혀 있소." 예스틴이 다락에서 소리쳤다. "자, 이제 내가 또 다른 대안을 하나 제시하지. 래닐트와 보화를 돌려줄 테니, 우리 두 사람을 무사히 여기서 빠져나가게 해주시오."

그 말에 월터 아우리파버가 사람들의 손길을 뿌리치고 공터로 몇 미터쯤 뛰어나갔다. "나리, 나리! 그 정도면 받아들일 수 있습니다. 저것들이 내 보화만 돌려준다면⋯⋯." 그랬다, 보물만 돌려받을 수 있다면 법적인 처분과 응징 같은 건 그에게 전혀 중요하지 않았다.

"저들이 살려낼 수 없는 목숨이 하나 있소." 휴가 퉁명스럽게 대꾸했다. 그 단호한 표정과 손짓에 월터는 찔끔해서 맥없이 제자리로 돌아올 수밖에 없었다.

"내 말 듣고 있는가, 예스틴?" 휴는 다시 어두운 문을 향해 고개를 쳐들고 소리쳤다. "자네는 내 임무를 잘못 알고 있군. 내가 여기 온 건 전하의 법을 수호하기 위해서다. 그 목적을 위해서라면 밤새도록 이 자리에 서 있을 용의가 있지. 그러니 손에 피를 묻히는 일 없이 순순히 내려오는 게 좋을 거야. 그 외에 자네가 택할 수 있는 길은 없어."

"당신 말 잘 들었소. 하지만 내 생각에는 변함이 없어. 나와 이 사람을 원한다면 와서 잡아가시지. 하지만 그 전에 먼저 이 조그만 계집애의 시체부터, 우리의 희생자가 아니라 당신들의 희생자부터 가져가야 할 거요."

"내가 공격 신호를 내린 것도 아니고, 칼집에서 칼을 뽑은 것도 아닌데 왜 그리 급하게 구나?" 휴가 달래듯 말을 이었다. "내가 자네를 보는 것보다 자네가 더 분명하게 나를 보고 있잖은가. 앞으로 긴 밤이 기다리고 있네. 내게 말하고 싶은 게 있으면 언제든 하게. 나는 계속 여기 있을 테니까."

*

포위하는 측과 농성하는 측 모두에게 밤은 더없이 더디게 흘러 갔다. 음울한 적막이 너무 오래 지속될 때마다, 휴는 예스틴이 여전히 깨어 지켜보고 있는지 확인할 겸 부러 침묵을 깨곤 했다. 물론 이 역시 신중함을 요하는 일이었다. 예스틴이 그러한 움직임을 공격으로 오인하고 과격한 반응을 보이게 해서는 안 되었기 때문이다. 어쨌든 이 상태를 오래 유지하는 것 말고는 방법이 없었다. 저들에겐 음식과 물이 충분하지 않을 테고, 편히 쉴 수도 없을 터였다. 그러다 갑자기 극심한 절망에 빠져 너 죽고 나 죽자는 식의 학살극을 택할 가능성도 있긴 하지만, 이쪽에서 모든 일을 아주 조심스럽고 부드럽게 진행한다면 어떻게든 그런 위험은 피할 수 있을 것이었다. 제아무리 완강한 의지도 흔히 피로감에 무너질 수 있으며, 침묵은 모든 결의를 빨아들이는 법이다.

"이번에는 수사님이 한번 나서보시죠." 자정이 좀 지난 시각, 휴가 나직하게 입을 열었다. "저들은 수사님이 여기 와 계시는 걸 아직 모릅니다. 갑자기 수사님 목소리가 들리면 방어 태세의 허점을 드러낼 수도 있어요."

심신이 생동하는 한낮과 달리 마음이 축 처지는 깊은 밤, 사소한 일에도 의지가 흔들릴 수 있는 시각이었다. 휴의 목소리보다 한층 더 굵고 깊게 울리는 캐드펠의 음성을 듣자, 예스틴은 무심결에 감시탑 밖으로 몸을 내밀며 이 새로운 방문객을 내다보았다.

"거기 누구요? 지금 무슨 장난을 하는 거지?"

"장난 같은 거 아닐세, 예스틴. 수도원의 캐드펠 수사야. 가끔 약을 들고 그 집에 가곤 했는데, 기억 안 나나?" 캐드펠은 부드럽게 말을 이었다. "자네도 나를 웬만큼 알긴 하겠지만, 그렇다고 신뢰할 정도는 아니겠지. 수재나와 얘기하게 해주게나. 그 친구가 나를 좀 더 잘 알거든."

캐드펠은 내심 걱정스러웠다. 수재나가 과연 대화에 응할까? 그에게 귀를 기울이는 것조차 거부하지 않을까? 일단 행동 방침을 정한 마당이니, 제 마음을 돌리려 하거나 앞길을 방해하려는 그 누구의 말도 들으려 하지 않을 터였다. 그러나 우려와는 달리 수재나가 이내 문으로 다가왔다. 두 연인은 자리를 바꾸었는데, 보아하니 이번에는 손을 잡거나 포옹하지 않고 그냥 서로의 곁을 지나치는 듯했다. 그럴 필요도 없겠지, 캐드펠은 생각했다. 살건 죽건, 두 사람은 이제 두 개의 반쪽으로 이루어진 한 몸이니까. 그들 중 하나는 래닐트를 감시하고 있는 게 분명했다. 그렇다면 래닐트는 결박된 상태가 아닐 것이다. 그녀를 묶어둘 만한 도구가 없는 것이리라. 막 떠나려는 순간 덫에 걸렸으니…… 용납될 수 없는 일이겠지만, 차라리 그들이 더 일찍 말을 타고 멀리 도망쳤다면 좋았을 거라는 생각이 들었다.

"수재나, 아직 늦지 않았소. 지금이라도 잘못된 일을 바로잡을 수 있을 게요. 나는 당신이 어떤 죄들을 저질렀는지 잘 알고, 이제부터는 당신을 변호하는 일에 나설 생각이오. 하지만 살인은 살인이며, 그 죄상을 외면할 방법은 없소. 설령 이승의 법정을 피한다 해도, 결코 피할 수 없는 또 다른 법정이 있으니 말이오. 그러니 이제는 죄 갚음을 하려 애쓰면서 마음의 평화를 얻는 편이 훨씬 나을 거요."

"평화요?" 수재나는 싸늘하게 대꾸했다. "저를 위한 평화 같은 건 없어요. 저는 제 몫의 토양조차 거부당한 난쟁이나무인걸요. 그 척박한 환경에서 간신히 열매를 맺은 지금, 제가 마음속 증오와 사랑을 조금이라도 포기하리라 생각하세요? 제발 절 가만 내버려두세요, 캐드펠 수사님." 이윽고 그녀의 목소리가 조금 부드러워졌다. "수사님은 제 영혼을 걱정하시지만, 저는 제 육신에 대해서밖에 신경 쓰지 않아요. 제가 알고 있고 앞으로도 알고 싶은 유일한 천국은 그것뿐이에요."

"예스틴을 데리고 내려와요." 캐드펠은 말했다. "당신과 예스틴의 아이를 이 세상에 태어나는 여느 무고한 아이들과 다름없이 무사히 태어나게 하고 제대로 보살피겠다고 하느님 앞에 약속하오. 수도원장님께도 이를 보장해달라고 요청하겠소."

수재나는 웃었다. 생생하고 거칠면서도 어딘가 쓸쓸하게 느껴지는 웃음소리였다. "이 아이는 수도원의 아이가 아니랍니다, 캐드펠 수사님. 이 아이는 저와 이이의 아이예요. 우리가 어르고 돌봐줄 거라고요. 다른 사람들의 도움은 필요 없어요. 어쨌든 아이에 대해 마음 써주신 건 고맙게 생각합니다." 그녀는 자조적인 목소리로 말을 이었다. "하지만, 이 아이가 정말 무사히 이 세상에 태어날지 누가 알겠어요? 저는 나이 든 여자예요, 캐드펠 수사님. 아이를 낳기에는 너무 늦었다고요. 이 아이가 저보다 먼저 죽을지도 모르죠."

"우리 좀 따져봅시다." 캐드펠은 단호한 말투로 대꾸했다. "그 아이를 당신만의 아이라 할 수는 없소. 앞으로 태어날 아이의 주인은 그 자신이니, 아이에게 공평한 기회를 주도록 해요! 왜 그 아이가 당신의 죄를 갚아야 하지? 볼드윈 페치를 짓밟아 세번강에 수장한 사람은 그 아이가 아니잖소."

분노와 고통으로 인해 목이 막힌 듯, 수재나의 입에서 섬뜩한 소리가 새어 나왔다. 그녀는 한동안 입을 꽉 다물고 있다가, 다시 마음을 다잡아 냉정한 자세로 돌아갔다. "우리 셋은 한 몸이 되어 여기 함께 있고, 이제 제가 아는 성삼위일체는 이것 하나뿐이에요. 우리에게 네 번째란 없어요. 그러니 살아 있는 그 누구에게도 신경 쓸 이유가 없고요."

"네 번째 사람이 없다고?" 캐드펠이 반박했다. "당신은 그 어린 소녀를 비열하게 이용하고 있구면. 당신과 무관하고 당신에게 아무 잘못도 저지르지 않은 여자를 말이오. 그 아이는 당신을 사랑하고, 당신 역시 그 사실을 잘 알 거요. 그런데 왜 당신네만큼이나 축복받지 못한 또 다른 한 쌍을 굳이 파멸의 구덩이로 몰아넣으려는 게요?"

"못 할 게 뭐 있어요? 저는 막다른 골목에 와 있어요. 이제 이 아이를 빼면 제게 무슨 수단이 있죠?"

아무리 설득해도 수재나는 마음을 돌리지 않았고, 급기야는 자리를 떠나 예스틴을 문 앞에 앉혀놓았다. 캐드펠은 잠시 기다리며 마음을 다잡은 뒤, 이제는 예스틴에게 호소하기 시작했다. 그역시 온갖 풍상을 겪었지만 수재나보다는 고집이 세지 않고 마음의 상처도 덜한 편이었다. 게다가 그는 웨일스 사람 아닌가. 이따금 부족끼리 전쟁을 치르며 인적 드문 황량한 돌투성이 들판을 시체들로 뒤덮을 때가 있긴 하지만, 웨일스 사람은 본디 한 핏줄이었다. 그러나 캐드펠은 예스틴을 설득해봐야 큰 소용이 없으리라는 사실을 이미 알고 있었다. 어떻게든 그의 마음을 조금이나마 움직인다 해도 수재나의 손짓 한 번에 전부 허사가 되어버릴 터였다.

마침내 휴가 돌아와 자리를 교대해주었을 때, 캐드펠은 그리 즐거운 기분이 아님에도 어쨌든 안도의 한숨을 내쉬었다.

*

그가 낙담하여 덤불 밑 풀밭에 맥없이 앉아 있는데, 릴리윈이 다가와 그의 소매를 다급히 끌어당겼다.

"저랑 좀 같이 가요, 캐드펠 수사님! 어서요!" 상황과 어울리지 않게도, 그의 목소리에는 기대감과 흥분이 어려 있었다.

"무슨 일인가? 어디로 가자는 거지?"

"아까 정찰한 사람은 다른 탈출구가 없고 따라서 안으로 들어갈 통로도 없다고 했지만…… 있어요! 있을 수 있다고요! 따라와보세요!"

캐드펠은 릴리윈이 이끄는 대로 덤불을 뚫고 구릉으로 올라간 뒤 몸을 숨긴 채 경사면을 따라 나아갔다. 두 사람은 마구간에서 그리 멀지 않은 서쪽 끝, 마구간 지붕보다 약간 낮은 지대에 이르렀다. 지붕의 판재들이 마구간의 야트막한 박공벽 위로 돌출해 있었다.

"저기 보세요. 별빛이 아른거리는 저쪽요. 환기용으로 격자창 하나를 뚫어놨잖아요."

그쪽을 자세히 응시하던 캐드펠은 릴리윈이 가리키는 네모난 형상을 간신히 식별해낼 수 있었다. 하지만 그 너비가 기껏해야 한 뼘 정도밖에 안 되어 보였다. 잔뜩 집중해서 살펴보아야 겨우 보일락 말락 한 그 판자들 사이의 틈새는 너무 작아 주먹 하나도 제대로 들어갈 것 같지 않았다. 사다리가 없으니 거기까지 올라갈 방법도 없었다. 벽의 목재들이 울퉁불퉁하다 해도 고양이처럼 가벼운 몸과 날카로운 발톱을 가진 사람이 아니면 누구도 그리 접근하지 못할 터였다.

"저것 말인가?" 캐드펠은 어이없다는 듯 되물었다. "거미라면 모를까, 인간이 저 틈을 통해 안으로 들어가는 건 불가능해 보이는데."

"제가 저 아래쪽에 가봐서 알아요. 발을 디딜 자리는 얼마든지 있어요. 그리고 판자들 중 하나가 제자리에서 느슨하게 빠져나와 있는 거 안 보이세요? 다른 것들도 잡아당기면 쉽게 빠질 거예요. 수사님이 반대편에서 그 사람들 정신을 빼놓는 사이 누가 저 안으로 들어갈 수만 있다면…… 바로 그 아래 래닐트가 있어요. 분명해요! 그들이 래닐트를 잡으려고 달려갔을 때 비명 소리가 저기서 들렸잖아요."

그건 사실이었다. 래닐트는 할 수 있는 한 그 사람들에게서 멀리 떨어진 곳에 자리를 잡고 있을 것이다.

"하지만 판자 두세 장을 빼낸다 치더라도, 그 이상 뭘 할 수 있겠나? 이쪽의 움직임이 상대방의 귀에 모조리 가 닿을 텐데. 불가능해! 게다가 우리 중 저 구멍으로 해서 래닐트한테 접근할 수 있을 만한 사람은 없네. 모든 판자를 다 걷어낼 만한 시간이 주어진다 해도 그건 불가능한 일이야."

"저라면 가능해요!" 릴리윈은 열띤 어조로 속삭였다. "잊으셨어요? 전 몸이 작고 가벼운 곡예사라고요. 서너 살 때부터 곡예하는 법을 배웠죠. 그건 제 전문 기술이에요. 저는 래닐트 있는 데까지 접근할 수 있어요. 고양이가 할 수 있는 일은 저도 할 수 있다고요. 아마 래닐트도 가능할 거예요. 훈련받은 곡예사는 아니지만 저보다 몸집이 더 작으니까요. 밧줄만 있으면 제가 그걸 창에다 고정해놓고 래닐트를 빠져나오게 할 수 있어요. 아, 이건 정말 시도해볼 만한 일이라고요! 지금 다른 방법도 없잖아요. 제가 할 수 있어요. 꼭 하고 싶고요!"

"기다리게!" 캐드펠은 말했다. "여기서 가만 웅크리고 있어. 내 휴 베링어한테 가서 얘기를 해본 뒤 밧줄을 구해 올 테니까. 그런 뒤 서쪽 창가에서 저 사람들의 집중력을 흩뜨려놓으면 될 거야. 자, 일단은 내가 돌아올 때까지 아무 소리도 내지 말고 가만 기다리게."

*

휴는 캐드펠의 말을 차분히 듣고는 잠시 심사숙고한 뒤 입을 열었다. "시도해볼 만한 방법 같긴 합니다. 저 안으로 들어갈 다른 뾰족한 수가 없으니까요. 수사님이 약간이라도 가능성이 있다고 보시면 저도 수락하지요. 어떻습니까? 그 친구가 정말 그 안으로 기어들어갈 수 있을까요? 그게 가능합니까?"

"전에 릴리윈이 뱀처럼 제 몸을 이리저리 꼬아 매듭 같은 형상을 만드는 걸 본 적이 있네. 자기가 자신 있다고 이야기하는 이상 나로서는 그의 판단을 존중할 수밖에. 그런 일에 대해서는 나보다 훨씬 잘 알 테니까. 그건 릴리윈의 전문 분야고, 그 친구는 자기 일에 대단한 자부심을 갖고 있어. 그래, 난 그의 판단을 믿네."

"사람들을 시켜 밧줄과 판자들을 빼내는 데 쓸 만한 끌을 구해오도록 하지요. 하지만 좀 기다려야 합니다. 저들이 여전히 깨어서 이쪽의 동정을 살펴보는지 확인하고, 필요한 경우엔 지나치게 흥분하지 않을 정도로 한두 번쯤 집적거려보는 게 좋겠어요. 그리고 앨처가 표적을 제대로 겨냥하려면 아무래도 새벽빛이 밝아올 때까지 기다려야 할 테니, 릴리윈에게는 너무 서두르지 말라고 전해주십시오. 유사시에는 누가 그 문 앞에 있든 무조건 겨냥하고 화살을 날려야 하니까요. 그 선량한 청년을 사지로 보내야 할 처지니 최선을 다해서 엄호를 준비해야죠."

"사람이 죽는 일 같은 건 없어야 할 텐데." 캐드펠은 서글픈 어조로 중얼거렸다.

"제 생각도 그렇습니다." 휴도 침울한 표정으로 말을 이었다. "하지만 반드시 누군가 죽을 수밖에 없다면, 무고한 사람보다는 죄를 지은 자가 죽는 편이 낫겠지요."

*

해가 뜨려면 아직 한 시간 반쯤 남았을 때, 휴의 부하들은 릴리 윈에게 밧줄과 끌을 가져다주었다. 이미 동쪽 하늘은 검푸른 빛에서 녹청색으로 변했고, 뒤쪽 들판과 그 너머 우뚝 솟은 언덕의 윤곽은 그보다 한층 연한 초록빛을 띠고 있었다.

"목 말고 허리에다 감아주세요." 덤불 속에서 제 몸에 밧줄을 감아주려는 캐드펠에게 릴리윈이 말했다. 더없이 씩씩한 목소리였다.

"자네의 내면에 참되고 진실한 영혼이 깃들어 있다는 것을 내가 잘 아네. 하느님께서 자네를 지켜주실 거야. 물론 래닐트도!" 이어 그가 걱정스레 물었다. "그런데 자네가 래닐트에게 가까이 갔다 치더라도, 그 아이가 밧줄을 탈 수 있을까? 누구나 자네처럼 능숙하게 밧줄을 탈 수는 없을 텐데."

"제가 도와주면 돼요. 그녀는 몸이 작고 가벼우니 밧줄을 잡고 벽을 밟으며 내려올 수 있을 거예요…… 저 두 사람이 저쪽 밖에 있는 다른 이들에게 정신을 팔고 있기만 하면 말이죠."

"하지만 부디 서두르지 말고 천천히, 소리 없이 움직이도록 하게." 캐드펠은 마치 아들을 전쟁터에 내보내는 아버지인 양 근심스럽게 말했다. "나는 이곳과 저 앞을 오가며 연락병 노릇을 하겠네. 자, 날이 밝아올수록 우리 편이 훨씬 더 유리한 입장에 서게 될 거야."

릴리윈이 구두를 걷어차듯 벗어버렸다. 기다란 타이츠 밖으로 비쭉비쭉 튀어나온 그의 발가락들이 캐드펠의 눈에 들어왔다. 당장은 그런 상태가 차라리 나을 것이다. 그러나 릴리윈이 마침내 바깥세상으로 나갈 때에는—하느님께서 그렇게 되길 원하실 테고, 그러니 반드시 그렇게 될 것이었다—꼭 더 좋은 양말을 마련해주리라.

릴리윈은 살그머니 비탈을 내려가 마구간 벽으로 다가섰다. 그러곤 머리 위로 두 팔을 뻗어 벽을 더듬거리다가, 그보다 몸무게가 더 나가는 사람이라면 엄두조차 내지 못할 지점을 찾아내 거기 한 발을 올리고 몸을 끌어당겼다. 이어 같은 방식으로, 그는 계속해서 다람쥐처럼 벽을 타고 오르기 시작했다.

캐드펠은 손에 땀을 쥐고 그 모든 과정을 지켜보았다. 이제 릴리윈은 격자창 옆에 단단히 박혀 있는 판자들 틈에 밧줄을 걸어 고정한 다음, 거기 몸을 의지한 채 썩은 판자를 조심스럽게 빼내어 아래쪽의 무성한 풀밭에 살그머니 떨어뜨리고 있었다. 이 일에 착수한 지 벌써 30분쯤 지난 시점이었다. 이따금씩 동쪽에서 설전을 벌이는 소리가 들려왔다. 피곤함이 느껴지긴 하지만 아직 기운을 잃지 않은 목소리였다. 마침내 통풍구 구실을 하는 창의 격자무늬가 뚜렷이 보이는가 싶더니, 릴리윈이 판자 하나를 빼내자 작은 공간이 드러났다. 그러나 고양이보다 크고 둔한 동물은 아무리 애를 써도 그리로 드나들 수 없을 것 같았다. 어느새 하늘의 거대한 궁륭이 아주 서서히 밝아오고 있었다. 머지않아 해가

뜰 것이다.

릴리윈은 반쯤 드러난 발가락들을 벽의 판자에 찰싹 붙이고 밧줄에 몸을 의지한 채 일을 계속했다. 그가 살금살금 다른 판자를 떼어내기 시작할 때, 캐드펠은 이쪽 정황을 보고하기 위해 덤불에 몸을 숨기고 휴가 있는 곳으로 다가갔다.

"내 눈에는 영 불가능해 보이는군. 하지만 릴리윈은 그런 일에 훤한 아이지. 고양이가 제 수염의 감촉으로 가능성을 판단하듯이 그 아이가 제 본능으로 이 일의 성공을 확신한다면, 나로서는 그 말을 믿을 수밖에 없네. 그러니 모쪼록 저 사람들과의 설전이 끊기지 않도록 해주게나."

"수사님이 이곳을 잠시 맡아주시겠습니까?" 휴가 여전히 다락문에 시선을 고정할 채 뒤로 한 걸음 물러섰다. "잠깐이면 됩니다…… 새로운 목소리가 들리면 저쪽에서도 더 집중할 것 같아서요."

캐드펠은 아까 늘어놓았던 공허한 호소를 되풀이했다. 피로에 잠긴, 그러나 반항의 기미는 여전한 대답이 돌아왔다.

"이 지상과 하늘에서 고통당하는 모든 육신과 영혼이 자유와 평화를 얻을 때까지 우리는 결코 이곳을 떠나지 않을 생각이오." 캐드펠은 피로를 떨쳐버리고 분연히 말을 이었다. "마지막까지 이를 방해하는 자에게는 하늘의 심판이 내릴 거요! 그러나 아직은 기회가 있소. 주님의 자비는 그것을 간구하는 이들에게 무한히 주어지는 법이니까. 아무리 늦게, 아무리 미약한 목소리로 구한다 해도 말이오."

"저곳을 정면으로 비추는 빛이 그리 오래가지는 않을 걸세."
그사이 휴는 슈루즈베리의 수비대에서 가장 뛰어난 궁수인 앨처
에게 지시를 내렸다. 날이 밝아오면서부터 앨처는 문이 바라보이
는 곳에 자리를 잡은 채 대기하고 있었다. "준비하고 있다가 내
가 명령을 내리는 즉시 저 구멍 속으로 화살을 먹여야 하네. 거기
누가 있든 상관없어. 하지만 절대로 내 지시 없이 쏘아서는 안 되
네. 그리고…… 가능하면 그런 명령을 내리지 않을 수 있기를 기
도하세."

"잘 알겠습니다." 앨처는 시위를 당겨 활을 뺨에 붙인 채 대답
했다. 그의 시선은 이제 자신의 과녁, 곧 마구간 문 위로 선명하
게 드러날 저 검은 통로 한가운데 붙박여 결코 떨어지지 않았다.

*

캐드펠은 다시 구릉을 떠나 서쪽으로 돌아갔다. 예의 격자창
대신 처마 밑에 자그마한 네모꼴 구멍이 드러나 있고, 그 아래 무
성한 풀밭에는 릴리윈이 떼어낸 판자들이 겹겹이 쌓여 있었다.
이제 릴리윈은 한 팔을 구멍 안으로 집어넣고는 걸리적거리는 건
초들을 살피며 양쪽으로 걷어내 공간을 만드는 중이었다. 안에
있는 래닐트가 놀라서 비명을 지를지도 모르니 최대한 소리를 죽
이고 조심에 조심을 다해야 했다! 지금이야말로 마구간 앞에서

위협적인 소란을 피워 상대가 모든 신경을 그쪽에 쏟게끔 해야 할 때였다. 캐드펠은 숨을 죽인 채 릴리언을 지켜보았다. 그는 아무리 말라빠진 사람도 들어갈 수 없을 듯 보이는 그 작은 통로로 머리와 양 어깨를 밀어 넣더니 뱀처럼 몸을 이리저리 비틀어 나머지 부분도 날렵하게 집어넣었다. 그사이 어떤 소리도 나지 않았다.

캐드펠은 동쪽 문에서 보이지 않는 지점까지 서둘러 돌아가 휴를 향해 한 팔을 휘둘러 보였다. 중대한 때가 왔다는 신호였다. 앨처가 휴보다 먼저 그 모습을 발견하고는 활시위를 재차 당기며 저 멀리 어른거리는 칙칙한 갈색 외투와 희끄무레한 얼굴을 겨냥했다. 그의 뒤에서는 태양이 막 고개를 내밀어 마구간 지붕마루를 환하게 비추고 있었다. 15분 뒤면 햇살이 문을 향해 곧바로 날아들 것이고, 그때 과녁을 맞히기란 식은 죽 먹기보다 쉬울 터였다.

휴는 가장 가까이 있는 사람들을 곁으로 불러 함께 마구간 쪽으로, 그러나 문과 지나치게 가깝지는 않은 곳으로 다가섰다.

"예스틴," 그가 입을 열었다. "밤새 많이 생각해봤겠지. 자네들이 빠져나갈 길은 없으니 이제 현명한 판단을 내리고 순순히 걸어 나오게. 뭐라도 먹어야 살지 않겠나. 이곳은 성역이 아니니, 자네들에게는 유예기간 같은 것도 없어."

"우리를 기다리는 게 교수형 밧줄뿐이라는 건 잘 알고 있소." 예스틴은 날카롭게 대꾸했다. "하지만 그게 우리의 최후라면, 맹세코 여기 있는 계집을 우리보다 먼저 보낼 거요. 이 계집의 피를 당신들 모두의 머리 위에 뿌려주도록 하지."

"보잘것없는 인간이 큰소리만 치는군! 수재나도 같은 생각인가? 이렇게 무모하게 죽어버리거나, 누군가를 죽일 마음의 준비가 되어 있는 게 확실한가? 그건 수재나와 함께 결정한 일인가, 아니면 자네 혼자만의 생각인가? 자, 여기 마스터 월터가 와 있네." 휴가 손짓으로 그를 불렀다. "이리 와서 따님에게 얘기를 좀 해보시죠. 당신 말이라면 귀담아들을지도 모릅니다."

수재나를 자극해 두 연인 모두 인질을 내버려둔 채 문으로 달려들어 욕을 퍼붓게 만드는 것, 그것이 월터의 역할이었다. 캐드펠은 언덕 위에서 손가락 관절을 깨물며 제발 그 과정이 너무 빨리 끝나지 않기를 기도했다. 릴리윈에게는 아직 시간이 더 필요했다…….

*

릴리윈은 산더미처럼 쌓인 건초 속을 살그머니 뚫고 들어갔다. 혹시라도 건초의 먼지를 마시고 재채기를 하거나 부스럭거리는 소리를 낼까 봐서 심장이 쪼그라드는 것만 같았다. 조금이라도 실수를 했다가는 금세 들켜버릴 터였다. 래닐트가 제 둥우리에서 부스럭대고 있는지, 앞쪽 어딘가에서 희미한 소리가 들려왔다. 릴리윈은 그 소리에 자신의 기척이 지워지기만을 바랄 뿐이었다.

잠시 후, 그는 움직임을 멈추고 얇은 건초 장막을 통해 바깥을 내다보았다. 희미한 아침 빛 속에 래닐트의 움츠린 어깨와 머리의 실루엣이 눈에 들어왔다. 릴리윈은 자신이 파내며 들어온 통로를 조심스럽게 넓혔다. 그녀를 들인 뒤 먼저 환기창 쪽으로 내보낼 생각이었다. 예스틴은 다락 저 끝에서 밖으로 몸을 내민 채 사람들에게 욕설을 퍼부어대느라 이쪽은 쳐다보지도 않았다.

수재나는 어디 있을까? 그녀의 목소리는 들리지 않았다. 그러나 밖에서 사람들이 계속 그들을 자극하는 중이니 그녀 역시 아마 그들에게, 그리고 자신의 애인에게 관심이 쏠려 있을 것이다. 다행히도 다락 이쪽은 아직 어두침침했다.

릴리윈은 조심스레 앞을 더듬다가 래닐트의 팔을 찾아내 살며시 붙들었다. 래닐트가 놀라 움찔하는 기척이 느껴졌지만 다행히 비명 같은 건 튀어나오지 않았다. 릴리윈은 얼른 그녀의 손을 잡아 쥐었고, 그 순간 래닐트는 상대가 누구인지 알았다. 희미한 한숨을 내쉬며 그녀 역시 그의 손을 굳게 맞잡았다. 릴리윈은 살그머니 손을 잡아당겨 몸의 방향을 돌려놓은 뒤, 자신이 만들어둔 구덩이로 서서히 그녀를 이끌었다. 이제 래닐트는 그의 곁에 있었다. 그 얇은 건초 장막에 그녀의 몸이 절반쯤 들어갈 때까지 다락 저편에서 놀란 외침이나 고함 같은 건 터져 나오지 않았다. 릴리윈은 손바닥에 지그시 힘을 주어 그녀를 자기 뒤쪽으로 밀어냈다. 래닐트부터 환기창으로 보낼 생각이었다. 마구간 문 밖에서는 여전히 사람들이 언성을 높여 두 연인을 위협했고, 예스틴은 예스틴대로 피로와 분노에 휩싸여 두서없는 욕설로 대거리를 했다. 그리고 고맙게도, 연인의 어깨 가까이에 다가선 듯한 수재나가 사납게 으르렁대며 다른 모든 소음을 압도하고 있었다.

"이 바보들아, 그따위 얕은 수로 우리 사이를 이간질할 수 있을 것 같아? 이이가 버티면 나도 버텨. 너희의 약속과 협박을 우습게 여긴다는 점에서는 나도 이이 못지않다고. 아버지를 데려와서 어쩔 건데? 애원이라도 해보라고 시키려고? 그렇다면 내가 그 인간한테 어떤 은혜를 입었고, 그 인간이 어떻게 되기를 바라는지 똑똑히 들려주지. 내가 세상 그 누구보다 증오하는 사내가 있다면 바로 그 인간이야! 그 인간이 나를 무가치한 존재로 만들어버렸으니, 나 역시 그 인간을 먼지보다 못한 존재로 여길 수밖에. 그 인간은 이제 내 아버지가 아니야. 아니, 내 아버지인 적도 없었어. 언젠가 지옥에 떨어져 불길에 이글거리는 금을 처마시고 목구멍과 배가 모조리 녹아버리기만을 바랄 뿐이야……."

사납게 터져 나오는 그 서릿발 같은 외침이 사방을 압도하는 사이, 릴리윈은 래닐트를 힘껏 밀어내 건초 터널 저편, 환기창과 밧줄이 기다리는 곳으로 기어가게 했다. 이제 소리가 나건 말건 상관없었다. 이 순간을 놓치면 기회는 다시 오지 않을 터였다.

수재나의 신랄한 악담에도 불구하고 예스틴의 예민한 귀가 갑자기 커진 건초의 소음을 포착해냈다. 그는 얼른 고개를 돌리더니 눈앞에서 벌어지는 광경에 분노 어린 외침을 토해내며 그쪽으로 돌아섰다. 찬연한 햇살이 다락 안으로 한꺼번에 들이친 것은 바로 그때였다. 예스틴이 쥐고 있던 칼날이 햇살을 받아 새하얗게 빛났다.

휴가 상황을 파악하고 얼른 소리쳤다. "쏴!"

환한 햇살이 예스틴의 윤곽을 선명하게 드러내는 순간, 앨처가 힘껏 활을 퉁겼다. 수재나가 분노로 온몸을 떨면서도 한순간 그 모든 징후를 번개같이 포착하지 못했더라면, 그 화살은 예스틴의 가슴과 등을 꿰뚫어 치명상을 입혔으리라. 하지만 수재나가 더 빨랐다. 두려움이라기보다는 분노에 받친 고함을 내지르며, 그녀는 두 팔을 벌린 채 몸을 날려 애인의 앞을 가로막았다.

예스틴의 외침이 터진 순간 릴리원은 탈출구를 향해 래닐트를 거칠게 떠밀고 제 여윈 몸을 벌떡 일으켰다. 예스틴은 순식간에 그에게 다가왔다. 그가 휘두르는 단검에 햇살의 파편들이 천장에서 춤을 추었다. 단검이 막 릴리원의 심장을 겨냥하고 날아드는 찰나, 수재나의 비명이 울렸다. 예스틴은 마치 고삐가 당겨진 말처럼 순간적으로 몸을 떨며 움찔했고, 그 바람에 칼날의 방향이 엇나가 재빨리 몸을 피하던 릴리원의 팔을 죽 그으며 건초 더미 위에 가느다란 핏자국을 남겼다.

수재나는 해빙기의 눈사람처럼 소리 없이 제 몸속으로 녹아들고 있었다. 왼쪽 가슴을 꿰뚫은 화살의 충격에 몸이 반쯤 돌아간 상태로, 그녀는 화살 자루를 움켜쥔 채 서서히 무너져 내렸다. 둥그렇게 뜬 흐릿한 두 눈은 애초에 그 화살이 겨냥했던 예스틴에게 붙박여 있었다. 예스틴이 재빨리 수재나에게 돌아가 그녀를 끌어안는 모습을 릴리윈은 멍하니 지켜보았다. 훗날 그는 그 순간 수재나가 미소 짓고 있었다고 말했다. 하지만 그건 잘못된 기억일지도 모른다. 아닌 게 아니라, 모든 게 너무나 혼란하고 어지러워 그는 무엇도 제대로 머릿속에 담을 수 없었다. 분명한 건 다락을 가득 채우며 메아리치던 절망과 비탄의 절규뿐이었다. 예스틴이 내던진 단검은 마루에 꽂혀 부르르 떨고 있었다. 예스틴은 짐승처럼 신음하며 애인을 끌어안고 바닥에 함께 주저앉았다. 수재나도 제 가슴에 꽂힌 화살 너머로 힘겹게 팔을 뻗었다. 그들의 입맞춤이 너무도 처연해, 훗날 릴리윈은 그 광경을 떠올릴 때마다 가슴 저린 연민과 고통을 느끼곤 했다.

그는 곧 마음을 다잡았다. 정신을 차려야만 했다. 얼른 환기창 앞으로 가 래닐트의 손을 잡고 몸을 일으켜 세웠다. 이제는 굳이 그 작은 환기창을 통해 나갈 필요가 없었다. 릴리윈은 래닐트와 함께 사다리를 타고 내려갔다. 아래서는 밤새 불안에 시달린 말들이 여전히 짐을 진 채로 이리저리 방향을 돌리며 발을 구르고 있었다. 그는 젖 먹던 힘까지 동원하여 문에 걸린 빗장들을 간신히 들어 올렸다. 무거운 문을 양쪽으로 활짝 열어젖히자 동녘의 찬란한 햇살이 한꺼번에 안으로 밀려들었다. 그는 래닐트의 손을 잡아 초원으로 뛰어나왔다.

그때껏 문 앞에서 수재나와 예스틴을 자극하던 이들이 두 사람 곁으로 우르르 몰려들었다. 이제 그들의 역할도 끝난 셈이었다. 캐드펠은 감사의 기도를 되뇌며 두 사람을 힘껏 안아준 뒤 구릉의 발치께에 있는 야트막한 잔디밭으로 데려가 앉혔다. 릴리원과 래닐트는 거기 주저앉아 5월의 싱그러운 공기와 햇빛을 가슴 가득 들이마셨다. 그러곤, 마치 꿈에서 막 깨어난 듯 멍하니 고개를 돌려 서로를 보고는 싱긋이 웃었다.

*

휴가 제일 먼저, 이어 법 집행을 담당한 관원이 그를 따라 사다리를 타고 다락으로 올라갔다. 이제 한층 더 넓고 강렬해진 빛기둥이 바닥의 건초 위로 눈부시게 떨어지는 가운데, 예스틴이 무릎을 꿇은 채 두 팔로 수재나의 몸을 떠받치고 있었다. 화살이 그녀의 가슴을 꿰뚫고 어깨 쪽으로 튀어나온 터였다. 수재나의 눈은 이미 졸음에 겨운 사람의 것처럼 엷은 막으로 덮인 채였으나, 그 시선은 줄곧 비탄과 절망으로 가득한 연인의 얼굴에 단단히 고정되어 있었다. 관원이 다가가 예스틴의 어깨에 손을 얹으려 하자 휴가 그를 제지했다.

"그냥 두게." 휴는 조용히 말했다. "도망치지 않을 테니." 이제 미래도, 달아날 곳도, 함께 달아날 사람도 없었다. 그가 갈망하던 모든 것은 이 순간 그의 품 안에 있었다. 하지만 그 시간이 길지는 않으리라.

그렇게 하면 모든 게 다시 온전해지기라도 할 것처럼, 예스틴은 미친 듯 그녀의 몸을 더듬고 입술에 입을 맞추었다. 그의 손과 입술과 뺨이 온통 그녀의 피로 물들었다. 마침내 그는 체념한 듯 조용히 몸을 웅크려 수재나를 끌어안은 채 그녀의 입술을 지켜보았다. 수재나는 무어라 말을 하고 싶은 듯 안간힘을 썼지만 아무런 소리도 내지 못했고, 결국 그 시도마저 멈추고 말았다. 예스틴은 유리처럼 반질거리는 수재나의 회색 눈동자 너머 생명의 빛이 사그라드는 것을 지켜보았다.

그제야 휴가 그의 몸에 손을 올렸다. "수재나는 떠났네, 예스틴. 이제 그 사람을 내려놓고 우리와 함께 가세. 시신은 예의를 갖추어 집으로 옮기도록 하겠네."

예스틴은 두툼하게 깔린 건초 위에 수재나를 눕힌 뒤 천천히 일어섰다. 떠오르는 햇살이 그들이 가져온 보따리의 매듭 한끝을 비추었다. 그것을 보는 순간 예스틴의 흐릿한 눈에 불꽃이 일었다. 그는 사납게 보따리를 집어 들더니 문밖으로 내던졌다. 보따리 속 내용물이 터져 나와 눈부신 빛의 홍수와 함께 사방으로 흩어지며 풀밭에 나뒹굴었다.

예스틴은 구름 한 점 없는 화창한 하늘을 향해 절망 어린 처연한 울부짖음을 토해냈다.

"이 사람을 그냥 맨몸으로 데려갈 것을!"

*

밖에서는 또 다른 절규가 메아리치고 있었다. 월터 아우리파버

가 무성한 덤불 속에 흩어진 보화들을 긁어모으느라 정신없이 바
닥을 기어다니며 울부짖는 소리였다.

14

뒷이야기

그들은 산 자와 죽은 자를 함께 데리고 아침의 찬연한 햇살 속에 슈루즈베리로 돌아왔다. 모든 것을 체념한 예스틴은 묵묵히 성안 감옥으로 이끌려 갔고, 이승에서의 모든 처벌을 면제받은 수재나는 이제 세 세대의 여자들이 모두 세상을 떠난 자신의 집으로 옮겨졌다. 월터 아우리파버는 되찾은 보화를 가슴에 꼭 끌어안은 채 일행을 뒤따라왔다. 그는 얻은 것과 잃은 것 사이에서 어떤 감정을 느껴야 할지 모르겠다는 듯 당혹스러운 표정으로 딸의 시신을 바라보고 있었다. 수재나는 그의 물건을 도둑질했고, 마지막 순간에는 그를 모욕했다. 유능한 안주인 하나를 잃은 것이 손실이라면 손실이지만 집에는 수재나의 역할을 대신할 또 다른 여자가 있었다. 그는 자신의 기술에 자부심을 갖고 있었고 대니얼도 이제 제법 일솜씨가 무르익어가니, 가게 또한 무리 없이 잘 운영되리라. 어찌 됐건, 그는 이 모든 심적 갈등을 해소하고 만족스럽게 살아갈 것이었다.

젊은 두 연인은 말을 잃고 서로에게서 눈을 떼지 못한 채 손을 꼭 붙잡고 있었다. 이들의 뒤를 봐주는 일은 캐드펠이 맡기로 했다. 하지만 그들을 수도원에 머물게 하면 고상하고 정결한 로버트 부수도원장이 가만있지 않을 것이고, 라둘푸스 수도원장 역시 평화롭고 질서 정연한 수도원의 분위기가 깨질까 봐 염려할 터였다. 캐드펠은 휴에게 이 사정을 귀띔했다. 휴의 아내인 얼라인이 이들의 처지를 동정하여 기꺼이 래닐트를 돌봐주겠다고 나섰다. 신부가 갖춰야 하고 알아야 할 모든 것을 래닐트에게 제공하고 가르치겠다는 것이었다. 잘 먹이고 돌보아 발그레하고 통통한 모습을 회복하게 하면, 이제껏 아무도 눈여겨봐주는 이 없이 방치되었던 래닐트의 아름다움도 환하게 피어나리라.

"래닐트를 데리고 떠날 생각이라면 우선 이 도시에서 결혼부터 하는 게 좋을 걸세." 영 내키지 않는 듯 뾰로통해 있는 릴리윈을 데리고 다리 건너 수도원 문지기실 쪽으로 가면서 캐드펠은 말했다. "이곳엔 자네를 의심하고 괴롭힌 것을 부끄러워하는 주민들이 꽤 많이 있거든. 다들 보상의 의미에서라도 자네에게 호의를 베풀고 싶어 할 거야. 정직한 마음으로 다가오는 사람들의 선물을 경멸하고 거부할 필요는 없네. 자네 입장에서는 저들에게 친절을 베푸는 셈이고, 그로써 저들은 양심의 가책에서 놓여나게 될 테니까. 일단 수도원으로 돌아가 결혼식이 준비될 때까지 일주일쯤 기다리게. 자네의 여자를 현관에 있는 잠자리에 눕힐 수는 없지 않겠나." 제단 뒤로는 더더욱 데려갈 수 없을 테고. 물론 이 마지막 생각을 입 밖에 내지는 않았다. "래닐트는 휴의 아내와 잘 지내다가 모든 사람들의 축복을 받으며 자네에게 돌아올 걸세."

캐드펠의 판단은 옳았다. 그 사건의 놀라운 진실이 시장과 점포들을 통해 돌고 돌아 슈루즈베리 전역에 퍼지자 그를 의심하던 주민들은 모두 양심의 가책을 느꼈고, 성급하게 그를 추적했던 이들은 제 실수를 보상하고자 너도나도 자그마한 선물을 하겠다고 나섰다. 제일 먼저 모범을 보인 이는 그 사건과 아무런 관련이 없는 시장이었다. 릴리윈이 신은 구두가 형편없이 해진 것을 보더니 그가 산뜻한 기분으로 여행할 수 있게끔 질 좋은 새 구두를 한 벌 맞춰준 것이다. 길드 상인들도 하나둘 이를 따랐고, 재단사들은 합심해서 근사한 옷까지 지어주었다. 이제 릴리윈은 과거 어느 때보다도 더 풍족하고 근사한 모습으로 그곳을 떠나게 될 것이었다.

그러나 가장 값진 선물은 다름 아닌 안젤름 수사에게서 왔다.

"자네가 여기서 우리와 함께 독신으로 지내지 않겠다니 아쉽구먼." 안젤름 수사가 유쾌하게 말했다. "받게, 자네의 레벡이야.

그걸 보관할 만한 튼튼한 가죽 주머니도 가지고 가게나. 이걸 수리하는 동안 즐거웠네. 게다가 애초에 내가 바랐던 것보다도 결과가 훨씬 좋아. 그동안 여러 재난을 겪기는 했지만 여전히 근사한 소리를 낼 걸세." 자신에겐 금은보화보다도 소중한 그 악기를 꼭 끌어안는 릴리윈을 보며, 그는 엄격한 어조로 덧붙였다. "여기서 배운 악보 읽는 법과 그리는 법을 잊지 말고 마음속에 깊이 새겨두도록 하게. 자네의 기술과 솜씨를 잘 연마해서, 언젠가 다시 우리를 찾아올 때 내가 제자를 부끄럽게 생각하지 않도록 해줘야 해."

릴리윈은 그동안 베풀어주신 은혜에 감사한다는 말을 거듭거듭 쏟아내며 반드시 다시 찾아오겠다고 약속했다. 설령 지킬 수 없는 약속이 될지언정, 그의 마음만은 진심이었다.

*

두 연인은 릴리윈이 처음 피신해 들어왔던 교구 제단 앞에서 수도원 인근 교구사제인 애덤 신부의 주재로 결혼식을 올렸다. 휴 베링어와 얼라인 베링어, 캐드펠 수사, 오스윈 수사, 안젤름 수사 그리고 곧 수도원을 떠날 손님에게 일말의 동정심을 느끼는 다른 여러 수사들이 그 광경을 지켜보았고, 라둘푸스 수도원장이 손수 그들을 축복해주었다.

결혼식이 끝나자 그들은 혼례복을 짐 보따리에 꾸려 넣고 여행하기에 적당한 수수한 일상복으로 갈아입은 뒤, 접객소의 대기실에서 캐드펠 수사와 함께 앉아 있는 휴 베링어를 찾아갔다.

"어둡기 전에 리치필드에 도착하려면 곧 떠나야 해요." 릴리윈이 두 사람을 향해 말했다. "하지만 그 전에 여쭙고 싶은 게 있어요…… 예스틴의 재판은 몇 주 뒤에야 있을 테니 저흰 그 결과를 알지 못하겠죠. 혹시 그 사람이…… 교수형에 처해지지는 않겠죠?"

과거 어느 때보다도 풍족한 상태라 하지만, 두 사람은 여전히 안쓰러우리만치 빈곤한 형편이었다. 그럼에도 이들은 넉넉한 마음으로 예스틴의 안위를 염려하고 있는 것이었다.

"자네들은 그 사람을 목매달고 싶지 않나?" 휴가 물었다. "래닐트, 그 사람은 자넬 죽이려 했어. 지나고 보니 그게 도무지 사실 같지 않은 건가?"

"아뇨, 분명 그건 사실이었어요." 래닐트가 대답했다. "그 사람은 틀림없이 절 죽이려 했을 거예요. 수재나 마님도 마찬가지였겠죠. 하지만 그렇다고 그가 죽기를 바랄 수는 없어요. 마님이 죽기를 원하지도 않았고요. 보좌관님, 그 사람을 교수형에 처하지는 않겠죠?"

"그래, 어쨌든 그자는 사람을 죽이지 않았고 훔친 물건도 전부 주인한테 되돌아갔으니까. 게다가 전부 수재나 때문에 저지른 일이었지." 휴는 부드럽게 말을 이었다. "그러니 마음 편히 떠나게. 그 사람은 살 거야. 젊은 사람이니 언젠가는 다른 여자를 만나게 될 걸세. 그에겐 먼젓번 여자보다 못하겠지만." 그 불행한 죄인들의 다른 면면이 어떻든, 래닐트는 그들의 헌신적이고도 필사적인 사랑을 직접 목격하며 깊은 인상을 받은 터였다. "누가 알겠나? 그가 자기 아내와 아이들을 잘 돌보면서 솜씨 좋은 장인으로 일하다가 일생을 마칠 수도 있을지." 휴가 조용히 말을 맺었다.

아이들…… 그 아이들은 수재나의 아이처럼 자궁 속에서 생을 마치지 않고 평화롭게 태어나리라. 수재나를 검시한 의사는 아이가 석 달쯤 되었을 거라고 했다. 남동생의 혼인 잔치라는 적절한 기회가 아니었더라도 그녀는 조만간 그 집에서 나와야 했을 것이다.

"예스틴은 수재나를 위해 자기 목숨까지 버리려고 했어요." 릴리원이 진지한 얼굴로 입을 열었다. "수재나 마님도 마찬가지였고, 실제로 그렇게 했죠. 제가, 우리가 그 광경을 봤어요. 그분은 자기가 어떻게 될지 알면서도 나서서 예스틴의 목숨을 구한 거예요. 그 점도 참작해줘야 하지 않을까요?"

아마 참작될 것이다. 그렇게 심한 대우를 받고도 이토록 넉넉한 마음으로 자비를 간구하는 두 젊은이의 연민과 기도가 반드시 효력을 발휘할 것이다. 그들의 말보다 더 강력한 설득력을 가질 만한 게 무엇이겠는가?

"자, 가세." 캐드펠 수사가 앞으로 나서며 말했다. "대문 밖으로 나가 자네들이 떠나는 걸 지켜보겠네. 하느님께서 자네들과 함께하시기를!"

릴리윈은 새 가죽 주머니를 자랑스레 어깨에 멘 채 아내를 데리고 행복과 기대에 찬 마음으로 길을 나섰다. 이 떠돌이 연예인은 다시 힘겹고 불안정한 삶의 마당으로 나가 장터에서, 또 작은 저택에서 공연을 할 것이다. 조만간 그녀도 함께 그 여리고 순수한 목소리로 노래를 하고, 남편의 연주에 맞춰 춤도 출 것이다. 운이 좋으면 친절한 후원자의 따뜻한 집에서 겨울을 날 수도 있으리라. 사철 어느 때나, 날이 좋건 궂건, 최악의 경우에도 그 두 사람은 함께일 것이다.

"자네, 진심으로 한 얘기인가?" 조그마한 두 연인이 수도원 앞길을 따라 멀리 사라지자 캐드펠이 휴에게 물었다. "예스틴도 새 삶을 살 수 있으리라 말했잖나. 정말로 그리 믿는 건가?"

"그거야 그 사람의 노력에 달렸죠." 휴가 대답했다. "누구도 그를 죽음의 구덩이로 밀어 넣고 싶어 하지 않을 겁니다. 그 자신 또한 삶으로 되돌아오는 중이고요. 아직은 의지가 미약하지만, 어쨌든 돌아오지 않을 수 없겠지요. 그의 내면에는 과거 속으로 모조리 매몰시켜버릴 수 없는 일종의 활력이 있습니다. 아마 사랑이라 불러도 되겠죠. 어쨌든, 그 사람은 살아남아 결혼을 하고 아이들도 낳을 겁니다."

"수재나를 잊고?"

"그런 말은 안 했는데요." 휴는 싱긋 웃어 보였다.

"수재나가 저지른 최악의 일들은 사실 최상의 미덕이 될 수도 있었을 성품에서 나온 것이지." 캐드펠이 진지하게 말했다. "하지만 결과적으로 그 모든 게 형편없이 망가져버렸어. 너무나 오랫동안 너무나 부당한 대우를 받아온 탓에."

"글쎄요." 휴는 안타깝다는 듯 고개를 저었다. "아무리 수사님이라 해도 수재나를 어린 양의 우리에 돌려놓을 수 있으셨을지는 의문입니다. 수재나는 자신의 길을 스스로 선택했어요. 그리고 그 길이 그녀를 어떤 자비도 베풀 수 없는 극단적인 지점까지 몰고 갔지요. 그 여자가 살아서 재판을 받게 되었더라도 정상참작의 여지는 없었을 겁니다." 이어 그는 여전히 깊은 생각에 잠겨 있는 친구의 담담한 얼굴을 바라보았다. "자, 이제 신의 자비란 인간의 자비보다 훨씬 더 크고 깊다고 말씀하실 때가 된 것 같은데요."

"그래야지." 캐드펠은 엄숙하게 말을 맺었다. "그렇지 않다면 우리 모두 길을 잃고 헤매게 될 테니까."

주

1　슈루즈베리 성 베드로 성 바오로 수도원the Shrewsbury abbey of Saint
Peter and Saint Paul
잉글랜드 슈롭셔주에 위치한 수도원으로, 원래 성 베드로에게 헌정된
작은 목조 교회였으나 11세기 후반 성 베드로와 성 바오로 두 사도에
게 헌정한 석조 건물로 개축되었다.

2　스티븐 왕 King Stephen(1092 또는 1096~1154)
정복왕 윌리엄 1세의 외손자이며 잉글랜드 노르만 왕조의 네 번째 국
왕. 외숙부이자 잉글랜드 왕인 헨리 1세가 살아 있을 때 헨리 1세의 딸
인 모드 황후의 왕위 계승을 돕겠다고 서약했으나 1135년에 헨리 1세
가 죽자 약속을 깨고 잉글랜드 군주의 자리를 차지했다.

3　모드 황후 Empress Maud(1102~1167)
마틸다(Matilda of England)라고도 불린다. 정복왕 윌리엄의 아들인
헨리 1세의 딸로, 신성로마제국 황제 하인리히 5세와 결혼했다가 그
가 죽은 뒤 앙주 백작 조프루아 5세와 재혼해 헨리 2세를 낳았다.

4　라둘푸스 수도원장 Abbot Radulfus(?~1148)
헤리버트 수도원장의 뒤를 이어 1138년부터 1148년까지 슈루즈베리
수도원장을 지냈다.

5 로버트 페넌트 부수도원장 Prior Robert Pennant(?~1168)

12세기 전반에 슈루즈베리 수도원의 부수도원장을 지냈고, 1148년부터 1168년까지 슈루즈베리 수도원장을 지냈다. 귀더린으로의 순례를 담은 『성 위니프리드의 생애』를 남겼다.

6 성 위니프리드 Saint Winifred

홀리웰에 살았던 위니프리드에 관한 이야기는 중세 전설에 근거를 두고 있다. 그녀는 성 베이노의 조카이자 테비트라고 불리는 기사의 외동딸이었다. 크래독 왕자가 그녀를 겁탈하려 하자 달아났고, 분노한 왕자는 그녀의 목을 잘랐다. 하지만 성 베이노가 그녀를 되살렸고 새 생명을 얻은 위니프리드는 로마로 순례를 떠났다가 웨일스로 돌아와 귀더린 수녀회의 수도원장이 되었다고 전한다.

7 성 엘레리우스 Saint Elerius(6세기경)

북부 웨일스의 성직자였던 인물로 추정된다.

8 레벡 rebec

중세와 르네상스 시대에 유럽에서 연주했던 7현 악기다.

9 마스터 Master

'숙련된 장인'을 뜻하는 말이다.

10 세인트메리 교회 Saint Mary's Church

970년 에드거 왕에 의해 만들어진 교회. '노르만의 정복' 이후 왕실의 종교 변화에 따라 우여곡절을 거치며 여러 차례 파괴와 복구를 겪었다. 빅토리아 시대에 전면 재건축되었으며, 현재 슈루즈베리에서 가장 큰 규모의 교회로 알려져 있다.

11   기러기발 bridge

현악기에서 현을 받쳐주는 도구다.

12   성 에드워드 Edward the Martyr 또는 Saint Edward the Passion-Bearer(962~978)

에드거 왕의 아들이자 잉글랜드의 왕. 12세에 왕위에 올랐다. 978년 이복형제를 만나러 가던 길에 암살당했으며, 1001년 성인으로 추대되었다.

13   오아인 귀네드 Owain Gwynedd(1100~1170)

아버지 그루퍼드 압 시난의 뒤를 이어 1137년부터 귀네드를 통치했다.

캐드펠 수사 시리즈 07
성소의 참새

초판 1쇄 발행. 1999년 3월 20일
개정판 1쇄 발행. 2024년 10월 30일

지은이. 엘리스 피터스
옮긴이. 김훈
펴낸이. 김정순
편집. 홍상희 허영수
마케팅. 이보민 양혜림 손아영

펴낸곳. (주)북하우스 퍼블리셔스
출판등록. 1997년 9월 23일 제406-2003-055호
주소. 04043 서울시 마포구 양화로 12길 16-9(서교동 북앤빌딩)
전자우편. editor@bookhouse.co.kr
홈페이지. www.bookhouse.co.kr
전화번호. 02-3144-3123
팩스. 02-3144-3121

ISBN. 979-11-6405-277-6   04840

옮긴이. 김훈
전문 번역가. 고려대학교 사학과를 졸업하고 1981년 동아일보 신춘문예 희곡 부문에
「빈방」으로 당선된 뒤 극작 활동과 번역 작업을 병행했다. 현재 부여에서 번역 작업을
하면서 지속 가능한 자연 생태 농업에 관심을 갖고 파트타임 농부로 일하고 있다.
옮긴 책으로 『아메리카 인디언의 가르침』『패디 클라크 하하하』『희박한 공기 속으로』
『매디슨 카운티의 추억』『피아니스트』『바람이 너를 지나가게 하라』
『세상 끝 천 개의 얼굴』『성난 물소 놓아주기』『그런 깨달음은 없다』『모든 것의 목격자』
『켄 윌버, 진실 없는 진실의 시대』『늘 깨어나는 지금』외 100여 권이 있다.